Felix Dahn

Die Staatskunst der Frau´n

Ein Lustspiel in drei Aufzügen

Felix Dahn

Die Staatskunst der Frau´n
Ein Lustspiel in drei Aufzügen

ISBN/EAN: 9783741158414

Hergestellt in Europa, USA, Kanada, Australien, Japan

Cover: Foto ©Andreas Hilbeck / pixelio.de

Manufactured and distributed by brebook publishing software
(www.brebook.com)

Felix Dahn

Die Staatskunst der Frau'n

Die
Staatskunst der Frau'n.

Ein Lustspiel in drei Aufzügen
von
Felix Dahn.

Erstmalig erschienen 1877.

Leipzig
Druck und Verlag von Breitkopf und Härtel
1899.

An

Josef Viktor von Scheffel

Vielteurer Freund, dir laß dies Scherzspiel weih'n:
Du haft daran am meiften: — zu verzeih'n.

Rüdesheim, am Rhein, 1. September 1876.

Motto:

„Da ging ein neu Licht über das Land
auf: nämlich des Friedens Heiterkeit: weil
der junge Heinrich hinfort dem Kaiser mit
großen Treuen anhing. Diese Hochzeit
schuf Friede und Freude all' über das
Reich."

Arnold von Lübeck V. 20.

Schaubühne.

———

Zweiter Band.

Personen.

Heinrich der Sechste, römischer Kaiser und deutscher König, Sohn Friedrichs des Rotbarts.

Konrad, Pfalzgraf bei Rhein, des Kaisers Oheim, des Rotbarts Bruder.

Irmengard, des Pfalzgrafen Gemahlin.

Agnes, beider Tochter.

Praxedis, eine Griechin aus Byzanz, deren Freundin.

Heinrich von Braunschweig, Sohn Heinrichs des Löwen.

Friedrich von Hausen, ein Minnesänger, dessen Freund.

Sigilocus, des Kaisers Kanzler.

Bumpo, des Pfalzgrafen Schreiber und Kastellan auf Schloß Rüdesheim, des Sigilocus Vetter.

Graf Lorjol de Nonant, Gesandter Philipp Augusts von Frankreich.

Astolf, der Pfalzgräfin Falkenier, fünfzehn Jahre alt. (Damenrolle.)

Gerhard, Knappe Bumpos.

Reisige, Diener und Dienerinnen des Pfalzgrafen. Zwei Ritter des Kaisers.

Ort der Handlung: Erster und zweiter Aufzug: Garten des pfalzgräflichen Schlosses zu Rüdesheim. Dritter Aufzug: Halle in der pfalzgräflichen Burg Stahleck, Rüdesheim gegenüber, am Rhein.

Zeit der Handlung: Kurz vor und nach dem Reichstag zu Mainz 1194.

I. Aufzug.

Garten des pfalzgräflichen Schlosses zu Rüdesheim. Im Hintergrund das Schloß mit Türmen, Zinnen und Erkern. Rechts (rechts und links stets von der Bühne aus gedacht) eine Pforte, in der Mitte ein Thor, die beide aus dem Garten in das Schloß führen.

Zu dem Thor hinan führen einige Stufen mit Geländer. Links im Hintergrund eine schräge, niedere Mauer, über welche hinweg man den Rhein und, jenseit des Flusses, die Rheinlandschaft erblickt: Strom und Land leuchten und lachen in goldner Glut des beginnenden Sonnenuntergangs nach schönstem Sommertag.

Von dieser niedern Mauer zieht sich eine etwas höhere gerade nach vorn links.

An der ersten oder zweiten Coulisse rechts vorn ein Garten-Pavillon: turmartig, mit einer gegen links zu öffnenden, von außen verschließbaren, zur Zeit geschlossenen Thür und einem gegen das Proscenium geöffneten, durch einen hölzernen Laden und Riegel von außen verschließbaren Fenster: dies ist zur Zeit geöffnet.

Vor der Schloßmauer zwischen Pforte und Thor ein breiter Baum.

Vor der Thür des Pavillons rechts unter Gebüsch ein Tisch (mit Stühlen), auf welchem im zweiten Aufzug geschrieben wird: er wird fortan als der „Schreibtisch" bezeichnet werden. Dem Schreibtisch gegenüber links unter Gebüsch ein Tisch (mit Stühlen), auf welchem ein Deckelkrug und ein Becher für Wein stehen: er wird fortan als der „Trinktisch" bezeichnet werden.

Blühende Rosen und andere Blumen und Sträucher sowie die Beleuchtung erwecken das heiterste Bild des sonnigen Sommerlebens am Rhein.

———

Erſte Scene.

Kaiſer. Pfalzgräfin.

(Der Kaiſer ſitzt an dem Schreibtiſch, den Rücken nach rechts gewendet, und blickt, dem Publikum im Profil, in die Rheinlandſchaft hinaus. Die Pfalz-gräfin ſitzt zu ſeiner Linken, dem Publikum das Antlitz voll zukehrend. Längere Pauſe.)

Kaiſer. O allerſchönſte Pfalzgräfin und Freundin,
Wie heiter und wie hold lebt ſich's bei Euch! —
Des Rheinlands goldner Duft und ſüßer Zauber,
Des Minneſanges Nachtigallenſchlag,.
Die Minne ſelbſt — —, ſie wohnt bei Euch, — in Euch!
Wie weiſe war's von mir, hieher zu ſchlüpfen
Vom Weg, der von Gelnhauſen führt nach Mainz,
Und, eh' ich in des Reichstags Streit mich werfe,
Bei Euch noch einen Friedenstraum zu träumen! —

(Er ſucht ihre Hand zu ergreifen, welche ſie ihm, aber ſein und leiſ, entzieht.)

Pfalzgräfin. Mein kaiſerlicher Herr und werter Neffe... —

Kaiſer (raſch einfallend, komiſch verdrießlich).

Von allen meinen Titeln, goldne Freundin,
Iſt mir zumeiſt verhaßt der: „Euer Neffe!"
Ihr — meine Muhme! Ei, habt Ihr vergeſſen?
Euch galten meine frühſten Minnelieder! —

Pfalzgräfin. Wenn Ihr mich gleich beim Titel unter-
brecht,
Kann ich die Muhmen-Weisheit nicht vollenden ... —
Herr: Eure Minnelieder waren: — — — ſchwach!

(Kaiſer macht eine ſcherzhaft unwillige Bewegung.)

's iſt auch kein Wunder: noch ein Knabe wart Ihr:
Drei gute Jahre bin ich Euch voraus. —
Ihr ſollt ſeitdem viel welſch' und deutſche Damen
Mit mehr Glut und — — Erfolg beſungen haben.

Kaiſer (ſtreicht ſeinen Bart).

Mir ließ die Staatskunſt nie viel Zeit zur Minne.

Pfalzgräfin (nicht bejahend).

Zum Glück versteht Ihr besser als aufs Singen,
Mein Kaiser, auf die Weltbeherrschung Euch.

    Kaiser. O Schmeichlerin! Die Welt? Mein Reich
                        ist schmal!

    Pfalzgräfin. Das deutsche Reich schon ist nicht allzuschmal:
Und Euch rauscht noch dazu Italiens Lorbeer,
Siciliens Palmenhaine huld'gen Euch. —
Ich aber kenn' ihn ganz, den Herrschergeist,
Der in des Friedrich Rotbart Sohne glüht:
Ihr rastet nicht, bis Ihr von Rom hinüber
Den Kaiserschritt gewagt habt nach Byzanz.

        (Kaiser macht eine Bewegung des Erstaunens.)

Und müßt Ihr — um des heil'gen Vaters willen! —
Den Umweg nehmen durch Jerusalem: —
Euch kömmt's darauf nicht an, — (schalkhaft) Ihr seid so
                        fromm! —
Im Pilgerkleid zu werden — — Herr der Welt!

    Kaiser (wahrhaft überrascht, springt auf).

Um Gott, Frau Pfalzgräfin, Ihr seid gefährlich!
Was nicht Byzanz, nicht Rom, nicht Frankreich ahnt... —

    Pfalzgräfin (steht auf, lächelnd).

Hier macht Ihr Halt und denkt dabei vergnüglich:
„Nicht England darf ich nennen: denn sie weiß:
Gefangen halt' ich Richard Löwenherz." —

        (Kaiser verrät, daß sein Gedanke durchschaut ist.)

Ja, was nicht Frankreich ahnt, Byzanz noch Rom,
Sagt Euch die deutsche Frau ins Angesicht:
Denn was nicht Feindes Haß und Argwohn träumt,
Das weiß das Herz des Weibes zu erraten,
Das Eure Größe ahnt, weil es Euch — — lieb hat.

        (Leise wieder dem Kaiser die Hand entziehend.)

Nicht mit der Liebe, o mein großer Kaiser,

Die welſche Lieder zuchtlos locker loben
Am Eheweib für fremden Troubadour: — —
Nein, mit der ehrlich deutſchen Herzensfreundſchaft,
Die ich Euch trage, die mein wackrer Konrad
Voll kennt an mir und lobt und teilt . . . — —

    Kaiſer (unterbrechend, etwas ſpöttiſch).   Ei, ſagt doch,
Iſt er noch ſtets ſo langſam und behaglich,
So ſchwer-beleibt, der Ohm, und ſchwer-bedacht? —
Man ſagt, er brauche wohl zwei volle Stunden,
Bis völlig er gepanzert und bewehrt!
Einmal — ſagt man! war ſchon die Schlacht verloren,
Bis er zu Roß kam!

    Pfalzgräfin (nach einer Pauſe, ernſt und edel verweiſend, faſt ſtreng).
        Ja: da ſagt man wahr:
Doch fügt man bei: „als er nun endlich ſaß, — —
Zurück erſocht er den verlor'nen Sieg": — (Pauſe.)
Sprecht Ihr mit Dank davon: er ſocht für Euch. (Pauſe.)

    Kaiſer (mit leiſem Unmut).
Ja, in dem leib'gen Welfenkrieg, Gott end' ihn!

    Pfalzgräfin (ernſt und innig).
Wenn Ihr den Krieg beklagt und wünſcht den Frieden, —
Wohlan: es liegt an Euch nur, Kaiſer Heinrich,
Und eine Friedensſonne, ſegensreich,
Wie jene, welche (Handbewegung) dort mein Rheinland küßt,
Steigt freudig über Eurem Reich empor.

    Kaiſer (wendet ſich hart und verſtimmt ab).

    Pfalzgräfin (welcher fortfahrend).
Nein, wendet Euch nicht ab von Irmengard,
Weil ſie, ſtatt eitler Huld'gung, heil'gen Ernſt
Sucht bei dem Kaiſer: weil ſie Frieden ſucht.
Der Staufer und der Welfen Zwiſt zerfleiſcht
Das ganze Reich: (bittend) macht Frieden, o mein Kaiſer!

    Kaiſer (ſtreng und hart).   Die Feinde trotzen mir!

Pfalzgräfin (weich). Sie trotzen nicht mehr!
Nehmt sie nur an: sie bieten Euch — Versöhnung.

Kaiser (heftig). Versöhnung? Unterwerfung ist das Wort!

Pfalzgräfin (noch weicher).

Auch Unterwerfung! Zeig' ihnen, o Heinrich,
Daß du nicht stärker nur — auch größer bist!

(innig bittend)

O laß die alten Pläne sich vollenden,
Die Friedrich Rotbart und der Löwe Heinrich
Dereinst geplant: verlobt war meine Tochter
Du weißt, (Kaiser nicht grimmig) des Löwen Sohn, dem jungen
Heinrich:
Der Häuser böser Streit zerriß das Band: —
O schling es neu — und gieb dem Reich den Frieden!

(rascher, immer eifriger)

Wie anders kannst du auf dem Reichstag dann
Den Feinden all' des Reichs entgegenschreiten, —
Zeigst du der deutschen Fürsten und der Stämme
Erbzwist getilgt! (steigend) Gieb frei den tapfern Richard,
Den löwenherz'gen König Engellands,
Des falschen Frankreichs Lockungen verwirf
Und, stark durch Eintracht, gieb dem eig'nen Reich,
Gebeut' der Welt den Frieden, Kaiser Heinrich!

(Hält erschöpft, sehr dringend geworden, vor dem Kaiser sich bittend neigend,
inne: große Pause.)

Kaiser (hat sich während dieser Rede immer eifriger in sich selbst zurück-
gezogen: sehr kühl und spöttisch, mit verschränkten Armen).

Ich kam hieher, — ich will es nur gestehen! —
Weil ich Oh'm Konrad fern, in Stahleck, wußte,
Und weil ich bei der schönen Freundin mir, (Pause)

(freundlicher, galant und wahr)

— Die keine welsche Dame je verdrängt hat! —
Erholung wollte gönnen von der Staatskunst.

(Pause: wieder sehr spöttisch)

Doch übel kam ich an: denn ich geriet,
Statt in der Minne Hof, (boshaft) ach in was Arg'res
Als Männer-Staatskunst ist: (lacht höhnisch mit höchster Gering-
schätzung)

Staatskunst der Frau'n!

(Pause.)

Pfalzgräfin (eindringlich, ernstlich).

Der Frauen Staatskunst, Herr, ist Lieb' und Treue: —

(wieder heiterer, komisch seufzend)

Ach wäre doch die Eure halb so gut!

Kaiser (geringschätzig die Achseln zuckend).

Wir kämen nur nicht weit damit, besorg' ich!

Pfalzgräfin (nun gereizt: schalkhaft, überlegen).

Ja, Eure Staatskunst freilich, die kommt weit! —
Ihr plant und lügt und brütet, haßt und heuchelt:
Und endlich, wann Ihr's just gelegen glaubt,
Schlagt Ihr mit Euren plumpen Schwertern zu:
Manchmal aufs Ziel, noch öfter doch — daneben.

Kaiser (lacht). Nicht schmeichelnd just, doch wahr ist die
Beschreibung!

Pfalzgräfin (fortfahrend).

Wie herrlich weit habt Ihr's damit gebracht!
Das röm'sche Reich — es brennt an allen Ecken, —
Es kracht in allen Fugen! — Ei wer weiß,
Wer weiß, ob nicht der Frauen Staatskunst besser,
Wie ich sie meine, wie ich hier sie trieb,

(wieder weich und ernst)

Versöhnung pred'gend, Friede, Lieb' und Treue.

Kaiser (besänftigt, freundlich lächelnd, droht mit dem Finger).

Und Schlauheit doch und Schalkheit durch und durch!

Pfalzgräfin (lieblich).

Ein bißchen Schalkheit ist des Weibes Recht.

Kaifer (warm einfallend).

Und höchster Weibesreiz — — bei so viel Güte!
(ernst, bewegt, ihre Hand faffend, welche fie ihm nun willig läßt)
Ich dank' Euch, Irmengard, für diese Stunde! —
Ich kam um eiteln Schaum des Minnetandes: —
Ihr gabt mir echtes Gold in Euren Worten.
Treu heg' ich fie: — tief will ich fie bedenken:
Eh' ich des Reichs Geschick zu Mainz entscheide
Soll (freundlich lächelnd) „Frauen=Staatskunst" wohl erwogen sein.
(langsam)
Wie war es doch?

Pfalzgräfin (innig). Versöhnung — Liebe — Treue!

Kaifer (wieder heiter, lächelnd). Und List und Schalkheit!

Pfalzgräfin (in gleich heiterem Ton).

Ja: im Dienst der Treue! — —
(Pause.)
Seht, (in den Garten rechts deutend) da kommt junges Volk: das
mag Euch laben,
Wenn Ihr nach Schönheit, Reiz und Wiß verlangt.

————

Zweite Scene.

Vorige. Agnes. Praredis und Astolf (dieser, die Bälle tragend und auf
den Schreibtisch legend, mit welchen im zweiten Aufzug gespielt wird) aus der
Garten=Couliffe rechts hinter dem Pavillon. — Kaifer und Irmengard
gehen den Mädchen entgegen, die fich zierlich vor dem Kaifer neigen; Kaifer
begrüßt beide, spricht mit Agnes leife, welche die Augen niederschlägt und nicht
antwortet. Während diese Gruppe rechts hinten steht, tritt Astolf ganz links
vor, betrachtet, komisch schmachtend, die drei Frauen, seufzt.

Astolf (für fich). Ach, seh' ich wieder alle drei beisammen, —
So weiß ich wieder nicht mehr, welcher dienen! —
Die stattlich schöne Frau, — die reizvoll kecke
Hellenin, — und die engelhafte Agnes!
Mir thut die Wahl weh! — Welche lieb' ich nur?
Nun hab' ich meine vollen fünfzehn Jahre: —

Dahn. Werke. XXI.

2

Und immer keine Minne-Herrin noch! —
's ist zum Verzweifeln! — Und mein Bruder hatte
Zwölfjährig schon die ärgsten Minnequalen!

    Kaiser (zu Agnes). Der allerschönsten Mutter schönes Kind!
Ich grüß' Euch, holde Stummheit! Ihr besieget
Die Mutter noch, wär't Ihr nur nicht so schüchtern.

(Er erwartet Antwort: Agnes schweigt, mit niedergeschlagenen Augen scheu
zur Seite tretend.)

    Kaiser (fast ungeduldig).
Nun, habt Ihr keine Antwort? (mitleidig) Ei, wie blöd noch!

(Wendet sich ziemlich geringschätzig von dem „Kinde". Alle kommen nun nach
vorn.)

    Praxedis (mit einer übermütig spöttischen Verbeugung).
Allergroßmächtigster —: ihr fehlt die Übung!
Den Heil'gen Dank — und meinem strengen Beispiel —
Kam unsrem Lämmlein fast kein Mann noch nah.
Man sagt, daß ihre Mutter, nicht so alt noch,

(mit boshafter Anspielung)

Schon Minnelieder schürzenvoll — verbrannte.

    Kaiser (erstaunt, aber auf ihren Ton eingehend).
Ihr wißt viel — oder s p r e c h t doch gern, Schwarzauge!
Ihr heißt?

    Praxedis (mit abermaliger Verbeugung).
        Jungfrau Praxedis nennt man mich.

    Kaiser (nachsinnend, die linke Hand leicht an die Stirne legend, langsam).
Praxedis?! — Ei, den Namen — hört' ich schon! —
Mahnt mich — ich weiß nicht, wie — des Hohentwiels! —

    Praxedis (mit einer dritten Verbeugung).
Großmächt'ger ist vortrefflich unterrichtet.

    Kaiser (immer mehr von ihr gewonnen).
Wer ist dein Ahnherr, du holdselig Mädchen?

    Praxedis (nachdrücklich und stolz).
Ein Sänger aus dem Stamm der Alamannen:
Herr Joseph Viktor Scapularius!

Kaiser (freudig begeistert einfallend).

Der Beste, der je Aventüren sang!
Solange deutsche Zunge singt und sagt,
Wird Joseph Viktors dankbar man gedenken.

Praxedis (mit ruhigem Stolz).

Herr Kaiser, Dank! — So sagen längst die Leute.

Pfalzgräfin (erklärend). Die Ahnfrau lebte bei Frau Had-
wig ihr
Am Hohentwiel . . . —

Kaiser (einfallend). Als jener Ekkehard . . .? —

Pfalzgräfin (nicht zustimmend).

Ganz recht! — Ein Lieblingskind Herrn Joseph Viktors
Zog später nach Byzanz sie, freite, hatte
Dort Kind und Enkel . . . —

Praxedis. Und kurzum: ich bin
Entstammt von jener hohentwielischen
Praxedis, die Herrn Joseph Viktors Kind.

Kaiser (neckisch zweifelnd). Ob auch von deren Geist?

Praxedis. Das ziemt nicht m i r, Herr Kaiser, zu entscheiden:
Doch, wenn nicht jene war, so würd' ich nie.

Astolf (für sich). Wär' ihre Ahnfrau noch, — ich liebte die!

(Ab in das Schloß durch das Thor.)

Pfalzgräfin (scherzhaft anklagend).

Wenn Mutwill, Schelmerei und Schnippigkeit
Praxedisch sind, fiel sie nicht weit vom Stamm.

Kaiser. Welch' schlimmes Lob!

Praxedis. Gestrenge Pfalzgräfin,
Verstellt Euch nicht: Ihr hättet auch geholfen
Zu Ekkehard und wider all' die Pfaffen. —
Habt Ihr doch stets an unsrem Lämmlein hier
Getadelt, daß es gar zu scheu und zag.

(seufzend)

Es ist auch wirklich gar so tugendsam: —
Es kann nicht anders sein: — — es ist verliebt.

Pfalzgräfin. Praxedis!

Praxedis. Ist das etwa ein Verbrechen
Nach deutschem Reichsgesetz? — Es giebt so viele —
Man kann unmöglich alle sie behalten —
Doch dies Gesetz, — dem Reiche wär' es schädlich
Und — ganz unmöglich wär', es zu befolgen!

Kaiser (neugierig). Weshalb?

Praxedis (mit spöttischer Verneigung).
Weil's Eure Majestät unmöglich macht! —

Kaiser (ihr scherzhaft drohend). Wie kamst du, holdes Griechenkind, hierher?

Praxedis. Freiwillig nicht, o König der Barbaren!
Mich sandte her Irene von Byzanz,
Die aus dem Land der Griechen und Sicilia
Hieher soll ziehn als Eures Bruders Gattin:
Ich soll berichten ihr von Land und Leuten.

Kaiser. Wie fandest beide du?

Praxedis. Das Land ist rauh:
Selbst hier, das Schönste, was Ihr habt, der Rhein.

Kaiser. Jedoch das Volk?

Praxedis. Seid ihr Ein Volk, ihr Deutschen?
Wohin ich kam, an Donau, Rhein und Main,
Verschieden fand ich Sprache, Stamm und Art.

Kaiser (ernst und edel). Habt Ihr den Regenbogen nie
gesehn?
Der Farben Vielheit macht ihn schön und ganz.
Wie findet Ihr mein Volk?

Praxedis. Nicht minder rauh!
(seufzt halb ernst, halb komisch)
Und doch!

Kaiser. Und doch?

Pfalzgräfin. Das übermüt'ge Mädchen
Hat Gott gestraft: (Pause.) — sie hat ihr Herz verloren.

Praxedis (komisch betrübt). Ach ja! Zum erstenmal!

Pfalzgräfin. An einen Deutschen!

Kaiser. An wen?

Praxedis (sehr rasch, eifrig). Wenn ich das wüßte, — wär'
       er längst mein Mann!

Kaiser (lachend). Nicht übel, diese Siegeszuversicht! —
Wo traft Ihr jenen Glücklichen, Praxedis?

Praxedis. Zwei Jahre sind's — am Hofe zu Byzanz! —
Auf frommer Kreuzfahrt zog er an den Jordan: —
Doch ach, sehr weltlich klangen seine Lieder
      (seufzend)
Und alle Hoffräulein verliebten sich.

Kaiser. Ein Minnesänger?

Praxedis. Ja: nur Wein und Minne
Sang dieser fromme Waller.

Kaiser. Doch wie hieß er?

Praxedis. Das blieb geheim: denn in geheimer Sendung
Heinrichs des Löwen sucht' er dessen Sohn
Im Morgenland.

Kaiser (lächelnd). Dann war's gewiß der Schalk
Friedrich von Hausen! meiner Unterthanen
Verwegen-Lustigster, voll loser Streiche,
Herrn Walthers von der Vogelweide Schüler,
Des jungen Heinrich Herz- und Waffenfreund.

Agnes (plötzlich aufmerksam werdend macht eine Bewegung reger Teilnahme).

Kaiser. O hätt' ich einmal dieses Freundespaar,
— Sie sind die kühnsten Führer meiner Feinde —
      (grimmig drohend)
Ich schlösse sie mit siebenfachen Fesseln
Und würfe sie in meinen tiefsten Turm.

Agnes (macht eine Bewegung tiefsten Schreckens und der Furcht vor dem Kaiser).

Pfalzgräfin (weich und ernst).
Herr: Lieb' und Treue sind die stärksten Türme
Und fester noch als Fesseln bindet — Großmut.

Kaiser. Wer's glauben dürfte! Ist der junge Heinrich
Der erste Held und Ritter doch des Reichs.

(Agnes zeigt freudige Teilnahme.)

Pfalzgräfin. Nach seinem Kaiser.

Kaiser. Und Herr Friedrich ist
Der erste Sänger.

Praxedis (spöttisch fragend). Noch vor seinem Kaiser?

Kaiser. Wie gern versöhnt' ich mich mit solchen Feinden! —

(Freudige Teilnahme von Agnes.)

Doch ganz unmöglich ist's.

(Bestürzung von Agnes.)

Pfalzgräfin. Weshalb, mein Kaiser?
Weil lang die Fehde währt?

Kaiser. Nein, 's ist nicht das!
Der Streit ist ja ererbt, nicht ihrer Stiftung.
Und daß sich deutscher König und Vasall
Befehden, das ist — leider! — alter Brauch.
Man schlägt sich nicht mit allzutiefem Groll:
Das wäre zu verzeih'n und beizulegen.

(Agnes atmet freudig auf.)

Kaiser (nun sehr zornig, entrüstet).
Doch mit dem Reichsfeind sind sie einverstanden: —
Mit Frankreich steh'n sie in geheimem Bund.

Agnes (tritt plötzlich, alle überraschend, aus ihrem Schweigen kühn vor den Kaiser hin, blickt ihm voll ins Antlitz: sehr laut und kühn).
Das ist nicht wahr!

(Höchstes Erstaunen aller Anwesenden.)

Pfalzgräfin (nach einer Pause des Schreckens). Mein Kind!

Praxedis. Ei, ei, das Lämmlein!

Kaiser (noch immer verblüfft). Beim Hohenstaufen, — ich er-
staune sehr!
Wie? was? Ihr seid nicht stumm? — Sieh, Ihr könnt sprechen,
Sowie es gilt verteid'gen meine Feinde?

Agnes. Nein, Herr, wenn's gilt, Verleumbung widerlegen.

Kaiser (unwillig). Verleumbung? Ei, Ihr seid sehr kühn.

Pfalzgräfin (leise zu Agnes). Still, Agnes!
(für sich)
Muß ich mein scheues Kind vor Kühnheit warnen?

Kaiser (zur Pfalzgräfin). Drum eben will ich Frankreichs
Hand ergreifen,
Um dies geheime Bündnis aufzulösen:
— So rät man mir —: mit Frankreich spann und spinnt
Der junge Heinrich Ränke gegen mich.

Agnes (tief und ernst). Das ist nicht wahr!

Kaiser (gereizt). Doch! — — Mein Gewährsmann ... —

Agnes. Irrt sich!

Kaiser (kurz). Mein Kanzler Sigilocus hat's beteuert.

Agnes. Dann hat der Kanzler — wie heißt er? — gelogen.
(Pfalzgräfin und Praxedis staunen.)

Kaiser (will kurz abbrechen, wendet ihr den Rücken zu: ruhig).
Ich selber — glaub' es auch.

Agnes (rasch). Irrt Ihr Euch nie?

Kaiser (wendet sich rasch, betroffen, wieder zu ihr).
Woher der Mut auf einmal, zaghaft Kind?

Agnes. Woher der Mut? Ich bin vom Stamm der
Staufer
So gut wie Ihr.

Praxedis (zur Pfalzgräfin). Ein Wildstrom ward das Quellchen!
Ich hab' ihr's aber immer zugetraut.

Pfalzgräfin (zu Praxedis). Die stillsten Wasser sind die
tiefsten. Doch
Ich staune selbst.

Kaiser (herb). So könnt Ihr wirklich — sprechen?

Agnes. Das Sprechen lohnt nur selten: doch hier lohnt's.

Kaiser. Warum?

Agnes. Es gilt dem treu'sten deutschen Mann:
Treu ist, wie Gold, jung Heinrich!

Kaiser (sehr höhnisch). Euch vielleicht?

Agnes (tief und ernst). Ja: mir. — Und diesem deutschen
Reich. — Und Euch,
Herr Kaiser, selbst, der feindlich ihn verfolgt.

Kaiser (spöttisch, leise zur Pfalzgräfin).
Sieh, sieh! Frau Pfalzgräfin, nun faß' ich freilich,
Weshalb Versöhnung Ihr und Heirat predigt:
Das Kind liebt noch den einst verlobten Mann.

Pfalzgräfin (leise). Sie waren damals beide noch so
jung . . . —

Kaiser (höhnend). Und doch so treu?

Pfalzgräfin (ernst, laut). Herr, sprecht nicht Hohn der Treue:
Auf Treue ruht das Reich — und Euer Thron.

Kaiser (laut). Drum eben wankt das Reich und wankt
mein Thron,
Weil diese Heinriche nicht Treue halten.

Agnes. Habt Ihr jung Heinrichs Treue schon versucht?
(Pause.)
Nein? — Dann thut Ihr sehr unrecht, sie zu leugnen.
(Pause: laut, eindringlich.)
Ihr aber habt an ihm nicht recht gethan:
Ihr habt Herrn Heinrich Treu' und Wort gebrochen.

Pfalzgräfin (erschrocken). Mein Kind, was thust du?

Agnes. Mutter, meine Pflicht.

Praxedis. Was sagst du, kühne Kleine?

Agnes. Nur die Wahrheit.

Kaiser (erbittert). Weil ich ihm Euch zur Gattin nicht
gegeben?
(spottend)

Allzugefährlich wär's Euch stillen Trotzkopf
Dem feuerblüt'gen Löwen-Sohn zu einen! — —

(zur Pfalzgräfin)

Ihr pflegt gar früh in Eurem Töchterlein
„Der Frauen Staatskunst": Trotz und Widerwort! —
Ein Glück, daß diese kleine Reichsrebellin
Nur Schweigen kennt und Trotz, die ungefährlich,
Nicht List und Schalkheit, die gefährlich sind.

Alle drei Frauen (unwillkürlich, unabhängig von einander).
Wer weiß!

Kaiser (erschrocken durch den Dreichor). Was sagt ihr da?

Pfalzgräfin (näher an den Kaiser tretend. der. durch das rasche Vordringen
der drei Frauen in die Enge getrieben, bald dieser bald jener entweichen muß).

Wenn List und Schalkheit ... —

Praxedis (näher rückend). Allein zum Ziele hilft ... —

Agnes (näher rückend). Das das Herz begehrt ... —

Pfalzgräfin (näher rückend).
Zum heil'gen Ziel ... —

Praxedis (näher rückend). Der tiefsten Lieb' ... —

Agnes (näher rückend). Und Treue, ... —

Pfalzgräfin (näher rückend). Dann sind, Herr Kaiser, ... —

Praxedis (näher rückend). Alle Weiber listig.

Agnes (näher rückend). Dann ist die Schalkheit ... —

Pfalzgräfin (näher rückend). Voll-erlaubte Waffe.

Praxedis (näher rückend). Ich hoff zu Gott, ... —

Agnes (den Kreis schließend). Auch ich wüßt' sie zu brauchen!

(Die drei Frauen sind, in lebhaftem Eifer rasch einander in der Rede ergänzend,
immer näher und wie drohend von allen drei Seiten auf den Kaiser eingerückt,
so daß dieser, scherzhaft ängstlich, graziös vor ihnen immer zurückweichen muß.)

Kaiser (atmend, vor dem Gebüsch am Schenktisch endlich Halt machend).
Man könnt' sich wirklich fürchten hier bei euch!

Praxedis (eifrig, komisch). Man hat's auch wirklich Ursach',
sollt' ich meinen!

Kaiser. Da schlag' ich lieber mit den Saracenen,
Mit Welschen und dem heil'gen Vater mich
Als mit euch drei'n.

Praxedis.　　　　Das glaub' ich gern!

Kaiser (wieder spöttisch).
Zum Glück hat sie noch niemals was erreicht,
Die „Frauen-Staatskunst!" —

Praxedis.　　　　So?! Fragt zu Byzanz!

Kaiser (verächtlich).
Ja, zu Byzanz! Wo selbst die Krieger — — Weiber!
Wo's keine Männer giebt, da herrscht — ich weiß! —
Der Weiber List; doch, hier, in meinem Deutschland... —

Praxedis (schelmisch). Liegt nicht in Eurem Deutschland
　　　　　　Weinsberg auch?

Kaiser. Weinsberg? Die trotz'ge Stadt? Jawohl!
　　　　　　Was soll's?

Pfalzgräfin. Habt Ihr von Weinbergs Weibern nie
　　　　　　gehört? —

Praxedis. Die, überlistend einen großen Kaiser, ... —

Agnes. Von Eurem eignen Stamm: den Großohm
　　　　　　Konrad ... —

Pfalzgräfin. Auf ihrem Rücken all' ihr höchstes Gut... —

Praxedis. Treu ihre Männer trugen aus den
　　　　　　Thoren. —

Agnes. Seht Ihr, Herr Kaiser, das ist unsre
　　　　　　Staatskunst: —

Pfalzgräfin. Im Dienst der Lieb' und Treue List
　　　　　　und Schalkheit: —

Praxedis. Und heiß bet' ich zu Gott und seinen
　　　　　　Heil'gen, ... —

Agnes. Daß über Euch und Eure kalte Strenge ... —

Pfalzgräfin. Noch Frauen-Staatskunst solchen Sieg
　　　　　　erkämpfe.

(wie vorhin einander rasch ergänzend, näher rückend, den Kaiser in
die Enge treibend).

Kaiser (entweicht, stellt sich rückenfrei).
Das wart' ich ab! — So was geschieht nicht wieder!

Pfalzgräfin (ernst). Ja freilich: Eins gehört dazu: doch das,
Ich weiß, es fehlt auch Kaiser Heinrich nicht.

Kaiser (ernst). Was soll das sein? Was meint Ihr,
teure Frau?

Pfalzgräfin (innig). Ein hoher Sinn, der, großmütig
und lächelnd,
Nicht pochend auf die Strenge scharfen Rechts,
Sich selbst von Frauen für besiegt erklärt. —
(Pause.)
Als Eurem Vorfahr damals riet zu Weinsberg
Sein Kanzler, solche Frauenlist zu strafen, —
Wißt Ihr, was Kaiser Konrad herrlich sprach?

Kaiser (edel). „Von edeln Frau'n seh' ich mich gern
besiegt: —
Ein Kaiserwort soll man nicht drehn noch deuteln!" —
So sprach mein Großohm: (Pause) und ich hoffe, Irmgard
Traut nicht gering'ren Edelsinn mir zu.

Pfalzgräfin (in aufrichtiger Verehrung, reicht ihm die Hand).
Gewiß! — Denn all' die böse Herrscherklugheit
Verdarb nicht Euer großes, tiefes Herz.

Kaiser. Doch nun genug des Scherzes. (herb) Kleine
Agnes, —
Schlagt jenen Heinrich nur Euch aus dem Sinn.
Ich kor Euch einen andern Eheherrn.

Agnes (stark, aber ruhig). Nein. Nein. Niemals. Nein. Nun
und nimmermehr.

Pfalzgräfin. Halt' an dich, Agnes!

Kaiser (streng). Für mich giebt's kein Nein. —
Vertraulich ward's geplant, bald wirbt man offen,
Zum Zeichen, daß man mir sich völlig zukehrt:
Dann sag' ich —: Ja! — und Ihr sagt —

Praxedis (warnend).   Lämmlein!

Agnes.   Nein.

(Hornruf des Türmers.)

(Es ist allmählich dunkler geworden: keine Sonnenbeleuchtung mehr.)

Kaiser (heftig, stampft mit dem Fuß).

Erzürnt mich nicht, ich bin im Zorne heftig.

Agnes. Nur Gottes Zorn, nicht Zorn der Menschen

fürcht' ich.

(Pfalzgräfin und Praxedis mahnen Agnes, zu schweigen.)

Kaiser (sehr gereizt).

Das woll'n wir sehn! — — — — Verderbt mir nicht

die Laune:

Mir war so wohl hier, seit ich meinem Kanzler

Glücklich entwischt war.

Gerhard (aus dem Thor: meldend).   Kanzler Sigilocus!

(Gerhard wieder ab.)

(Komische Überraschung der drei Frauen.)

Kaiser (aufbrausend). Ich wollt', er wäre — in der Hölle.

Praxedis.   Später

Wird sich auch dieser Kaiserwunsch erfüllen! —

Kaiser. Wie, Griechen=Hexlein?

Praxedis.   Ja: sein übler Leumund

Als Eures bösen Geists drang bis Byzanz.

Kaiser. Da ist er wirklich.

———

Dritte Scene.

Vorige. Kanzler (aus dem Thor, eine Pergamentrolle mit daran hangendem
Siegel in der Hand).

Kanzler (nachdem er alle begrüßt und die drei Frauen lange gemustert,
spottend).   Kaiserlicher Herr,

Es waren sicher wicht'ge Staatsgeschäfte,

Die Euch geheim in diesen Garten riefen:
— So rasch, daß Eure Spur ich fast verlor —
Zu diesen drei geheimen Reiches-Kanzlern
In Kranz und Schapel — und ganz ohne Bart!

Kaiser (verdrießlich). Die bärt'gen Kanzler ärgern mich
zuweilen.

Praxedis (die Hand auf die Brust legend).
Und wir — wir sind so sanft — wir thun das nie!

Kanzler. Von Frankreichs König, Herr, ein Abgesandter
Traf unterwegs auf unsern Zug: er muß
Euch sprechen vor dem Mainzer Tag: drum nahm
Ich ihn auf meinem Suchpfad mit und danke
Den Heil'gen, die uns glücklich hergeführt.

Kaiser (ärgerlich). Die Heil'gen sind sehr vielgeschäft'ge
Leute.

Kanzler. Gleich kommt er: er vertauscht das Reisewams
Nur mit dem Staatskleid: hier halt' ich ihn auf,
Dieweil den Brief Ihr lest und überdenkt,
Den er von seinem Herrn gebracht.
(Er will dem Kaiser den Brief geben.)

Kaiser (unwillig abwehrend). Ich weiß
Im voraus schon! Das alte Lied! (Zur Pfalzgräfin) Gefangen
Auf ewig soll den Löwenherz ich halten,
(bittende Bewegung der Pfalzgräfin)
Lothringen Frankreich geben — dafür: Geld
Und, — mehr als Geld! — viel wind'ge welsche Worte!

Kanzler (hart). Wir brauchen aber Geld: — der Schatz
ist leer!

Kaiser (seufzend, romisch). Seit Karl dem Großen war er
nicht mehr voll! —
Ein leerer Schatz, — rebellische Vasallen, —
Ein Fluch von Rom, — das ist mein Kaisererbe!
(unwillig den Brief nehmend)

Gebt her den Brief! — Urlaub, ihr holden Frauen:
(verabschiedet sich)
Jetzt hebt der Männer leib'ge Staatskunst an!
(Ab durch die Pforte, die drei Frauen schicken sich an, rechts in den Garten abzugehen.)

Praxedis (zur Pfalzgräfin und Agnes leise).
Der Kanzler sieht wie eine böse Spinne!

Pfalzgräfin (ebenso leise zu beiden).
Er ist der schlimmste Feind Heinrichs von Braunschweig:
Er schürt und hetzt!

Agnes (ernst). Gott wende seine Pläne!

Praxedis. Gern käm, ein schillernd Mücklein, ich geflogen
Und risse schwirrend seine Netze durch! —

(Die Frauen ab in den Garten.)

Vierte Scene.

(Kanzler. Gesandter (im reichsten Staatskleid, eilfertig aus dem Thor, sieht
sich spähend um.)

Gesandter (leise). Ich treff' Euch noch allein? Gut! —
Hört noch einmal:
Der reiche Sitz, des Ihr schon lang begehrt,
Der Bischofstuhl von Reims soll Euer sein,
Wenn unser Plan gelang.

Kanzler. Doch vorher, Graf:
Geld, Geld und Geld. Sonst thu' ich keinen Schritt.

Gesandter. Herr, Ihr seid unersättlich wie ein Sieb.

Kanzler (komisch). Freund, mein Gewissen gilt es zu be-
täuben,
Das lärmend, schreiend meine Staatskunst schilt:
Der Golddenare Klang nur übertönt es.

Gesandter. Nun gut! — Doch merkt: diesmal sind wir
entschlossen!

Verwirft er unsern Plan, tritt er zu Mainz
Uns käuflich nicht den tollen Richard ab . . . —

    Kanzler. Das thut er schwerlich.

    Gesandter (leise, rasch, unheimlich flüsternd).

                      Nun, dann heißt es rasch sein!

               (sieht sich spähend um)

Herrn Konrads Reis'ge, sind sie auf Stahleck?

    Kanzler (verneint kopfschüttelnd). Die kämpfen fern bei Benevent!

    Gesandter.   Dann geht's!

Der Lothringer steht längst in unsrem Sold,
 — Er liegt versteckt im Wald, ganz nah am Rhein —
Ihr kennt den Ort? (Kanzler nickt) — Dort in den Hin-
                    terhalt
Führt Ihr den Kaiser auf dem Rückweg, wenn
Am Tag von Mainz er gegen uns entschieden.

    Kanzler (lacht, leise). Ah, ich versteh'! - - Nicht übel aus-
                         gedacht:
Wenn des gefang'nen Richard Kerkerwart
Gefangen selbst in Eure Hände fällt . . . —

    Gesandter (rasch einfallend, drohend).

Wird er nur frei, läßt er Herrn Richard uns!
So lang bleibt er gefangen zu Paris.

               (Pause.)

    Kanzler. So was dergleichen meinte wohl mein Herr,
Als er vorhin von Männer=Staatskunst sprach!

               (Pause.)

Was aber tröstet unterdessen mich
Für meinen Kaiser, der gefangen sitzt?

    Gesandter (schlägt ihm vertraulich auf die Schulter).

Bischof von Reims: — Ihr könnt dann für ihn beten!

(Kanzler nicht befriedigt und fordert durch Handbewegung den Gesandten
auf, ihm durch die Pforte in das Schloß zu folgen; beide ab. — Die Bühne
bleibt eine Zeit lang leer. — Es ist nun bedeutend dunkler geworden.)

Fünfte Scene.

Nach geraumer Zeit wird zuerst Friedrichs Kopf sichtbar, der, an der Berührungsecke der niedern und der hohen Mauer links an der dritten Coulisse, dem Publikum deutlich sichtbar, vorsichtig spähend, langsam herübersteigt. Ihm folgt später ebenso vorsichtig Heinrich.

Friedrich (spähend den Kopf langsam über die Mauer erhebend: als er den Platz leer sieht, schwingt er das eine Bein herüber und singt¹) leise, rittlings auf der Mauer sitzend).

> O du kleines,
> Holdes, feines,
>   O du süßes Griechenkind:
> Laß die siechen
> Krüppelgriechen,
>   Lern', wie deutsche Minne minnt!

(zu Heinrich, dessen Kopf nun auch links hinter ihm sichtbar wird)

Steig nur mir nach — hieher —: 's ist niemand hier!

Heinrich (höher kommend).

So schweig' doch still! — Steigt er zum Taubenhause,
So schreit der Marder nicht, — er hält das Maul!

Friedrich. Wir aber woll'n der Täublein Tauber
              werden!

(singt mutwillig weiter, leise)

> Griechentäubchen,
> Dunkelhäubchen,
>   Mit dem roten Schnäbelein,
> Sag', wo steckst du?
> Ach, was neckst du
>   Lang des Taubers Girrepein!

(Springt nun geräuschlos herab. Heinrich folgt ihm: über die Kostüme siehe den Anhang: sie spähen überall umher.)

---

¹) Über Singen oder bloßes Sprechen der Lieder Friedrichs siehe die Schlußbemerkungen unter: „Friedrich".

Heinrich. Beim heil'gen Grab! Laß doch nur jetzt
die Lieder!
Soll man den Vogel gleich am Sang erkennen?

Friedrich. Freund, du hast recht! — Es ward mir
nur auf einmal
So ganz prophetisch: — — und dann muß ich singen!
Ein Hauch, ein Duft von ihr hat mich berauscht!
Seit Jahren, seit Byzanz, war sie verschwunden,
Bis gestern plötzlich nahe diesem Schloß
Sie sprengt an mir vorbei auf leichtem Zelter,
Den Falken auf der Hand.

Heinrich (feurig). An ihrer Seite!
Mit meiner Agnes, meiner holden Braut!

Friedrich. Du armer Bräut'gam! Hochzeit machst du nie!
Denn Feuer werden eher noch und Wasser
Als Hohenstaufen sich und Welfen einen:
Die schroffste Kluft, die unsre Zeit zerspaltet,
Der Fehberuf: „Hie Waiblingen! Hie Welfen!"
Hält Euch getrennt.

Heinrich (begeistert). Doch Flügel hat die Liebe!
Laß seh'n, ob ich mit mir die Braut nicht trage
Hoch über tausend Schwerter und den Tod!

Friedrich (warm). Brav, junger Löwe! Also hör' ich's gern!
Das Schönste doch, was Lied und Sage singt,
Es ist der Liebe todeskühner Sieg. — —
Doch leichter stürmst du noch einmal den Wall
Jerusalems, der Erste deutschen Heers, —

Heinrich (innig ihm die Hand reichend).
Warst du der zweite nicht, — war ich des Todes!

Friedrich (fortfahrend). Als daß die Staufentochter du
gewinnst. —
(Pause.)
Du wagtest dich in deiner Feinde Haus: —

Ich warnte treu — weh, wenn sie dich erkennen!
Auf unser beider Häuptern liegt die Acht!

Heinrich. Seit gestern meine Agnes du gesehen,
Seit ich die Braut in diesen Mauern ahne, —
Unwiderstehlich zieht es mich hieher! —
Ich muß sie wiedersehn — ich muß erforschen,
Ob noch mein Bild in ihrer Seele lebt.   (Pause.)
Sie war ein Kind noch damals: — weh mir, wenn
Der Häuser Haß ihr Herz mir hat entfremdet.

Friedrich (ernst und edel). Wenn sie dich wirklich liebte —
                              liebt sie noch:
Denn ew'ge Treu' ist echter Minne Kern.

Heinrich (warm). Dank für dies Wort! — Du viel=
                              geschmähter Leichtsinn:
Das Abend= und das Morgenland erklingt
Von deinen Liedern, die du allen Schönen,
Ob Kreuz und Schapel sie, ob Turban tragen,
Rasch huld'gend singst: — und doch dies tiefe Wort?

Friedrich (poesievoll). Die Schönheit, Bruder, zieht den
                              Sänger an
Gleichwie der Mond das Meer: er muß ihr folgen
Und alle Sterne spiegeln muß die Flut:
Und doch glänzt Eine Sonne nur — die Liebe!

Heinrich. Und deine Sonne? —

Friedrich.   Hat ein griechisch Näslein!
Gar viele lob' ich: — doch Praxedis lieb' ich! —
So folgt' ich gern in diese Thorheit dir
Und sprang — nachdem du nicht zu halten warst —
Sprang keck mit dir in dies gespannte Garn.

Heinrich (innig, auf seine Schulter gelehnt).
Du sprängst mit mir — für mich! — auch in den Tod!

Friedrich (heiter). Gewiß! — Doch möglichst spät! —
                              Vorher noch hoff' ich

Manch tönend Lied, manch siegesfroh Gefecht,
Manch kühlen Trunk und manchen heißen Kuß. —

Heinrich. Und deshalb — Vorsicht!

Friedrich.   Ja: denn Kaiser Heinrich
Hat manchen Turm, gar dick und tief, darein
Er gern die Leute sperrt, die er nicht mag.

Heinrich. Uns aber hat er noch nicht, wie den Richard,
Den löwenherz'gen Ohm von Engelland,
Nach dessen Los geheim zu forschen uns
Mein edler Vater ausgesandt.

Friedrich.   Der Kaiser
Ist längst wohl schon in Mainz: — Und das ist gut;
Sein Adlerauge dränge, fürcht' ich, rascher
Durch uns're Mummerei, als Frauenblick.

Heinrich. Bist du gewiß, Praxedis sah dich nicht?

Friedrich (verneint durch Gebärde).
Ich lag im Busch, des Finkenfanges pflegend, —

Heinrich. Den du Herrn Walther von der Vogelweide
Hast abgelernt — wie seines Liedes Kunst!

Friedrich (lacht). Ja, wie der Spatz die Kunst der
                                        Nachtigall! —
Ich bin gewiß, die Mädchen sah'n mich nicht. — —

                    (Pause.)

Doch — höre Freund, — du kennst mein durstig Herz —
(Er öffnet den Deckel der Weinkanne auf dem Trinktisch, sieht hinein und stürzt
die leere Kanne um.)

Huh — alles leer — und trocken wie die Wüste.

Heinrich (scherzhaft verweisend). Schon wieder trinken?

Friedrich.   Heinz, du bist ein Held:
Ihr Helden dürstet nur nach Blut und Ruhm:
Ich aber bin ein Sänger und du weißt:
„Stets durstig sind die Sänger".

Heinrich.   Lieber Freund,
                                                            3*

Ich bitt' dich, wärm' nicht alte Sprüche neu!
Mit jenem Wort empfing ja schon Dietlind,
Die Tochter Rüdegers von Bechelaren,
Den frohen Sänger Volker von Alzei!

  Friedrich. Nun gut: so schlug ich denn nicht aus der Art:
Von jenem Volker, sagt man, stammt mein Haus.

  Heinrich. Das Singen ist 'ne Kunst: — jedoch das Trinken?

  Friedrich. Ein weiser Zecher, der viel trinkt, jedoch
Viel mehr noch, als er trinkt, vertragen kann,
Und goldne Worte schlürft aus goldnem Wein,
Übt meisterhaft die heitre Kunst, — — zu leben.
Mehr trinken können als der Feind ist auch
Manchmal ein Vorteil: — wirst's noch einsehn, Heini!

  (Schlägt lärmend auf den Tisch und ruft:)

Helft, Leute, Feurio! Hier brennt's! — Auf! löscht!

  Heinrich. Verweg'ner, wie? Du rufst sie selbst herbei?

  Friedrich. Ja! Unsichtbar kann ich uns doch nicht machen!
Wir sind mal hier — laß seh'n, wie's weiter geht!

  (ruft wieder)

Herbei, ihr Leute! Helft, hier ist ein Unglück!

Sechste Scene.

Vorige. Bumpo, am Gürtel einen großen Schlüsselbund mit dem pfalzgräflichen Siegelstempel, eine Rohrfeder hinter dem Ohr sowie eine Pergamentrolle im Gürtel, kommt ärgerlich und polternd aus der Pforte, schon im Auftreten den später entwickelten Charakter andeutend.

Bumpo *(zornig).* Was giebt's hier? Welch Geschrei! Wo ist
        das Unglück?

  Friedrich *(hält ihm die leere, umgestürzte Kanne entgegen).*
Hier ist das Unglück: seht — ein leerer Weinkrug!

  Bumpo. Ha, frecker Gauch!

  Friedrich.   Ja, das ist noch nicht alles:

Ein leerer Krug: (biefen erhebend — an feine Kehle faffend) — ein
voller Durft daneben.

Bumps (wichtig, herrifch). Wo kommt ihr her?

Friedrich. Von Adam — fagt die Bibel.

Bumps (immer zorniger und haftiger, auf das fich öffnende Thor weifend).
Still! Fort mit euch! Hinweg! da kommt der Kaifer!

Heinrich. Wer? } (rafch, zugleich,
Friedrich. Was? } erfchrocken).

Bumps (ftemmt beide Arme in die Hüften).

Nicht wahr, landfahrendes Gelichter,
Das fchreckt euch doch? — an Block und Staupenfchlag
Ift eure Art gewöhnt, ihr Gau=Schlerenzer!
Den Blutbann und den Kaifer fcheut ihr doch!

Friedrich (faßt ihn an beiden Schultern und rüttelt ihn).
Wer kommt aus diefer Thür, du alter Narr?

Bumps (fich zornig losmachend). Der römifch=deutfche Kaifer,
du Vagant!

Heinrich. Da ift er fchon!

Friedrich (zu Heinrich). Jetzt wird es hübfch!

Heinrich. Nun kühn!

——

Siebente Scene.

Vorige. Kaifer, Kanzler, Gefandter, die drei Frauen aus dem Thor.
— Heinrich und Friedrich treten ungefehen in das Gebüfch des Trinktifches.
Bumps, mit einem fchmachtenden Blick auf Pragedis, ab in die Pforte.

Heinrich (fowie er Agnes erblickt). Sie ift's! Sie ift's, mein
goldgelockter Engel!

Friedrich (Pragedis erblickend, ebenfo).
Und auch mein fchön fchwarz Teufelchen dabei!

Kaifer (langfam). Das muß bedächtig, Graf, erwogen fein.

Gefandter. Bei Saint=Denis, — die Antwort ift doch kurz!

Pfalzgräfin. Das find' ich auch, Herr Graf: sie
lautet: „Nein".

Gesandter (spottend). Das sprach zum Glück der Kanzler
nicht des Reichs —

Das sprach nur eine (Verbeugung) wunderschöne Frau.

Kaiser. Die weiser, besser, herz-gescheiter ist
Als dort mein Kanzler — — und der zu Paris.

Gesandter. Der grimme Löwe darf nie wieder los, —
Richard von England darf nie frei mehr werden!

Friedrich (lachend, leise zu Heinrich). Ha, ha!
Den fürchten sie, mehr als den übeln Teufel!

Heinrich (leise). Ja, Philipp August und des Richard
Bruder, —

Friedrich (leise). Der Dieb, der saub're Prinz Jo-
hann, die sich ...—

Heinrich (leise). In des gefang'nen Löwen Land
geteilt; —

Friedrich (leise). Gebt acht! Herr Blondel und Herr
Ivanhoe,

Vor allen Burgen singend suchen sie, —

Heinrich (leise). Und finden sie ihn, läßt ihn frei
der Kaiser, —

Friedrich (leise lachend). Wie laufen dann die Hasen
vor dem Leu'n!

(Rasches Geflüster.)

Kaiser (hat unterdessen mit dem Kanzler und dem Gesandten leise gesprochen, kopfschüttelnd).

Den Löwenherz soll Euch ich überliefern? —

Kanzler. Für sehr viel Geld!

Praxedis (vortretend). Der Kaiser ist kein Jude.

Kanzler (achselzuckend). Ein Jud' ist manchmal reich, mein
schönes Kind, —

Gesandter. Und immer arm — sagt man! ein röm'scher
Kaiser!

Kaiser (gutmütig lachend). Da hat er recht! Das kann
ich nicht bestreiten!

Pfalzgräfin. An treuen Freunden reich ist Kaiser Heinrich.

Gesandter (lacht). Wir wissen das! Besonders dort in
Braunschweig!

Friedrich (leise). Der welsche Schelm!

Heinrich (sehr grimmig, will vorbrechen, Friedrich hält ihn mit Mühe
zurück, leise). Gleich hau' ich ihn zusammen!

Kanzler. Das ist's ja eben, — daß Ihr Hilfe braucht! —
In Braunschweig ist man nicht so spröd wie Ihr.

Gesandter. Heinrich der Löwe buhlt um unsre Gunst!

Heinrich (reißt sich von Friedrich los und tritt aus dem Gebüsch heftig
auf den Grafen zu). Graf Lorjol de Ronant, das lügt Ihr frech!

Friedrich (wollte ihn vergeblich halten, tritt dann mit vor).
Halt' an dich, Heinz! — — Zu spät —! wir sind verloren.
(Großes Erstaunen der übrigen über das plötzliche Erscheinen der bisher Unbe-
merkten: Gesandter greift ans Schwert.)

Kaiser. Wer seid Ihr?   ⎫ (sehr rasch
Pfalzgräfin.   Woher kommt Ihr?   ⎬ nachein-
Kanzler.   Und was wollt Ihr?   ⎭ ander).
(Heinrich steht sprachlos vor Aufregung, greift ebenfalls ans Schwert — die
beiden Mädchen mustern neugierig, aber verstohlen, die Freunde.)

Friedrich (will Zeit gewinnen, etwas zu erfinden).
Gemach! — Das sind drei Fragen auf einmal.

Heinrich (verlegen). Wir wollten gern . . . —

Friedrich (verlegen, aber doch lustig). Wir sind sehr
durstig — —: Wasser.

Pfalzgräfin (heiter zu Friedrich).
Ihr seht nicht aus, als tränkt ihr Wasser gern.

Kanzler. Wie kamt ihr hier herein?

Friedrich (komisch verlegen). Das ist schon schwerer
zu sagen! — Ei: (auf die sehr hohe Mauer deutend) wir fielen da
herunter.
(leise dringend zu Heinrich)
So komm' mir doch zu Hilfe — sag' doch auch was!

Heinrich (mit einem Blick auf Agnes).

Wir sah'n hier oben ranken duft'ge Rosen ... —

Agnes (tief bewegt, rasch für sich).

Bei Gott im Himmel — das ist seine Stimme!

Heinrich. Und stiegen auf den Wall und ... — (stockt)

Friedrich (lustig).   Fielen 'runter!

Kaiser (streng).   Wer seid ihr?

Gesandter (die Hand am Schwertgriff).

                    Kann ein Ritter mit euch kämpfen?

Heinrich (bejaht schweigend, die Hand wieder an das Schwert legend).

Friedrich (gedehnt).

Ja! — Wer wir sind?? — (Pause.) — Das ist recht leicht
                      zu fragen. —

Doch nicht so leicht zu sagen, wie Ihr meint.

Pfalzgräfin. Ihr werdet doch die eignen Namen wissen?

Friedrich (immer zögernd). Gewiß! — Natürlich! — Könnt
                  Ihr nur so fragen!

(für sich)

Jetzt hilf mir, Fabelkunst, du holde Fei!

(laut)

Wir sind — ich bin — mein Freund hier ist Herr Friedrich
Vom Leu'n, — ein weitberühmter Minnesänger!

(Agnes macht eine Bewegung des Zweifels.)

Pfalzgräfin. Vom Leu'n? — Vom Leu'n? — Den
                  Namen hört' ich nie.

Kaiser. Ich kenne meines Reiches Sänger gut: —
Von solchem Minnesänger hört' ich nie.

Friedrich. Nun wartet nur: — bald soll er Euch was singen.

(Heinrich macht eine Bewegung des höchsten Schreckens.)

Friedrich (für sich, lachend). Mein armer Heinz! darauf bin
                  ich begierig!

Er findet keinen Reim, müßt' er drum sterben!

Praxedis (neugierig. scharf musternd, an Friedrich herantretend. argwöhnisch. gedehnt). Und — Ihr?

Friedrich (rasch. mit einer Verbeugung).

     Ich bin, holdselige Praxedis, —
  (Praxedis stutzt. da er ihren Namen kennt.)

Vor allem Euer feuriger Bewund'rer . . . —

Praxedis. Und heißt?

Friedrich.   Ja, reicher Gott! Wie heiß' ich?
Im Anschau'n Euer hab' ich's ganz vergessen.

Kaiser. Wie heißt Ihr?

Friedrich (zögernd). Ich kann nichts für meinen Namen! —
Bedenkt, — ich hab' ihn mir nicht selbst gewählt: —
Laßt mich's entgelten nicht, — ich nenn' ihn ungern —

Kaiser (steigernd). Wie heißt Ihr? Sprecht!

Heinrich (für sich).   Jetzt bin ich selbst gespannt! —

Friedrich. Ich bin der Ritter Heinz von Thunichtgut
Und (herablassend) dieser arme Kauz da ist mein Dienstmann.
     (lacht. für sich)

Zum Dienstmann einen Herzogssohn, wie vornehm!

Praxedis (tritt rechts ganz vor. für sich).
Wenn dieser Thunichtgut kein Blondbart wäre, —
Nie sah ich soviel Ähnlichkeit auf Erden. —

Heinrich (tritt vor). Graf de Nonant, ich darf euch kämpf-
       lich grüßen:
An Blut und Rang und Heerschild steh' ich euch —
Mein Eid! — nicht nach, und hier, — vor meinem
      Kaiser, —
Zum Kampfe fordr' ich Euch.

Pfalzgräfin.   Gemach, mein Freund!
Das Kämpfen kommt vielleicht noch: doch vorher,
Herr Graf, beweist, was Ihr so keck behauptet,
Daß Frankreichs Gunst der Löwe Heinrich sucht.

Kaiser. Das find ich billig: ja: beweist das Wort;
Es kann nicht schwer sein, habt Ihr wahr gesprochen.

Gesandter. Am Tag zu Mainz, nicht hier! (zu Heinrich)
                     Und nicht für Euch!
Ich mit Euch kämpfen, einem armen Dienstmann!

Friedrich (für sich). Das eben wollt' ich! Keinen Zweikampf
                     hier!

Gesandter. Herr Kaiser, weist hinaus den Mauer-Klettrer,
Der Frankreichs Abgesandten hat beschimpft.

Pfalzgräfin. Halt ein, Herr Graf: ich bin die Burgfrau
                     hier:
Gastrecht zu schenken oder zu versagen
Steht mir allein zu! — (lächelnd zu den Fremden) Ist der Weg
                     auch seltsam,
Den diese Gäste wählten in mein Haus, —
Sie haben sich vortrefflich eingeführt,
Verteid'gend einen hart-verklagten Fernen, —
Der sich nicht selbst verteid'gen kann —: das lob' ich
Und warm willkommen grüß' ich solche Gäste.

Kaiser (leise zur Pfalzgräfin).
Auch mir gefallen sie — doch, Vorsicht, Freundin!
Herr Thunichtgut hat offenbar gelogen: —
Den andern dort, den Hitzkopf, — fang' ich gleich!
    (laut rufend, ohne Heinrich anzusehn)
Herr Friedrich! (Heinrich antwortet nicht auf den ungewohnten Namen:
    Kaiser wendet sich nun scharf gegen ihn.)
    Nun? — Ihr heißt doch „Friedrich"? — Nicht?

Heinrich (faßt sich mühsam und bejaht schweigend; zu Friedrich).
Das kommt von deinem übermüt'gen Lügen!

Kaiser. Sprecht, Jüngling — sagt die Wahrheit Eurem
                     Kaiser —
    (sieht ihm voll ins Auge)
Ihr seid dem Löwen Heinrich nah befreundet?

Heinrich. Mein Kaiser: Ja! (Friedrich giebt seinen Unwillen über diese Offenheit zu erkennen) nach Euch steht mir am höchsten Heinrich der Löwe.

Friedrich (ärgerlich). Doch er haßt — so scheint es — Den jungen Heinrich: und will ihn verderben.

Kaiser. Sagt an, im Ernst — denn jener Schalk — — erfand,
Als ob nicht Ihr, als ob er selbst der Sänger! —
Was sucht ihr hier? Was wollt ihr in der Gegend?
Seid ihr vom Löwen selbst nicht ausgesendet?

Heinrich (nach kurzem Besinnen faßt einen Entschluß).
Mein Kaiser: Ja!

Friedrich (erschrocken, leise). Gott, das ist allzukühn!
(Die andern Anwesenden drücken ihr Erstaunen, Agnes ihre Besorgnis aus.)

Heinrich. Wir sind an Euch gesandt, um endlich Frieden
Dem armen Reich und Euch und uns zu suchen.
Wir sind ja nicht besiegt — ihr wißt's, Herr Kaiser: —
(Kaiser macht eine Bewegung des Unmuts, aber der Einräumung.)
Doch Fluch dem Kampf, ja Fluch dem Siege selbst,
Den unsre Waffen über Euch gewönnen! —
Versöhnung beut der Löwe Heinrich Euch!

Kaiser (wendet sich streng ab; bitter und stolz). Versöhnung!

Pfalzgräfin (flüsternd und mahnend zu Heinrich).
Unterwerfung ist das Wort!

Heinrich (in edler Wärme). Auch Unterwerfung: — denn Ihr
seid der Kaiser!
Und wer im Recht, — im Unrecht von uns beiden
Von Anfang war, — wer will das noch entwirren! —
Und wären wir allein im Recht — sei's drum:
Das schönste Recht ist Reich und Kaiser dienen!

Agnes (für sich, tief bewegt). Bei Gott, er ist's! Noch lauter
als die Stimme
Verrät ihn mir sein Herz — er muß es sein!

Heinrich (immer begeisterter und feuriger werdend).

Im Namen Heinrichs biet' ich Unterwerfung!
Gebt ihm den Frieden, nehmt die Acht von ihm,
Das Feldgeschrei: hie Waiblingen, hie Welfen,
O laßt's verstummen, das unselige.
Frei gebt Richard von England, seinen Vetter,
Und euren Feinden: Frankreich, Rom, Byzanz,
Führt voll vereint die deutsche Kraft entgegen! (kniet)

(Pause.)

(Kanzler und Gesandter drücken ihre besorgte, die drei Frauen ihre freudige Erwartung von dem Eindruck dieser Worte auf den Kaiser aus.)

Kaiser (bewegt). Steht auf, Herr Ritter, gut habt Ihr
gesprochen!

(Heinrich erhebt sich.)

Euch glaub' ich: solches Feuer lügt man nicht.
Jedoch, wer bürgt, ob auch die Heinriche,
Der Vater und der Sohn, gesinnt, wie Ihr?
Sie bieten Worte: — säh' ich einmal Thaten!
Ja, säh' ich einmal treu für dieses Haupt
Das Schwert sie schwingen und ihr Blut vergießen —
Ich wollt' verzeih'n. —

Heinrich (lebhaft). So stellt sie auf die Probe!
Der Herzog Lothringens hat sich empört: —
Im Bund mit Frankreich soll er heimlich steh'n:

(Gesandter verneint lebhaft.)

Wohlan, schickt uns're Scharen gegen ihn
Und seht, ob wir nicht fechten für das Reich.

Kaiser (wieder kalt, mißtrauisch).

Ja, könnt' ich das! — Doch zu gefährlich ist's!
Denn, wenn sie nun die Probe nicht beständen,
Wär' ich verloren — und das Reich dazu!

(arglistig)

Nein! Ist's euch mit der Unterwerfung Ernst — —
Soll Geiseln mir der alte Löwe stellen —

(lauernd)

Den jungen Heinrich, seinen Sohn ... —

Heinrich (fortgerissen von edler Wallung, will sich zu erkennen geben und sofort selbst als Geisel stellen).

Wohlan —!

Friedrich (hält ihn rasch zurück, sehr rasch und eindringlich).

Halt ein! Um Gott! — Denk', wie er jahrelang
Den Löwenherz gefangen hält im Turm!
Du siehst die Sonne nicht mehr, greift er dich:
Nur mit des Vaters Willen darfst du's wagen!

Agnes (für sich). O Gott! Er darf nicht!

Heinrich (hat sich gefaßt, leise). Dank, Freund, du sprichst wahr.

(laut)

Wohlan, Herr Kaiser: Euren Vorschlag bring' ich
Heinrich dem Löwen: glaubt's, jung Heinrich stellt sich!

Pfalzgräfin (bittend). Dann aber setzt den jungen Löwen
hier
In sanfte Haft: — vertraut ihn meiner Obhut.

Kaiser (zur Pfalzgräfin, hörbar für die beiden Mädchen: arglistig und rachgierig, seine tyrannische Ader bricht durch).

Nein, schöne Freundin! Das wär' zu gewagt!
Ihr wär't im stande, Eurem Kind ihn nochmal, —

(spöttisch)

Den Unvergeßnen! — zu verloben! — Nein!
Hab' ich ihn erst, — dann sperr' ich auf Sicilien
Ihn in den tiefsten meerumrauschten Turm:
Auch seinen Freund, den Sänger, daß nicht wieder
Ein Blondel mir vor allen Burgen klimpre.
Und eher nicht schau'n sie die Sonne wieder —
Bis meine Rache voll gesättigt ist!

(Schrecken der drei Frauen.)

Praxedis (zu den beiden andern). Unheimlich grimm ist dieser
Königstiger.

Pfalzgräfin (laut). Zum Glück für Heinrich habt Ihr ihn
noch nicht: —
Recht weit von Eurem Griff ist gut für ihn!

Agnes (leise, zitternd). O Himmel — und hier steht er dicht
bei ihm!
Laß, Gott, ihn nie in diese Hände fallen.

(Trompetenruf von außen.)

Bumpo, Gerhard, Reisige (aus dem Thor).

Bumpo. Die Rosse stehn gesattelt, wie befohlen.

Kanzler. Herr Kaiser, auf nach Mainz! Es drängt die
Zeit!

Gesandter. Erst meines Auftrags muß ich mich entled'gen
Der (zu Agnes) Euch gilt, hold'ste Blume deutscher Erde:
Der Kaiser, Eures Hauses Haupt, stimmt zu,
Auch Euer Vater kann nicht widerstreben:
Der Herr des schönsten Reichs im Abendland,
Mein Herr, der ritterliche Philipp August, —

(steigende Spannung aller Anwesenden)

Der König Frankreichs, — wirbt um Eure Hand! —

(Kleine Pause.)

Und also fehlt nur Euer Ja-Wort noch,
Das ich erbitte (kniet): Frankreich huldigt Euch:
Hier giebt's nur Eine Antwort: die heißt —

Heinrich (rasch, leise).   Gott!
Was wird sie sagen! Agnes! Agnes!

Agnes (laut).   Nein!

(Gesandter springt zornig auf, Unwille des Kaisers und des Kanzlers,
Freude Heinrichs und Friedrichs: Freude, aber auch Besorgnis, von Pfalzgräfin und Praxedis.)

Agnes. Sagt Eurem Herrn: Ich bin jung Heinrichs Braut:
Und niemals werd' ich eines andern Manns.

Heinrich (leise). O Gott!

Friedrich (leise). Brav, Kleine!

Pfalzgräfin. Agnes!

Kaiser (drohend). Warte!

Kanzler. Thorheit!

Agnes. Ich kann so oft den Treueschwur nicht wechseln
Wie Euer Herr.

Gesandter. Was wagt Ihr da zu sagen?

Agnes. Die Wahrheit! — Sprecht: was hatte sie verbrochen,
Von Dänemark die schöne Ingeborg, — —

(Gesandter zuckt bei diesem Namen.)

Die grundlos dieser ritterliche König
Verstieß aus eitel Willkür? — Sprecht! Ihr schweigt?

(Pause.)

Praxedis. Schlimm muß es steh'n, muß ein Franzose
schweigen.

Friedrich. Bei Griechinnen kann's so schlimm gar nie
steh'n.

Kaiser (sehr streng). Ich werde dieses Kindleins Trotzkopf
beugen,
Verlangt's das Wohl des Reichs: — das wird alsbald
Sich allzusammen nun zu Mainz erleb'gen:
Dort werd' ich zwischen Frankreichs Anerbieten
Und Englands Freundschaft meine Wahl entscheiden.

Gesandter (leise zum Kanzler). Weh ihm, weist er uns ab.

Kanzler (ebenso). Jawohl, dann mag
Der Lothringer in Eure Hand ihn liefern.

Kaiser. So gebt mir Urlaub, schöne Pfalzgräfin!
Manch gutes, kluges Wort habt Ihr gesprochen,
Das ich bedenken will.

Pfalzgräfin. Lebt wohl, Herr Kaiser!
In Mainz sei mit Euch Euer guter Engel!

Kaiſer (leiſe zum Kanzler). Was dieſe beiden Sendlinge be-
trifft, —

Laßt ſcharf ſie überwachen: — nöt'genfalls:

Verhaften. — Habt Ihr hier im Schloß nicht jemand,

Dem ſolchen Auftrag Ihr vertrauen mögt?

Kanzler (leiſe, auf Bumpo deutend).

Jawohl: mein Vetter dort, — mir blind ergeben, —

Des Schloſſes Kaſtellan — ihm kann man trau'n.

Kaiſer (leiſe). So gebt ihm Vollmacht, gebt ihm Brief
und Siegel.

(Kaiſer und Kanzler flüſtern mit dem herbeigewinkten Bumpo, der, unter
Gebärden höchſter Dankbarkeit für die erwieſene Ehre — er beteuert eifrigſte
Ausführung der anvertrauten Aufträge. — vom Kanzler eine unbeſchriebene
Pergamentrolle, an welcher das kaiſerliche Siegel hängt (ſiehe den Anhang),
empfängt und ſorgfältig im Bruſtwams birgt.)

Friedrich (leiſe zu Heinrich).

Dies Ohrgeflüſter, Heinz, — gieb acht — gilt uns!

Agnes (leiſe). Was planen ſie?

Pfalzgräfin (leiſe zu Praxedis). Was ziſcheln ſie geheim?

Praxedis (leiſe). Weiß nicht! Doch hält kein feinſtes Netz
Beſtand

Vor Mäuſezahn und Mädchenliſt.

Kaiſer (zur Pfalzgräfin). Lebt wohl!

Auf Wiederſeh'n, wann die Entſcheidung fiel

Zu Mainz!

Pfalzgräfin. Mein großer Kaiſer, folgt der Stimme

Des Edelſinns in Eurer Bruſt! —

Kaiſer (mit freundlichem Spott). Und Eurer Staatskunſt!

(Kaiſer geht durch das Thor ab, ehrerbietig begleitet von allen Anweſenden:
Kanzler und Geſandter folgen ihm zur Abreiſe: als auch die beiden Freunde
ſich, ungern, zögernd, anſchicken, mit dem Kaiſer das Schloß zu verlaſſen, winkt
ihnen beiden gaſtlich die Pfalzgräfin.)

Pfalzgräfin. Verweilet noch in meinem Haus, ihr Herr'n —

Wir möchten gern euch tiefer kennen lernen.

(Beide Freunde danken erfreut und folgen nun der Pfalzgräfin und Agnes
durch die Pforte: als auch Praxedis in die Pforte treten will, zupft ſie
Bumpo am Ärmel und zieht die Erſtaunte wieder nach vorn.)

———

Achte Scene.

Praxedis. Bumpo. Bald darauf Pfalzgräfin und Agnes aus der Pforte.

Bumpo (den beiden Freunden drohend nachrufend).

Jawohl! Wir woll'n euch tiefer kennen lernen!

(zu Praxedis)

Was sagt Ihr nun, höchst spöttische Praxedis?
Was dünkt Euch nun von Bumpo, dem Kast'lan?

Praxedis. Was stets, Herr Bumpo: — nichts Besondres
eben!

Bumpo. So, so? Und doch hält dieser Bumpo hier

(die Rolle emporhebend)

Des Kaisers Brief und Siegel in der Hand!

(aufgeblasen)

Bald künd' ich nun den pfalzgräflichen Dienst
Und werde kaiserlicher Unterkanzler.
Als kaiserlicher Kanzler aber darf
Um Eure Hand ich zuversichtlich werben.

Praxedis (für sich). Was schwatzt der Narr? — (nachsinnend) Sie
flüsterten mit ihm! —

(laut)

Ja freilich, edler Bumpo, wenn das wahr... — —

Bumpo (eifrig). Ihr zweifelt noch? Da seht! Des Kaisers
Siegel!

(hält es ihr vor die Augen)

Ich bin betraut von Vetter Sigilocus
Mit einem höchst geheimen Staatsgeschäft.

Praxedis (schlau). Wie? höchst geheim?

Bumpo. Ja: selbst nicht Euch zu sagen.

Praxedis (einschmeichelnd). Herr Bumpo, wie? Ihr werbt
um meine Minne

Und hegt Geheimnis vor der Minne-Herrin?
So schlecht versteht Ihr Minnepflicht und -dienst? —

Vertraut mir dies Geschäft! — Als Eurer Liebe
Beweis verlang' ich das!

Bumpo. Geht nicht! Nein! Geht nicht.

Praxedis (zärtlich).
Wie? Und Ihr sagt, Ihr liebt mich! (seufzend) Geht, Ihr
spielt nur!

Bumpo (eifrig). Ich lieb' Euch schrecklich: — aber . . . —

Praxedis (unwiderstehlich). Lieber Bumpo!

(Bumpo horcht hoch auf.)

Ihr habt ein Küßlein oft von mir begehrt, —

(schelmisch verschämt)

Als Vorschmack unsrer künftigen Verlobung! —

Bumpo (warm, eifrig). Ei!

(ihren Ton nachahmend)

„Lieber Bumpo!“ — Bitte, sagt das noch mal!

Praxedis (steigernd). Mein lieber Bumpo! — Für das
Staatsgeheimnis: —

(leise)

Ein rotes Küßlein!

Bumpo. Nun, so hört! — Doch — — schweigt!

Praxedis. Gewiß! — So stumm wie — Ihr!

Bumpo (um sich spähend, dann geheimnisvoll, die Hand vor den Mund
haltend, sehr ernsthaft). Es gilt — den beiden!

Praxedis (erschreckend, leise).
Ich dacht' es wohl! (laut) Wem gilt's?

Bumpo (mit dem Daumen der linken Hand hinter sich deutend).
Den Lauf-durchs-Land da,
Den Mauer-Hüpfern, jenen jungen Laffen,
Die Euch — ich sah es scharf! — und Fürstin Agnes
So frech verliebt beguckt! — Nun wartet, Büblein!

Praxedis (schlau). Wer sind die beiden? Wißt Ihr's,
treuer Bumpo?

Bumpo (wichtig). Ja!

Praxedis (eifrig, sehr neugierig). Sprecht!

Bumpo (wichtig).   Verruchte Staatsverbrecher sind sie!
An Kaiser und am Reich Hoch-Erz-Verräter.

Praxedis (unwillig). Ach was! — Doch ihre Namen?

Bumpo.   Weiß ich nicht!

(Praxedis macht eine unwillige Bewegung.)

Doch soll ich sie erforschen, — überwachen —

(sehr drohend)

Und — nöt'genfalls ... —

Praxedis (kann kaum ihren Schrecken verbergen, rasch einfallend).
          Nun? — Redet! — Ihr erschreckt mich! —

Bumpo (drohend). Nun, nöt'genfalls in Eisen fest sie schließen
Und in den Meerturm schicken nach Palermo!

Praxedis (sich verratend). O Gott im Himmel!

Bumpo.   Wie? Ihr bangt für sie?

Praxedis (hat sich gefaßt). Nein! Nein! — Mir graut nur
                    vor den Bösewichten
Und Ehrfurcht rieselt kalt durch mein Gebein
Vor Eurem wicht'gen Amt! Ihr seid ja wirklich
Ein hochgewalt'ger Mann in Kaisers Rat.

Bumpo (selbstgefällig). Gut, daß Ihr's endlich einseht. — —
                    Nun: das Küßlein!

Praxedis (entweichend). Nicht hier, wo's alle Leute seh'n! —
                    Man kommt!

(Pfalzgräfin und Agnes werden sichtbar in der Pforte.)

Bumpo. Nun gut! — In jenem Türmlein denn — dort
                    brinnen!

(weist auf den Pavillon)

Kommt mit hinein! — Den Schlüssel hab' ich hier: —

(zieht ihn aus dem Schlüsselgurt)

Ich hab' da drin zu thun — und Ihr — Ihr helft mir!

Praxedis (aufmerksam werdend). Was wollt Ihr dort?

4*

Bumpo (schließt auf, der Schlüssel bleibt von außen stecken: geheimnisvoll).
Quartier besorgen für

Die beiden Galgenvögel, daß sie nicht
Heut Nacht entwischen, gehn sie frei umher.
Das Schloß ist offen fast, leicht steigt man über: —
Doch (mit boshafter Freude ihr alles zeigend) seht: der Laden hier ist
außen schließbar —

Die Thür ist fest: (rüttelt) seht nur! — das giebt nicht nach —
Und wer da drinnen einmal sitzt — (lachend) der sitzt,
Ist staatsgefangen! Helft mir nur ein wenig,
Den Gästen dort behaglich hübsch zu betten, —
(er ist hineingegangen und bringt Decken heraus, welche Praxedis glättet und
ihm wieder reicht)
Daß sie die List der Einsperrung nicht merken —
Und willig mir hereingehn!

Praxedis.   Ihr seid schlau!
Bumpo. Da drinnen sieht das Küßlein dann kein Mensch!
Seht nur, ob fest von außen schließt der Laden!
(Geht in den Pavillon: Praxedis macht sich an dem Laden zu schaffen: sie
macht ihn von dem äußeren Wandhaken los und versucht, ob er zu schließen.
Einstweilen kommen Pfalzgräfin und Agnes eifrig ganz in den Vordergrund
links in das Gebüsch des Trinktisches: voll mit sich selbst beschäftigt beachten sie
die Vorgänge am Pavillon so wenig als Bumpo und Praxedis auf Mutter
und Tochter merken: also gleichzeitiges Doppelspiel an den beiden Echseiten
der Bühne.)

Agnes (die Mutter mit sich vorziehend, in tiefster Erregung).
O Mutter, Mutter! O welch' Glück! welch' Glück!
Pfalzgräfin (besorgt). Was hast du, Kind? Du glühst! Du
bebst! Du weinst!
Agnes. Vor Angst und Wonne! — Thränen find' ich,
Mutter, —

Doch Worte nicht! (Wirft sich an ihre Brust.)
Pfalzgräfin.   So sprich doch, Kind! Komm, sprich!
Agnes (tritt wieder von der Mutter hinweg).
Ich kann's nicht sagen! — Ach — ich bin so selig!
Pfalzgräfin. Was kann's nur sein?

Agnes. Ach Mutter, sagen nicht, — — —
Nur singen könnt' ich's etwa . . . —

Pfalzgräfin. Singen? Kind?
Doch freilich!
In Liebes Wort spricht leichter sich das Tiefste.

Agnes. Ja, singen. In dem Wort viel süßen Liebes . . . —

Pfalzgräfin (macht eine fragende, aber schon ahnungsvolle Bewegung).

Praxedis (hat einstweilen den Laden geschlossen und den langen Holz-
riegel von außen vorgeschoben, laut rufend zu Bumpo, der drinnen).
Hält's nun?

Bumpo (den Kopf zur Thür herausstreckend, nachdem er von drinnen an dem
Laden gerüttelt). Ganz fest! Den Laden lob' ich mir!

Praxedis. Hält's auch gewiß? Versucht's nochmal, Herr
Bumpo!

Bumpo (verschwindet, rüttelt von innen, dann ruft er):
Ihr seht: das hält! Wer drinnen ist, bleibt drinnen!

Praxedis (schlägt lachend die Thür zu, dreht den Schlüssel um, zieht ihn ab
und hält ihn hoch empor). So bleibt denn drin! — Gut' Nacht, gut'
Nacht, Herr Bumpo!
(Mit spöttischer Verbeugung vor der Thür.)

Pfalzgräfin. Wie heißt das Lied, wie heißt das Wort?
— ich ahne!

Agnes (wirft sich an der Mutter Brust).
„Ach, der Heini von Braunschweig ist wieder im Land!"
(Erst jetzt, nachdem diese Worte vom Publikum deutlich verstanden sind, hebt Herr
Bumpo von innen heftig zu pochen an. — Praxedis hat sich fragend der
Pfalzgräfin zugewendet, welche, ihr durch einen Wink alles erklärend und
die Hände gerührt auf das Haupt ihrer Tochter legend, [die sich an ihrer Brust
verbirgt,] gefühlvoll wiederholt:)
„Ach, der Heini von Braunschweig ist wieder im Land!"

Praxedis (tritt rasch verstehend hinzu).

(Gruppe.)

(Vorhang fällt rasch.)

II. Aufzug.

Die gleiche Scenerie.

Heller Morgen. — Thür und Fenster des Turm-Pavillons stehen offen; an einem der Stühle des Schreibtisches hängt eine Laute.

Erste Scene.

Pfalzgräfin, Agnes, Praxedis
(treten aus dem Thor und kommen im Gespräch langsam nach vorn).

Pfalzgräfin. So sind sie denn erkannt, die list'gen Gäste! —
Ei, ei, Praxedis —: unsern reifen Scharfblick
Hat hier dies Kind beschämt: es fand den Liebsten
Sofort heraus, indes wir Klugen schwankten.

Praxedis. Ja, bei der heil'gen Weisheit zu Byzanz,
Dies Lämmlein ist viel schlauer als wir alle:
Denn erst nachdem sie uns Orest gewiesen,
Erkannt' ich seinen Pylades, den Schalk.

Pfalzgräfin. Nun soll'n sie büßen, die sich unterfangen,
Uns Frau'n zu täuschen! Wartet nur, ihr Herr'n!
Beschämt, verwirrt, besiegt sollt ihr bekennen,
Daß Frauenlist euch überlegen sei.

Praxedis. Er soll mir zappeln, mein Herr Thunichtgut!

Pfalzgräfin (zu Agnes). Nachdem so fein den Freund du
ausgefunden,
Wirst du durch List ihn auch entlarven können?

Agnes (einfach). Liebt er mich noch, so wird's der List
nicht brauchen:
Liebt er mich nicht mehr, — ist die List umsonst.

Praxedis (lächelnd). Aus Haß schlich er doch schwerlich
hier sich ein!

Pfalzgräfin (weist auf die auf dem Schreibtisch liegenden Bälle).
Hier, unser Ballspiel soll sie überführen! —

(ernst)

Doch ach, dies ist die heit're Hälfte nur
Von unsrem Werk: die and're, liebe Mädchen,
Ist schwerster Ernst: denn furchtbar unvorsichtig,
Waghalsig-tollkühn — wie nur Liebe wagt! —
War's von den beiden, sich in Kaisers Nähe,
In seiner Macht und List Bereich zu wagen.
Ihr saht ihn wohl, den grimmen Blick des Hasses?

(Beide Mädchen bejahen, traurig, besorgt.)

Entdeckt er sie und hat er sie in Händen, —
Dann wird im Turm der junge Heinz und Friedel
Ein alter Heinz und Friedel!

Agnes (tief erschrocken).   Weh —: um mich!

Pfalzgräfin.   Nicht ich, nicht mein Gemahl kann dann
                               sie schützen!
Und dieser Bumpo, mit des Kaisers Vollmacht,
Dem Kanzler blind ergeben, ist gefährlich!
Gebt acht, schon braut er Rache für den Streich,

(zu Praredis)

Den du ihm spieltest.

Praredis (lacht).   Fast die ganze Nacht
Hat er gepocht, gepumpert und geschrie'n!
Geschah ihm recht! — Er und mein Mündchen küssen! —
Mit Disteln, doch mit Rosenknospen nicht,
Speist man den Esel. — Viel zu früh noch hat
Das Lämmlein ihn befreit.

Agnes (gutmütig).   Zur Frühstückstunde!

Praredis.   Damit er bald dich wieder quälen kann
Mit seiner Schreiblektion, der Erzpedant!

Pfalzgräfin.   Er ist gereizt: — die Gäste neckten ihn: —
Er wird sich grimmig rächen.

Praxedis (leichthin).   Wenn er kann!

Pfalzgräfin. Ei, dieser Tölpel, plump und dumm, doch
boshaft,
Hält mit des Kaisers Siegel beider Schicksal
In derber Faust.

Praxedis.   Ist er doch Euer Diener!
Muß er nicht thun und lassen, was Ihr wollt?

Pfalzgräfin (kopfschüttelnd, sehr ernst).
Nein. Kaiser Heinrich, Kanzler Sigilocus
Gebeut durch ihn: die Reichsacht träfe jeden,
Der nicht sofort erfüllt, was unter Siegel
Des Kaisers er befiehlt.

Praxedis (nachsinnend). So müßten wir
Das böse Pergament ihm denn entlocken: —
Dann wär' er wieder — Bumpo — wie zuvor!

Pfalzgräfin (rasch).   Das läßt er nicht von sich, um
keinen Preis!
Voll Argwohns, wie ein Drache seinen Hort,
Im Brustwams schleppt er's stets mit sich herum. —
Wir müssen's anders angeh'n: — aber wie?
Vergebens sann ich nach! Doch still — da kommt er.

———

Zweite Scene.

Vorige. Bumpo (mit einem großen offenen Kasten, der das später erwähnte
Schreibgerät enthält: zwei Rohrfedern, Tintenfaß, mehrere Pergamentrollen mit
daran hängenden Siegeln, ein Büchslein mit geraspeltem Bein, eine Radierklinge,)
aus der Pforte.

Bumpo (sowie er Praxedis erblickt gereizt).
Jungfrau Praxedis, das geht übern Spaß!
In solchem Loch mich eine ganze Nacht
Gefangen halten! — Irgend wer soll's büßen!

Praxedis (auf Mahnen der Pfalzgräfin).
Verzeiht, es war ein Scherz.

Pfalzgräfin (begütigend).   Sie soll's vergelten,
Ist sie erst Euer Weib!

Praxedis (leise, heftig zu Agnes und der Pfalzgräfin, die Finger krümmend).
Die Augen kratz' ich
Ihm schon am Heimweg vom Altare aus!

Pfalzgräfin (will ihn freundlicher stimmen).
Und was sie Euch versprach, — das soll sie halten:
Ihr habt ein Recht auf einen Kuß!

Pumps (erfreut).   O Herrin,
Ihr seid verkörpert die Gerechtigkeit.

Praxedis. Jawohl — auf meine Kosten!

Pumps.   Fürstin Agnes,
Ich kam so früh, um ungestört von jenen
Vaganten, die im Rhein des Bades pflegen,
Schreibunterricht Euch wieder zu erteilen.

Agnes (seufzt).

Pfalzgräfin (zu Praxedis).   Er ist der Plaggeist ihrer jungen
Tage!

Praxedis (leise zu beiden).   Und doch ist's gut, kann man
ein Brieflein schreiben.

Agnes (geht gehorsam an den Schreibtisch und setzt sich, dem Publikum
voll das Antlitz zukehrend).

Pumps (breitet das Schreibgerät pedantisch auf dem Tisch aus).
Ihr wißt, Herr Pfalzgraf hat es streng befohlen! — —
(predigend)
Die Schreibkunst und die zugehör'ge Lesekunst
Sind aller Weisheit, Kunst und Wissenschaft
Uranfang: — — denn wer lesen kann und schreiben... —

Praxedis. Ist er ein Schaf — wird er ein Schaf auch
bleiben!

Pumps (nachdrücklich, aus tiefster Überzeugung).
Mitnichten! — — Schreiberei ersetzt den Geist!

Das zeigt ein Blick auf viele Hauptscholarchen!
Nicht selber schaffen macht den Mann bedeutend, —
Nachschreiben, was vor ihm die andren dachten: —
Erfinden ist die Sünde der Poeten,
Die unsereins begeht nie noch verzeiht.

(setzt sich geräuschvoll)

Ersitzen muß der Mensch die höchste Weisheit!

(Pause.)

*(Pfalzgräfin und Pragedis gehen eifrig sprechend auf und nieder, sie be-
reden ihren Plan gegen die Gäste, suchen vergeblich eine List gegen Bumpo:
Agnes schickt sich an, zu schreiben.)*

Bumpo *(fortfahrend)*. Ich bin auch sehr zufrieden, Fürstin Agnes,
Mit Eurem Fortschritt: ei, Ihr malt so zierlich
Schon Eure Strichlein hin, ganz wie ich selbst!
Die Schül'rin macht dem Meister noch 'mal Ehre.

Pfalzgräfin *(stehenbleibend)*. Ja: zum Verwechseln ähnlich
schreibt sie Euch:
Ich selbst ward schon getäuscht und nahm für Eure
Des Kindes Schrift: der Inhalt nur war anders:

(Bumpo macht eine fragende Gebärde)

Ihr schreibt gelehrte Weisheit auf Latein, —
Sie schrieb auf deutsch das Märlein vom Dornröschen.

Bumpo *(streng)*. Zu solchem Schnickschnack Schreibekunst
mißbrauchen!

Pragedis *(stehenbleibend)*.
Besorgt Ihr nicht, Herr Bumpo . . . —?

Bumpo *(ärgerlich)*. Was? — Ihr stört uns!

Pragedis. Indes Ihr hier der Weisheit Urgrund lehrt,
Entspringen Eure Staatsverbrecher Euch?

Bumpo *(böse)*. Bin nicht mehr bang' drum! — Weiß
nur allzugut,
Was die hier festhält! — Nein, die gehn' nicht fort,
Bis ich sie selbst vielleicht *(drohende Bewegung)* — hinwegbeförd're.

(Besorgte Winke zwischen Pfalzgräfin und Pragedis.)

Pfalzgräfin (leise zu Praxedis). Er raunte mit dem Kellermeister lang . . . —

Praxedis (leise). Und lachte dann so sieggewiß und höhnisch . . . —

Pfalzgräfin (leise). Erforschen will ich, was er da gesponnen.

(Pfalzgräfin ab durch die Pforte. Praxedis spielt mit den Bällen, sie in
die Luft werfend und fangend.)

Agnes (hat sich inzwischen einen sehr langen, drolligen Schreiberärmel
über die Rechte und den Arm gezogen, holt hoch damit aus, ergreift die Rohrfeder und seufzt).

Ich bin bereit!

Bumpo (gravitätisch docierend).

Nachdem Ihr nun das Schreiben
Ganz ausgelernt, vernehmt die letzten Regeln
Der hohen Kunst. — »Pro primo« heißt: zum ersten! —

(das Folgende wie eine Lektion aufsagend: man merkt, er hat die Formel selbst
auswendig gelernt.)

„Fürsicht'ger Schreiber siegelt erst und schickt,
Was er geschrieben, fort, nachdem er einmal
Was er geschrieben, still, und dann noch zweimal
Mit lauter Stimme sich hat vorgelesen!" —

Agnes. Warum? Er weiß doch, was er selber schrieb?

Bumpo (kopfschüttelnd und fortfahrend in seinem Spruch).

„Denn größtem Schreiber mag es widerfahren,
Daß, weil sein Geist sucht mühsam nach Gedanken . . . —

Praxedis (die im Hin- und Herwandern und Auffangen der Bälle jetzt
gerade hinter ihm steht, sich schelmisch vorbeugend).

Ihr schwitzt wohl oft dabei?

Bumpo (ärgerlich über die wiederholte Störung springt auf und greift
drohend nach ihr. Praxedis entweicht graziös und leicht, Bumpo fährt
zornig fort).   die Hand aus Irrtum,
Zerstreutheit und Verwechslung falsche Zeichen
Malt auf das Pergament: so pro exemplo" —

Praxedis (wieder hinter ihm). Ein X fürn U?

Bumpo (auffahrend).   Ei! Taceat mulier —

Praxedis (von weitem). Ja: »in ecclesia«!¹) — Sind wir
in der Kirche?

Von diesem Garten schreibt Herr Paulus nichts!

Pumpo (zu Agnes). Ich selbst sogar, — obzwar ich mich
berühme

Des heil'gen röm'schen Reiches fernsten Schreiber —
Durchlese dreimal alles, was ich schreibe!

Praxedis. Und jedesmal klingt's weiser als vorher!

Pumpo (wieder die Regel ablesend).

„Zum letzten ist dem Schüler noch zu zeigen, —
Wenn man nun aber doch was falsch geschrieben,
Vielleicht auch anders sich besonnen oder
Was man"
(in anderm Ton) mit Achtung Eurer Fürstlichkeit! — —
„Ein Säulein nennt, — ein Tintenklexlein machte, —
Wie man das Erstgeschriebne zierlich tilgt,
Radiert, hinwegwischt und darüber hin
Zum zweitenmale schreibt, — so daß kein Auge
Entdecken mag, daß hier gescheh'n ein Unglück." —

Agnes (steht auf). Das scheint mir eine spitzbübische Kunst,
Geschickt zu Täuschung, Trug und Schriftverfälschung: —
Das lern' ich nicht! (Will fort.)

Pumpo (zieht sie am Ärmel nieder).
Ihr müßt! Der Vater will,
Daß ich die eig'ne Schreibkunst voll Euch lehre: —
Und dieses ist mein Haupt= und Meisterstück!

Agnes (setzt sich wieder). In Gottes Namen! wenn Ihr
d'rauf besteht!

Pumpo (begleitet die pedantisch vorgesprochene Formel mit den entsprechen-
den Hantierungen, das Schreibgerät einzeln hoch emporhebend).
Hier schreib ich — pro exemplo — Euren Namen —

---

¹) Taceat mulier in ecclesia: das Weib schweige in der
(Kirchen-) Gemeinde.

Gebt acht nun — wie durch Zauber soll er schwinden
Und drüber hin — unmerkbar, — schreibt sich's neu. —
(die Formel langsam vorsprechend)

„Man streut zuerst geraspelt Bein darauf, —
Dann zierlich, mit des feinsten Messers Klinge,
Schabt man die Schrift hinweg: mit Bimsstein glättet
Man die Rasur" — seht! so! — „und kann nun gleich" —
Seht! — „auf dieselbe Stelle wieder schreiben:"
(Pause.)

So! diese Regel lernt nun auswendig
Und sagt sie dreimal her beim Nachtgebet:
(da Agnes widersprechen will)

„Denn nicht genügt, daß man die Kunst versteht —
Man muß die Formel können repetieren:
Auswendig müßt Ihr, was der Meister vorsprach,
Weckt man Euch in der Nacht, nachsprechen können,
Das ist die höchste Kunst des . . ." —

Praxedis(feierlich).   **Papageis!**

Agnes (mit innerlichem Widerstreben sagt unmutig, halb seufzend, halb trotzig, wie ein Schulkind, die Formel her).

„Man streut zuerst — geraspelt Bein darauf — (Pause)
Dann zierlich, — mit des feinsten Messers Klinge, (Pause)
Schabt man die Schrift hinweg: (Pause) mit Bimsstein
glättet
Man die Rasur — und kann nun gleich just auf
Dieselbe Stelle wieder schreiben!" (springt heftig auf)
Amen!

Bumpo (nicht zufrieden).

Praxedis. Was je an Sünden, kleine Heil'ge, du
Begangen hast und künftig noch begeh'n wirst —
Mit dieser Schreiblektion ist's abgebüßt.

Bumpo (hat die Schreibsachen und Pergamente nebeneinander auf dem Tisch geordnet, steht nun ebenfalls auf).

Jetzt seid Ihr fertig! Völlig absolviert!

Kein deutsches Fräulein kömmt Euch gleich im Schreiben:
(salbungsvoll)
Macht von der Kunst stets löblichen Gebrauch.

———

Dritte Scene.

Vorige. Astolf (aus der Pforte). Agnes geht an die Mauer und blickt nach
den Gästen aus (welche sie vom Rhein her erwartet), so daß sie von dem Gespräch
zwischen Praxedis und Astolf nichts vernimmt.

Astolf (zu Bumpo). Der Kellermeister frägt, wie viel und
welchen
Wein Ihr befehlt zum Frühtrunk mit den Gästen?
Bumpo. Das muß ich selbst besorgen! Das ist wichtig!
(für sich)
Denn darauf ruht mein tief erdachter Plan!
Berauschen werd' ich sie, die Hochverräter:
Im Wein verraten leicht sie ihre Namen:
Wo nicht, die Absicht und Gesinnung doch:
Hab' ich im Scherz sie untern Tisch gezecht, —
Im Ernst schick' ich sie in Gefangenschaft.
(Ab durch die Pforte.)
Astolf (hat lange die beiden Mädchen gemustert: für sich).
Die Griechin ist die schönste doch! — Ich wag' es! —
(laut)
Liebreizende Praxedis, ach, wie oft
Hab' ich um Eure Minne schon geworben!
Ein einzig Küßlein . . . . —
Praxedis.   Helfe mir Sankt Amor!
In diesem Schloß küßt man erstaunlich gern:
Und just auf mich ist's dabei abgesehn.
Astolf. Ein einzig Küßlein!
Praxedis.   Ja, das thut mir leid:
Das nächste ist — Herrn Bumpo schon versprochen!

Astolf. Wie? Was? dem Alten?

Praxedis.   Nicht wahr? O mein Unstern!
Der eine Freier ist mir just so viel
Zu alt als mir zu jung der andre!

Astolf (seufzend).   Ach!
(nimmt sich einen Anlauf von Mut)

Ach! Einmal nur an deinem Herzen ruhn. —

Praxedis. Oho! — Ihr werbt ja gleich wie ein Selb-
schuk! —

Damit werb' ich sobald nicht dienen können,
Doch (zärtlich, geheimnisvoll) will ich Euch — weil Ihr es seid
— heut Nacht . . . —

Astolf. Was? Wo? Praxedis!

Praxedis (leise flüsternd).   Hier: — auf diesen Armen . . . —

Astolf (immer eifriger). Doch wann?

Praxedis (leise). Um acht! —
Wann alle braven Kinder schlafen geh'n —
(laut auflachend)
Euch selbst ins kleine Heia-Bettchen tragen!

Astolf (zornig; will ihr mit Gewalt einen Kuß rauben).
Das kostet Euch etwas für meinen Mund!

Praxedis (hält ihm mit der Rechten beide Hände und giebt ihm mit der
Linken einen sehr zierlichen Nasenstüber).
Einstweilen
Nehmt noch fürlieb mit etwas für die Nase.
(Sie tritt zu Agnes.)

Astolf (nachdem er frei geworden, schiebt sein Barett zurecht und reibt
sich das Näslein).

Die andern beiden sind mir schließlich lieber: —
Die Griechin find' ich — so — — herausfordernd!

———

Vierte Scene.

Vorige. Pfalzgräfin. Heinrich. Friedrich (aus dem Thor).

Pfalzgräfin. Da kommen endlich unsre Gäste, Mädchen.

Praxedis (zu Friedrich). Euch hat gewiß solang verweilt im
       Rhein
Der Nixen höchst nichtsnutziges Geschlecht.

Friedrich (beziehungsvoll). Die schlimmsten Nixen leben nicht
       im Wasser.

Heinrich (tritt zu Agnes). Wer echte Minne trägt in tiefer
       Brust,
Den mag Frau Venus selber nicht berücken.

Friedrich. Ein Abenteuer hielt uns auf . . . —
   (Fragende Gebärden der drei Frauen.)

Heinrich.   Wir sahen,
Vom Schilf des Rheins versteckt, vom Wald her . . . —

Friedrich. Vermummte Reiter sprengen auf die Straße —

Heinrich. Sie spähten vorsichtig: und wiesen flüsternd . . . —

Friedrich. Bald auf dies Schloß, bald auf Stahleck da
       drüben. —

Heinrich. Wir brachen vor mit lautem Waffenruf: —

Friedrich. Doch spurlos in den Wald enteilten sie. —

Heinrich. Umsonst verfolgten wir die Flüchtigen.

Pfalzgräfin. Schon lange spukt's verdächtig in den Wäldern:
Und mein Gemahl riet uns schon einmal dringend,
Dies Haus, das fast ganz offen, zu verlassen.

Heinrich. Man muß den Wald durchspüren . . . . —

Friedrich.   Eure Reis'gen
Sind drüben auf Stahleck?

Pfalzgräfin (verneint).   Fast alle kämpfen
Im fernen Welschland für die Ghibellinen.

Heinrich (die Hand am Schwert, wendet sich zum Gehen).
Ich möchte doch in jenen Wald . . . . —

Pfalzgräfin (hält ihn. rasch).   Nein, bleibt!
Ihr kriegerischer Minnesänger — bleibt!
Statt wilden Kampfs ruft euch ein heiter Wettspiel!
Bevor zum Frühtrunk euch Herr Bumpo lädt, —
Ein sinnig Ball- und Wortspiel laßt uns treiben:
— Praxedis bracht' es von Amalfi mit —
Stellt euch in Reih' und Glied — ihr dort — wir da.

(Pfalzgräfin und Praxedis weisen die Stellung folgendermaßen an:

rechts   links
Pfalzgräfin   Astolf
Agnes   Heinrich
Praxedis.   Friedrich.
Proscenium.)

Pfalzgräfin (freundlich).   Ich will mir dich, Astolf, zum Geg-
                                                 ner küren!

Astolf (erfreut, übereifrig). O Herrin, welche Huld! — (für sich)
                                                 Sie ist die Schönste!

Pfalzgräfin. Du bist zwar mehr noch Wickelkind als
                                                 Mann . . . —

Astolf (enttäuscht, für sich). Sie spricht so herb: — die sanfte
                                                 Agnes wähl' ich!

Agnes. Doch wirf geschickter heut' als neulich, Kleiner:
Sonst unsanft auf die Finger klopf' ich dir.

Astolf. Geklopft von ihr! — Jenun — es ist doch etwas!

Pfalzgräfin. Und nun gebt acht:

(jede der drei Frauen nimmt einen der drei großen sehr deutlich sichtbaren Bälle
von dem Tische und giebt je einem der Gegner einen Ball, alle Sechs legen je
einen Ball auf die Erde neben sich, falls das Halten und Fangen zweier Bälle
zu schwer erscheint)

                                    Wir werfen euch den Ball
Mit einem Reimwort zu: ihr fangt und — reimt.

Heinrich (laut rufend). Bei Christi Grab! Nur das nicht!
                                                 Nur nicht das!

Pfalzgräfin. Was ist Euch, Minnesänger?

Praxedis.   Wird Euch unwohl?

Heinrich (leise, hastig zu Friedrich).
Bei Gottes Zorn! Jetzt hilf! Das kommt von deinen
Unnützen Schwänken! Hilf! Du weißt: ich kann's nicht!

Friedrich (sucht ihn zu beruhigen).

Pfalzgräfin (Heinrich näher rückend). Nun, großer, weitberühmter Sänger Ihr . . . —

Praxedis (desgleichen). Von dessen Ruhm wir freilich nie
gehört . . . —

Pfalzgräfin. Ist das so schwer, ein armes Reimlein finden?

Heinrich (eilt in komischer Angst zu Agnes, faßt ihr Gewand).
Ihr seht so sanft, — so gut — o edle Fürstin!
Laßt nicht so grausam Euren Gast behandeln!
Ich wollte lieber mit sechs Saracenen
Auf Tod und Leben kämpfen in der Wüste,
Als dieses Spiel mit euch drei Frau'n bestehn.

Agnes (leise). O Mutter — laß!

Praxedis (leise).   Nein! Nichts da! Kein Erbarmen!
Wer Frauen täuschen will, — der seh' sich vor!

Pfalzgräfin. So sprecht, mein Herr vom Leu'n, wie geht
das zu?

Praxedis. Ein großer Sänger zittert vor dem Reim?

Heinrich (läßt in der Verlegenheit seinen Ball fallen: Friedrich bückt sich
eilfertig, hebt ihn auf und überreicht ihn dem Herzogssohn mit einer Verbeugung).

Pfalzgräfin. Und wenn der Dienstmann fallen läßt den
Ball,

Praxedis. Hebt ihn der Herr höchst dienstbeflissen auf?

Pfalzgräfin. Mein Herr von Thunichtgut . . . —

Praxedis.   Wie geht das zu?

Friedrich (faßt sich). Mein Freund ist — nur im Anbeginn
so schüchtern:
Der erste Reim hält schwer bei ihm: man findet
Das oft bei großen Sängern! — Ging's erst an, —
So kann er gar nicht enden mehr, zu reimen!

Heinrich (leise). O heil'ger Gott!

Pfalzgräfin. Das woll'n wir nun erleben!

Friedrich (leise). Ich helfe dir — sei tapfer, Heinz — es geht schon!

Pfalzgräfin. Gut! — Wer den Ball nicht fängt, den Reim nicht findet, . . . —

Praxedis. Muß einen Schritt zurück aus seiner Reihe, . . . —

Pfalzgräfin. Nachrückt der Sieger und der Kampf ist aus, . . . —

Praxedis. Wann einer völlig an die Wand gedrängt.

Pfalzgräfin. Habt acht! Das Spiel beginnt!

Praxedis. Nun fangt und reimt.

Pfalzgräfin. Astolf hebt an!

Astolf (schwingt den Ball und wirft bei dem Reimwort „Irmengard", dies stärker betonend).

Die Pfalzgräfin Frau: — Irmengard!

Pfalzgräfin (fängt den Ball und antwortet sogleich): Gestraft vom lieben Herrgott ward

Durch einen höchst unnützen Falkenier!

Pfalzgräfin (schwingt den Ball und wirft bei dem Reimwort „Ballspiel", dies stärker betonend, ihn Friedrich zu).

Was scheint Euch dieses: — Ballspiel?

Friedrich (fängt den Ball und antwortet sogleich).

Ein Männer Fang= und Fallspiel!

Praxedis (schwingt den Ball und wirft bei dem Reimwort „Praxedis", dies stärker betonend, ihn Friedrich zu).

Doch was reimt auf: — Praxedis?

Friedrich (fängt den Ball und antwortet sogleich).

Venustate antecëdis [1])!

Praxedis. Zierlich gereimt!

Pfalzgräfin. Reimt deutsch! Denn hier sind Leute, Die kein Latein verstehn.

---

[1]) Du überragst alle durch deine Schönheit.

Friedrich (sich gegen Praxedis neigend). Auf Griechenanmut
Reimt kein barbarisch Wort. (Wirft Praxedis einen Ball zu mit
dem Reimwort „Hausen".) Friedrich von Hausen! —

Praxedis (fängt und antwortet sogleich).
Der macht mir Grausen!

Friedrich (überrascht). Ei! So kennt Ihr ihn?

Praxedis. Das seht Ihr an dem Schreck! Wer kennt
ihn nicht!
(nimmt den Ball und wirft ihm denselben zurück, das Reimwort stärker betonend)
Was wünscht Ihr ihm zumeist,
Dem bösen Schelmen=Friedel?

Friedrich (fängt und wirft den Ball spielend in die Höhe, ihn wieder
langend, dann Praxedis zurück). Er spiel' auf froher Fiedel
Bald Euer Hochzeit=Liedel.

Agnes (schwingt auf einen Wink der Pfalzgräfin den Ball, sehr
innig, nicht spielend, sondern tief-ernst).
Der Minne Leid, der Sehnsucht Schmerz . . . —

Friedrich (leise). Bei Gott, sie macht dir's leicht!

Agnes. Trägt stumm und tief ein treues —
(Sie wirft nun.)

Heinrich (ganz in den Anblick Agnesens verloren legt die Hand aufs Herz,
achtet nicht auf den Ball, tritt Agnes einen Schritt näher — der Ball fällt).
„Gemüt".

Pfalzgräfin (zu Heinrich). Zwei Schritt zurück!

Praxedis. Gereimt nicht noch gefangen!

Pfalzgräfin. Frisch vor, mein Kind!
(Agnes tritt zwei Schritt vor, Heinrich zwei zurück.)

Friedrich. Den Wurfspeer Saladins,
Mit bloßer Hand fing' er ihn auf . . . —

Heinrich. Das glaub' ich!
(giebt Agnes den gefallenen Ball zurück)
Kein Sultan kann bezaubern mit den Augen!

Pfalzgräfin (leise zu Agnes und Praxedis).

Jetzt laff' ich euch allein: das Wort der Liebe,
Das scheu sich längst auf ihre Lippen drängt,
Es flüstert sich viel leichter ohne Zeugen.
Nun, Agnes, klug! (laut) Genug für uns, Astolf,
Folg' mir ins Haus: du sollst mir nun vollbringen
Ein Ritterwerk!

    Astolf (erfreut). Für Euch! Auf Thaten ausziehn?

    Pfalzgräfin (zieht einen Seidenstrang aus dem Gürtel und zeigt ihn
ihm, dann, ihn am Ohrläppchen ziehend).

Für mich — aufwickeln diesen Seidenstrang.

        (Pfalzgräfin und Astolf ab in das Schloß.)

    Agnes (langsam den Ball erhebend).

Nun reimt mir auf den treu'sten, besten Mann,
Dem ich — ihr habt's gehört — dereinst verlobt war:
Ich rufe dich: wie nennst du dich zur Stunde?
Heinrich von Braunschweig, treu'ster du (wirft den Ball) der
                         Treu'n?

    Praxedis, Heinrich, Friedrich (dieser Heinrich einflüsternd)
      (unwillkürlich einfallend, alle drei zusammen, leise für sich).

Friedrich vom Leu'n!

    Agnes (wirft bei dem Worte „Treu'n" den Ball Heinrich zu, welcher
ihn fängt und hoch in die Höhe hält).

    Friedrich (leise). Ja so! — das darf er ja nicht sagen! —
                              Schau',
Die kleine stumme Blonde hätte beinah
Auch mich berückt.

    Praxedis (leise). Ei sieh, wie weiß sie klug
Das Wort, das alles löst, uns abzuzwingen!

    Heinrich (tief bewegt). Ich bin besiegt: — dies Reimwort
                             fänd' ich zwar: —
Jedoch — darf ich denn wagen, es zu sagen?

(Heinrich und Agnes stehen nun, dem andern Paar durch die Büsche halb
        verdeckt, ganz vorn links.)

Agnes (mit tief-innigem Blick und Ausdruck). O Heinrich! — — —

Heinrich (reißt den falschen Bart ab, steckt ihn in den Gürtel und sinkt vor ihr ins Knie). Meine Agnes! o Geliebte!

Agnes (erhebt ihn: Umarmung: Friedrich und Praxedis stehen für sich, gesondert, rechts vorn in den Büschen)

Friedrich (sieht sich nach dem andern Paar um: nach einer Pause, komisch ernsthaft, langsam). Mir war, — da drüben fiel was wie ein Kuß —

Praxedis (sinnig). Wenn's nicht das Aufblühn einer Rose war.

Friedrich (ganz nah an Praxedis herantretend).
Auf deinem Mund auch, schönes Griechenkind,
Seh', rot und reif, ich längst ein Küßlein liegen.

Praxedis. Das mag wohl sein! doch ist es nicht für Euch, —
Ist nicht für einen Thunichtgut bestimmt.

Friedrich. Für welchen andern Mann?

Praxedis.   Schon seit zwei Jahren,
Seit in Byzanz ich ihn zuerst gesehn,
Liegt hier (auf den Mund deutend) ein Kuß für — Friedrich,
Schelm von Hausen.

Friedrich (reißt den falschen Bart ab, steckt ihn in den Gürtel, umarmt und küßt sie rasch). So laßt mich schnell ihn pflücken —: denn ich bin's!

(Umarmung: die beiden Paare spielen getrennt fort.)

Heinrich (feurig). Ich halte dich! — Dein Herz schlägt an dem meinen —
Die Welt in Waffen kämpft dich mir nicht ab!

Agnes (innig, aber nicht sentimental).
Dein ist mein Herz und meine Liebe dein: —
So heilig und so ewig wie die Sterne.

Friedrich. Seit zu Byzanz ich in dein Auge sah, —
Dein Bild nur füllt das Herz mir und die Lieder!

Praxedis. Praxedis hat das Seufzen erst gelernt,
Seitdem sie dich, du teurer Mann, geschaut!

Heinrich. O dürft' ich für dich streiten, für dich sterben!

Agnes (heiter). Willst du nicht für mich leben, lieber Heini?

Friedrich (Praxedis an beiden Händen fassend).

Ganz aus der Maßen glücklich woll'n wir sein!

Praxedis. Daß alle Englein drob vor Freude tanzen.

Heinrich. Kein Gott, kein Kaiser soll dich mir entreißen.

Agnes. Ich ließe beide Eltern, dir zu Lieb'.

(Umarmung.)

Friedrich. Wann wird Praxedis die Frau Thunichtgut?

Praxedis. Sobald du willst! — denn: laß mich's nur
gestehn: —

's ist eine Schande, Freund, wie ich dich liebe.

(Umarmung.)

(Zwei Gruppen: die beiden Paare, ganz in ihr Liebesglück versunken, achten nicht aufeinander und nicht auf die schon vorher aus der Pforte schleichende Pfalz-gräfin, die eine Zeitlang hinter dem Baume beide Gruppen belauscht hat.)

Fünfte Scene.

Vorige. Pfalzgräfin.

Pfalzgräfin (tritt hinter dem Baum vor, nach beiden Seiten blickend, laut).

Mir scheint —: hier braucht's nicht meiner Staatskunst mehr!

(Beide Paare erschrecken zuerst, da sie sich belauscht sehen. Dann eilen sie freudig auf die Pfalzgräfin zu: die beiden Mädchen schmiegen sich an ihre beiden Seiten: die beiden Männer knieen einen Augenblick: Gruppe:

Pfalzgräfin.

Praxedis. Agnes.
Friedrich. Heinrich.)

Pfalzgräfin (winkt beiden Männern, sich zu erheben, und liebkost die Mädchen; zu Heinrich).

Willkommen, edler Sohn, in meinem Haus: —
Aus meinem Herzen warst du nie geschieden! —

(zu Friedrich)

Gruß Euch, Herr Friedrich! — Ei welch lustig Paar!
Wenn euch der Himmel Kinder schenkt . . . —

Friedrich (sehr ernsthaft).   Ich hoff' es!

Pfalzgräfin. Das giebt den Ausbund aller Schelmerei.

Praxedis (zu Heinrich). Jedoch, uns so zu täuschen! — War
das edel?

Heinrich. Es ging nicht anders! — Seib doch nur gerecht!

Praxedis. Gerechtigkeit ist keine Frauentugend.

Friedrich. Da sprichst du wahr, du weiser roter Mund:
Solang die Welt steht, war kein Weib gerecht!

Pfalzgräfin. Ei, wie? Was sind wir denn?

Friedrich. Großmütig! Edel!
Ja, bis zur Selbstvergeudung opferfroh: —
Doch von des Gegners Recht zu überzeugen, — —
Niemals!

Praxedis. Nicht überzeugen muß man uns: — gewinnen!

Friedrich. Gewinnen? — Ei! Wer kann ein Weib gewinnen,
Das nicht von selber sich gewonnen giebt!

Pfalzgräfin. Verdienen muß man uns!

Friedrich. Das ist unmöglich!
Den Himmel und den Frühling und die Frau'n
Kann man in Demut nur geschenkt empfangen!

Praxedis (nedisch). Mir scheint, du kennst die Frauen sehr
genau!

Friedrich. Der ist kein Sänger, der die Frau'n nicht kennt!

Pfalzgräfin. Und ehrt!

Friedrich. Sie kennen heißt sie ehren. — — —
(Kleine Pause.)

Pfalzgräfin (zu Friedrich und Praxedis).
Euch Frohen liegt die Bahn des Glückes frei!
(traurig zu Heinrich und Agnes)
Doch keine Hoffnung seh' ich für euch beide,
Ihr armen Kinder, bleibt der Kaiser hart.
Mein Gatte kann nicht wider Kaisers Willen

— Er ist des Hauses Haupt: — sein Kind vermählen:
Und ganz unbeugsam fand ich Kaiser Heinrich.

(Bumpo wird, gefolgt von Astolf, Gerhard und andern Dienern, die
zahlreiche silberne Weinkrüge und Becher tragen, an dem Thor sichtbar: er
verschwindet dann wieder nach innen, mit einem Diener, der dann, ebenfalls
silberne Weinkrüge tragend, wieder sichtbar wird.)

Praxedis. Dort kommt er, euer Feind und Überwacher.

Pfalzgräfin. Und Übles führt er wider euch im Schild!

(Heinrich und Friedrich drücken durch Gebärden aus, daß sie eine von Bumpo
drohende Gefahr nicht fürchten.)

Agnes (warnend). Nehmt euch in acht: er führt des Kaisers
Siegel.

Friedrich (ernstlich erschrocken).

O weh! Kein reißend Tier ist furchtbar gleich
Dem Esel, der des Herrschers Siegel führt.

Pfalzgräfin. Ich glaub', er will durch Wein euch überwinden.

Friedrich (lacht hell auf).

Heia! Da kommt er an den rechten Mann!
Es lebt im Abend- und im Morgenland
Kein Mann, der mehr vertragen mag denn ich.
Bei diesem Kampf bangt nicht, ihr edlen Fraun'n!
(Heinrich ermutigend auf die Schulter klopfend)
Getrost, mein Heinz: ich trinke dein Teil mit.

Praxedis. Da wird's wohl ratsam, daß wir Frauen
weichen!

Pfalzgräfin. Denn ungefüge Geister ruh'n im Wein!

Praxedis. Und Ritter Thunichtgut wird sie entfesseln!

Friedrich. Wird nicht so schlimm! — Wo Laien zechen,
braucht
Kein Weib zu flüchten, geht's auch lustig her.
Doch, wird ein Pfaff voll Wein's, — — — dann weicht,
ihr Frau'n.

Agnes (zu Heinrich). Leb wohl! — Mein ganzes Herz bleibt
hier bei dir.

Heinrich. Leb wohl! — Ich suche dich, sobald ich kann.

Praxedis (zu Friedrich). Ich bete für dich bei dem heil'gen
Bakchos!

Friedrich. Und bei Sankt Amethyst ein Vaterunser!

Pfalzgräfin. Ich will für meines Gatten Keller beten! —

(Die drei Frauen ab in den Garten.)

Sechste Scene.

Heinrich, Friedrich hängen rasch die falschen Bärte ein. — Aus dem Thore
Bumpo, Astolf, Gerhard, andere Diener, alle Krüge und Humpen
tragend, diese auf den Trinktisch stellend. — Dann Gerhard und Diener ab
durch das Thor.

Bumpo (ladet die Freunde zum Sitzen ein; sie willfahren).

Zum Frühtrunk denn! — Heißö, ihr werten Gäste!

Man durstet nicht im Schloß zu Rüdesheim:

Da seht: aus unserm reichen Rebenhort

Viel köstliches Gewächs führ' ich euch vor:

Was duftig an der Mosel und am Rhein,

Was feurig schwer am Stein zu Würzburg wächst,

Was heiß auf Kypros braut die heiße Sonne, —

In auserlesnen Proben kellern wir's.

Friedrich (nachdem er getrunken: er trinkt fortwährend alles aus, was ihm
Bumpo mit steigendem Erstaunen einschenkt).

Herr Bumpo, geht's mal nicht mehr mit dem Schreiben, —

Heinrich (nachdem er genippt).

Ihr könnt sofort Reichskellermeister werden. —

Friedrich (trinkt). Dann bitt' ich um ein Küferamt bei Euch.

Astolf (setzt sich zu ihnen).

Vergönnt, daß ich das Zechen teilen darf.

Friedrich (trinkt). Jawohl! (ruft in die Coulisse) Praxedis, rein-
lich ausgeschwenkt,

Für diesen Zecher — Euren Fingerhut.

Heinrich (hat aus anderem Becher genippt).

Bin just kein Kenner, — doch der Wein scheint gut.

Bumpo (spöttisch). Ei wirklich? 's ist des Rheingaus Edelperle.

Heinrich (mit Friedrich anstoßend).

Dann taufen wir sie: Agnes soll sie heißen.

Bumpo (argwöhnisch). Was geht denn euch die Fürstin
Agnes an?

Heinrich. Mehr als Ihr ahnt.

Bumpo. So so! (für sich) Das ist verdächtig.

Friedrich (trinkt von einem andern, strohumflochtnen Krug, aus welchem
ihm Bumpo eingeschenkt).

Und hier, der prickelnd herbe Griechenwein,
Der tief verhohlen Süße birgt und Glut, — —
Mir her den Wein: (stößt mit Heinrich an) Praxedis soll er heißen!

Bumpo. Was ficht euch an? was wollt ihr mit der
Griechin?

Friedrich (lacht). Ja bester Bumpo — das ist schwer zu sagen!
Doch sollt Ihr's bald erfahren! — tanzt Ihr noch
Zuweilen, wann es gilt ein frohes Fest?

Bumpo. Ha, ob ich meinen Mann noch stell' beim Reigen!
Seht her! (Er steht auf und tanzt um den Tisch mit affektierter Grazie.)

Friedrich. Wie zierlich!

Heinrich (zu Friedrich). Wie der Aff' am Seil!

Bumpo (setzt sich wieder).

Friedrich. Nun gut: zu meiner Hochzeit lad' ich Euch:
Da sollt Ihr Trink= und Reigenführer sein.

Bumpo und Astolf (zugleich). Ihr habt 'ne Braut?

Friedrich. Jawohl! — Und was für eine!
Sie würd' euch beiden auch gefallen, glaub' ich.

(Stößt mit beiden an.)

Heinrich (den Becher Friedrich hinreichend, leise).
Ich kann nicht mehr!

Friedrich (ergreift ihn, seinen leeren unbemerkt dafür vertauschend, und trinkt ihn leer: leise). **Gieb her! Ich kann noch lang.**

Pumps (sieht Friedrich lange mit sprachlosem Erstaunen an, die Hände über dem Bäuchlein faltend: Pause: dann feierlich).

Es ist erstaunlich, was Ihr trinken könnt! —

Friedrich (macht mit einem der leer getrunkenen Becher die Nagelprobe).

Das sprach zu mir schon mancher Mann vor Euch.

Astolf. Jedoch der Becherklang heischt Lied und Sang.

Pumps. Ja, singt uns eins! (höhnisch) Herr Friedrich Ihr,
vom Leu'n.

Friedrich (rasch). Mein junger Dienstmann trank schon
zu viel Wein.

Astolf (holt die Laute vom Stuhl am Schreibtisch).

Singt Ihr für ihn: — das heißt (erstaunt): wenn Ihr noch könnt.

Friedrich. Ich glaub', es wird noch gehn. — Wir wolln's
versuchen!

Nur erst 'nen Schluck von diesem Ungar noch —
Jetzt duck' dich, liebe Seel' in meiner Brust:

(die Hand auf die Brust legend)

Sonst wirst du allzunaß:
Bisher hat's nur ganz fein auf dich gerieselt —
Jetzt stürzt auf dich herab ein Wolkenbruch!

(Trinkt in vollen Zügen aus dem Humpen.)

Pumps (sieht ihm mit gesteigerter Verwunderung zu, für sich).

Jetzt aber fällt er hoffentlich vom Stuhl!

Friedrich (an dem nie die leiseste Wirkung des Weines wahrzunehmen, kehrt den Becher um und ergreift einen andern, kleinern).

Als Kork darauf ein Küßlein von dem Cyprer: —

(stellt den Becher hin und setzt sich zurecht, die Laute ergreifend)

Nun hört das Lied vom Wettgetrink zu Würzburg!

Es stillet kein Getränke
  Den Durst, der stets mich sticht:
  Wieviel ich ihrer denke:
  Wie reichlich ich sie schenke, —
  's ist all das Rechte nicht.
Wohl sechzig Wein und Biere
  Hat durchversucht mein Schlund:
  Deutsch, Welsch und Malvasiere —
  Wie oft ich's auch probiere, —
  Nichts bringt mir bis zum Grund.
Wohl schmeckt der Muskateller
  Wie süßer Honigseim!
  Liebfrau im Klosterkeller,
  Burgunder und Chapeller,
  Und du, mein Rüdesheim! —
Ach, mir könnt ihr nicht frommen,
  — Gott segn' euch weiß und rot —
  Ich hab', wie tief's geschwommen,
  Noch nie genug bekommen,
  Ich sterb' den Durstestod.
Wollt' mich ein Pfäfflein schlagen
  In einer Stadt am Main:
  Doch ich rief nach drei Tagen,
  Als leer die Leisten lagen:
  „Herr Bischof, jetzt den Stein!"
„Mein Sohn, heb' dich von hinnen,"
  Rief der mir zürnend nach:
  „Du hast im Schlund tief innen
  Ein eigen Spundloch rinnen,
  Das dir der Teufel stach [1)]."

[1)] Nötigenfalls nur die beiden letzten Strophen vorzutragen, zu singen oder zu sprechen.

Bumpo. Nicht übel: wenn auch etwas unmoralisch.

Astolf. Doch könnt Ihr nicht auch aus dem Stegreif singen?

Bumpo (spöttisch). Habt Ihr doch oft vom Stegreif schon
gelebt.

Heinrich. Ja, in der Wüste saß nicht stets ein Bumpo … —

Friedrich. Mit einem Weinkrug unter jeder Palme.

Bumpo (für sich). Je mehr er singt beim Wein, — je früher
fällt er!

(laut)

Ja, singt noch eins!

Heinrich (leise). Mein Friedel, laß es bleiben!

Friedrich. Ei was! Nun hebt's ja erst recht tüchtig an!

(Trinkt.)

Heinrich (erhebt sich, geht in die Pforte, Agnes zu suchen: er kommt
gleich darauf mit Agnes heraus, unbemerkt mit ihr in den Garten einbiegend
in zärtlichem Gespräch).

Friedrich (singt).

Nun woll'n wir erst heben ein Zechen an,
  Daß der Herr Gott es nicht mag fassen
Und spricht: „wenn der Mensch so viel trinken kann —
  Mehr Wein muß ich wachsen lassen!"

Als der Herr Gott einmal recht zornig war,
  Hat dem Menschen den Durst er gegeben: —
Doch Herr Christus rührte den Weinstock an — —
  Und Trauben trugen die Reben!

Ein streng Gelübd' hab' ich abgelegt:
  Ist gar ein großer Orden:
Wer Küssen, Trinken und Singen pflegt,
  Ist mein Ordensbruder geworden!

Die ganze Erde ein großer Pokal, —
  Randvoll, daß schier sie berste, —

Den möcht' ich leeren mit Einem Mal: — —
  Dann hätt' ich genug: — (steht auf) — fürs erste¹).

Astolf. Gar sehr gefällt mir Eure Kunst, Herr Ritter!
O macht ein Lied für mich — ich bitt' Euch schön!
Friedrich (trinkt). Was für ein Lied?
Astolf.   Ein Minnelied!
Friedrich (lacht).   Für Euch?!
Ihr meint ein Schlummerlied, Euch einzuwiegen?
Astolf. Scherzt nicht!
Friedrich.   Nun gut! Doch — wer ist die Geliebte?
Astolf (verlegen).   Das — kann so ganz genau ich noch
                              nicht sagen.
Das Lied muß, seht Ihr, so gedichtet sein,
Daß es auf mich und jede Dame paßt.
Könnt Ihr das wohl?
Friedrich.   O ja: das ist nicht schwer!
Ihr stellt Euch nur vor die Erkorne hin
Und singt wie folgt:

      Es war einmal ein Gökerling,
        Gig gag Gökerling:
        Der konnt' noch nicht recht krähen
        Und wollt' doch freien gehen!

Astolf (vom Wein erhitzt springt auf und zieht seinen kleinen Degen).
Abscheulich! Zieht! — Ihr müßt des Todes sterben!
Friedrich (trinkt).   Gewiß, mein Sohn! Doch erst nach
                       fünfzig Jahren!
(Steht nun ruhig auf, windet ihm den Degen aus der Hand, und giebt ihm mit
der flachen Klinge einen leichten Schlag auf den Rücken.)

---

¹) Die Schlußzeilen der von Friedrich gesungenen Lieder
sollen womöglich als Refrain von ihm, Bumpo und Astolf
wiederholt werden.

Eh' du an Weiber denkst, werd' erst ein Mann
(giebt ihm den Degen zurück)
Und lerne fechten, eh' du küssen lernst.
(Astolf geht betroffen, nachdenklich, mit einem ernsten Blick auf Friedrich ab in
das Thor. Inzwischen ist Heinrich aus dem Garten zurückgekommen und steht
wieder dicht an dem Trinktisch.)

Pumpo. Dem Knaben habt Ihr recht gethan, Herr Heinrich.

Heinrich (sich vergessend). Was? Ich?

Pumpo (erhebt sich vom Stuhl, ganz leise (aber nicht widerliche) Wirkung
des Weines sichtbar). Ja, heißt Herr Friedrich Heinrich auch? —
(Stummes Spiel zwischen Heinrich und Friedrich. Friedrich macht jenem
Vorwürfe. Heinrich zeigt unwillig, daß er der Verstellung sehr müde ist.)

Pumpo. Doch mir sollt Ihr die Bitte nicht versagen: —
Macht an Praxedis mir ein Minnelied!

Friedrich (rasch auffspringend).
Was? Ich? Für Euch? Ein Minnelied? An Sie?
(Pause, faßt sich.)
Gut: schreibt's Euch auf: das muß die Griechin rühren.
(Pumpo (geht mit leicht wankendem Gang an den Schreibtisch und setzt
sich zurecht, zu schreiben: Praxedis wird unbemerkt von den drei Männern
hinter dem Baum sichtbar.)

Praxedis (leise). 'S ist unerhört: — doch ist es leider wahr! —
Es zieht mich her zu ihm: — ich kann nicht anders: —
Ich muß ihn früher suchen als er mich!

Friedrich (singt, ihm diktierend, langsam vor).

Es war einmal ein alter Bär —
Brumm, brumm, brumm —

Pumpo (stutzt: Friedrich bedeutet ihm, weiter zu schreiben).

Friedrich. Dick, grob, dumm!
Der liebte süßen Honig sehr,
Der lag auf junger Eichen:
Er mocht' ihn nicht erreichen:
Der alte Bär war viel zu schwer,
Er stieg empor und keuchte schwer —
Pardauz, zu Boden fiel der Bär!

Bumpo (wirft zornig das Schreibgerät auf den Tisch).

Wart, Spötter, wart! (für sich) Das sollst im Turm du büßen!

(Friedrich geht an den Schenktisch und trinkt.)

Ich merke schon: eh' wird der Keller leer
Als dieser Gaudieb voll: Ernst muß ich machen —
Den andern dort verrät sein Heißblut leicht.

(tritt an den Trinktisch, erhebt den Pokal, laut)

Nun thut Bescheid, ihr Herr'n, zum Endetrunk:
Verderben trink' ich zu dem Erzverräter: —
Ein Schelm, wer widerspricht! — Heinrich dem Löwen!

Heinrich (schlägt ihm den Pokal aus der Hand).

Du bist ein alter Narr und halb berauscht —
Sonst schlüg' ich dich mit Einem Faustschlag tot:

(Stößt mit Friedrich an.)

Heinrich u. Friedrich (zugleich). Heinrich dem Löwen Heil!

(Heinrich ab durch das Thor.)

Praxedis (leise). Die Unvorsicht'gen!

Friedrich. Jawohl, Herr Bumpo: das war nicht geprahlt:
Schon einmal schlug er mit der ehrnen Faust
'nen bösen Ochsen tot!

Bumpo (sehr zornig). Wart! Wartet beide!

Friedrich (erblickt Praxedis im Gebüsch, eilt auf sie zu).

Ha, sieh, Feinsliebchen! — Wißt Ihr's noch? Ich lud Euch
Zu meiner Hochzeit, doch verschwieg die Braut:
Seht her, Herr Bumpus — hier steht meine Braut!

(Er schlingt den Arm um Praxedis und eilt mit ihr in die Pforte ab.)

Siebente Scene.

Bumpo allein. Gleich darauf Astolf (ernster, kleinen Helm auf dem Haupt, Schuppengehäng auf der Brust, längeres Schwert).

Bumpo (geht zornig auf und nieder).

Jetzt weh' euch beiden! In den Turm mit euch!

Das Reich und Bumpo gilt's an euch zu rächen!
Ihr Staatsverräter, in die schwersten Ketten!
„Heinrich dem Löwen Heil!" das bringt euch um.

Aſtolf (aus dem Thore ſtürmend, einen Pergamentbrief hoch in der Hand: über · as Drängen und Treiben von hier bis zum Schluß des Aufzugs ſiehe die Schlußbemerkung.)

Raſch! Auf! Herr Bumpo, leſt und ordnet alles
Zum Aufbruch an! Gefahr droht hier den Frau'n.
Der Pfalzgraf ſchickt von Stahleck dieſen Brief!
Bald giebt's Gefecht! Wie freu' ich mich darauf.

(überreicht ihm den Brief)

Der Bote drängt zur allerhöchſten Eile:
Die Frauen ſollen fort ſogleich — leſt — eilt!

Bumpo (mit beginnender Verwirrung, entfaltet haſtig und lieſt).
„An Bumpo den Kaſt'lan!

Gewaffnet Volk

In großer Zahl zeigt drohend in den Wäldern
Zu beiden Seiten ſich des Rheins: Ihr wißt,
Der Wall von Rüdesheim iſt leicht erſteigbar" —
Ich weiß es leider! — „drum ſchickt raſch die Frau'n
Mit ſicherſtem Geleit mir übern Strom
Aufs feſte Stahleck: — Ihr bleibt dort zurück
Bis ich Euch rufen laſſe.   Pfalzgraf Konrad."

Aſtolf. Herr Bumpo, eilt! Denn hier gilt's, Frauen
                                                 ſchützen!

Gerhard (tritt eilfertig aus der Pforte).
Ein zweiter Bote kam: Ihr ſollt nicht ſäumen!

Bumpo (immer mehr in Haſt geratend, bald zu Aſtolf, bald zu Gerhard laufend). Jawohl, ich eile! (zu Aſtolf) Laß die Zelter rüſten!

(zu Gerhard)

Die Sänften ſatteln! (zornig) Nein doch! Umgekehrt!

(zu Aſtolf)

Am Rhein das Eilſchiff ſoll die Segel aufziehn!

(zu Gerhard)

Die Frauen bitt' ich, schleunig sich zu gürten:

(zu Astolf)

Die beiden Gäste sollen sie begleiten: —

(zu Gerhard)

Sie sind ja junge Helden!

(zu Astolf)

Und sie schützen!

(zu Gerhard und Astolf)

Fort! fort mit euch! Ich komme gleich! Ich komme!

(Treibt beide, zu gehen: Astolf durch das Thor, Gerhard durch die Pforte ab.)

Bumpo (setzt sich grimmig an den Schreibtisch und schreibt auf das kaiserliche Pergament mit dem Siegel, das er aus der Brust zieht).

Nun kommt mir her, ihr Spötter und Verhöhner,
Euch soll der Spaß vergehn, ihr Blasphemierer.

(er überliest nun still einmal das Geschriebene)

Noch zweimal les' ich's jetzt, nach Vorschrift, laut.

(liest laut pedantisch)

— „Im Namen Kaiser Heinrichs und aus Auftrag —
— Des Kanzlers Sigilocus anbefehl' ich, —
— Herr Pfalzgraf, Euch, kraft kaiserlicher Vollmacht, —
— Daß Ihr sofort die beiden jungen Gäste —
— Bei strengster Strafe kaiserlichen Zorns, —
— Bei schwerster Reichsacht wegen Felonie —
— Gefangen setzt im Turme von Stahleck —
— Und morgen sie, an Hand und Fuß gekettet, —
— Schickt in des Kaisers Zwingburg nach Palermo:
— Denn höchst verdächt'ge Reichsrebellen sind sie." —
So! — „Bumpo, in des Kaisers Stellvertretung." —
Genügt das wohl? (blickt hinein) Nein! Unten noch als
                                            Nachschrift —
— „Hört Ihr? Noch heut'! Beim höchsten Zorn des
                                            Kaisers!" —

6*

Achte Scene.

Bumpo. Astolf. Gleich darauf Gerhard und eine Dienerin der Pfalzgräfin.

Astolf (kehrt eilfertig zurück). Was sitzt Ihr noch und schreibt?
Die Frauen warten!

(Wieder ab durch das Thor.)

Gerhard (kehrt eilfertig zurück).
Was treibt Ihr hier, Herr Bumpo? Eilt, man ruft Euch!

(Will wieder fort.)

Bumpo (Gerhard am Arme nach vorn auf die Seite führend).
Halt! — Komm! — Du bist, ich weiß, mir treu verlässig: —

(Gerhard legt die Hand aufs Herz.)

Ich muß noch bleiben: — so befahl der Pfalzgraf —
Doch einen Auftrag höchster Wichtigkeit
— Es gilt des Kaisers Leben und das Reich! —
Geb' ich dir mit: sieh hier: des Kaisers Siegel: —

(Gerhard nickt.)

Ich muß ihn nur noch einmal laut mir lesen,
Nach Schreiberpflicht: und diesmal ganz besonders —

(Schickt sich an, das Geschriebne nochmal laut zu lesen.)

Dienerin (eilig aus dem Thor).
Mich schickt die Pfalzgräfin: rasch soll ich fragen: —
Habt Ihr den Schlüssel zu der Silberkammer?

Bumpo (ärgerlich; immer verwirrter hin und her laufend).
Das Silber muß mit fort! Da hat sie recht!

(Sucht unter seinen Schlüsseln am Gürtelband und legt einen Schlüssel gelöst auf den Schreibtisch; zur Dienerin)

Sagt nur, ich komme gleich! Den Schlüssel bring' ich!

(Dienerin ab; zu Gerhard)

Das Siegel kennst du? Nicht? (Gerhard nickt.) Nun, sieh,
den Brief da

Giebst du sofort Herrn Konrad zur Vollstreckung,
Ich muß ihn nur noch lesen, dann verschnüren ... —
(Setzt sich keuchend, den Brief auf den Schreibtisch vor sich legend.)

Astolf (eilig aus der Pforte). Eilt, Bumpo, eilt! Laut
schilt die Pfalzgräfin,
Daß Ihr sie auf den Schlüssel warten laßt!

Stimme der Pfalzgräfin (aus dem Hause).
Ja Bumpo! Bumpo! wollt Ihr endlich kommen?

Bumpo (springt wieder auf).
Ich komme schon! (ergreift den Schlüssel) Im Hause find' ich Zeit,
Den Brief, nach Pflicht, zum drittenmal zu lesen!
(greift nach dem Brief)
Das ist er doch! Ja, meine schönste Schrift!

Praxedis (aus der Pforte). Ja, Bumpo! Bumpo!

Bumpo. Ei! Die fehlt mir auch noch!

(Er ergreift statt des Kaiserlichen das ganz gleiche Pergament, darauf Agnes geschrieben, welches sich darüber geschoben, und steckt es zusammengerollt in den Gürtel; er eilt, Gerhard und Astolf winkend, ihm zu folgen, rasch in das Thor.)

Neunte Scene.

Die Bühne bleibt geraume Zeit leer. — Dann Agnes, reisefertig (wallenden Mantel und Barett), aus dem Garten.

Agnes (beim Eintreten, sie glaubt Bumpo anwesend).
Die Schreibereien soll ich holen, Bumpo,
Den Vater zu erfreu'n durch meinen Fortschritt.
(Pause.)
Er ist nicht hier? (wirft einen flüchtigen Blick auf den Schreibtisch)
Dort ließ er all' mein Schreibwerk.
(tritt ganz von dem Tisch hinweg in die Mitte vor)
Leb' wohl, du stiller Garten, traute Büsche,
Die ihr erblühen saht mein Liebesglück!
(Pause.)

Ach, jetzt erst fühl' ich ganz, wie stark die Minne,
Seitdem ich weiß: auch er liebt mich so tief.

(innig)

Sein bin ich, sein! Solang dies Herz hier pocht:

(lebhaft, rasch)

Und jedes Mittel kühnsten Mutes sei,
Dem kaiserlichen Zorn zum Trotz, gewagt!

(Pause; traurig)

O thöricht Herz —: was hilft hier Mut, was Trotz!
Wenn nicht der Kaiser die Vermählung gut heißt,
Werb' ich die Seine nie. — O böser Kaiser,
Gäb's nur ein Mittel, zu bezaubern dich,
Daß unbewußt, ja gegen deinen Willen,
Du müßtest Amen sagen uns'rer Liebe
Und uns're Hände selbst zusammenfügen.

(Pause)

Doch nun, hinweg (tritt an den Tisch, das Geschriebene suchend)
        Sieh', das ist meine Schrift — —
Nein — Bumpos!
Das kaiserliche Siegel? (blickt, lesend, hinein) Weh! Was seh' ich!

(sie liest rasch zu Ende: in höchster Erregung)

Um Gott! Er ist verloren! Weh! Mein Heinrich
Fort nach Palermo, in den Schlangenturm!
Wir seh'n uns niemals mehr! Weh, du mußt sterben!
Nicht unsre Liebe nur: — dein Leben gilt's!

(Pause; verzweifelt)

Verloren alles! — Keine Rettung? — Keine? (Pause.)

(Stummes Spiel: tiefster Schmerz; dann fährt sie auf, von einem Gedanken
durchzuckt.)

Halt! — Wenn's gelänge! — Das wär' alles: Rettung
Vom Tod: und Glück! — Zwar ist es furchtbar kühn:
Ist Unrecht gar? — Nein, nein! man will ihn töten!
Verzeih' mir, Gott der Wahrheit, diese List:

Es gilt das Teuerste: sein Leben! — Rasch!
(setzt sich, ergreift die Feder, wirft sie wieder fort)

Ach so! Erst muß der Unheilspruch getilgt sein: —
Erst dann: — doch rasch, nur rasch! — Ich höre Schritte! —
Wie war es doch? (sehr bang) Ach Gott, in dieser Hast
Und Angst fällt mir nicht bei das Kunstverfahren! —
(mutlos den Kopf in die Hand sinken lassend — Pause — plötzlich vergnügt)

Dank, Meister Bumpo, deiner Peinlichkeit!
Auswendig lernen mußt ich ja den Spruch!
(sie recitiert nun das auswendig Gelernte und thut dabei stets, was sie spricht)

„Man streut zuerst geraspelt Bein darauf," —
(thut dies)

„Dann zierlich, mit der feinsten Messerklinge,"
(ergreift diese)

„Schabt man die Schrift hinweg (thut dies), mit Bimsstein
glättet

Man die Rasur" — ei, so! — (thut dies) „und kann nun gleich"
— Ja! — „auf dieselbe Stelle wieder schreiben!"
(thut dies mit hellem Lachen)

So! — (steht auf) Herr im Himmel, nun gieb deinen Segen!
Ich bin vor Furcht und Schreck des Todes fast!
(plötzlich tief erschrocken)

Ach Gott, er hat's doch dreimal schon gelesen?
Wenn nicht, — entdeckt er's! Weh, da ist er schon.
(Versteckt sich im offenen Pavillon.)

Zehnte Scene.

Agnes (im Pavillon). Bumpo (kommt keuchend, atemlos, aus dem Thor, in
dasselbe polternd zurückrufend).

Bumpo (sich die Stirne wischend).

Ja, Bumpo! Bumpo! — Jetzt laßt mich zufrieden!
Sie hetzen mich zu Tod mit tausend Fragen!

Ich kann nicht schnaufen mehr, so mußt' ich laufen,
Trepp auf, Trepp ab! Hier: „Bumpo!" — „Bumpo!" da,
So ruft es aller Orten. Ah! —
(wirft sich in den Stuhl, zieht das Pergament Agnesens aus der Brust und
legt es neben das Kaiserliche auf den Tisch)

                       Hier will ich's
Zum drittenmal nun lesen und dann schnüren.

    Agnes (rasch, leise). Um Gotteswillen! Jetzt entdeckt er alles!
(eilt rasch aus dem Pavillon, weist auf das sehr zahlreiche auf dem Trinktisch
stehende Silbergerät. laut)
Soll, Herr Kast'lan, dies Silber denn nicht auch mit?

    Bumpo (ärgerlich und erschrocken, springt hastig auf, die beiden Perga-
mente auf dem Tisch durcheinanderschiebend und das Kaiserliche nun in den Busen
steckend).

Versteht sich! Freilich! Bald hätt' ich's vergessen,
Das zählt ja zu dem Edelschatz! Ich komme
Vor lauter Hast ja nicht mehr zur Besinnung.
(Eilt an den Trinktisch und ergreift soviel er tragen kann von dem Silbergeschirr.)

    Agnes (tritt an den Tisch und sieht in das liegen gebliebene Pergament.
Des Kaisers Vollmacht trägt er jetzt im Wams!

Elfte Scene.

Vorige. Praxedis; gleich darauf Pfalzgräfin (beide reisefertig, Mäntel
und Hüte) aus dem Thor, dann Friedrich und Astolf, zuletzt Heinrich aus
der Pforte.

    Agnes (rasch Praxedis entgegen, leise).
Praxedis, steh' mir bei! — hilf beide retten!
(Flüstert ihr rasch zu, auf den Schreibtisch deutend.)

    Praxedis (erschrickt). Allmächt'ger Gott! — Der Schlangen-
                               turm! — Doch Agnes!
Was wagtest du! ich staune!

    Bumpo (ruft in das Schloß). Heda, Gerhard!

Ihr Bursche! Dirnen! Helft! — Das hört nicht mehr!
Das packt sein eigen Hab und Gut und flüchtet.
(Ab in das Thor.)

Praxedis (leise). O Lämmlein, Lämmlein, — du bist furchtbar kühn.
(Beide erklären der eintretenden Pfalzgräfin, leise, rasch die Lage.)

Pfalzgräfin (entsetzt). Der Meerturm zu Palermo: —
das heißt Sterben!
Doch Agnes! Agnes! Was hast du gethan!

Agnes. Das Kühnste, um das Teuerste zu retten!
Hilf, Mutter, hilf: — er darf's nicht nochmal lesen!
(Bumpo war inzwischen bemüht, mit einigen Dienern und Dienerinnen, die er
endlich aus dem Schloß geholt, das Silber fortzuschaffen: Türmer bläst ein
warnend Signal von hinten links her.)

Friedrich (aus der Pforte). Wohlauf! ihr Frauen! Muß es
denn gefloh'n sein,
So eilt: der Türmer meldet schon den Feind.

Astolf (folgt ihm aus der Pforte, trägt einen kleinen Speer).
Herr Ritter, hört, ich hab' mir's überlegt:
Ich war ein arger Fant: Ihr sprachet wahr:
Glaubt mir, ich mach' es gut im nächsten Kampf.

Heinrich (hat im Auftreten diese Worte noch gehört: trotzig, entschlossen).
Das, Junker, könnt Ihr bald. Denn jetzt heißt's fechten.
Ich fliehe nicht: ich bleibe hier!

Alle drei Frauen (zugleich, im höchsten Schreck). Unmöglich!
(Astolf zeigt seine Kampfesfreude, ab in das Thor.)

Heinrich. Ich laufe nicht davon. Ich kann's gar nicht:
Ich hab' es nicht gelernt. Ich bleib' und fechte.

Praxedis (leise). Jetzt der mit seinem thör'gen Heldentum!

Pfalzgräfin (leise). Weh, alles ist verloren, wenn er bleibt.

Heinrich. Dem Feind entgegen brech' ich aus der Burg.

Friedrich (tritt zu ihm). Nie focht er ohne mich: soll's auch
nicht heute.

Agnes (leise). O Heinrich, folge mir! Es gilt dein Leben!

Heinrich (mißverstehend). Ja, dürft' ich gar nicht fechten mehr,
mein Lieb?
(laut)

Heda, Herr Kastellan! Wir bleiben! Waffen!

Friedrich. Die Schleudern auf den Wall! Wurflanzen her!

Agnes (seine Hand fassend, eindringlich). O folge mir, — es gilt
ja unsre Liebe:

Verloren jede Hoffnung, wenn du bleibst.

Heinrich (komisch erstaunt). Wenn ich nicht fliehe? — Das
versteh' ich nicht!

Agnes. Du wirst's verstehen! (sich vor ihm beugend, fast knieend,
zwingend)
Ich bitte flehentlich:

's ist meine erste Bitte.

Heinrich (bezwungen, erhebt sie). Nun, ich folge.

Kein schwerer Opfer wüßt' ich dir zu bringen.
(Die drei Frauen zeigen, aufatmend, ihre Freude.)

Heinrich (zu Friedrich). Verstehst du das?

Friedrich (kopfschüttelnd). Dann will ich Bumpo heißen.

Bumpo (kommt erhitzter denn je, keuchend, zurück, zieht das Pergament
aus der Brust).

So! Endlich kann ich's nochmal überlesen!

Agnes (leise, rasch). Praxedis, hilf!

Praxedis (ironisch verschämt, an Bumpo herantretend).
Herr Bumpo —: nehmt zum Abschied —

Den längst versprochnen Kuß —!
(Bumpo sehr erfreut nähert sich ihr, das Pergament wieder einsteckend.)

Friedrich (auf Bumpo losbrechend). Was? Tod und Teufel!

Eh' werf' ich ihn kopfüber von dem Wall!

Pfalzgräfin (jammernd). Jetzt wird der eifersüchtig!

Praxedis. Schäm' dich, Schatz!

Verstehst du keinen Spaß?

Friedrich. In allen Dingen:
Nur nicht im Punkt der Kusse meiner Braut.
Ich leid's mal nicht.

Bumps (grob). Man wird Euch nicht lang fragen.

(Nähert sich Praxedis.)

Friedrich (ohne das Schwert zu ziehen, auf Bumps loßschreitend).
Ich schlag' ihn tot!

Agnes (in höchster Angst, seine Hand fassend, mit flehendem Ausdruck, leise).
Ihr seid Herrn Heinrichs Freund? —
Es gilt sein Leben — gebt Ihr rasch nicht nach!

Friedrich (verblüfft, leise). Was? Wenn Praxedis diesen Tropf
da nicht küßt? —

Agnes (leise, rasch). Ist er verloren — Ihr — wir alle mit!

Friedrich. Ich will verbursten, wenn ich das kapiere!
Doch diesem Ernst ist nicht zu widerstehn!
Ins Teufels Namen denn!

Bumps (schickt sich an, zierlich Praxedis zu umarmen, welche neckisch
entweicht). Jungfrau Praxedis . . . —

Astolf (hereinstürmend, aus dem Thor).
Der Feind! Ganz nah! Nur Ein Weg ist noch offen!

Gerhard (rasch hinter ihm). Der Weg zum Rhein: — nicht lang
mehr ist er frei!

Pfalzgräfin (wendet sich zum Gehen, befehlend).
Jetzt ist's zu spät für Kuß und Narretei!
Wir gehen!

(Praxedis ist zu Friedrich geeilt und hat ihm rasch leise alles erklärt:
höchstes Erstaunen, dann mit Mühe verhaltenes Lachen Friedrichs.)

Bumps (will das Pergament lesen). Gleich! Ich muß nur nochmal lesen! —

Pfalzgräfin (dicht an ihn herantretend). Ihr hört nicht? Euer
die Verantwortung.
Werd' ich gefangen. — Vorwärts, ich befehl' es!

Bumpo (für sich. überlegend). Zweimal hab' ich's gelesen —:
richtig war's!

(selbstgefällig)

's ist auch im Grund nur Vorschrift für die Schüler
Und bei dem Meister übertriebne Vorsicht.
Ist's auch das rechte? Ja, des Kaisers Siegel!

(Rollt nun das kaiserliche Pergament zusammen, verschnürt es. siegelt es mit
Wachs aus dem Schreibgerät und dem pfalzgräflichen Siegel, das er am Gürtel
hängen hat. Siehe die Schlußbemerkungen.)

(ruft Gerhard heran)

Da nimm! und thu damit wie ich dir auftrug:

(drohend)

Mit deinem Leben stehst du dafür ein!

(Die drei Frauen und Friedrich verfolgen mit der größten Spannung alle
Bewegungen Bumpos.)

Gerhard (nimmt den Brief, erhebt die Schwurfinger).
Ich schwör's: ich geb' es in Herrn Konrads Hand!

Pfalzgräfin (aufatmend). Nun, Gott sei Dank.

Agnes.   Gerettet ist sein Leben.

Praxedis. Rasch fort!

(rasch hintereinander.)

(Die drei Frauen. Gerhard und Astolf ab durch die Pforte.)

Bumpo (tritt triumphierend vor in die Mitte).
Triumph! Jetzt sind sie — Staatsgefangne.

(Ab durch das Thor.)

Heinrich (im Abgehen zu Friedrich).
Was geht hier vor? Sind wir in einem Tollhaus?

Friedrich (zieht ihn, heftig lachend, wieder nach vorn).

Heinrich. Wenn ich nicht flüchte, — wenn Praxedis nicht
Herrn Bumpo küßt, — dann sind wir all' verloren?
Verstehst du das?

Friedrich. Ja, ich versteh's! Dein Lämmlein hat uns alle
Gerettet: weißt du, was der Brief enthielt?

Heinrich (verneint lebhaft kopfschüttelnd).

Friedrich (immer lachend). In diesem Brief befiehlt der Kaiser
Heinrich
Dem Oheim Konrad bei der schwersten Strafe . . . —
(Hält inne vor Lachen.)

Heinrich. Nun, was befiehlt der Kaiser?

Friedrich. Augenblicklich —
Uns beide Paare — in der Schloßkapelle —
Durch seinen Burgkaplan —

Heinrich. Nun?

Friedrich (in helles Lachen ausbrechend). Trau'n zu lassen!

(Während Friedrich lachend den erstaunten Heinrich in die Pforte mit sich
zieht, fällt der Vorhang rasch.)

III. Aufzug.

Halle in der pfalzgräflichen Burg Stahleck. Im Hintergrund in
der Mitte gewölbter Eingang in die Schloßkapelle, aus welcher
manchmal leiser Orgelklang vernehmlich. Rechts und links daneben
je eine Thür. An dem Eingang zur Schloßkapelle rechts und links
ganz gleiche Waffen: jedesmal Helm (mit schließbarem Visier), Schild
(mit dem Wappen des Pfalzgrafen) und Schwert am Wehrgehäng.
Seitwärts rechts eine Thür an der zweiten Coulisse: hier Arm- und
Beinschienen aufgehangen: links gegenüber ein Erkerfenster, das in
das Freie vor der Burg blickt.

———

Erste Scene.

Pfalzgraf allein. Er sitzt, dem Publikum das Antlitz voll zukehrend, in weißem Festgewand, Wams und Tricot rot verziert, auf einem Stuhl mit hoher
Lehne an einem Tisch rechts vorn, auf welchem Weinkrug und Pokal. Er liest,
kopfschüttelnd, in dem kaiserlichen Pergament. — Lange Pause.

Pfalzgraf (sieht von dem Brief auf). Jetzt les' ich diesen Brief
zum fünftenmal! —

(Pause.)

Das fasse, wer da kann: ich faß' es nicht!
Kein Zweifel: das ist meines Bumpo Handschrift! —
Das ist des Kaisers großes Kanzler-Siegel:
Und unversehrt gab Gerhard mir den Brief.
Und doch! Wie geht das zu? — Der Kaiser Heinrich,
Der dies Verlöbnis hart und schroff zerriß,
Derselbe Kaiser heißt bei schwerster Strafe
Das junge Paar mich augenblicks vermählen! —

(kopfschüttelnd)

Da hat die ganze Staatskunst umgesattelt.

Nun, mir ist's recht! — Die Staatskunst ist mir leidig!
Stets zog ich eine frische Sau-Hatz vor
Der Politik. — Und ganz von Herzen freut mich's,
Daß ich mein liebes Kind, nach soviel Herzweh,
Dem wackern Heinz von Braunschweig geben kann.
Der soll alsbald mir aus der Burg nun brechen,
Die Wälder von den Reitern, die drin lauern,
— Gott weiß, auf wen! — mit scharfem Schwert zu
                                        säubern.
Gern ritt' ich selber aus, doch immer schwerer
Komm' in die Waffen ich und auf den Gaul:
Sitz' ich erst fest: dann freilich — weh dem Feind! —
Doch muß der Feind auf mich gar lange warten.
                    (Pause.)
Das lange Steh'n schon wird mir schwer: konnt' kaum
Aushalten gestern Nacht das viele Beten,
Das dabei nötig fand mein Burgkaplan.
                    (Orgelklang.)
Und jetzt schon wieder! — Das ward mir zu viel:
Der liebe Herrgott, denk' ich, nimmt's nicht übel,
Schenk' ich die Frühmeß' mir und bete hier,
Bei einem Humpen Rheinweins, für die Kinder:
Ich mein's so treu als wär's in der Kapelle.
            (Orgelklang: Pfalzgraf erhebt den Pokal.)
Gieb, lieber Gott, den Paaren deinen Segen
                    (Orgelklang.)
Und beinen Frieden gieb dem Reiche: — Amen!
            (Orgelklang: Pfalzgraf trinkt.)

———

Zweite Scene.

Pfalzgraf (andächtig betend). Bumpo (steckt neugierig den Kopf zur Mittelthüre links herein und schleicht nach vorn).

Bumpo (für sich). Da sitzt der Pfalzgraf selbst! — Nun, der
wird staunen,
Wenn ich den Dienst ihm künde! Mich trieb her —
Es litt mich nicht mehr dort in Rübesheim —
Die Neugier, ob mein Auftrag streng vollzogen.

(laut)

Herr Pfalzgraf!

Pfalzgraf. Bumpo? Ei? plagt dich der Teufel?
Was suchst du hier? Hab' ich dich schon gerufen?
Du solltest mir zu Rübesheim ja bleiben
Und mir die Burg verwahren?

Bumpo. Ja, Herr Pfalzgraf,
Das kann ich nicht mehr: (aufgeblasen) denn ich bin gesonnen,
Aus Eurem Dienst zu höh'rem aufzusteigen.
(Gehabt Euch wohl! (herablassend) Ich werde stets am Hofe
Des Kaisers und bei Vetter Sigilocus
— Verlaßt Euch drauf! — zu Eurem Vorteil sprechen.

Pfalzgraf (verdutzt. für sich). Der ward ein Narr vor Eitel-
keit und Hoffart,
Weil ihm sein Vetter jenen Auftrag gab.

(laut)

Nun, Bumpo, ich will dir den Weg nicht sperren,
Willst du so hoch hinaus! — Werd' nur nicht stolz!

(Bumpo verneint, gnädig lächelnd.)

Jetzt aber sag' mir, um der Heil'gen willen,
Wie all' das kam: nichts wissen die drei Frauen:
Nichts wissen auch die beiden, die du schicktest:

Dir aber hat dein Vetter doch gewiß,
Der Kaiser selbst, gesagt, warum? und wie?

Pumpo. Gewiß! Ihr sollt's auch hören! (eifrig) Doch zuvor
Sagt mir — denn das zu forschen eilt' ich her —
Ward pünktlich auch mein Auftrag gleich vollzogen?

Pfalzgraf (vergnügt). Jawohl! Noch gestern. Gleich nach
ihrer Ankunft!

Pumpo (neugierig und rachgierig).
Doch — wo? In welchem Turm?

Pfalzgraf (erstaunt, sieht ihn groß an). In welchem Turm?
Was frägst du doch? — Wo sich's von selbst versteht!

Pumpo (finster, unheimlich). Im Wolfsturm also?

Pfalzgraf (dreht sich rasch gegen ihn). Sag, redst du im Rausch
So früh am Tag?

Pumpo. Nun, wo ist's sonst geschehn?

Pfalzgraf (lachend). Wo sich's von selbst versteht! Und
wo du selber
— Zum Überfluß! — es vorgeschrieben hast.

Pumpo. Den Ort schrieb ich nicht vor!

Pfalzgraf. Ja doch! (Orgelklang.)

(Pfalzgraf deutet auf die Kapellenthür.)

Dort — schriebst du,
Dort in der Schloßkapell'! Hörst du die Orgel?
Heut morgen, nach der Brautnacht, hörten sie,
Wie's Sitte ist, die Messe mit der Mutter.
Sieh hin — da kommen sie, die Glücklichen!

Pumpo. Was soll das heißen? (für sich) Ist er närrisch
worden?

———

Dritte Scene.

Vorige. Aus der weitgeöffneten Kapellenthür — man sieht den geschmückten Altar — schreiten Pfalzgräfin, Agnes und Praxedis, beide noch im Brautgewand, Heinrich und Friedrich, ohne die falschen Bärte, in weißen, rotverzierten und dem des Pfalzgrafen ganz gleichen Festkleidern (— Geschenk des Pfalzgrafen —) ohne alle Waffen. — Einige Diener, darunter Gerhard, und Dienerinnen: diese gehen ab durch die Mittelthüre rechts. Gerhard bleibt.

Praxedis (leise).   O weh: Herr Bumpo!

Friedrich (leise).   Jetzt beginnt der Spaß!

Pfalzgräfin (leise).   Nein, jetzt beginnt der Ernst! —
                    Nun rasch zu meinem
Geliebten Polterkopf: von mir zuerst
Muß er's erfahren: sonst wird er zu zornig.

(Tritt zum Pfalzgrafen, freundlich, ernst und fürbittend alles erklärend.)

Bumpo (weicht wie vor Spuk zurück). Hei! Alle guten Geister!

Friedrich (sich bedankend).   Lobpreisen ihren Meister!

Praxedis. Ja, edler Bumpo, Euch verdanken wir
All' unser Glück.

Friedrich.   Zu spät kamt Ihr zur Hochzeit, —

(Dringen auf ihn ein und drängen ihn nach links vorn.)

Zu der ich Euch gebeten: (leise, in Bumpos Ohr) ei, so kommt
Zur Taufe denn: — Ihr seid der Erstgelad'ne!

Bumpo (zornig). Was soll das alles?

Friedrich (giebt ihm den auf dem Tisch liegenden Brief).

                    Da, lest Euren Brief!

Praxedis. Den — unter Kaisers Siegel! — Ihr geschrieben!

Friedrich. Ihr konntet's gar nicht streng genug befehlen!

Praxedis. Noch rasch genug erfüllt sehn, wie es scheint.

(Bumpo liest eifrig.)

Friedrich (an ihn herantretend).

Wie war's doch mit dem Küßlein, bester Bumpo?
Jungfrau Praxedis hat es Euch versprochen?

Bumpo (zornig auffahrend).   Und soll es halten!

Friedrich. Sucht denn in der Welt,
Wo Ihr Jungfrau Praxedis findet, Bumpo, —
(den Arm um Praxedis schlingend)
Denn die, so hier steht, ist — mein süßes Weib.

Bumpo (starrt in den Brief). Wie? Was? O daß die Erde
mich verschlänge!
(liest fort.)

Pfalzgraf (sehr erschrocken). Das Kind, die Agnes? hätte
das gewagt?
Des Kaisers ganze Staatskunst zu durchkreuzen?

Pfalzgräfin. Und gründlich! — Denn viel kann ein
röm'scher Kaiser:
Doch nicht der Ehe Sakrament zerreißen!

Pfalzgraf. Wie wird er wüten! Weh, was wird er thun!

Agnes. Das müssen wir mit Mut und Kraft nun tragen.
(kniet)
Verzeih nur du mir, lieber, guter Vater!

Pfalzgraf (erhebt sie). Mein liebes Kind!

Pfalzgräfin. Was ist da zu verzeih'n?
Sie hat vollbracht, was all' uns tief beglückt.

Pfalzgraf. Und was uns all' ins Unheil stürzen kann!

Heinrich (zu dem Pfalzgrafen tretend).
Die Strafe fordr' ich für mein Teil allein.
(Hornruf des Türmers durch das offne Erkerfenster vernehmbar.)

Bumpo (in das Pergament vertieft, hat von den Vorgängen bei dem
Pfalzgrafen nichts bemerkt).
Ist's möglich? Ja, 's ist wahr! Das schrieb ich selbst!
Mit meiner eignen allerschönsten Schrift!
Nein, das ist Zaubertrug! Das Pergament
Kam nicht aus meinem Wams, aus meiner Hand!
Zum drittenmal zwar hab ich's nicht durchlesen:
— Das ist des Leichtsinns Strafe, alter Schreiber,
Daß freventlich die Regel du verletzt hast —!

7*

Doch diesen Auftrag hab ich nie geschrieben.

(erblickt Gerhard)

Ha Gerhard, hast du mir die Treu gebrochen?

Gerhard. Versiegelt und verschnürt gab ich den Brief
In Eures Herren Hand —: so Gott mir helfe

(Hornruf des Türmers.)

Pfalzgraf (nicht bestätigend).

Bumpo (außer sich). Dann hat in das versiegelte, verschnürte
Briefpergament hinein gehext der Teufel!
Um Zauberei verklag ich diese beiden
Beim Stuhl von Rom, bei Kaiser und bei Reich.

(Wütend ab durch die Mittelthüre rechts.)

Vierte Scene.

Vorige ohne Bumpo. Gleich darauf Astolf.

Pfalzgraf. Der schreit Mordio, sowie er trifft den Kaiser.
Heinrich. Weilt er zu Mainz noch? Habt Ihr keine Kunde?
Astolf (aus der Mittelthür links hereinstürmend, Helm. Schild. gezogenes
Schwert). Zu Hilfe, Herr! Der Kaiser wird gefangen!

(Lebhafteste Bewegung aller Anwesenden.)

Habt Ihr den Ruf des Türmers nicht gehört?

(Dritter, stärkerer, sehr dringender Hornruf des Türmers.)

Der Kaiser, auf dem Weg von Mainz hieher,
Ward just vor Eurem Burgthor überfallen.

Pfalzgraf (jammernd). Und meine Reis'gen stehn vor Benevent!
Astolf. Er kämpft mit Macht! Umsonst! Schwach sein
Gefolge
Und furchtbar überlegen ist der Feind.

(Waffenlärm von unten links: Agnes und Praxedis eilen ans Fenster.)

Pfalzgraf (steht schwerfällig auf). Zu Pferd! Zu Pferd! Helft
mir in meine Waffen!

(Pfalzgräfin reißt Arm- und Beinschienen von der Thüre rechts: Pfalzgraf wirft sich wieder in den Stuhl — Pfalzgräfin, Astolf und Gerhard bemühen sich eifrig, ihm die Schienen umzuschnallen, aber vergeblich. Hornruf.)

Heinrich (begeistert). Komm, Freund, laß uns den deutschen
Kaiser retten!

Friedrich. Wo aber Waffen?

Heinrich. Hier — Herrn Konrads Waffen!

(Beide Freunde reißen Helm, Schild und Schwert von den Wandpfeilern im Hintergrund und waffnen sich rasch: sie sehn nun in den ganz gleichen Waffen und Kleidern einander zum Verwechseln ähnlich.)

Heinrich (das Schwert ziehend und schwingend).
Hinaus! Zum Kampf! Hie Kaiser! Und hie Reich!

Friedrich (das Schwert ziehend und schwingend).
Heraus, mein liebster Fiedelbogen du!

(Beide schließen die Visiere und eilen stürmisch ab durch die Mittelthüre links: Astolf und Gerhard springen auf und eilen ihnen nach.)

Pfalzgraf. So hilf mir in die Schienen doch! Rasch! Rasch!

Pfalzgräfin (die vor ihm kniet, aufblickend).
Es geht nicht rascher, lieber Mann, bei Gott!

Pfalzgraf (springt ungeduldig auf und eilt in die Seitenthüre rechts).
Ich helf' mir selbst! Ich brauche keine Schienen!

(Pfalzgräfin eilt zu den beiden Frauen ans Fenster.)

Fünfte Scene.

Die drei Frauen. Bumpo (aus der Mittelthür rechts) bedächtig, langsam).

Bumpo. Da wäre nun der Kaiser, den ich suchte!
Doch jetzt ist's just nicht rätlich, ihm zu nahn:
Und stirbt er — ei, klag' ich beim neuen Kaiser! —
(Tritt ans Fenster hinter die drei Frauen.)

Pfalzgräfin (aus dem Fenster spähend). O weh! Das ist des
Lothringers Panier!

Agnes. Dort bringt Graf Lorjol auf den Kaiser ein!

Praxedis. Da stürzt des Kaisers Roß!

Pfalzgräfin. Er rafft sich auf!

Agnes. Da bricht sein Speer!

Praxedis. Hoch schwingt er noch das Schwert!

Pfalzgräfin. Da birst sein Schild! Weh, gleich ist er gefangen!

Bumpo (höchst erstaunt). Ei sieh! Da ist der Pfalzgraf ja schon unten!

Wie kam der nur so schnell hinab vors Thor?
So schlank, so jung, so flink sah ich ihn lang nicht!
Er hat Lorjol erreicht! Der Welsche stürzt!
Er hebt den Kaiser auf ein frisches Roß!
Wie? Seh' ich doppelt? Oder geht er doppelt?
Da, von der Linken, nochmal kommt ein Pfalzgraf, —
Er faßt den Lothringer, — nimmt ihn gefangen.

(Die drei Frauen haben, ohne auf Bumpo zu achten, eifrig aus dem Fenster gesehen: nun jubelt auf die)

Pfalzgräfin. Frei ist der Kaiser!

Agnes. Und die Feinde fliehn!

Praxedis (sich vorbeugend). Wo ist der Kaiser?

Pfalzgräfin. Schon im Schloß!

Agnes. Da ist er!

Bumpo. So kann ich meine Klage gleich erheben!

————

Sechste Scene.

Vorige. Kaiser (ohne Helm, Spuren des Kampfes am Gewand, Schwert in der Scheide). **Astolf** ohne Helm, ein Tuch um den Kopf. **Bumpo** drückt sich lauernd in den Hintergrund. Zwei Ritter des Kaisers. Gleich darauf **Pfalzgraf** (von rechts); **Heinrich, Friedrich, Gerhard** und einige Reisige aus dem Mittelgrunde links (wo auch der Kaiser und Astolf eingetreten).

Kaiser (auf die Pfalzgräfin zueilend, warm).

Die Freiheit und das Leben, edle Freundin,

Verdank ich Eurem Herrn —: nehmt Ihr einstweilen
Des Kaisers tiefsten Dank: ich will's gedenken:

(auf Astolf deutend)

Den jungen Knappen da schlag ich zum Ritter,
So brav hat er gekämpft: pflegt sein, ihr Mädchen.

(Agnes und Prazedis nehmen sich freundlich, ohne Spott, bewundernd, des
lächelnden Verwundeten an und führen ihn zur rechten Mittelthür ab.)

Doch Euren Gatten sah ich schier verdoppelt
Zu meiner Rechten und zur Linken fechten.

Pfalzgraf (eilt, etwas humpelnd, aus dem Seitengemach, Helm, Schild,
gezogenes Schwert ohne Scheide, ein großer lederner Reiterstiefel am linken Fuß,
der rechte steckt im weißen Strumpftricot ohne Schuh: er sieht im Eifer den
Kaiser nicht, eilt auf die Mittelthür links zu).

Der rechte Stiefel will durchaus nicht an!
Gut! Meinen Kaiser rett' ich auch halb barfuß!

  Kaiser. Wie? Ihr jetzt hier? Und just im Feld, in
Waffen?

Ihr habt mich doch befreit?

  Pfalzgraf (langsam).   Nicht, daß ich wüßte!
Ich hatt' es freilich ernstlich vor: jedoch ... —

  Pfalzgräfin. Jedoch die beiden kamen ihm zuvor.

(Weist auf Heinrich und Friedrich, welche mit geschlossenen Visieren eintreten. Friedrich trägt ein buntes Panier. Heinrich trägt ein fremdes,
gezogenes Schwert in der Linken und ein Tuch um den rechten Arm: Agnes eilt
ihm besorgt entgegen, er beschwichtigt sie rasch: beide treten nun rechts und
links an den Kaiser und schlagen die Visiere auf. Gerhard. Einige Reisige,
zwei Ritter des Kaisers. — Gerhard holt den Stiefel aus dem Gemach
und zieht ihn rasch dem Pfalzgrafen an.)

  **Kaiser. Ha! Wie? Heinrich von Braunschweig und der
Herr
Von Hausen? Wie? Sie hätten mich gerettet?**

  Heinrich (kniet zur Rechten des Kaisers, überreicht ein Schwert ohne
Scheide).

Hier, Herr, das Schwert Graf Lorjols de Ronant,
Ten ich für Euch verwundet und gefangen.

Friedrich (kniet zur Linken des Kaisers, überreicht das Panier).
Hier das Panier des Lothringers, Herr Kaiser,
Den ich für Euch verwundet und gefangen.

Kaiser (drückt sein Erstaunen aus, winkt ihnen sich zu erheben, giebt
Schwert und Panier seinen beiden Rittern).

Heinrich. Der Kanzler Sigilocus ist entfloh'n, —

Friedrich. Der, wie schon die Gefangnen eingestanden... —

Heinrich. Euch hat geführt in diesen Hinterhalt!

Kaiser (staunt).

Pfalzgraf (mit gutmütigem Spott zu dem sehr betroffenen Bumpo).
Herr Bumpo, sprecht, ich bitt' Euch schön, beim Vetter,
Herrn Sigilocus, manchmal mir zum Vorteil!

Bumpo (tröstet seine Bestürzung durch die alsbald zu erhebende Anklage).

Kaiser. So will sich, scheint's, an diesem Tag vollenden
Der Umschwung in dem Gang des Reichs, der gestern
Am Tag zu Mainz begann: dort hab' ich völlig
Mit dem befreiten Richard Löwenherz
(leise zur Pfalzgräfin)
— Viel wirkte edle „Frauen-Staatskunst" mit —
Mich ausgesöhnt und Frankreich abgewiesen.
Dem zweiten Löwen der mich hat bekämpft,
Heinrich dem Löwen, wird fortan vielleicht... — —

(Will Heinrich die Hand reichen, Bumpo fährt dazwischen: kniet.)

Bumpo. Herr Kaiser, Halt! — Ihr wißt nicht, was Ihr
thut!
Ein ungeheurer Frevel ist geschehn:
Durch Zauberei, wenn nicht durch schlimm're Schuld,
Ward Euer kaiserlicher Brief gefälscht,
Den ich, mit Eures Siegels Vollmacht, schrieb.

Kaiser. Ah, ich entsinne mich, was schriebest du?
(Winkt ihm aufzustehen.)

Bumpo (steht auf). Hier diese beiden in den Turm zu werfen
Befahl ich: und lest selbst nun, was hier steht.

(Überreicht ihm den Brief.)

Kaiser (liest mit steigendem Zorn).

(Bange Spannung aller Beteiligten.)

Kaiser. „Im Namen Kaiser Heinrichs und aus Auftrag
Des Kanzlers Sigilocus anbefehl' ich,
Herr Pfalzgraf, Euch, kraft kaiserlicher Vollmacht,
Daß Ihr sofort die beiden jungen Gäste,
Bei strengster Strafe kaiserlichen Zorns,
Bei schwerster Reichsacht wegen Felonie,
Zu Stahleck in der heil'gen Schloßkapelle —
Mit Agnes und Praxedis trauen laßt
Durch Euren Burgkaplan — hört Ihr? sogleich!
Ich, Bumpo, in des Kaisers Stellvertretung.“
                    „Nachschrift.“
„Hört Ihr? Noch heut! Beim höchsten Zorn des Kaisers!“

(ausbrechend)

Ha, was ist das? Beim Glanze meiner Krone!
Zuviel! Herr Ohm, habt Ihr gewagt, zu thun,
Was durch ein Blendwerk hier geschrieben steht?
    Pfalzgraf (fest und mutig). Befolgt hab' ich sofort, in höch-
                                    ster Eile,
— Denn unverletzt war Siegel und Geschnür —
Was Ihr befahlt bei Androhung der Acht.

(auf Heinrich deutend)

Mein Eidam steht vor Euch!
    Kaiser (sehr ergrimmt).   Nein! Nimmermehr!
Soweit soll niemals gehen die Versöhnung!
    Pfalzgräfin. Sie eint des Sakramentes ewig Band: —
Herr Kaiser, könnt Ihr unvermählt sie machen?

Kaiser. Das kann ich nicht! Doch furchtbar kann ich strafen!
Wer allzukühnes Spiel mit mir gespielt!

(winkt seinen beiden Rittern, diese treten näher)

Heinrich von Braunschweig, — habt Ihr das gewagt?

Heinrich (tritt vor). Beim greisen Haupte meines Vaters:
Nein!
Jedoch die Strafe fordr' ich als mein Recht.

Kaiser. Sie wird Euch nicht geschenkt, verdient Ihr sie.

(zu Friedrich)

Doch Euch sieht das mehr ähnlich, Herr von Hausen.

Friedrich (tritt vor). Bei meinem Ritterwort: ich that es
nicht.

Kaiser (für sich). Die Frau'n! Natürlich! — Wie konnt' ich
nur zweifeln!

(laut)

Verschmitzte Griechin, das ist deine Art.

Praxedis (tritt vor, mutig). Sie ist der schönste Scherz, der
mir bekannt:
Ich wollt', ich dürfte mich des Einfalls rühmen.

Kaiser (noch immer streng). Frau Pfalzgräfin! Wie mocht ich
nur so lang
Auf Euch nicht raten! (finster) Ist das Frauen-Staatskunst?

Pfalzgräfin (tritt vor). Ja! Frauen-Staatskunst ist's —
doch nicht die meine.

Kaiser. Nun, wer hat dies Verbrechen zu bereu'n?

Agnes (tritt kühn vor). Ich that's, Herr Kaiser: doch bereu'
ich's nicht.

Kaiser (höchst erstaunt, tritt weit zurück).
Das Lämmlein? Wie? Nein! Des seid Ihr nicht fähig.

Pumps. Was? Meine Weisheit gegen mich gewendet?

Friedrich. Ja, ja, die Schül'rin ... —

Praxedis. Macht dem Meister Ehre!

Agnes (dem Kaiser folgend).

Herr Kaiser, ja! Und — hört! — ich thät's noch einmal,
Den treusten Mann vor ungerechtem Kerker
Zu retten: ja, und müßt ich dafür sterben.

    Kaiser (streng mit finsterem Blick auf Heinrich).

An ihren Männern straft man Frau'n am schwersten!
Nicht sterben just, doch büßen soll, wer also

        (er winkt abermals seinen beiden Rittern)

Mit meinem Willen frevelhaft gespielt.

    Pfalzgräfin (tief bewegt, tritt vor).

Mit Eurem Willen? Wie? mein Herr und Kaiser,
Wollt Ihr denn wirklich Eure beiden Retter
Im Schlangenturm begraben zu Palermo?
Wenn sie gefangen waren heut' — was ward
Aus Euch? Muß ich Euch mahnen Eures Wortes:
Säht Ihr im Kampf für Euch sich treu bewähren
Jung Heinrich, wolltet gern Ihr Euch versöhnen?
Wer hat mit seinem Blut (auf Heinrichs Arm deutend) Euch frei-
                        gekämpft
Aus Arglist und Verrat?

    Kaiser (für sich).   Ja, sie hat recht.

    Pfalzgräfin (näher rückend). Wer hat im Schloß zu Rüdes-
                      heim gerühmt . . . —

        (Kaiser erweicht sichtlich.)
        (Praxedis, dies bemerkend, rückt näher.)

Praxedis. Wenn Weiberlist ihn jemals überwände . . . —

Agnes (näher rückend). Die Täuschung nur aus Lieb' und
                      Treue wagt . . . —

Pfalzgräfin (näher rückend). Die alles wagt, das Teuerste zu
                      retten . . . —

Praxedis (näher rückend). Wer hat gerühmt, daß er an Groß-
                    mut dann . . . —

Agnes (näher rückend). Gewiß dem edeln Ahn nicht nachstehn
würde ... —

Pfalzgräfin (näher rückend).
Der gütevoll zu Weinsberg dort den Frau'n ... —

Praxedis (näher rückend). Zulächelte und ihre List vergab?

Pfalzgräfin (näher rückend: der Kaiser steht nun ganz umstellt an der Erkerwand). Wer sprach im Schloß zu Rübesheim dies Wort?

Kaiser (tritt kräftig vor, der Pfalzgräfin Hand fassend).
Ich, schöne Freundin! — Und ich will es halten!
Wollt' ich mein Wort Euch brechen, Irmengard,
Wie Untreu' wär' es gegen meine Jugend!
(zu seinen Rittern)
Die beiden, die die Helden hier gefangen,
Führt wohl verwahrt sie nach Palermo mir.

Friedrich (leise zu Praxedis).
Denn einsperr'n muß er immer jemand lassen ... —

Praxedis (leise zu Friedrich).
Das ist und bleibt sein Haupt- und Staatsvergnügen!

Kaiser (zu Heinrich und Friedrich, ihnen die Hände reichend).
Dank und Versöhnung euch, ihr meine Retter!
(Heinrich und Friedrich neigen sich tief.)

Heinrich. Eintracht fortan ... —

Friedrich.   — Durch alles deutsche Land!

Kaiser (zu Agnes). Weil du gelistet hast aus Lieb' und
Treu', —
Verzeihung denn, du staatsgefährlich Kind.

Bumpo (empört). Gerechtigkeit lebt nicht mehr in der Welt!
Ich geh' ins Kloster und werd' ... —

Friedrich (ihm nachrufend).   Kellermeister.
(Bumpo ab durch die linke Mittelthür.)

Kaiser (zu Friedrich). Ihr zeigt viel Mut, das Griechenkind
zu frei'n!
Ist Euch nicht bang vor dieser spitzen Zunge?

Friedrich. „Kein Meister trägt so stolzen Sinn, —
                    Er findet seine Meisterin."

Praxedis. War ich manchmal ein bißchen ungebärdig,
Geschah's, weil mir der Herr und Meister fehlte:
Jetzt fand ich ihn und — lammfromm bin ich worden.

Kaiser (mit einem Blick auf Agnes).

Lammfromm? O weh! Ich weiß nun, was das heißt.
Herr Heinrich, nehmt in acht Euch vor dem Lämmlein:
Es wird Euch überwält'gen — wie den Kaiser: —
Dann küßt sie auf den Mund, wenn Ihr's entdeckt,
Und denkt und lacht, — wie Euer Kaiser that: —
„Staatskunst der Frau'n — du hast gesiegt."

(Gruppe.)

(Der Kaiser faßt der Pfalzgräfin und Agnesens Hand.)

(Vorhang fällt.)

———

Schlußbemerkungen
für Regie und Darsteller.

Den Duft mittelhochdeutscher Poesie und ihre heitere Anmut über dieses Scherzspiel zu breiten schwebte dem Verfasser als Ideal vor. Der Humor darf nie durch Derbheit jenen angestrebten poesievollen Hauch verscheuchen, namentlich nicht in der Darstellung des ritterlichen Minnesängers. Auch Bumpo, obzwar die gröblichste Gestalt, darf nie, auch in und nach der Trinkscene, roh werden: höfische Sitte umhegt das Leben jener Männer und Frauen.

Lehrreich, gehaltreich für die Kenntnis der Zeit, auch der Überlistung des Kaisers durch die Pfalzgräfin (sie ließ Heinrich heimlich nach Stahleck kommen und rasch mit Agnes trauen:) ist das Werk: „Heinrich der Sechste“, von Dr. Theodor Toeche, Leipzig 1867.

Der Kaiser: schöner, imponierender Mann von circa 32 Jahren, braunes Haar, leichter brauner Bart. Er war eine der allergewaltigsten Herrschernaturen aller Zeiten: von stolzestem Ehrgeiz, hochfliegenden Plänen. Dabei durchaus nicht wählerisch in den Mitteln: arglistig, seiner Gegner Ränke durch überlegene Künste überbietend: mit einem Anflug von Tyrannenhärte: von vornehmstem Selbstgefühl; der Zuschauer muß stets leise Furcht vor dem glänzenden, aber gefährlichen Herrscher verspüren. Allein die edle, poesievolle — (er pflegte selbst des Minnesanges) — Staufernatur bildet doch den Kern des Charakters, welcher denn auch, nachdem er sich durch unterschätzte Frauenlist überwunden sieht, in ritterlichem Edelsinn verzeihen kann. Seine Neigung zu der Jugendgeliebten ist tief gewurzelt; wo sie zu zärtlich hervortreten will, weist sie die Pfalzgräfin fein zurück: diese Neigung trägt zuletzt wesentlich zu der verzeihenden Umstimmung des Kaisers bei.

Der Pfalzgraf: ungefähr 45 Jahre: durchaus nicht einfältig:

gutmütig, aber ein tapfrer, tüchtiger Mann: seine Beleibt-
heit muß zwar ausreichend markiert sein, darf ihn aber
keineswegs an der Seite der schönen Irmengard widerlich
erscheinen lassen: ein volles, joviales, aber schönes Antlitz,
schönes Grau an Haar und Bart.

Die Pfalzgräfin: blühend schöne Frau von 35 Jahren, edel,
echt weiblich, heiter, gütevoll, mit feinem Takt den Kaiser,
den sie aufrichtig verehrt, aber nicht liebt, in Schranken
haltend und, als sein guter Geist, an seinen eignen Edelsinn mahnend und zur Versöhnung stimmend.

Agnes: blond, 16 Jahre alt, verhalten, scheu, tief innig und
innerlich, wortkarg, aber voll Mut und nötigenfalls auch
voll kühnster, schalkhafter Klugheit. Der Erfolg des Stückes
hängt zum großen Teil davon ab, daß die Darstellerin diese
nur scheinbar widerstreitenden Eigenschaften vereint zur An-
schauung bringt: der Zuschauer muß durch ihren kühnen
Schelmenstreich zwar einigermaßen überrascht sein, aber
doch ihr denselben zutrauen können.

Praxedis: dunkel, 21 Jahre alt: immer fein und vornehm, nicht
soubrettenhaft oder kammerzofenhaft. Sehr reiches byzan-
tinisches Kostüm, von dem der beiden deutschen Frauen schon
durch seinen Glanz abstechend. Rundes schmales, goldge-
sticktes Käppchen auf dem Scheitel, goldgestickte Schuhe,
Edelsteine am goldnen Gürtel. Sollte die Darstellerin die
Ahnfrau dieser Gestalt, die Praxedis in Josef Viktor von
Scheffels „Ekkehard" noch nicht kennen, so wird sie gebeten,
diesen Roman vor dem Studium ihrer Rolle zu lesen.

Heinrich von Braunschweig: blondes Haar, 25 Jahre alt,
heldenhaft, ritterlich, feurig, ungestüm, stets in Gefahr, sein
Inkognito zu brechen und den hochgemuten Herzogssohn,
den Sohn des Löwen, zu verraten. — Er hat sich einen
falschen Bart von viel dunklerer Farbe als sein Haar an-
gehängt über dem bartlosen oder leicht blondbärtigen Mund:
es schadet nicht, wenn das Publikum bei beiden Freunden
die Unechtheit der Bärte gleich erkennt: beide Bärte müssen
leicht abzunehmen und wieder einzuhängen sein.

Friedrich von Hausen: dunkles Haar, 28 Jahre alt, liebenswürdig übermütig, aber auch im ausgelassensten Scherz nie
unfein, stets der höfliche, vornehme, ritterliche Sänger, Heinrich an Heldentum kaum nachstehend, nur etwas realistischer.

Kein „Trinker", nur ein Freund der Poesie des Weins, scherzt mehr vom Trinken als er trinkt. Seine Liebe zu Praxedis ist ernst und tief. — Sein falscher Bart ist von viel hellerer Farbe als sein Haupthaar, sein Mund bartlos oder von leichtem, braunem Bart umgeben. Kann der Darsteller des Minnesängers die diesem in den Mund gelegten Lieder — oder doch das eine oder andere — nach den Melodien des Anhangs singen, so wird das sehr günstig wirken. Beide Freunde tragen schmucklose Barette und dunkle Mäntel: die Einfachheit ihres Anzugs muß den Verdacht, daß sie geringe Landfahrer seien, rechtfertigen. Sie wollen ihren Stand verbergen.

Sigilocus: 50 Jahre alt, grau von Haar und Bart.

Bumpo: 48 Jahre alt, auch bereits ziemlich grau. — Darf nicht allzu pantomimenhaft chargiert gespielt, die Verliebtheit in Praxedis darf nicht widerlich werden: nach der Trinkscene nicht berauscht, nur etwas weinerhitzt und hastig; seine Verwechslung der beiden ganz ähnlichen Pergamente muß nur zum kleineren Teil aus der Weinwirkung, zum weitaus

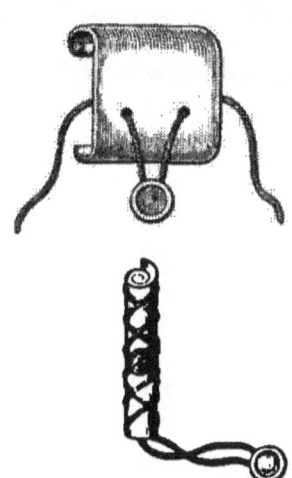

größeren aus dem unaufhörlichen Drängen und Treiben der mahnenden Boten erklärt werden: die Regie wird gebeten, dieses Drängen der Boten in so raschem Tempo spielen zu lassen, daß Bumpo glaubhaftermaßen gar nicht zur Besinnung und sehr leicht zu der Verwechselung der Urkunden gelangt. — Was die Art der Schließung und Siegelung derselben anlangt, so konnte die in jener Zeit meist übliche nicht vorausgesetzt werden, weil die Manipulation allzu umständlich wäre auf der Bühne. Es mußte daher eine seltner vorkommende Form gewählt werden, die folgende: an dem Pergament hängt mit zwei Schnüren befestigt das Siegel in einer Kapsel, die beiden Schnüre gehen durch das durchbohrte Pergament und sind lang genug, das zusammengerollte Pergament von außen wenigstens zweimal zu umwickeln, sie werden nun von außen zu einer Schleife gebunden und auf diese Schleife drückt Bumpo eine kleine oblatenähnliche Wachsscheibe mit dem pfalzgräflichen Siegelstempel, den er immer in der Gürteltasche trägt. Das Pergament der Agnes ist dem kaiserlichen ganz gleich, auch an Schnüren und Siegelkapsel, nur ist diese etwas kleiner als an dem kaiserlichen Pergament.

Graf Lorjol de Ronant: echt französischer Typus, dunkel an Teint (kurz geschorenes Haar) und Bart: 40 Jahre alt, sehr vornehm, sehr elegant, sehr reich gekleidet.

Astolf: 15 Jahre alt, Damenrolle, keine Spur von Bart, sehr zierlich in Haltung und Kleidung.

Gerhard: 50 Jahre, grau an Haar und Bart.

———

Zu jener Zeit standen Farben und Tiere ꝛc. der Wappen noch nicht für bestimmte Reichsämter dauernd oder für Geschlechter erblich fest. Farben und Wappentier des Pfalzgrafen auf dessen Schild (und Helm, wo sie freilich damals noch nicht vorkamen) können also beliebig gewählt werden: etwa roter einköpfiger Adler in weißem Feld; der einköpfige Adler begegnet wenig später auf einem pfalzgräflichen Siegel.

———

I.

Heinrich Hofmann.

Andante.

1. Ei du fei_nes, holdes, klei_nes, ei du sü . sses
2. Griechen_täubchen, Dunkel_häubchen mit dem ro . then

Griechenkind! Lass die sie_chen Krüppel-Grie_chen, lern' wie
Schnäbe_lein: Sprich, wo steckst du? Oh was neckst du lang des

deutsche Min_ne minnt, lern' wie deutsche Min_ne minnt.
Taubers Gir_re_pein, lang des Taubers Gir_re_pein.

II.

Moderato. (Die Begl. ist durch Harfe oder Guitarre auszuführen.)

1. Nun woll'n wir erst heben ein Trinken an, dass der

Herrgott es nicht mag fas_sen und spricht: „Wenn der Mensch so—

Alle

— viel trinken kann — mehr Wein muss ich wachsen lassen!" und

drei.

" spricht: "Wenn der Mensch so — viel trinken kann — mehr

Wein muss ich wachsen las . sen!" 2. Als der

Fine

(Begleitung wie vorher.)

Herr — gott einmal recht zor — nig war, hat dem Menschen den

Durst er ge . ge . ben: — doch Chri . stus rühr . te den

Wein . stock an: _ und Trau . ben tru . gen die

Alle drei.

Re . ben! Doch Chri . stus rühr . te den Weinstock an und

Breiter.

Trau . ben tru . gen die Re . ben! 3. Die

gan . ze _ Er . de ein gro . sser Po . cal, rand . voll, dass

a tempo

schier er _ ber . ste: _ den möcht' ich lee . ren mit

Ei . nem Mal _ dann hätt' ich ge . nug _ für's

Alle drei.

Er . ste. Ja den möcht' ich lee . ren mit Ei . nem

Mal _ dann hätt' ich ge . nug für's Er . ste.

(Beim ✳ bleibt in der Begleitung der ⅜ Tact fort.)

III.

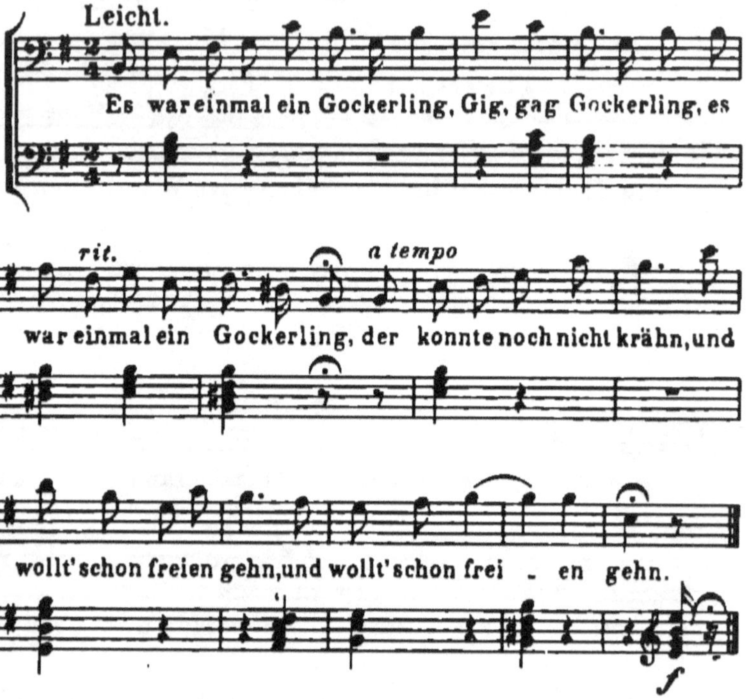
Leicht.
Es war einmal ein Gockerling, Gig, gag Gockerling, es
rit.
a tempo
war einmal ein Gockerling, der konnte noch nicht krähn, und
wollt' schon freien gehn, und wollt' schon frei - en gehn.
f

IV.

Moderato.
Wollt' mich ein Pfäfflein schla - gen in
Sohn, heb' dich von hin - nen'' - ein

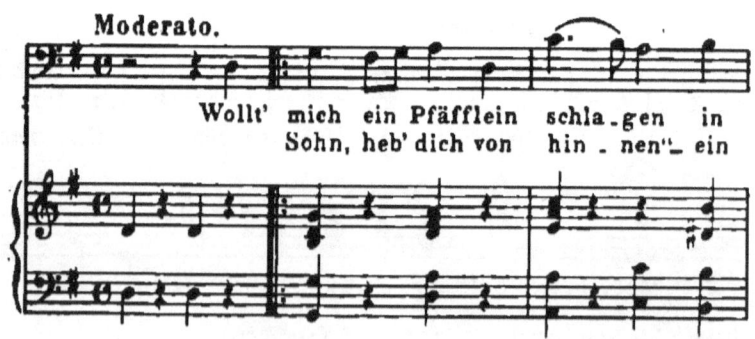

ei - ner Stadt am Main: ; doch ich rief nach drei Ta-gen, als
Kreuz schlug er mir nach —, „du hast im Schlund tief in-nen ein

leer die Lei-sten la - - - gen: „Herr Bischof, jetzt den
ei-gen Spundloch rin - - - nen, das dir der Teu-fel

Alle drei.

Stein, Herr Bischof, jetzt den Stein!" „Herr Bischof, jetzt den
stach, das dir der Teu-fel stach!" „Das dir der Teu-fel

Stein, Herr Bi-schof, jetzt den Stein!" „Mein
stach, das dir der Teu-fel

stach!"

Der Kurier nach Paris.

Lustspiel in fünf Aufzügen

von

Felix Dahn.

Erstmalig erschienen 1883.

Leipzig
Druck und Verlag von Breitkopf und Härtel
1899.

Ernst Wichert

freundschaftlich

zugeeignet.

Personen.

Ludwig der Fünfzehnte, König von Frankreich[1].
Herzog von Bourbon, Premierminister.
Vicomte Maillac, Oberst der französischen Garden, Schloßhauptmann von Versailles, sein Vetter.
Marquise Athénaïs de Briançon, Witwe.
Blanchemain, deren Tochter (sechzehn Jahre alt).
Chevalier Bayard de Briançon, französischer Kapitän, deren Neffe.

Jobocus Scheuegott Leberecht Freiherr von der beipen Grefte, preußischer Oberst in Ruhestand.
Friedrich, preußischer Kapitän, sein Sohn.
Friederike von Friesen, seine Nichte.
Anne Marie, deren Zofe.
Jobst, Friedrichs Bursche.
Französische Soldaten. Französische Diener.

Ort der Handlung: Erster Aufzug: Schloß des Freiherrn, in der Nähe von Kleve. Zweiter und dritter Aufzug: Paris. Vierter und fünfter Aufzug: Versailles.
Zeit der Handlung: 1726.

---

[1] Wo thunlich, nicht von einer Dame, aber möglichst jugendlich zu spielen: er war damals sechzehn Jahre.

I. Aufzug.

Erster Auftritt.

Wohnzimmer in dem Schlosse des Freiherrn. — Links (links und rechts stets von der Bühne aus gedacht) ein Fenster: im Mittelgrund und rechts je eine Thüre. — Ganz vorn links und ganz vorn rechts je ein kleiner Tisch mit weiblichen Handarbeiten, hinter Friederikens Stuhl ein Stehlspiegel; auf einem Wandtisch im Hintergrund ein Paar Pistolen, zwei Stoßrapiere, Fechthandschuhe und Visiere. —

An den beiden Nähtischen sitzen einander gegenüber Friederike und Anne Marie, beide scheinbar arbeitend, in Wahrheit in Briefen lesend, welche sie aus dem Arbeiten heimlich hervorziehen, lesen, und wieder verstecken, wenn sie sich eine von der andern im Lesen beobachtet fürchten. — Dies währt eine Zeitlang nach eröffneter Scene.

Friederike (von der Arbeit aufstehend, seufzt). Ach Gott!

Anne Marie (rasch). Sagten Sie was, Fräulein?

Friederike (wieder arbeitend). Ich? O nein! Ich — atmete nur.

Anne Marie. Ach so! Sie atmeten nur. Ich dachte, Sie seufzten.

Friederike (trotzig). Warum sollte ich auch seufzen!

Anne Marie. Natürlich! Warum sollten wir auch seufzen! — Es ist ja so lustig hier, auf dem alten, öden, ausgestorbenen, langweiligen Schlosse! — Es ist wie verwunschen, das einsame Nest, seit der junge Herr fort ist und: — nun — all' die Mannsleute. — Innerhalb der Mauern nur der alte Oberst mit seinem ewigen Podagra und seiner ewigen Partie Pikett, unterbrochen durch sein ewiges Fluchen. Dann: wir zwei beiden armen ver-

lassenen Jungfräulein: nun, wir sind auch nicht absonder-
lich lustig. — Und außerhalb der Mauern: (geht an das
Fenster) — Hu! Nichts als Novembernebel oben und die
öde Heide unten: nie ein Besuch! eine verdrießliche Krähe
mit schwerem Flügelschlag das einzige Erheiternis in der
Landschaft: o es ist zum Totlachen lustig, unser Leben!
(Setzt sich wieder ungeduldig, nimmt hastig die Arbeit auf.)

Friederike (hat inzwischen wieder heimlich gelesen, steckt den Brief
fort, wischt sich rasch die Augen: für sich). Ich kann, ich kann es
nicht ertragen! (Verbirgt die Augen mit beiden Händen.)

Anne Marie (springt auf, läuft rasch zu ihr hin). Aber Fräulein, liebes Fräulein? Was haben Sie!

Friederike. Ich! Nichts. Gar nichts! Es ist mir
nur — eine Mücke ins Auge geflogen.

Anne Marie. Eine Mücke? Ende November? Und
(zieht ihr die Hände weg) gleich in alle beide Augen — Eine
Mücke! Ach Fräulein, — Sie weinen ja.

Friederike (steht auf). Was? Ich weinen? Die wilde
Fritze? — (stampft mit dem Fuß) Himmel-Donnerwetter-Kreuz-
Bomben-Granaten-Schock-Schwerenot noch einmal! Thränen?
— Nein! Ich will nicht weinen!

Anne Marie (komisch erschroden). I du meine Güte! Ich
meine, ich höre den Herrn Oberst! Fluchen Sie ihm doch
nicht seine Nachmittagsflüche weg. — (Bittend) Mein gutes,
gnädiges Fräulein.

Friederike. Ich bin nicht gnädig. Sehr ungnädig
bin ich! (Heftig) — Ach! und gut (— nun ganz weich) gut
bin ich leider gar nicht! Ich bin — ach Gott — so
böse! Ich habe — ich habe — so ein höllisch schlechtes
Gewissen!

Anne Marie (komisch entrüstet). Gott bewahre mich in
Gnaden! — Haben Sie schon wieder mal was angestellt?

Friederike (nickt).

Anne Marie. Ums Himmels willen! Was kann's sein? Haben Sie wieder Scheibe geschossen nach des Obersten Porzellan-Pfeifenköpfen?

Friederike. Ach was Pfeifenköpfe! Es handelt sich wohl um Porzellan! — Ich — ich habe nur — (in Thränen ausbrechend, sich an ihre Brust werfend) Ich habe nur mein ganzes Lebensglück und — was noch weit, weit mehr — auch Fritzens Glück zerstört!

Anne Marie. O mein armes Fräulein! Aber sagen Sie nur — — wieso?

Friederike (sich aufrichtend). Wieso? Weil ich — die kluge Fritze, das Teufelsmädel, und wie sie mich sonst gepriesen haben — weil ich (von Zorn erregt, geht heftig auf und nieder) der dümmsten, feilsten, elendesten List und Lüge erlegen bin! Ah Cousine Friederike! Hätt' ich dich hier! Du müßtest mir vor die Pistole! (ist im Auf- und Niedergehen an den Wandtisch gelangt, hebt drohend eine Pistole —) Allein, sie würde sich verkriechen hinter ihr Frauenzimmertum! Die Memme! (Wirft die Pistole weg.)

Anne Marie. Also die Comtesse Friederike! Steckt die dahinter? dann ist es nichts Gutes! Aber woher wissen Sie? — Gewiß stand es in dem Brief, den Sie vorgestern erhielten, — ich wollt ihn gern lesen — aber Sie sagten, Sie hätten ihn zerrissen — wie ich — den meinen.

Friederike. Es war nicht wahr! — (zieht den Brief hervor) Hier ist er! —

Anne Marie. Es war auch nicht wahr! — (zieht ihren Brief hervor) — Hier ist er!

Beide. O wir armen Mädchen!

Friederike. Mein Fritz!

Anne Marie. Mein Jobst!

Friederike. Er liebt mich nicht mehr!

Anne Marie. Meiner liebt eine andere —: Nein! o es ist himmelschreiend: Viele andere liebt er.

Friederike. Mein Fritz liebt — zwanzig (ihr den Brief hinhaltend).

Anne Marie. Auch zwanzig! Wie auffallend! Genau ebensoviel! (Verbläfft ihr den Brief hinhaltend.) Das scheint die gewöhnliche Zahl in Paris.

Friederike. Aber das Bitterste ist, — ich, ich selbst bin schuld daran! O ich möchte mich mit mir selber auf krumme Säbel schlagen!

Anne Marie (begütigend). Nu! — Nu! —

Friederike. Seit frühster Kindheit, da wir noch beide in kurzen Höschen liefen, liebten wir uns, mein Fritz und ich. Seit dem Tode meiner Eltern wuchs ich hier mit ihm auf — wie eine Schwester.

Anne Marie. Nein, eher wie sein Bruder, wie sein bester, weil sein wildester Kamerad. Was habt ihr doch zusammen gejagt, gefochten, geschossen, daß mir vor Angst Hören und Sehen verging! Und das Reiten! Und das Fluchen!

Friederike. Nun ja! War doch keine Frauenseele im ganzen Schloß! Der Oheim allein hat uns beide erzogen — ganz gleich erzogen! Ich war ihm ja nie jungenhaft genug. Hieß ich nicht mit zwölf Jahren schon die wilde Fritze in ganz Kleveland?

Anne Marie. Aber auch die kluge Fritze heißen Sie.

Friederike (bitter). Und dümmer hat nie ein Mädchen sein Glück verscherzt! — (kleinlaut) Du hast wohl gesehen, wie ich Fritz vor seiner Abreise behandelt habe.

Anne Marie. Ja, leider! Mit Achtung zu sagen: ganz allerniederträchtigst! Sie haben ihm ja gar keinen „guten Morgen" mehr erwidert — von einer „gesegneten

Mahlzeit" — o du lieber Himmel, da war kein Gedanke
daran.

Friederike. Ach, ich war ja vor Wut und Weh halb toll.

Anne Marie. Ja, das hab ich ihm — zum Trost
— auch gesagt, ihm und meinem Jobst. Aber meinen
Sie wohl, das hätte ihn aufgeheitert? Im Gegenteil!
Wütend ritt er davon — ohne Abschied — aber ach!
mit meinem Jobst! Und wohin? Nach Paris, in den
Pfuhl des babylonischen Weibes, sagt der Herr Pfarrer!
Lieber in den Türkenkrieg. Warum haben Sie ihn denn
auf einmal behandelt, als ob er seines Herrn Vaters ver-
goldete Tabaksdose gestohlen hätte?

Friederike. Weil — meine Cousine, die hier zum
Besuch war, mir vorlog — er liebe sie, er habe sie küssen
wollen — er habe — ach was weiß ich, was er alles
gewollt haben soll! Sie gab mir ja die Briefe, die Verse
— adressiert an Friederike, in den heißesten Worten,
wie er sie an mich nie gerichtet hatte, der wortkarge, verhaltene, wie aus Eisen geschmiedete Fritz! Die Verse,
welche ihre Schönheit priesen! — Ihre goldnen Haare! —

Anne Marie (auf Friederike deutend). Haben wir auch!

Friederike. Ihre unwiderstehlichen Augen!

Anne Marie (wie oben). Haben wir erst recht!

Friederike. Kurz! sie machte mich zur Vertrauten seiner
Liebe. Demnächst werde er offen um ihre Hand anhalten!
Mein guter alter Fritz fällt von mir ab! Zwar: er hatte
mir nie ein Wort von Liebe gesagt . . . —

Anne Marie. Na, das war überflüssig! das konnten
die Blinden greifen!

Friederike. Aber von Kindheit an hatten doch still-
schweigend der Oberst, ich, wie ich meinte: auch er, es als
selbstverständlich angesehen, daß wir ein Paar würden.

Und nun kömmt die Fremde, die freilich vielhundertmal
schöner als ich ... —

Anne Marie. Ist gelogen! — bitte um Verzeihung!
Aber kokett ist die Comtesse — und das sind wir nicht.

Friederike. Ich war so furchtbar unglücklich! Ich
weinte alle Nächte durch. Aber bei Tag lachte ich wild
wie drei Teufel und gratulierte der Cousine und ritt ein
Pferd zu Schanden und brach beinahe das Genick auf der
Fuchsjagd. Da reiste die Cousine plötzlich ab: — ein
schwedischer General hatte bei ihrem Vater um sie geworben:
siebzig Jahre alt, aber sieben Millionen reich. — Fritz
sollte sie begleiten bis Kleve: er hatte mich heimlich gebeten, ihm im Gartenpavillon Lebewohl zu sagen: — ich
schickte ihm das Blatt ohne Antwort zurück. — Da ritt
er mit ihr fort: — aber er kam nicht wieder — —.
Seinem Vater schrieb er, es sei leider zur Zeit nirgend
Krieg in Europa: er wisse nicht, was mit sich anfangen.
Er gehe nach Berlin, vom König Urlaub zu erbitten —
für den Türkenkrieg in Persien.

Anne Marie. Der arme Junge! In Persien! Was
für eine Gegend für ein Klevner Kind! Und mein Jobst
immer mit!

Friederike. Ja der Brief war recht verzweifelt! —
Ganz natürlich, sagt ich mir —: denn die Comtesse hatte
den alten Schweden acceptiert. — Lange hörten wir gar
nichts von ihm: — da schrieb er plötzlich aus Paris, der
König habe ihm den Urlaub nach Persien abgeschlagen ... —

Anne Marie (rasch). Gott segne König Friedrich
Wilhelm den Ersten! Ein weiser Monarch!

Friederike. Und ihn nach Paris geschickt mit einem
diplomatischen Auftrag an den Hof von Versailles.

Anne Marie. Nichts für ungut, gnädiges Fräulein:

Unser Herr Fritz ist ein Soldat ersten Ranges: aber zum Diplomaten hat ihn der liebe Gott nicht geschaffen.

Friederike. Nein, wahrhaftig nicht! Er sollte auch nur dem preußischen Gesandten wichtige Mitteilungen für den jungen König von Frankreich überbringen. Aber am Tage vor seiner Ankunft starb unser Gesandter zu Paris und Fritz hat nun zu warten, bis er den König zu sehen bekommt. — So sitzt er also in Paris und ärgert sich und fängt Händel an mit allen französischen Offizieren. Und einstweilen — ach es ist schrecklich!

Anne Marie. Nun was denn?

Friederike. Einstweilen scheint er sich in diesem abscheulichen Paris zu amüsieren — ganz nach Pariser Mode. Gestern erhalte ich diesen Brief von der Cousine! Unter vielem andern — nur so nebenher — neben Maskeraden und Feuerwerken — ob das Glück unsres ganzen Lebens auch nur so eine Rakete wäre, welche man zum Spaß verpuffen darf! — schreibt sie: „Mein Herzens-Bäschen! Da mir mein Alterchen . . ." —

Anne Marie. Aha, das ist der alte Schwede!

Friederike. „Nach unsrer Hochzeit . . ." —

Anne Marie. Muß lustig gewesen sein!

Friederike. „Die große Welt zeigen wollte, kamen wir auch nach Paris. Wir suchten Vetter Fritz auf. Und da ich glücklich in den Hafen der Ehe eingelaufen bin, kann ich Dir ja nun auch den Streich eingestehen, den ich euch beiden gespielt habe bei meinem Besuch in eurem alten Rumpelschloß. Ich sah bald, daß ihr euch liebtet: Vetter Fritz hatte keine Augen für meine schönsten Roben. Das ertrug ich nicht. Ich stahl mich in das Vertrauen des Vetters: er gab mir die Verse, die Gedichte, die er — — an Dich gerichtet hatte."

Anne Marie. O wie abgefeimt nichtsnutzig.

9*

Friederike. „Er bat mich, sie Dir mitzuteilen, seine Sache bei Dir zu führen. Ich rächte mich. Dir sagte ich, jene Verse gälten mir. Ihm sagte ich, Du habest Dich über seine verliebten Seufzer halbtot gelacht und seine Verse als Pistolenpfropfen verschossen."

Anne Marie. Wenn ich der die Augen auskratzen dürfte, — ich ließe mir meine Nägel eigens dafür wachsen.

Friederike. „Übrigens" — nun paß auf! nun kommt es —! „Du hast sicher nichts an ihm verloren. Denn ich höre, er soll in Paris leben —, nun — wie die Kavaliere alle hier leben. Er soll" — höre nur wie schrecklich! — „in einem Hause einer üppigen Mutter und einer schönen Tochter zugleich den Hof machen."

Anne Marie. Gerechter Gott! Er lebt in chronischer Polygamie!

Friederike. „Auf des Vetters Tisch aber habe ich eine ganze Galerie von schönen Frauen von Paris und Versailles aufgestellt gesehen — zwanzig Stück."

Anne Marie (erschroden). Ob es wohl dieselben zwanzig waren wie bei meinem Jobst?

Friederike. „Also danke mir, daß ich Dich vor einem so lockern Zeisig bewahrt habe. Deine getreue Base Friederike Gräfin von Löwenskiöld."

Anne Marie. Eine angenehme Verwandte.

Friederike. Ach Anne Marie! Ich bin so unglücklich! Nicht, daß ich Fritz verloren habe, sondern daß ich ihn nicht mehr soll achten, ehren, anbeten können: — das ist das Bitterste. Er war mir das Muster alles Wackern, Aufrechten! Und weil er mich verachten muß als eine herzlose Kokette, die jahrelang ihr Spiel mit ihm getrieben, deshalb hat er sich in den Pariser Strudel geworfen, er kann ja gar kein Weib mehr achten, wenn seine Fritze, sein bester Kamerad, so hohl und falsch und wetterwendisch ist.

Anne Marie. Fräulein, gutes Fräulein! nicht weinen, lieber fluchen! Das bekommt Ihnen besser! — Wissen Sie was? — Ich glaub' es gar nicht! Unser Herr Friß war immer so brav! Wie oft hab' ich's beobachtet bei der Heuernte! Während die andern jungen Herren schön thaten mit den Heumädchen: — er nie! Nicht einmal ans Kinn hat er je eine gefaßt.

Friederike. Ach was Heumädchen in der Klevner Heide! In Paris, da giebt's wohl was anderes als Heumädchen! Wunderschön sollen sie dort sein, die Damen. Und sehr — wie soll ich nur sagen? — sehr entgegenkommend. Und Schleppen tragen sie dort, so lang wie zwei Lieutenants! Und die Gesichter malen sie sich weiß und rot.

Anne Marie. Nun, das haben wir Gott sei Dank gar nicht nötig, im Klevner Land.

Friederike. Ach, mit den Pariserinnen können wir uns nicht vergleichen.

Anne Marie. Da müßt' ich bitten! — (Nimmt ihr die Haub fort, so daß sie in den Spiegel schauen muß. aber sie selbst dreht sich ebenfalls zierlich vor dem Spiegel.) Unsere Haare! — Unsere Augen — ja sehen Sie sie nur mal ordentlich an — Unser Wuchs! Unser — na, ich sage ja nichts weiter! — Also ich glaub' es gar nicht von dem jungen Herrn! Aber mein Jobst — an dessen Schlechtigkeit kann ich leider gar nicht zweifeln! Und ich habe nicht einmal den Trost, daß er meiner Sprödigkeit willen andern nachläuft: ich war gar nicht grausam gegen ihn! Aber wenn ich ihn je wieder zwischen meine Finger bekomme! Na warte mein Jobstchen.

Friederike. Aber woher weißt du?

Anne Marie. Nun kommt mein Brief an die Reihe. Ich habe ja auch einen.

Friederike (rasch). Von Jobst? Was schreibt er von seinem Herrn?

Anne Marie. Nicht von Jobst, über Jobst. Und geschrieben hat ihn Peter Piepe, der Schneiderssohn aus dem Dorfe.

Friederike. Der dir immer so nachlief?

Anne Marie. Mit dem Nachlaufen hat es seine Richtigkeit. Und er hätte mir die neunhundert Holländer Gulden, die er von seiner Muhme geerbt hat, und die reale Dorfschneiderei längst auf den Leib geheiratet, wenn ich nur so gemacht hätte. — Aber ich, ich habe nicht „so" gemacht und fest zu Jobst gehalten. Und Peter Piepe lernt dort in Paris auf „Tailleur". Er hat Jobst auf der Straße getroffen, und ihn dann aufgesucht in dessen Quartier. Und der Jobst, der ganz verlorene Sohn, hat ihm da vorerzählt von allen seinen Liebschaften und daß ihm die schönsten Damen nur so um den Hals fallen.

Friederike. Ach was! dem Jobst? Peter Piepe lügt wie ein Schneider.

Anne Marie. Aber Jobst hat gesagt: „sie lecken alle Finger nach ihm." Das hat Peter Piepe nicht erfunden! Das kenne ich an Jobst: es ist eine seiner feinsten Wendungen. Und der Peter Piepe schreibt mir das alles und wiederholt seine Werbung.

Friederike. Ach, all das, und auch das Gerede über meinen Fritz ist vielleicht nur gelogen. Aber wer kann es wissen? O quälende Eifersucht! Und durch eine boshafte Weiberlüge auseinandergerissen, wir zwei Menschen, die wir doch zusammenpassen wie —, nun: wie . . . —

Anne Marie. Stahl und Stein!

Friederike. Wenn ich nur hinfliegen könnte! Ach, nur auf eine Stunde! Ein Blick in sein ehrliches Auge würde alles aufdecken. Auf die Knie würd' ich mich vor ihm werfen, ich, die wilde, trotzige, herbe, stolze Fritze. Bitten würd' ich ihn: „Fritz, alter Kamerad, kehre zurück zu deutscher Zucht und Sitte. Ich flehe dich an, verzeihe mir. Ich war thöricht, ich war böse: ich durfte nicht an deiner Liebe zweifeln. Aber ich will dich ja so lieb haben, so lieb!" — — Ach Gott, weißt du noch, Anne Marie, wie schön es war, wann wir abends im Gartenhause zusammen die lieben Lieder sangen?

Anne Marie. Himmlisch war es! Er spielt so fein Guitarre: (für sich) aber viel schöner doch mein Jobst auf der Maultrommel. — (laut) Wissen Sie noch, seine Lieblings= weise, das alte Volkslied?

Friederike. Ob ich's noch weiß! Jede Nacht vor dem Einschlafen kommt mir die Melodie geflogen wie ein leise singendes Vögelein: (singt)

„Es giebt nichts Schönres auf der Welt ..." —

Anne Marie (fällt ein).

„Als wie zwei junge Herzen, ..." —

Friederike.

„Die sich in Lieb' und Treu' gesellt, ..." —

Anne Marie.

„Zu tragen Lust und Schmerzen."

Friederike.

„Und wissen möcht' ich, welche Macht ..." —

Anne Marie.

„Wohl trennen will die beiden, ..." —

Beide.

„Nimmt sich nur jedes recht in acht,
Daß sie nicht selbst sich scheiden."

Friederike. Ach Gott, ja! In acht genommen haben wir uns eben nicht und so uns selbst geschieden. Geschieden für immer! Für immer? Nein! Ich will's nicht glau= ben! Ach wär' ich ein Mann! Könnte ich die verfluchten Unterröcke abwerfen, und in Uniform nach Paris eilen, den Geliebten zu ... —

Anne Marie. Heiraten? — Ja dann müßten Sie

die verfluchten Unterröcke doch wohl wieder anziehen! —
Aber es ist wahr: so ein armes Mädchen ist gar zu hilf-
und wehrlos. Wären wir nur die Männer! — Wissen
Sie noch, Fräulein, in der großen Maskerade zu Kleve
bei dem Herrn Oheim: — Sie als Lieutenant, ich als
Unteroffizier der blauen Husaren? Kein Mensch hat uns
durchschaut. Freilich, Herr Fritz und mein Jobst waren
nicht dabei: — die hätten uns doch wohl erkannt.

Friederike. Ei wer weiß!

Anne Marie. Aber wie wir auch fochten! Wissen
Sie noch, die Doppelfinte und die Legade, welche uns der
französische Freund des Herrn Fritz bei seinem Besuch gelehrt hatte? Können Sie das wohl noch?

Friederike. Ob ich's noch kann! Freilich! Besser als
Strümpfe stricken! (sie nimmt die beiden Rapiere vom Wandtisch)
Da! Nimm! — Nun leg' dich aus! Innere Quart —
äußere Quart — Legade — (sie schlägt Anne Marie das Rapier aus
der Hand und stößt zu) Sekonde!

Anne Marie (schreit). Au! Au!

Friederike. Saß der?

Anne Marie (reibt sich die getroffene Stelle). Ich glaube: ja!
— Durch und durch saß er! (Friederike legt das Rapier weg.
Anne Marie hebt ihr Rapier auf und legt es zur Seite.) Donnerwetter,
Fräulein! Auf die Armmuskeln hat sich Ihnen der Liebes-
gram noch nicht geworfen.

Friederike. Ha, ich dachte, ich hätte die falsche Cousine
vor der Klinge!

Anne Marie. Bitte, (reibt sich) das nächste Mal denken
Sie das ja nicht wieder! — — Nicht wahr, Herr Fritz
ist doch in dem argen Paris viel zusammen mit dem braven,
guten Franzosen, dem Chevalier?

Friederike. Gewiß! Er wohnt sogar bei ihm. Sind

sie doch die besten Freunde: haben ja miteinander gegen den Großtürken gedient im ungarischen Feldzug.

Anne Marie. Nun sehen Sie! Der Chevalier wird ihn doch nicht schlimme Streiche machen lassen? Das war ein lieber, eleganter, feiner Herr, und dabei doch so anständig! Nicht ein Küßchen hat er mir gestohlen. Nicht einmal morgens, wann ich ihm die Chokolade auf sein Zimmer brachte: — und da thaten's doch sogar die frommsten Lieutenants aus der Mark Brandenburg.

Friederike. Ja der Chevalier Bayard de Briançon war das Muster eines Edelmanns! Ritterlich, nobel, liebenswürdig.

Anne Marie. Ja: eigentlich viel mehr, was man so sagt „liebenswürdig" als unser Herr Fritz.

Friederike (nach kurzem Nachdenken). Hm! — liebenswürdig? — — Das haben die Preußen nicht nötig!

Anne Marie. Aha! deshalb geben sie sich auch so verflucht wenig Mühe!

Friederike. Aber wer weiß, wie der in diesen zwei Jahren geworden ist am Hofe von Versailles.

Anne Marie. Ach Gott ja! Wenn verschmähte Liebe zu Pariser Sitten treibt, — dann — dann haben Sie den auch auf dem Gewissen! Denn der hat Sie geliebt — ganz aus der Maßen — wirklich zum Steinerbarmen.

Friederike. Ich trug und trage ihm beste Freundschaft. Aber lieben — nein! — — Ach, wär' ich nur in Paris! — Hier, in der Teipen Greste, muß ich ratlos, hilflos, wehrlos mich verzehren!

Anne Marie. Ja es ist langweilig hier — zum Sterben! (Es schlägt 4 Uhr.) Da schlägt es vier. Jetzt kommt gleich der Herr Oberst von da (auf die Thür rechts deutend) und der Kaffee von hier (auf die Mittelthür weisend). Dann setzen

Sie sich beide an jenen Tisch — und Sie müssen dann wieder preußische Kriegsgeschichte vorlesen.

Friederike. Ich thu' es ja gern. — Aber immer wieder die Schlacht von Höchstädt!

Anne Marie (aufsagend). „Es war am 13. August 1704 morgens 7 Uhr, als die Alliierten auf der ganzen Linie den Nebelbach überschritten. Rechter Flügel unter Prinz Eugenio de Savoy (eigenhändige Schreibart): führte auch elf preußische Bataillone. Das Dorf Lutzingen ward von dem Lieutenant Jodocus von der Deipen Greste gerade im rechten Augenblicke mit den Grenadieren besetzt, bevor die französischen gelben Musketiere des Regiments Condé aus dem Walde links deployierten." —

Friederike. Gerechter Gott! Du kannst es a u c h schon auswendig?

Anne Marie. Nun, ich bin ja doch nicht taub. Ich werde es 10 Minuten nach 4 Uhr zum siebenundzwanzigstenmal vernehmen.

Friederike. Und so verrinnt Tag um Tag! So verblüht das Leben! Verloren, Liebe, Glück und Leben! (stampft mit dem Fuß) — Nein! Nein! Ich w i l l nicht! Ich bin nicht geartet, zu entsagen. Ich will kämpfen um mein, ach um s e i n Glück! Wüßte ich nur wie! Keine Gefahr, kein Abenteuer sollte mich schrecken.

Anne Marie. Ach ja! Abenteuer auf der Deipen Greste! Hierher verirrt sich ja niemals ein Mensch, geschweige denn ein Abenteuer! (Posthorn von links, beide Mädchen fliegen ans Fenster und schauen eifrig hinaus.)

Friederike und Anne Marie. Ein Posthorn!

Friederike. Eine Extrapost!

Anne Marie. Sie fährt den Schloßberg hinauf! Ein fremder Kutscher. Hei, fährt der ungestüm! Da — beinahe hätte er in den Graben umgeworfen.

Friederike. Der Weg ist schlecht. Die Pferde stolpern fort und fort.

Anne Marie. Jetzt kommen sie auf unsere alte, wurmstichige Brücke. Jobst möchte die Braunen immer am liebsten drüber **tragen**. Der fährt im scharfen Trabe drauf! Der Herr Oberst steht im Thor. —

Friederike und Anne Marie. Da! O Gott!

Friederike. Da liegt der Wagen!

Anne Marie. In der Deipen Greste! — Der Kutscher springt auf. Dem ist nichts geschehen.

Friederike. Aber der Offizier, der herausgeschleudert wurde! Himmel! Preußische Uniform! Es ist doch nicht . . . . —!

Anne Marie. Nein! Nicht Herr Fritz: der da ist von der Potsdamer Garde. — Er kann nicht stehen! — Er sinkt wieder um! —

Friederike. Der Fremde hat wohl den Fuß gebrochen! Rasch! Zu Hilfe! (Eilt vom Fenster fort.)

Anne Marie. Bleiben Sie! Der alte Gärtner ist schon bei ihm! Er und der Kutscher tragen ihn herein (vom Fenster fort). Schon hör' ich den Herrn Oberst auf dem Gange.

Friederike. Laß uns helfen! (Beide eilen an die Thüre: auf dem Gange wird sichtbar der Oberst.)

———

Zweiter Auftritt.
Vorige. Oberst (durch die Mitte).

Oberst. Blitz-Kreuz-Donner-Granaten-Schockschwerenot noch einmal! — Au, mein Bein!

Friederike (hält ihm den Mund zu). Nicht fluchen, Onkelchen! Sie haben's versprochen.

Oberst. Schwerenot - Schock - Granaten - Donner - Kreuz - Blitz! Au, mein Bein!

Anne Marie (von der andern Seite). Nicht fluchen, Herr Oberst! Der Herr Pfarrer hat's verboten.

Oberst. Mund halten, Weibervölker! Ordre parieren, Kammerkatze. Wißt ihr noch nicht, daß man jeden Fluch rückwärts fluchen muß? Dann hebt's sich wieder auf! Au, mein Bein! Das verdammte Podagra!

Friederike. Der fremde Herr! Was ist mit ihm?

Anne Marie. Der hübsche Offizier?

Oberst. Hat die Kröt' das auch schon wieder gesehen? Vom zweiten Stock herunter! — Daß mir so was passieren muß! Just bei der Einfahrt in mein gutes altes Stamm-schloß!

Anne Marie. Ja. Auf unsrer guten alten Brücke.

Oberst. Die Brücke ist keine vierzig Jahre alt! — Das Bein hat er gebrochen: zweimal! Es muß jemand ins Dorf zum Baber reiten.

Friederike. Ich werde reiten! Mein Fuchs läuft wie ein Edelhirsch.

Oberst. Du bleibst, ich werde den Gärtner schicken.

Friederike. Der arme Herr!

Anne Marie. Wer ist er? Wie heißt er? Woher kommt er? Was will er? Was bringt er?

Oberst (sie komisch nachahmend). „Wer ist er? Wie heißt er? Woher kommt er? Was will er? Was bringt er?" — Ja, wenn Sie das nicht zuerst erführe: das Mal-heur! — Es ist ein verwünschter Zufall, — wie damals, — in der Schlacht bei Höchstädt, — wo ich den —

Friederike (einfallend). Wo du den Marschall Marsin mit der eigenen Hand gefangen hättest, —

Anne Marie (einfallend). Hätte Sie nicht ein aufsliegender Pulverwagen betäubt niedergeworfen.

Oberſt (nach einer kleinen Pauſe ſehr erſtaunt). Sollte ich euch das ſchon einmal erzählt haben?

Friederike. Ach ja! ſchon einigemale.

Anne Marie. Woher wüßten wir's ſonſt? Wir waren ja nicht dabei!

Oberſt. Denke nur; es iſt der Hauptmann von Polentz: ein Freund von Fritz.

Friederike. Von unſerm Fritz? O wie will ich ihn pflegen!

Oberſt. So? Nun das gefällt mir, Rieke, daß du nicht mehr fauchſt wie eine Wildkatze, wenn man meinen armen Jungen nur nennt. Haſt ihn meſchant behandelt, Riekefritz, ganz meſchant.

Anne Marie. Hat er nicht auch einen Burſchen, der ſich was gebrochen hat?

Oberſt. Trolle Sie ſich! Rechtsumkehrt! Helfe Sie der Köchin: die Wäſche des Herrn Kapitäns iſt ganz naß geworden: ſie fiel . . . —

Anne Marie. In unſre beipe Greftel
(Raſch ab durch die Mitte.)

Dritter Auftritt.

Friederike, Oberſt.

Oberſt. Denke nur! Er kommt von des Königs Majeſtät: als Kurier nach Paris. Sein Weg führte ihn nahe hier vorbei. Er wollte im Vorüberfahren fragen, was Fritz uns über ſeine Erfolge in Paris geſchrieben. Er ſoll Fritz einen eigenhändigen Brief unſeres Königs über= bringen, für den König von Frankreich, und einen Ver= trag Preußens mit dem Kaiſer. Ludwig der XV. muß von dieſem Vertrage erfahren um jeden Preis: Der Friede, das Glück des Reiches, ja Europas — Schwerenot, was liegt mir an Europa? — das Wohl Preußens hängt davon ab. Und unser Fritz — seine Laufbahn ist die glänzendste, Ästimation beim König brillant, wenn er es ist, der dem jungen Franzosenkönig den alles entscheidenden Brief glücklich und heimlich in die Hände spielt.

Friederike. Da drängt höchste Eile! Der Kapitän soll morgen schon . . . —

Oberst. Ich sage dir ja, Bomben-Element, er hat den Fuß zweimal gebrochen! Vor vielen Wochen kann er nicht fort. — Er trug das Schreiben auf dem Herzen, der brave Mann: er ließ mich als preußischen Offizier schwören, auf den Degengriff, bevor er mir's übergab — — eine Ohnmacht überkam ihn — er ließ mich schwören, nach besten Kräften so rasch wie möglich das Schreiben nach Paris zu schaffen für meinen Fritz. — Aber wie? wie es hinschaffen? Ich will selbst reisen; ich will . . . (macht eine heftige Bewegung, greift an sein Bein, fällt in den Stuhl). Au! verflucht!

Friederike. Aber Oheim, du kommst ja nicht nach Paris!

Oberst. Es ist wahr: ich bliebe hilflos liegen unterwegs! Wenn wir den Brief nur erst in Kleve hätten! In Kleve vertrauen wir ihn einem deiner Vettern an, meines Bruders Söhnen: sind alles preußische Offiziere, Ehrenmänner! — Aber wie schaffen wir ihn nach Kleve? — Ein Schreiben unseres Herrn und Königs! Es ist ja im ganzen Schloß kein verlässiges Mannsbild.

Friederike (hat während der Worte des Obersten durch stummes Spiel den in ihr reifenden Plan ausgedrückt: jetzt rasch). Aber ich bin da, Oheim! Ich! — Gieb mir unsres Königs Brief! — Ich schwöre dir: ich bringe ihn sicher — nach — wohin immer ich will.

Oberst. Du, Rieke, du wolltest das thun? Nein, das geht nicht, bei diesem greulichen Novemberwetter ... —

Friederike. Das geht wohl! Was ist mir Wind und Wetter! Ich bin Fritzens bester Kamerad: ein Kamerad muß für den andern in den Tod gehen, geschweige denn sich einen Schnupfen holen. Was thäte ich nicht für unsern Fritz?

Oberst. So hör' ich's gern! — (für sich) Da pfeift der Wind aus einem andern Loch als kurz vorher. Wer versteht sich auf ein Mädchenherz? — Sie hat was gut zu machen an dem Jungen.

Friederike. Herzensonkelchen, laß mich fort! Du weißt: es ist deine Pflicht: gegen deinen Sohn: — ja gegen deinen König!

Oberst. Nun denn in des Teufels — wollte sagen in Gottes Namen: geh! Du bist ein braves Mädchen, und ich will dich auch nie mehr den bösen Riekefritz nennen. — Die Anne Marie begleitet dich, der Kutscher des Kapitäns fährt dich: es kann dir nicht viel geschehn von hier bis Kleve. — Aber, Kind, bedenke Pflicht und Gewissen: schwöre mir als ein deutsches Mädchen, den Brief zu bewachen wie deinen Augapfel!

Friederike (erhebt die Schwurfinger). Ich schwöre! (Nimmt dem Obersten den Brief ab und steckt ihn in den Busen.) Hier berg' ich unsres Königs Brief und, glaube mir's: — — ich schaff' ihn in die rechten Hände.

Oberst. Du bist ein Prachtstück von einem Mädchen! Du bist von Gold und Eisen! Und mein Fritz — bist du ihm noch böse? Und er ist dir doch so gut!

Friederike (an seiner Brust). Ach, Oheim, ich liebe ihn ja bis zum Verbrennen!

Oberſt. Gott ſegne dich und deinen Weg! — Ich gehe, an meinen Bruder zu ſchreiben: in einer Viertelstunde kannſt du fort. (Ab durch die Mitte.)

Vierter Auftritt.
Friederike allein.

Friederike. Nun jauchze und frohlocke meine Seele! Dank dir, Gott! Glühenden Dank ſage ich dir auf meinen Knieen: Du, du haſt mir dieſen Gedanken geſandt: — — und dieſen Brief! (zieht ihn hervor) O laß dich küſſen, fühllos Dokument! Du ſprichſt von kalter Politik: — du ahnſt nicht, daß du das Glück eines glühenden Mädchenherzens trägſt. — — Kein Bedenken, keine Scheu! Es gilt dem Geliebten! — Heil dir nun, du Wildheit, du Vertrautheit mit Waffen und männlichem Werk: du ſollſt jetzt der wilden Fritze den großen Kampfpreis ihres Lebens, ja den Geliebten ſollſt du ihr erringen. — — Und zum letzten, zum allerletztenmal — ich gelobe es bei meiner Liebe! — will ich die wilde, die männiſche Fritze ſein. Ach, wenn ich ihn mir gewann, — in ſanfteſter Demut will ich mich ſchmiegen an ſeine Bruſt. — Aber vorher —: Courage, Fritze, was auch kommen mag, Courage!

Fünfter Auftritt.
Friederike. Anne Marie.

Friederike (fliegt der durch die Mitte Eintretenden entgegen). Anne Marie, treues Schweſterherz, umarme mich! An meine Bruſt!

Anne Marie. J Gott du bewahre uns! Das war

ein Kuß! Sie sind ja ganz irre geworden: ich bin ja nicht der Herr Fritz! Was ist denn los?

Friederike. Was los ist? Tausend Teufel sind in mir los! Aber es sind gute, liebe, nur ein bischen neckische Teufel. Frage nicht, staune nicht, rühre dich, Anne Marie! In zehn Minuten reisen wir.

Anne Marie. Reisen? Bei dem Greuelwetter?

Friederike. Und wenn es Türken regnet, — wir reisen! Rasch! Fix! Pack unsre Sachen! Und, (leise) hörst du? — aber ganz im geheimen — zutiefst in den Koffer — packst du — unsere beiden Husarenuniformen! (singt) »Marlborough s'en va-t-en guerre! Mirliton, Mirliton, Mirlitan!«

Anne Marie. Fräulein! Gehn wir auf die Maskerade? Nach Kleve?

Friederike. Ja, wir gehn auf die Maskerade: (leise) aber nicht nach Kleve! Sondern — (zieht sie ganz nach vorn, leise) aber schweig', um Gottes willen: — wir gehn nach Paris! Als Kurier nach Paris.

Anne Marie. Nach Paris? Topp, ich bin dabei!

Friederike. Auf, auf nach Paris!

(Beide stürmisch ab durch die Mitte. Vorhang fällt sehr rasch.)

II. Aufzug.

Erster Auftritt.

Paris. — Zimmer im Hotel des Chevalier. — Thüre im Mittelgrund und rechts. — Links ein Fenster. — An der rechten Wand ein paar Pistolen. — Links ein Schreibtisch, rechts ein Tisch mit Sopha. —
Chevalier. Friedrich.

Friedrich (an dem Schreibtisch, einen eben beendeten Brief couvertierend und adressierend). So! Das ist nun der sechste Brief, den ich an diesen Minister schreibe! Fünfmal hab' ich ihn bereits um Audienz bei dem König gebeten. Umsonst! Der Herzog hält ihn abgesperrt wie einen Gefangenen. Wie lang soll dieser Zustand währen?

Chevalier (aufsehend von dem Buch, in dem er, auf dem Sopha sitzend, gelesen). Solang es Gott gefällt, dem Herzog von Bourbon und zumal: — dem jungen König selbst. Es sind in jüngster Zeit leise Symptome aufgetaucht, daß er anfängt sich dabei zu langweilen. Und du weißt: hier zu Land erträgt man alles — ausgenommen die Langeweile.

Friedrich. Sage mir nur, welches Interesse dieser Herzog an solcher Pflichtwidrigkeit haben kann?

Chevalier. O du deutsche Einfalt von Kleve! wirst du's denn nie begreifen? Als vor ein paar Jahren der Regent, der Herzog von Orleans, starb, fand der König, noch ein Knabe, den sehr gewiegten und gewandten Herzog als Minister vor. Dieser wußte sich sein Vertrauen völlig zu gewinnen, indem er all seinen Launen nachgab, ihm alle Geschäfte ersparte. Er verleidete ihm Paris, wo die böse Opposition hause, die Spötter, die Raisonneurs: der Club de l'entresol, dem anzugehören ich die Ehre habe.

Der König kommt nie nach Paris, und der Herzog sorgt dafür, daß in Versailles zum König kein Mensch kommt, den er, der Herzog, nicht vorlassen will.

Friedrich. Wie kann er das aber möglich machen?

Chevalier. Sehr einfach. Der Herzog hat einen Vetter, Maillac. . . —

Friedrich. Aha! Mein bitterster Feind! mit dem ich noch ein Duell auszufechten habe?

Chevalier (nicht). Der ist Oberst der französischen Garden und: — was viel wichtiger! — Schloßhauptmann von Versailles: er bewacht das Palais Tag und Nacht und läßt niemand vor ohne Passierschein des Herzogs.

Friedrich. Aber Briefe?

Chevalier. Der König liest keine Briefe — überhaupt keine Prosa: Verse liest er gern: zumal wenn sie an ihn gerichtet und — von Damen verfaßt sind.

Friedrich. Aber der König ist ja verheiratet!

Chevalier. Mit der schönen, frommen und — geistig ganz ungefährlichen Maria Leszcinska. Die junge Ehe hielt den König ganz beschäftigt und gefangen: — bis vor kurzem. Jetzt, seit einiger Zeit, scheint sich in dem Urenkel Ludwigs XIV. dessen Blut leise zu regen: er verlangt nach Abwechselung. Auch dafür wird der Herzog sorgen.

Friedrich. Schändlich!

Chevalier. Ja, und wenn dieser Herzog zum Heile Frankreichs regierte! Aber er regiert nur zu seinem Heil und zu Frankreichs Verderben. Die Verschwendung, die Kriege der letzten Regierungen haben das Land auf das äußerste erschöpft: wir brauchen den Frieden wie der Todesmatte den Schlaf. Aber der Herzog braucht einen neuen Krieg.

Friedrich. Warum?

Chevalier. Weil er tief verschuldet ist, weil er bankerott ist, falls ihm nicht ein neuer Krieg von den Armeelieferanten ungeheure Bestechungssummen einträgt.

Friedrich. Unglaublich!

Chevalier. Aber wahr! — Dieser Herzog muß fallen: oder mein heißgeliebtes Frankreich fällt. Wenn man dem König beweisen könnte, daß sein Minister ihn seit Monaten belügt, ihm die Warnungen Preußens vor einem Angriff auf den Kaiser verschweigt, daß ihm der Minister eine preußische Allianz vorgespiegelt hat . . . —

Friedrich. Während wir umgekehrt ein Verteidigungsbündnis mit dem Kaiser geschlossen haben!

Chevalier. Das müßte den Ränkeschmied stürzen! — Aber ich sehe keine Möglichkeit, zum König zu gelangen. Meine schöne Tante zerbricht sich ebenfalls vergeblich ihren klugen Kopf: sie ist eine nahe Freundin der Königin, sie liebt Frankreich, sie verabscheut den Herzog, der die Impertinenz hat, ihr nachzustellen. Und wenn die Marquise keinen Rat findet, — dann giebt es in ganz Frankreich keinen zu finden!

Friedrich. Ach was die Weiber! Laß doch die Weiber aus den Staatsgeschäften!

Chevalier. O du teutonische Unschuld! — Weißt du, was das für ein Buch ist, in dem ich da lese? Das sind die „persischen Briefe" des geistvollsten Franzosen, — ausgenommen vielleicht meinen Freund, den Herrn Arouet oder auch Voltaire, der zur Zeit in der Bastille sitzt!

Friedrich. Warum sitzt er denn da?

Chevalier. Warum? Eben weil er der geistvollste Franzose ist! Glaubst du, daß ihm das die andern Franzosen verzeihen können? — Der andere aber, der merkwürdigerweise nicht eingesperrt ist — heißt Montesquieu. Sein Buch ist natürlich verboten, da es keine Jesuiten-

predigt ift. Montesquieu nun fagt: — eben las ich es
— „Wer am Hof, in der Hauptftadt, in den Provinzen
Minifter, Beamte, Prälaten handeln fieht und die Weiber
nicht kennt, durch welche fie regiert werden, der fieht wohl
die Bewegung der Mafchine diefes Reiches, ihre treibenden
Kräfte kennt er nicht." Du bift hier nicht in Potsdam
oder in — wie heißt es doch, das verwunfchene Schloß?
Wu — Wu — Wuzel —?

Friedrich. Wufterhaufen heißt es.

Chevalier. Ein reizender Name, fo melodifch! — Auf
den Parketts von Verfailles herrfchen die Atlasfchuhe der
Damen. Das ift ja dein Hauptfehler hier, daß du die
Damen ignorierft. Du haft die Diplomatie einer Voll=
kugel — pumps! — gerad' anfahren und entweder alles
kurz und klein fchlagen oder erfolglos abprallen. Du prallft
hier ab! Du mußt die Damen . . . . —

Friedrich. Ich verachte die Weiber — ich haffe fie!

Chevalier. Ich habe juft nicht Urfache fie zu lieben.
Aber . . . —

Friedrich. Du! Dem alle Herzen zuflattern wie kirre
Vögelein.

Chevalier. Bunte, plappernde Papageien! Nicht das
rechte Vögelein! (für fich) Nicht die fcheue fpröde Waldtaube!
(Laut) Vergeblich habe ich dir hier (er zieht eine Lifte gleich der
des Leporello aus dem Etui auf dem Schreibtifche und läßt fie fliegen) eine
Encyklopädie unferer fchönften und einflußreichften Damen
vor die Nafe gepflanzt, — deinem fchwachen Gedächtnis
und Intereffe aufzuhelfen. Du fiehft fie gar nicht an!
Und wenn du fie anblickft, — du fiehft doch immer nur
ein gewiffes hellblaues Augenpaar vor dir.

Friedrich (zornig). Schweig, Bayard! Ich verbitte mir
jede Anfpielung auf das herzlofefte aller Weiber!

Chevalier (komifch erfchrocken). La, la! Du brauchft mich nicht gleich anzuschreien wie Eure langen Grenadiere zu Potsdam. Umsonst habe ich mir alle Mühe gegeben, in allen Salons und Boudoirs dir das günstigste Renommee für einen jungen Diplomaten zu schaffen: ich stellte dich als den gefährlichsten Herzensjäger hin.

Friedrich. Ich danke! Höre, laß das bleiben. Wenn das mein alter Herr erführe auf der beißen Greste, — er fluchte sich zu Tode. — Und wie kommst du dazu, mir solche Predigt zu halten? Lebst selbst wie ein Kartäusermönch, läßt deine reizende Cousine, seit sie, aus der Klosterpension nach Paris entlassen, dich wiedergesehen, schmachten nach einem warmen Blick.

Chevalier (höchst artig). Ich bitte ergebenst, mein Herr, mein Herz oberhalb Ihrer Beachtung zu lassen — Verstanden? Ja? — Da siehst du, preußischer Held, man braucht nicht bei jeder Ablehnung zu schreien, als ging es mit Hurra auf die Türkenschanzen! — Ich bin nicht Diplomat, wenigstens nicht mehr, seit der Herzog von Bourbon allmächtig. Früher — ja — da war es anders! Der König, der mich gut kennt, hat eine Schwäche für mich: ich bin wohl nicht ganz so langweilig wie Maillac, der Schloßhauptmann, und seine anderen Kerkermeister. Er wollte mich schon einmal als Gesandten nach Berlin schicken, als die Friedenspartei den größten Einfluß hatte. Aber jetzt bin ich ohne diplomatische Chancen: — also darf ich tugendhaft sein. Du aber — Träger der königlich preußischen Politik! —

Friedrich. Das Donnerwetter schlage in die Politik! Ich fordere diesen Herzog und schieße ihn nieder.

Chevalier (lächelnd). Das ist wohl die Staatskunst von Wurstelhausen!

Friedrich (unmutig). Wusterhausen! Merke es dir einmal!

Chevalier. Pardon, wenn ich den Wohlklang jenes

Wortes nicht ganz wiedergab. — Diese deine Diplomatie
hat einen Vorzug: — den der äußersten Einfachheit.
Geht aber nicht an der vielgeschlungenen Seine! Du hast
ja ohnehin schon in deiner liebenswürdigen Laune fünf
Duelle gehabt und, ich glaube, ebensoviele noch vor dir.
Der Herzog von Bourbon und sich mit dir schießen! In
die Bastille schickt er dich — zum Herrn von Voltaire.

Friedrich. Man sperrt keinen preußischen Geschäfts-
träger ein.

Chevalier. O doch, wenn dieser sich nur mit dem
einen Geschäft trägt, das ganze Offizierkorps der französischen Armee nach und nach zusammmenzuhauen, zu schießen
und zu stechen. — Lieber Vandalenhäuptling, es giebt
wirklich Wände, durch die auch ein deutscher Kopf nicht
rennt. Wir, das heißt meine Tante und ich, wir müssen
einen Plan . . . —

Friedrich. Laßt mich aus Euren Intriguen — ich
würde alles verderben.

Chevalier. Ohne Zweifel! — Du sollst dich auch nur
von uns in die Gegenwart des Königs spedieren lassen:
wie, das ist unsre Sache.

Friedrich (im Abgehn ihm die Hand gebend). Du bist mein bester
Kamerad — jetzt! Ach einst hatte ich, so wähnte ich, noch
einen treuern: der hat mich zum Narren gehabt jahrelang
und zuletzt meine Liebe zum Spaß aus der Pistole geschossen.

Chevalier (mit feinem Lächeln). Bei deinen starken Neigungen
zum Totschießen sollte es mich wundern, wenn dieser Böse-
wicht noch lebend herumliefe. Du hast ihn wohl —?
(macht die Bewegung des Zielens).

Friedrich. Totschießen? Diesen Kameraden? — Eher
schieße ich dich — und viel lieber noch mich selber tot?
— Ich gehe zum Minister. (Ab durch die Mitte.)

Zweiter Auftritt.

Chevalier allein.

Chevalier. Ja ja, armer Freund, dir geht es wie mir.
Oder noch ärger: ich habe mir wenigstens nie eingebildet,
daß sie mich liebt, diese herbe Diana der klevischen Tannen-
wälder. Ich habe es nur gewünscht: ach so heiß gewünscht!
Aber sie hatte nur Freundschaft für mich: so schien es.
Ihn aber sah sie an, — wie — nun, wie mich meine
kleine Klosterrose Blanchemain ansieht. Sollte sie ihn
wirklich nicht mehr lieben? Ich wag' es kaum zu hoffen.
— — Nein, nein, armer Bayard! Des Lebens höchster
Kranz, dieses deutsche Mädchen, scheint dir versagt! —
Wär' ich doch der leichtblütige Franzose, den sie mich oft
im Scherz gescholten! — Aber, blonde Friederike, wie irrst
du doch in deinem teutonischen Hochmut! Sie bilden sich
ein, diese wackern Leutchen da drüben, sie hätten das
Monopol tiefen Gemütes, tief inniger Liebe! Wie thöricht!
Unsereiner hat das geflügelte Scherzwort auf den Lippen,
— und den geflügelten Pfeil tief in der Brust. O man
kann, meine guten Deutschen, auch auf französisch sehr treu-
innig lieben und — sehr unglücklich! Im Munde den
Witz, — im Gemüte das Weh. — (Pause) Und doch! —
Wenn ich erst Friederike wirklich ganz gewiß, für immer,
hoffnungslos mir verloren wüßte, — wenn ich ihr entsagen
müßte, — ich könnte wohl thun, was jenes anmutvolle
Kind und meine Tante und die ganze Familie beglücken
würde und — zuletzt wohl auch mich selbst. (Pause) Am
liebsten ritt ich spornstreichs aus diesem Hotel über die
Maas an das Thor jenes alten verschlafenen Schlosses,
pochte an und fragte zum letztenmal: „Friederike, liebst
du Fritz? oder kannst du mich lieben? oder kannst du

überhaupt nichts, — als uns beiden das Leben verderben?"
Und sagt sie mir, daß sie niemals die Meine wird, dann
— ja dann, (sehr liebenswürdig. scherzhaft) wäre es immer noch
Zeit sie, als meine beste Freundin, zu fragen, — (rasch)
ob ich nicht doch die kleine Blanchemain heiraten soll.

Dritter Auftritt.

Chevalier. Jobst (durch die Mitte).

Jobst (sich die Augen reibend). Herr Kapitän, soeben geschieht
ein Wunder!

Chevalier. Das geschieht oft in Paris. Was hast du
denn in den Augen?

Jobst. Eine ganze Ladung voll Sand. Das hängt
damit zusammen.

Chevalier. Nun?

Jobst. Steh' ich da im Hof und habe meine liebe Not
mit dem Rapphengst, dem „Heideteufel", wissen Sie, den
mein Herr von daheim mitgebracht. Der Gaul hat wieder
einmal seinen Teufelstag, er läßt sich nicht anrühren,
bäumt sich und steigt und schnaubt und schlägt, wenn ich
ihm nur nahe komme: ich stehe da und weiß mir nicht zu
helfen: denn er hat das Halfter zerrissen, jagt im Hofe
herum und wirbelt den Sand auf, daß ich ganz blind
werde. Auf einmal klopft mir einer auf die Schulter
und sagt — auf gut deutsch — mitten in Paris! —:
„Schafskopf!"

Chevalier. Er kannte dich also?

Jobst. Scheint doch so! — „Hat Er wieder mal keine
Courage?" fährt er fort. Ich mache Kehrt: steht da ein
Lieutenant von den blauen Husaren, geht auf den Heide-
teufel zu, als ob die Bestie ein Mailämmchen wäre: ich

warne ihn schreiend: aber das wütige Roß thut ihm gar
nichts: es läuft ihm wiehernd entgegen und er fängt mit
bloßem Zuruf mit dem Gaul alles an, was er haben will.
Ich bitte, sehn Sie sich das mal an. Sein Bursche sagt,
sie kommen aus Berlin, mit neuen Aufträgen für meinen
Herrn.

Chevalier. Ah, was sagt Er das nicht gleich? Das
ist vielleicht die Rettung für Frankreich! Ich eile. Wo ist
der Offizier?

(Während Jobst ihn zur Mittelthüre hinausführt, kommt Anne Marie als
Husarenunteroffizier, Mantel und Degen Friederikens auf dem Arm, herein:
Chevalier ab durch die Mitte.)

Vierter Auftritt.
Jobst. Anne Marie.

Anne Marie (sie legt die Sachen Friederikens auf Stühle: für sich).
Viktoria! Vortrefflich! Sie erkennen uns nicht.

Jobst (ist ihr behülflich, inzwischen stets die Augen reibend). So!
Leg' Er die Sachen nur hierher: — wir sollen hier warten,
bis die Herren weiteres befehlen. Erst muß sein Herr im
Trinksaal den Willkommbecher leeren.

Anne Marie (mit verstellter, tieferer Stimme). Gefällt mir,
diese Stadt Paris! Gefällt mir sehr! Gleich trinken,
sowie man über die Schwelle tritt. — Es lebt sich hier
wohl lustiger, flotter als in Deutschland — in jeder Be-
ziehung, nicht?

Jobst (sich in die Brust werfend). Das will ich meinen! —
Er ist wohl noch nie über den Rhein gekommen?

Anne Marie (schüttelt den Kopf).

Jobst. Ja ja, das sieht man Ihm an! (für sich) na
warte, du Bauernjunge, dir wollen wir einmal einen blauen
Pariser Nebel vorblasen! — (laut) Es fehlt Ihm noch der

richtige Schliff, die Pfiffigkeit, was man so die Verfluchtigkeit nennt.

Anne Marie. Er scheint allerdings schon ziemlich weit
gediehen in der Verfluchtigkeit.

Jobst. Ha ja, man bildet sich! Meint Er, man lebt
umsonst viele Wochen in Paris? — Ich glaube schwerlich,
daß ich je wieder in das dumme, langweilige Deutschland
zurückgehe.

Anne Marie (gedehnt). So? — Wo ist Er denn her?

Jobst. Aus einem alten wurmstichigen Nest in Kleveland. Schauderhaft langweilig, sag' ich Ihm. Das saure
Dünnbier hab' ich satt. Hier trinken wir Burgunder —
aus Reiterstiefeln.

Anne Marie. Muß etwas ledern schmecken.

Jobst. Und das feine Kartenspiel! Und das Würfeln!
Zwanzig Livres der geringste Satz! — Und vor allem
(flüsternd, die Hand vor den Mund) die Mädels, will sagen die
Damen! Ich sage Ihm: Nichts geht über eine Pariserin!
Er muß sich auch gleich ein paar anschaffen.

Anne Marie (für sich). Na warte! — (laut) Gleich
ein paar?

Jobst. Ja, sieht Er, eine, — das lohnt nicht! Sie
sind gar so zierlich, fein und klein: gehen ihrer drei auf
eine deutsche Dorfdirne. Aber dafür sind sie auch Damen. —

Anne Marie. Nun, die Damen werden's doch nicht
mit unsereinem halten?

Jobst. Da irrt Er aber sehr! Das ist ja gerade der
Spaß. So was Frisches wie 'nen preußischen Unteroffizier
sehn sie selten in Paris. Ich sag' Ihm: wenn ich Sonntag
abends nach Hause komme von der Promenade in der
Gala-Uniform, — haufenweise kommen sie an: — — die
Billetdouce. Kann gar nicht auf alles eingehn! Verbrenne

die meisten beim Pfeifenanzünden, — riechen so gut nach Rosenwasser. Suche nur die Vornehmsten aus!

Anne Marie (macht heimlich eine drohende Bewegung). Und das soll man glauben?

Jobst (hat heimlich das Büchlein vom Schreibtisch selbst und thut nun, wie wenn er es als sein Eigentum aus der Tasche ziehe: stolz). Man soll es sehen! Da! Hier habe ich mir so einige der Nettesten zusammenbinden lassen, verliere sie sonst zu leicht. Hier ist es nämlich Sitte, daß der weibliche Gegenstand sein Konterfei dem Scharmutzierer schenkt (er beugt sich, ihr den Rücken wendend, über den Schreibtisch und breitet vor ihr die Liste der Bilder aus: sie schaut über seine Schulter). Da, das ist zum Beispiel die Herzogin von Montmorency — ziemlich guter Adel: — altes Haus —: aber Herzogin selbst auch schon ziemlich altes Haus! — Dagegen hier die Kleine, das ist die Marquise von Valence — führt sehr gute Küche! — Und hier, dies ist von der Vicomtesse Du Plessis.

Anne Marie (ist etwas zurückgetreten). So? — (zieht rasch und giebt ihm einen tüchtigen Streich mit der flachen Klinge) und das ist von der Anne Marie! (schlägt noch zweimal) und das auch und das auch!

Jobst (zieht). Hallo! Dich soll doch das Donnerwetter!

Anne Marie (wiederholt die Fechtbewegungen des ersten Akts). Innere Quart — äußere Quart — Legabe (schlägt ihm den Degen aus der Hand, giebt ihm einen leichten Hieb über den Arm) Parbauz!

Jobst (retriert hinter einen Stuhl). Alle Teufel! Der ficht wie mein Herr!

Anne Marie. Sieht Er, Er erbärmlicher Patron: jetzt könnt' ich Ihn durchlöchern wie ein Sieb: aber ich bin nicht blutdürstig — ich schenke Ihm sein Leben. (Steckt ein.)

Jobst (seinen Degen aufhebend und einsteckend). Was weiß aber der Musje von der Anne Marie?

Anne Marie. Das werde ich Ihm sagen: die Anne Marie hat einen Bruder . . . —

Jobst. Weiß ich! Den Franz. Steht bei der Potsdamer Garde.

Anne Marie. Und ich bei den Potsdamer Husaren. Er kommt nicht so fix mit dem Lesen fort! — Da gab er mir denn oft ihre Briefe, sie ihm vorzulesen: war viel die Rede darin von ihrem anverlobten Bräutigam, dem Jobst Jankebrink: der sitze mit seinem Herrn in Paris und schreibe ihr die rührendsten Briefe, wie er sich nach ihr sehne.

Jobst (die Hand auf die Brust legend, treuherzig). Ist auch die reine gottverfluchte Wahrheit! Ich heule manchmal des Nachts vor lauter Heimweh nach dem lieben, süßen Mädel.

Anne Marie (für sich). O was ist er doch für ein guter Junge! — (laut) Und da trug mir denn der Franz viele Grüße auf an seinen künftigen Herrn Schwager in Paris. Und ich komme her und finde den saubern Herrn Schwager in zwanzig Pariser Liebschaften: — (beiseite) ich glaube es aber nicht.

Jobst. Aber sei Er doch nicht so einfältig, es ist ja alles nur gespaßt gewesen! Da, sieht Er, in dieses Etui meines Herrn paßt ja das Büchlein (legt es wieder hinein). Da hab' ich es ja nur herausgenommen, um Ihm etwas vorzumachen.

Anne Marie. Also sein Herr, — der ist aber ein solcher?

Jobst. Weiß ich's? — Hör' Er, Kamerad: Er hätte just nicht nötig gehabt, gar so fest zu hauen: aber verdient hatte es mein Buckel, weil ich, wenn auch nur im Spaß, die Anne Marie verleugnet hatte. Das ist ein Mädel! So eine lebt nicht mehr! Da kommen die Herren! Kamerad, ich poniere gern eine Flasche: aber Er muß stillhalten, daß ich Ihm dabei immerfort erzählen darf von der Anne Marie.

Anne Marie. Erzähl' Er nur! Ich kann viel vertragen. (für sich) Totküssen möcht' ich ihn!
(Beide wenden sich in die Mittelthür, abzugehen.)

Fünfter Auftritt.
Chevalier allein.

Chevalier (im Auftreten zu der abgehenden Anne Marie). Sein Herr
braucht Ihn: — Er soll ihn frisch pudern. (Anne Marie und
Jobst ab. Chevalier lebhaft nach vorn eilend) Ist sie's? — Ist sie's
nicht? — Ich komme nicht ins Reine! — Nein! solche
Tollkühnheit wagt kein Mädchen! — Zwar: sie weiß es
gar nicht, welchen Gefahren sie entgegeneilt in Paris! —
Ich muß es, in ihrem eigenen Interesse, rasch entdecken. —
Wenn der Hof, die Offiziere sie entlarven! — Es wäre
schrecklich! — Und wenn sie's ist, — dann — dann halte
ich sie völlig in meiner Gewalt. Dann kann ich ihr drohen,
sie zwingen — —! Kann mich rächen für allen Schmerz
verschmähter Liebe. Vor allem gilt es, Herr der Lage zu
werden: dann diese Macht zu nützen: für Frankreich und
für meine Liebe! — — Jedoch, wie sie überführen?
(Friederike wird in der Thüre sichtbar.) Nein — ich täuschte mich!
Ich sehe sie eben immer vor Augen! — Sie ist es nicht.

Sechster Auftritt.
Chevalier. Friederike.

Friederike (geht ganz rechts vor: für sich). Ach Gott! Ach
Gott! Jetzt wird mir Angst — Himmelangst wird mir!
Jobst hat keine Ahnung. — Aber der Chevalier! — Ich
scheue sein Auge: — „das Auge der Liebe!" — Wenn

er doch nur für eine andere das Auge der Liebe haben
wollte! — Mut, Fritze! Es gilt dem Geliebten! — (laut,
mit verstellter, tieferer Stimme, hersagend wie eine Lektion) Es freut mich,
Chevalier de Briançon, in Ihnen sofort einen Ehrenmann
kennen gelernt zu haben. — Setzte das nicht anders voraus
bei einem Edelmann und Offizier von Frankreich. — Es
erleichtert mir ganz ausnehmend meine Aufgabe, daß auch
Sie, als französischer Patriot, den Frieden wollen, ganz
ebenso wie ihn die Weisheit unseres Königs für Preußen,
das Reich, ja ganz Europa unerläßlich fand. (Räuspert sich,
für sich) Donnerwetter, diesen langen Satz habe ich aber gut
auswendig gelernt: — hatte Zeit genug dazu auf der
Herreise. —

Chevalier. Aber Sie wollen um keinen Preis hier in
meinem Hotel meine Gastfreundschaft annehmen? (listig
beobachtend) Ich könnte Ihnen ein Schlafzimmer zwischen Fritz
und mir anweisen.

Friederike (für sich). Das ginge mir gerade noch ab!
(laut) Danke ergebenst, bin im Gasthause abgestiegen.

Chevalier (drückt steigenden Verdacht aus). Sagen Sie, Herr
Kamerad: ich bewunderte Sie, wie Sie den wilden Hengst
bändigten. Aber —: eins fiel mir dabei auf . . . —

Friederike (hochfahrend). Was, wenn's beliebt?

Chevalier. Sie manegierten ihn zu Fuß: warum stiegen
Sie denn nicht auf?

Friederike (heftig auffahrend, an den Degen greifend). Mein Herr
Franzose! An dem Reitermut eines preußischen Husaren
darf niemand zweifeln. Verstehn Sie mich?

Chevalier (für sich). Ich werde irre. Diese Grobheit!
— Das war keine Verstellung! (laut, wieder lauernd) O fällt
mir nicht ein. — Aber Sie müssen doch durstig sein, Herr
Kamerad: Sie nippten ja nur an dem Champagner. (ruft)
Heda Jobst! Eine Voll-Flasche von meinem schwersten,

feurigsten Ungar. Wir leeren sie — halbpart — auf einen Zug.

Friederike (für sich). Barmherziger Gott! Jetzt bin ich verloren! Trink' ich nicht, bin ich verraten: trink' ich, — so krieg' ich einen großmächtigen Ra—! (laut) Bedaure, Herr Kamerad, kann nicht.

Chevalier (vorgebeugt, argwöhnisch). Und — warum nicht?

Friederike. Hab' ein Gelübde gethan.

Chevalier (wie oben, langsam). Was für ein Gelübde?

Friederike. An einem Tag nicht zweierlei Wein zu trinken.

Chevalier (für sich, aber sehr rasch und lachend). Ha, das ist kein deutscher Offizier! (Geht ganz nach links.)

Friederike (geht ganz nach rechts vor zu den Pistolen an der Wand, für sich). Herr Gott von Kleve! Dies Gelübde hat mir, fürcht' ich, sehr geschadet. Suchen wir unsere Stellung zu verbessern. (laut, eine Pistole herunternehmend) Ach Herr Kapitän, was haben Sie da für hübsche Pistolen?

Chevalier (dreht sich erschrocken um). Ums Himmels willen, sie sind geladen!

Friederike (sieht ihn groß an). Nun? Halten Sie mich für ein Frauenzimmer?

Chevalier (verblüfft). I, Gott bewahre! (für sich) Sie ist es nicht. (laut) Kennen Sie das System?

Friederike. Jawohl: Favorit de Turenne. Sehr gute Flugbahn. Aber kleine Senkung links: und gießt zuviel Pulver aus der Pfanne in den Lauf.

Chevalier (für sich). Parbleu! Sie weiß davon mehr als ich. — Sie? — Er? — Wer weiß es? (am Fenster, das er öffnet) Sehn Sie die Dohle — da hoch in der Luft? Würden Sie sich wohl vermessen, sie im Flug zu treffen?

Friederike. Bah, zu leichte Aufgabe! Aber — haben Sie nicht ein Spiel Karten?

Chevalier. Jawohl, hier — auf dem Tisch.

Friederike. Wo ist Coeur Dame? (beide suchen) Da! Bitte, nehmen Sie die Karte zwischen Daumen und Zeigefinger, (zeigt es ihm mit der rechten Hand) so! Verstehn Sie nicht?

Chevalier (für sich). Alle Wetter! Ich möchte doch meine rechte Hand behalten. Weiß Gott, wie der schießt. (laut) Ich verstehe wohl, aber . . . —

Friederike. Ah, aber Sie trauen sich nicht?

Chevalier (zornig). Herr Preuße!

Friederike (lachend). Oder vielmehr: Sie trau'n m i r nicht? Kann's Ihnen nicht verdenken. (ruft) He, Hans, hierher!

Siebenter Auftritt.
Vorige. Anne Marie (durch die Mitte).

Anne Marie (militärisch grüßend und antretend, die Sporen an den Fersen klirrend zusammenschlagend). Zu Befehl, Herr Lieutenant!

Friederike (nimmt dem Chevalier die Karte aus der Hand, giebt sie Anne Marie, schiebt diese vor das offene Fenster links, erhebt ihr die rechte Hand mit der Karte und geht nun ganz an die vorderste Coulisse rechts zurück: erhebt die Pistole und zielt: Chevalier im Mittelgrunde hinten). Komm, Hans, wir wollen den französischen Garden zeigen, wie ein preußischer Reitersmann schießt.

Chevalier (für sich). Sie wird doch nicht! —

Friederike. Ich schieße die Couleur heraus (schießt).

Anne Marie. In Richtigkeit — wie immer (geht auf den Chevalier zu, giebt ihm eine durchschossene Karte und geht ab. Friederike legt die Pistole weg).

Achter Auftritt.
Friederike. Chevalier.

Chevalier (geht mit der verwechselten Karte, deren Coeur herausgeschossen, sie so dem Publikum zeigend, ganz vor, für sich). Jetzt bin ich bald am Ende meines Witzes. Doch halt! (laut) Was ich von Ihnen gesehen, Herr Lieutenant, bestätigt meine hohe Meinung von der Kriegstüchtigkeit der deutschen Herren. — (langsam prüfend) Und dabei — wird von Ihnen auch viel Geistesarbeit verlangt.

Friederike (für sich). Ich stehe hier im Examen, das merk' ich wohl. Und ich habe noch lange nicht bestanden.

Chevalier (prüfend). Zum Beispiel: — Mathematik? Geometrie?

Friederike (für sich). O du barmherziger Heiland! Ich kann kaum die vier Species!

Chevalier (ihre Verlegenheit bemerkend, näher rückend). Oder: — Kriegsgeschichte?

Friederike (kleinlaut). Darin war ich immer sehr schwach.

Chevalier. So? — Wundert mich! Wir in Frankreich müssen zum Beispiel aufs Geratewohl einen Schlachtnamen losen und dann aus dem Stegreif darüber sprechen.

Friederike (für sich). Jetzt wird es hübsch!

Chevalier (nimmt ein Buch vom Schreibtisch auf). Möchte wohl sehn, wie Sie das machen. Ich schlage auf — wie es nun kommt.

Friederike (für sich). Ich wollte, ich läge in der deipen Grefte!

Chevalier. Zum Beispiel — (klappt das Buch wieder zu, legt es fort) die Schlacht von Höchstädt.

Friederike (für sich). Es lebt ein Gott im Himmel! (laut, mit großer Überlegenheit und Ruhe) Schlacht von Höchstädt? Sehr gern! Die Sache verlief so: Es war am 13. August 1704, als die Alliierten um 7 Uhr morgens auf der ganzen Linie den Nebelbach überschritten: rechter Flügel unter Prinz Eugenio de Savoy (so eigenhändige Schreibung), führte unter anderm auch 11 preußische Bataillone. — Linker Flügel unter Herzog Marlborough, erstes Treffen der

Infanterie 17 Bataillone: zweites Treffen 20 Bataillone: zwei Treffen Reiterei.

Chevalier (unterbricht, abwehrend). Genug! — Genug! —

Friederike (fortfahrend). Die Feinde: rechter Flügel Marschall Tallard, linker Flügel Marschall Marsin: zusammen 78 Bataillone, 142 Schwadronen.

(Hat während des Vortrags den Weichenden verfolgt bis in den Hintergrund, dreht sich jetzt rasch auf dem Absatz um und geht ganz rechts vor, für sich.)

So! Das war der Lohn für viele Langeweile.

Chevalier (hat mit wachsender Verblüffung dem Strom ihrer Rede zugehört, stets vor der auf ihn Eindringenden entrinnend: geht jetzt ganz links vor und wirft sich, wie besiegt, in einen Stuhl, für sich). Nein, sie ist es nicht! Soviel faßt kein Mädchenkopf, oder behält es doch nicht. Ich geb' es auf. (laut) Herr Kamerad, allen Respekt!

Friederike (übermütig). Soll ich Ihnen vielleicht auch noch die Schlacht von Malplaquet erzählen? (für sich) Da war der Alte nämlich auch.

Chevalier (flehentlich abwehrend). Danke! danke verbindlichst! (für sich) Mir ist, als hätt' ich gerade selbst die Schlachten von Höchstädt und von Malplaquet verloren: ich bin geschlagen.

Friederike (für sich). Triumph! Ich hab's gewonnen.

(Kleine Pause. Jobst durch die Mitte, bringt dem Chevalier einen Brief.)

Jobst. Von meinem Herrn! Ein Eilbote brachte ihn.

(Jobst ab.)

Chevalier. Und: „Eilig" steht darauf. Sie erlauben? (öffnet und liest) „Lieber Freund! Ich hatte soeben vor dem Palais des Ministers ein kleines Rencontre ... —"

Friederike (sehr erschrocken). Mein Gott!

Chevalier (wirft erstaunt einen argwöhnischen Blick auf sie und liest fort). „Zwei Offiziere, von seiner Clique, mokierten sich über mich, daß ich es hören mußte: — ‚Da kommt er

11*

wieder, der preußische Diplomat,' — sagte der eine, — ‚Sich zum zehntenmale abweisen zu lassen,' — lachte der andere. — ‚Ja' — schloß der erste, — ‚das ist das Heldentum der Aufdringlichkeit' —. Ich zog sofort. Die beiden auch . . . —"

Friederike. O Himmel!

Chevalier (sieht sie wieder, fast erratend, an und liest weiter). „Ich entwaffnete den ersten und traf den zweiten in den linken Arm, erhielt aber gleichzeitig von ihm einen Stich . . . —"

Friederike (schreit laut auf, fällt wie ohnmächtig in den Stuhl). Ach! weh' mir! weh! (Bedeckt das Gesicht mit den Händen.)

Chevalier (für sich). Sie ist es, der Schreck hat sie verraten. — — So beklagt kein Lieutenant eines Kameraden Wunde.

Friederike (springt auf). O er ist tot, nicht wahr?

Chevalier (lächelnd, von jetzt an stets mit überlegener Feinheit, langsam). Ja — dann würde er doch schwerlich schreiben! Eilpost vom Himmel herunter ist sogar in Paris noch nicht eingeführt. (Er liest weiter) „Es ist ganz ohne Bedeutung . . . —"

Friederike. Gott sei Dank! Aber wenn es nur wahr ist — der Unverzagte nimmt es gewiß zu leicht.

Chevalier (liest weiter). „Es ist nur die Hüfte. Doch konnt' ich nicht gehen. Von einem zufällig des Weges kommenden Arzt ward ich in dessen Parterrewohnung, gegenüber dem Palais, geführt.

Friederike (immer noch voller Angst). Kennen Sie den Arzt?

Chevalier. Gegenüber dem Palais des Ministers? — Es ist Monsieur Mikouliche, der erste Chirurg von Frankreich.

Friederike. O Sie wollen mich nur trösten.

Chevalier (nun lächelnd seinen Sieg gebrauchend, das eine Knie auf den Stuhl legend, sich vorbeugend, langsam, kühl). Aber — mein lieber, junger Freund — worüber soll ich Sie denn trösten wollen?

über die leichte Wunde eines wildfremden Kameraden? den
Sie in Ihrem Leben noch nicht gesehen? So zärtlich
lieben sich in Deutschland die Lieutenants?

Friederike. Ja, ja, Sie haben recht. Ich war ganz
thöricht. (für sich) Da soll man eine Rolle aufrecht halten,
wenn das Herz springen möchte vor Verzweiflung.

Chevalier (liest weiter). „Ich schreibe Dir nur, damit Du
mich heute nicht zum Souper erwartest. Morgen oder
übermorgen kann ich wieder ausgehen. Auf Wiedersehen!
Fritz."

Friederike (für sich). O Gott, wie dank' ich dir! (laut)
Steht das wirklich da?

Chevalier (giebt ihr lächelnd den Brief). Da! lesen Sie selbst,
Sie empfindsamer junger Held.

Neunter Auftritt.

Vorige. Jobst. Anne Marie und der französische Diener des Chevalier
(sie präsentieren in der folgenden Scene Thee und Gebäck): gleich darauf die
Marquise und Blanchemain.

Jobst (meldend). Die Sänfte der Frau Marquise und
Jungfer Tochter.

Diener (verweisend zu Jobst). Man sagt nicht „Jungfer"
in Paris.

Jobst. Ach so! Ich vergesse immer wieder! — Na,
aber bei der kann man es sagen.

Chevalier. Sie wollten den Thee bei mir nehmen.
Ich eile den Damen entgegen.

(Ab durch die Mitte.)

Friederike (leise zu Anne Marie). Er ist verwundet! O dies
Paris! (komisch pathetisch) Lebensgefährlich wie sittengefährlich!
Und diese Marquise und ihre Tochter? Das sind am
Ende — ja, ja, das werden die saubern Damen sein, die
sich halbscheid in meinen Fritz geteilt haben.

Anne Marie. Sie meinen — die verruchten poly-gamischen?

Friederike (nicht lebhaft). Na, die will ich danach behan-deln! Denen will ich sie mal zeigen, die Verachtung eines deutschen Mädchenherzens!

Anne Marie (zupft sie an der Uniform). Aber um Gottes willen, Fräulein, Sie sind ja ein Lieutenant!

Friederike (sehr betroffen). Ja so! Das ist g a n z etwas anderes! — Aber ein Lieutenant darf doch a u c h Moral haben?

Anne Marie. Er darf es wohl, — wenn er kann.

———

Zehnter Auftritt.

Vorige. Chevalier (führt die Marquise und Blanchemain herein).

Chevalier (vorstellend). Herr Lieutenant Franz von Franken — meine Tante Marquise von Briançon — und meine kleine Cousine.

(Feierliche Verbeugung von allen dreien: Friederike wollte zuerst einen Knicks machen, besinnt sich aber, grüßt militärisch und küßt graziös der Marquise die Fingerspitzen.)

Marquise (sehr lebhaft zum Chevalier). Welch reizender Mensch!

Blanchemain (sehr lebhaft). Aber Mama, ist der hübsch! — Der ist ja viel hübscher, Bayard, als du!

Chevalier (lächelnd). Findest du das auch? — Ich finde es schon lange.

Marquise. Herr Lieutenant, mein Neffe hat mich bereits unterrichtet von Ihren Aufträgen. Ich heiße Sie will-kommen in Paris.

Blanchemain (stets in der Absicht, den Chevalier eifersüchtig zu machen, läuft auf sie zu, hält ihr beide Hände hin). Ich auch! Recht herzlich, Herr Lieutenant!

Marquife. Mein Kind, das war gar nicht nötig.

Blanchemain. Aber du fandest es doch nötig, Mama?

Marquife. Das ist nicht ganz dasselbe. — Ich werde Ihre Pläne unterstützen.

Friederike (für sich). Meine Pläne? Guter Gott, ich habe ja gar keine!

Marquife. Es freut mich, dabei zugleich meinem Lande zu dienen und — einem so überaus liebenswürdigen Kavalier.

Blanchemain (läuft wieder auf sie zu, schüttelt ihr die Hand). Zählen Sie auch auf meine Unterstützung! Meinen moralischen und geistigen Beistand! (halb für sich, halb zu Bayard) Die Mama läßt mich gar nicht zu Worte kommen.

Friederike (laut). Sehr verbunden! Aber die Audienz sollen Sie nicht mir vermitteln, sondern: — (für sich) jetzt werb' ich sie scharf beobachten: (laut) — dem Freiherrn, — Ihrem gemeinschaftlichen Freund: (für sich) so! das habe ich ihnen scharf gegeben! — Aber wie raffiniert! — sie werden nicht mal rot.

Marquife (sehr kühl, gedehnt). Ach dem!

Blanchemain. Dem schauderhaft ernsthaften Menschen? — höre Bayard, er ist dein Freund: aber ich finde ihn herzlich langweilig.

Friederike (für sich). O diese Pariserinnen! Natürlich alles Verstellung! Aber jetzt überrumple ich sie. (laut) Sie wissen doch: er ist verwundet.

Marquife. Ah bah, eine Bagatelle, sagt Bayard.

Friederike (für sich). Nein, das war Natur: die liebt ihn nicht.

Blanchemain. Nicht der Rede wert.

Friederike. Gott sei Dank, die liebt ihn auch nicht.

Marquife. Unser Ball morgen Abend verliert nicht durch seine Abwesenheit.

Blanchemain. Er tanzt ja nicht.

Marquise. Und alle Damen beklagen sich über seine Steifheit.

Friederike (freudig zum Chevalier). Ist das wahr?

Chevalier. Ja, leider ist es wahr: — aber ich begreife nicht, Herr Lieutenant, warum Sie eine so unbegründete Freude haben an der Tugend oder dem Weiberhaß Ihres Kameraden?

Blanchemain. Hassen Sie die Damen a u ch? (Friederike schüttelt den Kopf) nein? das ist hübsch! um S i e wäre es schade.

Marquise (leise). Höre Bayard, ich finde diesen Husaren unwiderstehlich.

Chevalier. Tante, nimm dich in acht, du i r r st dich in ihm.

Marquise. Ich gestehe, seit dem Tode des Marquis hat kein Mann solchen Eindruck auf mich gemacht. Er ist zu jung für mich, das seh' ich wohl ein: aber ich könnte mich doch vielleicht entschließen . . . —

Chevalier. Tante, Tante, entschließe dich n i ch t! Du würdest dich enttäuscht finden!

Blanchemain (leise). Bayard, ich muß dir was gestehn.

Chevalier. Nun, was denn? Auch eine Husarengeschichte?

Blanchemain. Wenn du fortfährst, dich gegen meinen und meiner Mama ausgesprochenen Beschluß zu weigern, mich zu heiraten, — dann . . . —

Chevalier. Nun was dann?

Blanchemain. Dann räch' ich mich — und . . . —

Chevalier. Und?

Blanchemain. Und heirate den Husaren. Er gefällt mir sehr.

Chevalier (für sich). Das wird hübsch, dieses Kreuzfeuer.

(laut) Dann rat' ich dir aber, dich zu eilen: sonst schnappt ihn dir deine Mama weg.

Friederike (zu Anne Marie, die ihr die Theetasse abnimmt). Warum schauen mich denn die beiden so an?

Anne Marie. Weil Sie zwei Eroberungen gemacht haben: geben Sie nur acht! jetzt ist Herr Fritz unschuldig und Sie sind polygamisch.

Marquise (sich erhebend). Also, Herr Lieutenant, morgen Abend auf unserm Ball.

Blanchemain. Und ja nicht zu spät kommen, wie der trübselige Freiherr.

Friederike (verbeugt sich, für sich). Gut, daß ich in der Tanzstunde stets den Herrn vorstellen mußte.

Marquise. Sie treffen den Herzog von Bourbon, meinen Feind und — sehr eifrigen Anbeter. Bis morgen hoff' ich meinen Plan gereift zu haben. Was thut man nicht für Frankreich und für . . . —

Chevalier. Nun bin ich gespannt.

Blanchemain (leise zur Marquise und Chevalier). Für Frankreich und für seinen Schwiegersohn: nicht wahr, Mama, das wolltest du sagen?

Marquise. Und für einen charmanten Kavalier, der unser bester Freund — zwar noch nicht ist, aber es werden kann und dessen Glück uns warm am Herzen liegt.

Friederike (für sich). Gott, mir wird ganz bange. Was sie wohl mit mir vorhaben?

Blanchemain (mit einem Blick auf den Chevalier). Ja, Herr Lieutenant: was ich zu Ihrem Glücke beitragen kann, geschieht mit Vergnügen.

Marquise. Morgen Abend um neun erwarte ich die Herren zum Ball. Herr Lieutenant, ich bitte um die erste Sarabande.

Blanchemain. Und ich um die zweite, dritte und vierte.

Marquise. Auf Wiedersehen: morgen Abend, in meinen Salons, entscheidet sich das Schicksal Frankreichs — Europas . . . —

Planchemain (mit einem Blick auf den Chevalier). Und vielleicht: — — noch mehr.

Chevalier (giebt den beiden abgehenden Damen den Arm, mit bedeutsamem Blick auf alle drei). Ja! das Schicksal von mehr als Einem Herzen.

(Führt die beiden Damen bis an die Thüre: kleine Pause.)

Friederike (sieht ihnen kopfschüttelnd nach: dann nach rechts vorn gehend). Der Teufel soll mich holen, wenn ich weiß, was die beiden damit sagen wollten.

Chevalier. O nur Geduld: die Damen werden sich schon noch verstänblich machen. Ich gratuliere, Herr Kamerad, ich gratuliere, (für sich im Abgehen nach rechts) das kann hübsch werden morgen (wendet sich zum Abgehen).

Friederike (Anne Marie am Arme nach vorn ziehend). Was soll das nur bedeuten?

Anne Marie (langsam, lachend). Das soll bedeuten — daß Sie entweder des Herrn Chevalier Vetter werden müssen: oder sein Onkel. (Beide wenden sich zum Abgehen.)

(Vorhang fällt.)

III. Aufzug.

Salon im Palaste der Marquise: durch offene, im Anfang mit
Vorhängen geschlossene Bogen nach rechts in den Ballsaal führend,
woher manchmal, aber nur ganz leise, Tanzmusik ertönt. Im
Hintergrunde rechts eine spanische Wand, welche schräg in die Bühne
ragt. Links hinten ist die Aufgangstreppe zu denken. Zu beiden
Seiten, links und rechts vorn, je eine Thüre.

Erster Auftritt.

Chevalier (durch die Vorhänge links). Bis jetzt ging alles
vortrefflich. Ein wahres Glück ist Fritzens Verwundung.
Das tollkühne Mädchen spielt zwar den Kavalier vortrefflich: aber Fritz würde sie wohl noch rascher als ich erkannt
haben. Dank dem Verbot des Arztes konnt' ich sie bisher
ganz von ihm fern halten. Und auch Jobst habe ich an
das Lager seines Herrn gebannt: — auch er durfte mir
die Zofe niemals wiedersehn. Denn ich will der Mutigen
helfen — aber nicht so, wie sie denkt: vor allem mein
Plan: für Frankreich und für mich selbst: ich halte
alle Trümpfe dieses Spieles in der Hand —: wohlan, ich
will sie brauchen — mit Überlegenheit.

Zweiter Auftritt.
Chevalier. Blanchemain (aus der Seitenthür vorn rechts).

Blanchemain. O lieber Bayard, wie freue ich mich, dich
allein zu treffen. Ich muß dir was gestehn.

Chevalier. Schon wieder? Abermals eine Husaren-geschichte?

Blanchemain. Ach ja: aber diesmal was Gutes — (vertraulich den Arm auf seine Schulter legend) ich hab' es mir über-legt: — ich ziehe doch dich vor.

Chevalier. Das kann ich dir auch nur raten.

Blanchemain. Es war bloß eine Augenverblendung: — er kam mir nur so — so vertrauenerweckend vor: — so — wie eine Freundin.

Chevalier. Aber Kind, ich habe mich darüber noch gar nicht beunruhigt!

Blanchemain (sehr liebenswürdig, neckend). Ja! Wer dir d a s glaubt! — — Nun werd' ich dir aber auch niemals wieder untreu werden — auch nicht in Gedanken — nie, nie, nie, niemals wieder — bitte, bitte, nicht böse sein.

Chevalier (für sich). Sie ist doch reizend (küßt ihr die Hand).

Blanchemain (sich vor ihm drehend). Wie gefall' ich dir in dieser Toilette?

Chevalier (sich verbeugend). Ausgezeichnet.

Blanchemain. Ich habe mich nur für dich so schön ge-macht: denn nur dir will ich gefallen.

Chevalier. Warte nur, du wirst nicht eher Ruhe geben, bis ich dich heirate.

Blanchemain. Und dann, dann werd' ich erst recht nicht Ruhe geben, bis . . . —

Chevalier. Nun bis?

Blanchemain. Bis du gestehst, daß du unendlich glücklich bist (sie reicht ihm beide Hände hin, die er einen Augenblick ergreift).

Dritter Auftritt.

Vorige. Die Marquise (von rechts vorn).

Marquise (reicht ihm die Hand, die er küßt). Guten Abend, Bayard. Du kannst mir gratulieren.

Chevalier. Zu einer reizenden Tochter und der eigenen Schönheit.

Marquise. Nein! Zu meiner Genesung! — Ich bin ihn los.

Chevalier. Wen?

Blanchemain. Wen denn, Mama? Deinen alten Husten?

Marquise. Nein: meinen jungen Lieutenant.

Blanchemain. Denke nur, Mama: ich auch! Nicht wahr, Bayard?

Marquise. Es war ein seltsames Gefühl. Ich empfand mich so schwesterlich, so mütterlich zu ihm hingezogen: — ich habe das nie für einen andern Mann gefühlt.

Blanchemain. Ich auch nicht, Mama. Bayard habe ich ganz anders lieb.

Marquise (langsam, nachdenkend) Ich weiß nicht — wie es kommt: — aber ich muß mir immer denken — wie reizend dies Milch- und Blutgesichtchen sich in Damentoilette ausnehmen müßte.

Blanchemain (eifrig). Ja ja, Mama, da hast du recht.

Chevalier (für sich). O weh, o weh! (laut) Das laßt nur ja den Husaren nicht merken. Er würde es übel aufnehmen, der Deutsche. Da kommt er.

Vierter Auftritt.

Vorige. Friederike (durch die Vorhänge links hinten: die Vorhänge werden nur aufgezogen: die Musik beginnt von rechts; man sieht einige Gäste. Damen und Herren, von Lakaien geführt, von links nach rechts hinten gehend).

Friederike (militärisch grüßend). Guten Abend, meine Damen!

Marquise. Willkommen, junger Freund — (zu ihrer Tochter) geh', mein Kind, in den Ballsaal, unsre Gäste zu empfangen. Ich folge gleich.

Blanchemain (im Abgehen). Herr Lieutenant, ich gebe Ihnen nur einen Tanz. Alle andern sind für Bayard: das heißt (sich zu diesem neigend) — wenn er sie will.

Friederike. Er hat alle Ursache sie zu wollen.

Blanchemain. Wirklich?

Chevalier. Einverstanden!

(Blanchemain ab nach rechts in den Ballsaal.)

Friederike. Kapitän, kann ich denn immer noch nicht meinen Kameraden sehen? Ich verstehe mich auf Krankenpflege. Lassen Sie mich doch heut' Nacht an seinem Lager wachen.

Chevalier (für sich). Das wäre das Wahre. (laut) Nein, mein Freund, er darf niemand sprechen. Dann kann er morgen wieder ausgehen: und morgen muß gehandelt werden, denn nur morgen kann ich euch unterstützen im Palais zu Versailles. Ein Kamerad, den morgen Abend die Hofwache träfe, bat mich, an seiner Statt auf eine halbe Stunde den Posten zu beziehen.

Marquise. Wohlan, ich will versuchen, den Herzog morgen aus dem Palais hinwegzuzaubern.

Friederike. Bin begierig! Wie entrückt man einen Minister?

Marquise. Mein Geheimnis! Aber ist es mir gelungen, — dann muß ich von Jhnen ein Opfer verlangen, — ein sehr, sehr großes.

Friederike. Jch bin zu jedem bereit und kostet's das Leben, ich geb' es gern für meinen König — (für sich) und für meinen Fritz.'

Marquise (lächelnd). Das Leben kostet es just nicht! Aber es gilt, Vorurteile zu besiegen — Bedenken — ein falsches Ehrgefühl!

Chevalier. Jch bin sehr gespannt.

Marquise. Ja, ich fürchte mich davor, Jhnen die Zumutung auch nur auszusprechen. — Vorher aber gilt es, den Herzog fortzuschaffen. Still, da kommt er.

———

Fünfter Auftritt.
Vorige. Herzog (von links hinten).

Herzog. Schönste aller Frauen! Wie wunderbar strahlt heute wieder Jhre verführerische Schönheit — (für sich) dieses Weib hat mir es angethan! Jch kann meine Gedanken nicht von ihr losmachen. (Er erblickt Friederike, die bis dahin ganz rechts vorn, verdeckt vom Chevalier, gestanden hat.) Ha, was ist das? Ein preußischer Offizier? Jn Paris! Und mir noch nicht gemeldet? Was suchen Sie hier, mein Herr? Wer sind Sie?

Friederike (militärisch salutierend). Lieutenant von Franken, Herr Herzog. Komme in Privatgeschäften.

Herzog. Was für Geschäfte?

Friederike. Einen Freund besuchen.

Herzog. Wer ist der Freund?

Friederike. Der Freiherr von der beipen Grefte.

Herzog (höhnisch). Ah, der große Diplomat! Werden Sie dann täglich zu zweit in meinem Palais erscheinen, Audienz bei Majeſtät zu erbitten? — Glücklicherweiſe hat dieſer deutſche Raufbold einen gut franzöſiſchen Degenſtich erhalten, der ihn für einige Zeit lahm legen wird.

Chevalier (tief betrübt). Ja, mein armer, armer Freund! Er iſt ſchwer getroffen.

Friederike. O Gott!

Chevalier. Er wird vor vielen Wochen nicht ausgehen können.

Friederike (zornig, aber faſt weinend). Ha! Sie haben mich getäuſcht!

Chevalier (leiſe). Aber ſo ſchweigen Sie doch.

Herzog (für ſich). Da ſpielt etwas im geheimen! — Man muß jedenfalls zuvorkommen. (laut) Haben Sie Ihre Päſſe dem Polizeiminiſter vorgelegt?

Friederike (erſchroden, für ſich). Herr Gott! ich habe ja gar keine! (laut) Noch nicht, ich bin erſt geſtern angekommen.

Chevalier. Das kann ich bezeugen.

Herzog. Gleichviel! In zwölf Stunden hat jeder fremde Militär ſich zu melden — bei Meidung der Haft. Ich ſchicke Sie ſofort in die Baſtille. Heda Maillac!

Sechſter Auftritt.

Vorige. Maillac, der ſchon bald nach dem Auftreten des Herzogs in dem Gang hinter den offenen Bogen ſichtbar geworden, tritt nun durch den mittlern Bogen ein.

Herzog. Herr Oberſt, nehmen Sie dieſem deutſchen Offizier den Degen ab und führen Sie ihn in die Baſtille.

Marquiſe. O Gott! ⎫
Chevalier. Das darf nicht ſein. ⎬ (zuſammen)

Friederike. Weh mir! Alles verloren! — — Die Baſtille? Was iſt das?

Maillac (auf ſie zutretend, ſehr langſam). Die Baſtille, junger

Herr? — Das ist ein Ort in Paris, in den man sehr leicht hineinkommt — und sehr schwer wieder heraus. Bitte, Ihren Degen!

Friederike (tritt zurück, die Hand am Degengriff, drohend). Nimmermehr!

Herzog. In der Bastille lassen Sie ihn sofort nach verborgenen Papieren untersuchen. Hören Sie? Auf das allergenaueste!

Friederike (legt die Hand auf die Brust, entsetzt für sich). Des Königs Brief und meine Ehre!

Chevalier (leise rasch zur Marquise). Hilf Tante, hilf! Du ahnst nicht, was daran hängt.

Marquise (zu Maillac). Einen Augenblick Geduld, Herr Oberst! — O Herr Herzog! Diese Verhaftung in meinem Hause. Ich lege Fürbitte für ihn ein.

Herzog (ablehnend). Ich bin es leider gewöhnt, Sie auf der Seite meiner deutschen Feinde zu erblicken.

Marquise (sehr warm). Ich bitte dringend.

Herzog. Hüten Sie sich, Madame! Die Wärme dieser Bitte steigert den Argwohn des Staatsmannes (leise, dicht an sie herantretend) und mehr noch — der Milchbart ist sehr hübsch! — diese Wärme weckt meine Eifersucht. (Herzog und Marquise links vorn, die drei andern rechts.)

Marquise (einschmeichelnd). Aber Herr Herzog! Sie werden doch nicht im Ernst glauben, mein Herz werde sich an einen Knaben verlieren, dies Herz, das Ihrer imposanten Männlichkeit, dem Geiste, welcher Frankreich, welcher Europa beherrscht, bisher noch — wenn auch — (gedehnt, schmeichelnd) nur mit äußerster Mühe — widerstanden hat.

Herzog. Darf ich Ihren Worten . . . — ?

Marquise. Bitte, bitte, lieber Herzog!

Herzog (für sich). Wie sie schmeicheln kann, diese schöne

Schlange, (laut) ich weiß, — es ist Ihnen nicht Ernst mit diesem süßen Ton.

Marquise. Wer sagt Ihnen das? Längst bin ich es müde, Ihrer Politik zu widerstehen, — wäre es von da so weit, Sie überhaupt unwiderstehlich zu finden?

Herzog. Ist es möglich? — Ich glaube Ihnen nicht! — Geben Sie mir Beweise!

Marquise. Sie sollen sie haben! — Aber vor allem ersparen Sie mir den Schimpf, daß ein Gast meines Hauses aus meinem Salon in die Bastille geschleppt wird —: ein ungefährlicher Lieutenant!

Herzog. Ungefährlich? Das wird sich morgen zeigen. — Aber gut: Ihnen zuliebe, schönste Athénaïs, will ich ihn für heute schonen: (er giebt Maillac einen Wink, dieser verbeugt sich und geht in den Ballsaal ab; streng zu Friederike) morgen melden Sie sich bei mir, persönlich: ich werde in meinem Kabinett ein gründliches Examen mit Ihnen anstellen.

Friederike (für sich). O weh!

Chevalier (leise zu ihr). Mut, Mut, dazu darf es nicht mehr kommen.

(Musik.)

Marquise. Horch, die Musik beginnt die Polonaise! Herr Herzog, — Ihren Arm! Ich bitte um die Ehre, meinen Ball mit Ihnen eröffnen zu dürfen.

Herzog (bietet ihr den Arm). Sie entzücken mich! Also wirklich — eine versöhnte Feindin?

Marquise (wie von Liebe besiegt, zu ihm aufblickend). Mehr als das, mein Freund: eine kapitulierende Festung.

Herzog. Triumph, mein heißes Herz: — — (für sich im Abgehen, gegen das Publikum gewendet) aber Vorsicht, mein kühler Kopf.

(Alle ab in den Ballsaal: als auch der Chevalier abgehen will, führt ein Lakai ihm Jobst zu: beide nach vorn.)

———

Siebenter Auftritt.
Chevalier. Jobst.

Chevalier. Ein Brief an mich? Nur eigenhändig? Von deinem Herrn?

Jobst. Ja, Herr Kapitän. Es kam ein Schreiben an den Herrn aus der heißen Grefte: ich kenne die Kraußfüße des Herrn Oberst: schreibt, sozusagen, mit dem Gewehrkolben. — Mein Herr las und ward, sozusagen, ziemlichst verrückt. Wollte fortstürzen: mit Mühe hielten der Arzt und ich ihn zurück. Da schrieb mein Herr diese Zeilen und schickte mich zu Ihnen. Ich solle fliegen, schrie er: — es ward mir schwer, — aber ich flog. Und hier bin ich.

Chevalier (öffnet und liest). „Lieber Freund, ich bin in Verzweiflung!"

Jobst. Hübscher Briefanfang! Muß man sich merken.

Chevalier (tritt nun weg von ihm und liest leise). „Mein Vater schreibt, Cousine Friederike, die er mit einem Auftrag für mich nach Kleve an den Onkel geschickt, hat sich dort gar nicht gezeigt. Er erhielt nur ein aus Kleve datiertes Billet von ihr, sie habe einen lustigen Streich vor und werde bald zurückkehren. Seitdem ist sie verschollen. Sie habe hochwichtige Depeschen für mich. Ich soll raten, helfen. Ich aber bin ganz verzweifelt. Ich eile von hier hinweg, sie zu suchen, bis ans Ende der Welt, denn ich liebe sie immer noch), die Herzlose. Hilf, rate! Dein Fritz." — Und sie? Sie liebt ihn so unendlich, daß sie dies furchtbare Wagnis für ihn übernahm. — — In meiner Hand liegt es jetzt, die Getäuschten zusammenzuführen oder auch sie zu trennen, — vielleicht für immer. Was soll ich thun? (nach kurzem Kampf) Pfui, Bayard, dieser

12*

Zweifel war nicht französisch: das heißt — nicht ritterlich. Die Ehre gebeut! Ich selbst gebe ihr dieses Liebesgeständnis (den Brief in die Höhe haltend) — aber — erst im rechten Augenblick! Vor allem: Frankreich: dann erst alles andre — auch die Freundschaft! (steckt den Brief in die Tasche). (Laut) Sage deinem Herrn, in einer halben Stunde bin ich bei ihm: er habe morgen Audienz beim König. Ja, ja: staune dich nur nicht zu Tode.

Jobst (freudig). Hurrah, dann geht's bald nach Hause! In die heiße Grefte und zur Anne Marie! (ab links hinten.)

Chevalier (wendet sich gegen den Hintergrund). Ah, sieh da: die schöne Tante an der Arbeit: das Schlaggarn ist gespannt: die süße Lockspeise gestreut: aber es ist ein alter, kluger Vogel: ich bezweifle, ob er einspringt.

(Ab nach links hinten: kleine Pause, gleich darauf Marquise und Herzog von rechts hinten aus dem Ballsaal.)

———

Achter Auftritt.
Marquise. Herzog.

Marquise. Gut, Herr Herzog! Ich will an die Aufrichtigkeit Ihrer Schwüre glauben: und — als erstes Zeichen meiner Gunst — das erbetene Rendezvous gewähren.

Herzog. O Athénaïs, Sie berauschen mich! Aber doch morgen schon? Hier — in Ihrem Palais!

Marquise. Nicht doch! Nicht in Paris! Nicht in meinem Hause! Wo so viele Augen auf mich, auf Sie gerichtet sind.

Herzog. Wohl denn, in Versailles!

Marquise. Wo denken Sie hin? Dort, wo alle Wände Ohren haben?

Herzog (ungeduldig). Aber wo denn sonst?

Marquise. Es trifft sich gut, daß ich morgen in einem meiner Schlösser dem entlassenen Intendanten die Rechnungen abzunehmen, seinen Nachfolger einzuweisen habe.

Herzog. In welchem Schloß?

Marquise. Schloß Solitude.

Herzog (macht eine komische Bewegung des Schauders, rasch einfallend). Alle Wetter! — Das ist weit! — Mitten im Wald von Fontainebleau: im Dezember — bei dem Schnee — bei der Kälte!

Marquise (spöttisch, aber liebenswürdig). Herr Herzog: ich gehe hin — fürchten Sie die Kälte?

Herzog (feurig). Nur die Ihrige! Nicht die des Nordpols, — wenn es gilt, dort Ihre Gunst zu finden.

Marquise. Also morgen?

Herzog. Auf Schloß Solitude!

(Beide Arm in Arm ab nach links hin.)

Neunter Auftritt.

Friederike. Blanchemain (von rechts hinten aus dem Ballsaal).

Blanchemain. Aber sagen Sie nur, Sie unheimlicher Mensch Sie, mit Ihrem alles durchdringenden Scharfsinn: — wie haben Sie das herausgebracht?

Friederike. Das große Geheimnis, daß Sie Ihren Vetter lieben? Ja, das war freilich eine Riesenaufgabe, das zu ergründen!

Blanchemain. Ich hab' es wohl oft genug gesagt: aber doch nur im Scherz.

Friederike. Jawohl: im Scherz war es gesagt, im Ernst war es gemeint! — (wirft sich in die Brust, weist auf sich) Liebe Kleine, — wir Lieutenants verstehen uns auf die Amouren. Ist unser Metier!

Blanchemain. Nun, wenn Sie denn solchen Scharfblick haben und solch dämonische Übung: — haben Sie an meinem Vetter noch nicht bemerkt, — ob auch er ... —?

Friederike. Sie meinen, ob er Sie liebt?

Blanchemain. Wieder erraten!

Friederike. Mein Kind, ja: er liebt Sie.

Blanchemain. O Gott sei Dank!

Friederike. Aber ... —

Blanchemain. Ach, ein Aber ist dabei?

Friederike. Aber — er weiß es nicht! —

Blanchemain (komisch entrüstet). Wie einfältig! wie kann er, sonst so klug, in seinen eignen wichtigsten Angelegenheiten so unwissend sein! —

Friederike. Geduld, ich werde es ihm klar machen.

Blanchemain. Sie wollten? O wie gut Sie sind! Ganz klar?

Friederike. Ja: so sehr, daß er alsbald feierlich um Ihre Hand anhalten wird.

Blanchemain. O Dank! Dann werden Sie mein Brautführer.

Friederike (unbefangen, ruhig). Brautjungfer, wollen Sie sagen.

Blanchemain. Aber Herr Lieutenant!

Friederike. Ach so, Pardon!

(Beide wenden sich zum Abgehen nach hinten, werden aber festgehalten von den Eintretenden).

———

Zehnter Auftritt.

Vorige. Marquise und Chevalier aus dem Ballsaal. Später Herzog
und Maillac.

Marquise. Halt! Bleiben Sie!

Chevalier. Die Zeit drängt.

Marquise. Alles ist fertig an der Ver=
schwörung.

Chevalier. Der Herzog wird morgen Ver=
sailles und den König nicht bewachen.

Marquise. Er wird ziemlich weit weg sein.

Chevalier. Und frieren.

Marquise. Ja, etwas Abkühlung kann ihm
nicht schaden.

(freudig.

lebhaft. rasch

nach=

einander)

Friederike. Wie haben Sie das fertig gebracht?

Marquise. Mein Geheimnis!

Blanchemain. Mama, das Rezept mußt du mich lehren.

Marquise. Später vielleicht: — — es eilt wohl nicht.
— Aber um keinen Preis war er dahin zu bringen, Ihnen
oder dem Freiherrn Audienz zu verschaffen. So mußte ich
denn zurückgreifen auf ein schon früher bedachtes Mittel:
das einzige, das zum Ziele führt. Sie, Herr Lieutenant,
müssen ein Opfer bringen — ein großes — ein furchtbares
— ich weiß es. Ach, ich wage gar nicht, es Ihnen selbst
zu sagen: Bayard, teile du es dem Kavalier mit.

Chevalier (zu ihr tretend, sie flüstert ihm ins Ohr).
Bin wirklich neugierig!

Friederike. Was werd' ich hören?

Blanchemain. Was mag es sein?

(zugleich)

Chevalier (laut auflachend, von ihr weg tretend). Hahaha! Nun,
das glaub' ich, kann geschehn ohne allzugroße Anstren=
gung. — Herr Kamerad, Sie müssen sich — als Mädchen
verkleiden.

Friederike (für sich). Wenn's weiter nichts ist. Aber wartet, ihr Franzosen! Ihr habt mir seit gestern oft genug heiß gemacht, — jetzt sollt ihr eine Weile zappeln! (laut) Was fällt Ihnen ein. Niemals!

Marquise. Ich hab' es wohl gefürchtet.

Friederike. Welches Ansinnen! Ein Mann, der den Rock des Königs von Preußen trägt, was verlangen Sie von dem, zu thun! (geht komisch entrüstet auf und nieder)

Blanchemain. Nun, was er alle Abend thut, — ihn auszuziehen.

Chevalier. Und dafür einen andern anzuziehen, der Ihnen, sollte ich meinen . . . —

Blanchemain. Vortrefflich zu Gesicht und Statur stehen muß.

Friederike. Mein Fräulein — keine Beleidigung! — Sie sind eine Dame! Sonst —! (greift an den Degen)

Chevalier (für sich). Sehe mal einer die Komödiantin! Nun warte!

Marquise. Mein Gott, meine Tochter wollte Sie gewiß nicht beleidigen! Das ist es ja gerade, was mich zuerst auf den Gedanken brachte. Sie haben nun einmal etwas so — so — Mädchenhaftes.

Friederike (stampft mit dem Fuße: beide Damen fahren erschroden zur Seite). Himmel=Donnerwetter=Kreuzschock=Schwerenot noch einmal! Hübsches Kompliment für einen deutschen Reiter= offizier!

Marquise. Sie weigern sich, wo es das Heil Preußens wie Frankreichs gilt?

Friederike. Eine Unmännlichkeit? Mir rein unmöglich!

Marquise. Nun denn: — so ist alles umsonst! Alles verloren! Der Freiherr reist ab, ohne den König gesehen zu haben, und der Krieg — bricht aus! Alles Blut auf Ihr Haupt.

Friederike (für sich). O Himmel! Ich ging zu weit.

Blanchemain. Aber Bayard, ich begreife dich nicht, stehst stumm dabei, hilfst uns gar nicht. So rede ihm doch zu — dem starrsinnigen Krieger.

Friederike. Je nun, — es wäre … —

Chevalier. Nein, junger Held, bleiben Sie fest. Ich schwieg, — weil ich Ihre Weigerung begreife, billige.

Marquise. Was ist das? Was fällt dir bei?

Blanchemain. Aber Bayard!

Friederike. Verflucht! Festgefahren!

(zugleich)

Chevalier. Bleiben Sie bei Ihrem ersten Entschluß: — er war der richtige. Keine Schwäche! Ein Mann — ein Wort!

Friederike (für sich). Ach was Mann! Der Teufel hole meine Männlichkeit.

Chevalier. Ich gehe zu Fritz. Er soll heut' Nacht noch reisen. (Wendet sich zum Gehen.)

Friederike. Nein! Bleiben Sie! Ich thu's ja! (läuft ihm nach) So bleiben Sie doch! — Was thut man nicht — für Europa!

Marquise. Braver junger Mann! (reicht ihr die Hand)

Blanchemain (gerührt). Wie edel!

Chevalier. Ja, es ist wirklich rührend! Diese Selbstverleugnung.

Marquise (eifrig). Ich leihe Ihnen meine Kleider!

Blanchemain (rasch). Nein, ich die meinen! Sie müssen Ihnen ausgezeichnet stehen.

Chevalier. Und ich — ich helfe Ihnen natürlich beim Ankleiden.

(ihr rasch hintereinander)

Friederike (fährt entsetzt zurück). Mein Herr, was fällt Ihnen ein?

Marquise. Ganz recht! was versteht ein Mann von Damentoilette! Ich besorge das.

Blanchemain. Und ich helfe dazu (alle drei dringen auf sie ein).

Friederike (entweichend, beide Hände abwehrend ausstreckend). Nein — nein — nein! Um keinen Preis! Sie nicht (zu den Damen) und noch viel weniger (zum Chevalier) — Sie.

Marquise. Aber wer soll sonst?

Friederike. Nun natürlich mein Stuben — (korrigiert sich) — wollte sagen mein Bursche.

Marquise. Was? ein Husarenunteroffizier!

Blanchemain. Ganz unmöglich!

Friederike. Mein Hans hat schneidern gelernt.

Chevalier. Damenschneiderei?

Friederike. Nun natürlich! (für sich) Ach so!

Marquise. Gut! So ist die Toilettenfrage gelöst.

Friederike. Aber welche Dame soll ich vorstellen?

Marquise. Ein deutsches Freifräulein.

Friederike. Das kann ich leisten! —

Marquise. Welches dichtet.

Friederike (lebhaft). Das kann ich nicht leisten!

Marquise. Aber es muß sein.

Friederike. Ja: dichten auf Kommando, wie exerzieren, das ist sogar in Potsdam noch nicht eingeführt.

Marquise. Es muß sein, sag' ich.

Chevalier. Der König liest keine Prosa.

Marquise. Sie müssen den Brief Ihres Königs mit dem Vertrag von Wu —? wie heißt das Ungetüm von einem Wort?

Chevalier (ganz ernsthaft korrigierend). Wurstelhausen.

Marquise. Unter Versen in die Hand des Königs spielen.

Chevalier. Wie Aristogeiton den Dolch unter Myrten barg.

Marquise. Hier der vom Herzog unterschriebene Passier=
schein — für ein deutsches Edelfräulein, eine Dichterin,
die für den König schwärmt und ihm Gedichte zu seinem
Lob überreichen will.

Friederike. Und wie heißt die Dame, welche ich vor=
stellen soll?

Marquise. Ja, Bayard, in diesem Punkte muß mir
dein Freund Fritz etwas verzeihen. Als mich der Herzog
nun plötzlich um den Namen fragte, fiel mir kein andrer
ein als . . . —

Friederike, Chevalier und Blanchemain (zusammen). Nun?
Als?

Marquise. Als der einzige mir im Augenblick ge=
läufige, von dem du (zum Chevalier) mir soviel vorgeschwärmt:
Friederike von Friesen.

Chevalier. Das ist ausgezeichnet!

Blanchemain. Ah, des Freiherrn Cousine, auf die ich
so eifersüchtig bin!

Marquise. Werden Sie sich auch den Namen merken
können?

Blanchemain. Ja, werden Sie ihn behalten?

Friederike (lächelnd für sich). Hoffentlich nicht fürs Leben.
(laut) Wie war es doch?

Marquise und Blanchemain (zusammen auf sie eindringend,
vorbuchstabierend). Frie = de = rike von Friesen.

Friederike (zurückweichend). Danke, danke, werd' es nicht
vergessen. Aber woher die Verse nehmen? Dichten
kann ich so wenig wie, nun — wie vielleicht jene Friede=
rike selbst.

Blanchemain. Ja, woher die Verse?

Marquise (von einem Gedanken durchblitzt). Halt! ich hab'
es. Die Verse liefere ich! —

Chevalier. Du, Tante? ich wußte nicht . . . —

Marquise. Ja, Bayard, nicht einmal d u weißt alles. (zu Friederike.) Vergessen Sie nicht den Brief Ihres Königs und den Vertrag. Dann ist alles geordnet: ich schaffe den Herzog fort und liefere die Verse.

(Bei diesen Worten erscheint der Herzog im Hintergrund, entdeckt die zusammen flüsternde Gruppe und tritt mit einer Gebärde des Argwohns — leichte Erhebung der rechten Hand — hinter die spanische Wand.)

Chevalier. Ich beziehe die S c h l o ß w a c h e und schütze Sie gegen M a i l l a c —: ja — ich thue vielleicht noch mehr.

Marquise. Was?

Chevalier. Ja, das ist nun wieder m e i n Geheimnis!

Marquise. Ich aber eile, sobald meine Aufgabe im Wald von Fontainebleau gelöst, auf das Hauptschlachtfeld, in das Palais zu Versailles, sofort von dir (zum Chevalier) Sieg oder Niederlage zu erfahren.

Friederike. Und ich bringe das große Opfer, und ziehe einen Unterrock an!

(Vorhang fällt rasch.)

IV. Aufzug.

Saal im Palast zu Versailles: brennende Lichter auf den Tischen und ein brennender Kronleuchter: im Hintergrund eine Doppelthür, die, wenn geöffnet, den Blick auf einen Korridor zeigt: rechts vorn eine Thür, die in das Kabinett des Königs führt: weiter hinten rechts ein Fenster: links zwei sichtbare Thüren (Nr. I weiter vorn und Nr. II weiter hinten) und eine zunächst unsichtbare Tapetenthür.

Erster Auftritt.

Chevalier, aus Thüre Nr. I, führt mit gezogenem Degen die Wache auf: sechs Mann französische Garden: der letzte ist Friedrich, in gleicher Uniform: sie marschieren schräg durch die Bühne bis an die Mittelthür.

Chevalier (kommandiert). Halt! Hellebarde bei Fuß! (er öffnet die Thür: eine Wache gleicher Uniform, die Hellebarde geschultert, sieht man auf dem Korridor rechts hinten auf und ab gehen) Fünf Mann rechts schwenkt ab! Vorwärts marsch! (die fünf ersten Soldaten marschieren ab, Chevalier schließt die Thür: zu Friedrich, der nun Kehrt macht:) Du hast alles begriffen?

Friedrich. Alles! Zumal daß du Unglaubliches wagst.

Chevalier. Es gilt Frankreich! Entweder unser Plan gelingt und der Herzog wird gestürzt: oder er bleibt und richtet Frankreich zu Grunde: dann mag Bayard de Briançon mit untergehen.

Friedrich. Ist aber unnötig. Der Herr von Franken, den ich merkwürdigerweise immer noch nicht gesehen habe ... —

Chevalier (für sich). Dafür war gesorgt! —

Friedrich. Kann ja dem König alles sagen, was er wissen muß.

Chevalier. Dieser Lieutenant hat die Selbsterkenntnis, zu sagen, er verstehe nichts von Politik und der brave junge Mann will nun einmal d i r das Verdienst l a s s e n. — Du erscheinst also erst, wenn er, nachdem der König gelesen hat, diese Thür öffnet und dich herbeiruft. Bis dahin bleibst du dort auf deinem Posten.

Friedrich (die Hellebarde aufstoßend). Wie angewurzelt.

Chevalier. Höre! Noch eins — das Gespräch, in welchem der König vielleicht sehr galant wird, das — hörst du nicht, verstehst du? Achte nicht darauf, horche nicht etwa.

Friedrich (brummig). Nicht meine Art! — Bin nicht neugierig.

Chevalier (für sich). Seine Eifersucht würde alles verderben.

Friedrich. Aber auf eins bin ich d o c h neugierig.

Chevalier. Auf was?

Friedrich. Wie sich dieser Husarenlieutenant in Mädchenkleidern ausnehmen wird.

Chevalier. Nicht übel, glaub' ich: er wird dir gefallen. Also — (er öffnet die Thür) schultert die Hellebarde! Linksum kehrt! marsch! (zu dem Soldaten) Ablösung!

Soldat (fällt die Hellebarde). Parole?

Chevalier. Frankreich und Friede! — (Soldat ab nach links: Friedrich tritt an seine Stelle: man sieht ihn mit der geschulterten Hellebarde auf und nieder gehen: Chevalier schließt nun sorgfältig die Mittelthür) Jetzt — zu ihr! (öffnet die Thür Nr. II. für sich) Ha! was ist das! Wie hat sie sich verwandelt! Diese reizende Toilette! Nur, damit ich sie, das einfache Kind von Kleve, nicht erkennen soll! — (er führt nun Friederike — in Damenkleidern — heraus) Nun Courage, Herr Lieutenant! — Ich gratuliere: Sie sehen entzückend aus, mein Fräulein!

Friederike (ganz anders aussehend als im ersten Aufzug: dort einfachstes Hauskleid, ungepudert: hier reichste Toilette, gepudert, schwarz gemalte Augenbrauen, Schönheitspflästerchen; — komisch unwillig). Ich bitte Sie ums Himmels willen, machen Sie mich nicht völlig konfus! Bald „Herr Lieutenant" und bald „mein Fräulein"! Ich weiß ohnehin nicht mehr, bin ich ein Husar oder bin ich ein Frauenzimmer: — ich zittere am ganzen Leibe.

Chevalier. Aber, Herr Kamerad, ein deutscher Reitersmann und zittern!

Friederike. Über den breitesten Graben will ich setzen, ohne Herzklopfen: aber vor einem jungen König stehen! — Er soll sehr — sehr — wie sagt man doch? — nun sehr galant sein. — Wenn er nun zärtlich wird? zudringlich?

Chevalier. Aber was kann denn das Ihnen schaden, Herr Lieutenant? — Sie müssen sich für Preußen schon ein bißchen was gefallen lassen —: zum Beispiel — ein Küßchen.

Friederike (fährt empört auf). Was fällt Ihnen ein? Ein deutsches Freifräulein!

Chevalier (applaudiert). Ausgezeichnet spielen Sie Ihre Rolle! (Friederike erschrickt) Aber übertreiben Sie auch nicht die Mädchenhaftigkeit! Bedenken Sie: — Sie ertragen den Kuß für Fritz.

Friederike. So? — Wenn der es wüßte! Aber wo steckt er denn?

Chevalier (auf die Thüre deutend). Da draußen.

Friederike. Zu ihm! (dreht sich sofort auf dem Absatz um und will hinauslaufen: sie hat schon die Hand an der Thüre: mit Mühe fängt sie der Chevalier und zieht die Widerstrebende nach vorn).

Chevalier. Halt da! Hier geblieben, Unglückskind! (tritt von ihr weg, für sich) Er würde dieses tête-à-tête niemals dulden. (laut) Sie rufen ihn erst, wenn der König den Brief halb gelesen hat.

Friederike (ängstlich). Ach ich möchte ihn doch lieber gleich von Anfang hier haben —: (für sich) von wegen der königlichen Zärtlichkeiten (wendet sich wieder zur Mittelthür).

Chevalier (hastig). Ordre parieren, Herr Lieutenant! — Ist das deutsche Disziplin? — Es muß ein tête-à-tête sein: sonst hört Sie der König gar nicht an. Also: aufgepaßt! Haben Sie die Verse?

Friederike (auf eine Tasche schlagend). Hier!

Chevalier. Haben Sie Ihres Königs Brief.

Friederike (auf die Brust deutend). Hier! (für sich) Aber da (auf die andere Tasche klopfend) hab' ich noch was — für Fritz: den Brief der falschen Cousine: der soll ihm, statt meiner Worte, gleich alles erklären.

Chevalier. Kommen Sie! (giebt ihr den Arm) In jenem Vorzimmer warten Sie, bis der König Sie rufen läßt.

Friederike. O wie pocht mir das Herz! (Er führt sie in die Thüre Nr. II und geht dann ab, nachdem er an der Thüre des königlichen Kabinetts leise gehorcht. mit einer Gebärde der Befriedigung über seine gelungenen Anschläge, durch die Mittelthür ab.)

Zweiter Auftritt.

Kleine Pause — darauf öffnet *Maillac* sehr behutsam die Tapetenthür, streckt vorsichtig den Kopf hervor und tritt erst heraus, als er sich überzeugt hat, daß alles leer ist: dann zieht er den Schlüssel ab und schließt die Tapetenthür wieder zu.

Maillac. Erst bei seiner Abfahrt vertraute mir der Herzog das Geheimnis dieser Thür. — Er hat die drei zusammen flüstern sehen gestern Abend: er schöpfte Verdacht. — Die Marquise ist wirklich abgereist: eilfertig folgte ihr der Herzog. Er wollte das Stelldichein nicht versäumen und doch hier alles überwachen — durch mich. Und er hat Relaispferde gelegt von hier bis Schloß Solitude. — Ah, ich wollte, er wäre zurück! —

Er band mir auf die Seele, um jeder Intrigue zuvorzu-
kommen, durch diese Thür überraschende Rekognoscierungen
des Terrains vorzunehmen, zumal den deutschen Freiherrn
vom König fernzuhalten —. Wie ich ihn hasse, diesen
brutalen Bären: seit Wochen schwebt unser Duell! — Er
hat nur leider noch vier andere auszufechten, ehe ich an
die Reihe komme: — ah, ich freue mich darauf, ihm ein
paar Zoll bretonisches Eisen in die Rippen zu stechen.
(Pause, geht an die Thüre des Königs rechts, horcht) Alles still — alles
in Ordnung. (geht an die Thür Nr. II) Hier muß die deutsche
Poetin stecken: (schaut durchs Schlüsselloch) richtig, da ist sie —
dreht mir den Rücken zu — hm, hübscher Wuchs! — geht
an die Thür Nr. I, öffnet) Hier niemand versteckt? Nein, alles
leer (geht nach vorn) und für den Korridor bürgt ja die
Schildwache. — So kann ich ruhig wieder verschwinden
(wendet sich gegen die Tapetenthür, steckt den Schlüssel an: plötzlich zieht er ihn
wieder ab, wendet sich). Das heißt — man soll niemals trauen!
— (geht gegen die Mittelthür, öffnet und ruft, ohne hinauszusehen) Heda
Posten, hierher! (geht wieder nach vorn, ohne ihn angesehen zu haben)
Kam niemand vorüber?

Friedrich (tritt, die Hellebarde geschultert, über die Schwelle herein,
präsentiert die Hellebarde, für sich). Alle Teufel, Maillac!

Maillac (dreht ihm erst jetzt das Gesicht zu, schreit auf, die Hand am
Degen). Ah ça! Ventre saint gris! Was ist das! Der
Deutsche! In der Uniform der Garden! Welche Schurkerei!

Friedrich (wütend, stellt die Hellebarde an die Thür, zieht). Herr
Oberst! Das fordert Blut! Sie sind zwar erst Nr. 5:
aber diese neue Beschimpfung! Kommen Sie! Sofort
hinab in den Schloßgarten! Es ist der schönste Mondschein!

Maillac. Daß ich ein Narr wäre! Ich rufe die Wache
und lasse Sie krumm schließen (will nach hinten ab, Friedrich
vertritt ihm den Weg mit gezücktem Degen).

Friedrich. Halt, mein Herr! Nicht von der Stelle!

Ist das die Art, wie ein französischer Edelmann seine Zweikämpfe — vermeidet? Feigling!

Maillac (wütend). Tod und Teufel! Kommen Sie in den Schloßgarten! Aber verlassen Sie sich darauf, bleiben Sie am Leben, werden Sie erst recht eingesperrt.

(Beide stürmisch durch die Mittelthür ab, kleine Pause.)

Dritter Auftritt.
König (von rechts).

König. Bald muß die Stunde schlagen! Ich kann kaum die Zeit erwarten. Wie freue ich mich auf dies kleine Abenteuer! Doch endlich einmal eine heitere Erregung! — Sonst: immer nur die Bücher lesen, die mir Bischof Fleury schickt. Oder zur Abwechslung, zu einer jungen Dame gehen, welche viele Vorzüge hat, sehr viele: aber eine Eigenschaft, die alles verdirbt —: daß sie nämlich meine Frau ist. — — Lieber Gott! wenn ich zu Madame gehe, treten alle Wachen an und präsentieren die Gewehre; unter Waffenklirren erfährt es ganz Versailles, wenn ich einmal eine zärtliche Regung habe. Und so gehe ich denn feierlich zu ihr: über die langen Korridore: die Hofherren bilden Spalier zu meiner Liebe und meine Leidenschaft marschiert ans Ziel, ganz öffentlich, vor allen Leuten, in großer Prozession, wie man zum Tedeum nach Notre-Dame zieht. Mich wundert nur, daß sie nicht mit Kanonen dazu schießen! Da ist kein Reiz der Gefahr, der Heimlichkeit, der Aufregung — nun ja: meinetwegen: des Verbotenen: Das ist auf die Dauer sehr — sehr monoton. Und meine gute Königin: — nun ja, sie ist ja recht hübsch, ich will selbst sagen schön, aber — — —: sie ist gar so fromm! Wenn ihr schweigsamer Mund sich

einmal zum Reden öffnet, merke ich gleich: aha, Bischof
Fleury hat ihr dasselbe Buch geschickt wie mir und sie ist
mir noch um eine Seite nach. Ach, und selbst in ihre
Liebkosungen hält sie für nötig, einige Erbaulichkeit mit
einfließen zu lassen: bevor ich sie küssen darf, schlägt sie
das Kreuz über mich und über sich selbst! — Und sie: —
sie küßt mich nie: ich glaube — sie kann gar nicht lieben
— vor lauter Frömmigkeit! Sie läßt sich nur lieben,
aus Ehrfurcht vor dem heiligen Sakrament der Ehe, auf
Befehl ihres Beichtvaters und aus Gehorsam gegen das
Oberhaupt dieser alten Monarchie. (Pause. geht gelangweilt auf und
nieder.) Ach wie langweilig und wie furchtbar mühsam
ist es doch, König von Frankreich zu sein! Noch so jung
und schon eine Majestät! Und noch dazu eine aller-
christlichste! — Wie glücklich preise ich doch meine Pagen!
Sie dürfen tolle Streiche machen —: (tritt ans Fenster rechts)
da werfen sie im Hof Schneeballen im Mondschein, die
Beneidenswerten! — An meinem nächsten Geburtstag möchte
ich ein Freudenfeuer anzünden aus sämtlichen Akten meiner
sämtlichen Ministerien. Und wenn es am lustigsten loberte —,
dann — (sieht sich ängstlich um. dann vergnügt lachend) dann möcht' ich
den Herzog von Bourbon hineinwerfen! Samt seinem
unvermeidlichen Maillac, dem Spürhund, der mich Tag
und Nacht umlauert. (kleine Pause) Das waren doch frohere
Zeiten, da ich den Chevalier de Briançon noch um mich
hatte, diesen liebenswürdigen Kavalier! — Unausstehlich
ist mir mein Minister! Er sagt mir stets voraus — nicht
was ich thun soll — das wagt er nicht —! Aber er
sagt mir ins Gesicht, was ich will, was ich wünsche.
Und bevor ich ihm erwidern kann, er habe sich sehr geirrt
— hat er meinen „Wunsch" schon ausgeführt! Wenn
ich ihn auf gute Art los werden könnte — (die Uhr in seinem
Kabinett schlägt acht: er zählt aufmerksam, leise die Schläge mit) Ach, end-

lich! — Genug der Politik — es schlug die Stunde der
Poesie, des Abenteuers —. Eine deutsche Baronesse, —
die mich in zärtlichen Versen besingt, — nicht den König —:
den Mann! Das ist noch nicht dagewesen! Das ist
pikant! (Er klingelt: aus seinem Kabinett tritt ein Diener ein) Führen
Sie das Fräulein herein. Und dann — dann gehen Sie!

— — —

Vierter Auftritt.

König. Friederike.

König. Ah, wie reizend!

Friederike (mit tiefer Verbeugung). Majestät! (für sich) Ich
möchte in den Erdboden versinken!

König. Baronesse, ich bin hocherfreut Sie zu sehen:
ich habe vernommen von Ihrem poetischen Talent: aber
Sie bedürfen nicht der Worte, um zu begeistern, zu entzücken.

Friederike (für sich, komisch erschrocken). Fängt schon an! —
(laut) Majestät: ich bin noch nie vor einem gekrönten Haupt
gestanden.

König. Haben Sie noch nie in den Spiegel geblickt?
— Tragen Sie doch selbst eine Krone: die Zauberkrone
der Schönheit.

Friederike (greift ängstlich nach der Tasche, in der sie die Verse trägt).
Ich kann mich nur schlecht ausdrücken — in Prosa.

König. Es ist Ihnen sogar unmöglich.

Friederike (für sich). Nun: stumm bin ich doch nicht
geboren!

König. Denn, wenn Sie die Lippen öffnen, wird Ihre
Prosa: — — Poesie.

Friederike. Darf ich nicht die Verse . . . —?

König. Eilt das so, schöne Sappho? Lassen Sie

mich doch erst das überraschte Auge sättigen, bevor ich Ihren Geist bewundere. (Tritt ihr näher) Mein Kind — Sie zittern ja! (Tritt wieder hinweg. für sich) Beinahe zittre ich selbst, — vor Aufregung! Ist es doch mein erstes Rendezvous, aber ihre Furcht macht mir Mut. Vorwärts zur Attacke, Enkel des großen Ludwig — (laut) Fürchten Sie sich vor mir?

Friederike (für sich). Schäme dich, Fritze! Es ist ja noch ein halber Junge. (Sieht ihn groß an, ganz ruhig) Nein, Majestät!

König. Verwegene!

Friederike (heftig erschrocken zusammenfahrend). Herr Gott! Hab' ich jetzt eine Majestätsbeleidigung begangen?

König. Nicht doch: aber Sie ahnen die Gefahr nicht, in der Sie schweben.

Friederike (für sich). Er wird mich doch nicht auch in die Bastille schicken wollen?

König. Sie kennen den Reiz nicht, den Zauber, der jeden Mann Ihnen zu Füßen werfen muß. (Ergreift die Hand der Widerstrebenden) Nein! Lassen Sie mir diese kleine, weiße Hand. — An diesem Hofe galt die Sitte, daß auch die Damen die Hand des Königs küssen.

Friederike (erschrocken). Sire! Ich habe das nicht gewußt! Gewiß nicht! ich eile ... —

König. Nicht doch! Ich habe diese unritterliche Sitte abgeschafft, und — von heute an — kehre ich sie um — das heißt: mit Auswahl, (küßt ihr die eine Hand): aber ohne Schranke (küßt ihr die zweite Hand).

Friederike (sich losmachend, für sich). Jetzt können nur noch die Verse helfen! (reißt sie aus der Tasche, schlägt sie auf und fängt sofort zu lesen an).

„O du, der du die Krone Frankreichs trägst ..." —

König. Mein Gott, das weiß ich schon mehrere Jahre!

— Lassen Sie doch jetzt die Krone! — Und die Verse
überhaupt: — Sie können mir's ja schriftlich geben.
(Ihr galant näher tretend) Ich ziehe mündlichen Verkehr vor
mit diesem roten Munde.

Friederike (entweichend, liest eifrig).

„O du, der du die Krone Frankreichs trägst . . ." —

König. Unnötige Wiederholung! Ich vergesse das nicht!

Friederike (fortfahrend).

„Und herrschest von den Pyrenä'n zum Rhein . . ." —

König (abwinkend). Baronesse: ich kenne die französische
Geographie.

Friederike.

„Dein ist dies Land: — doch viel ergeb'ner dein . . . —"
(Plötzlich heftig erschrocken, in das Gedicht blickend) Hilf Himmel! ich
habe die Verse nicht vorher gelesen! was lassen sie mich
da für unpassendes Zeug reden! —

König. Ah — nun kommt es besser als Staatsrecht
und Landeskunde.

Friederike (wiederholend).

          „— doch viel ergeb'ner dein
Dies Herz, das bis zum Grunde du bewegst."

König. Das laß ich mir gefallen — nur weiter!

Friederike.

„Doch, was die scheue Lippe dir verschweigt, . . . —"

König (laut applaudierend). Bravo, Bravo, fortfahren!

Friederike (heftig ausbrechend). Nein, nein! Ich kann nicht,
ich will nicht!

König (entreißt ihr die Verse und liest).

„Mag dir der Flammenblick des Auges sagen!
Oft, wenn dein Haupt im Kuß sich zu mir neigt . . . —"
(überrascht) Ha, was ist das? Wie paßt das auf Sie?

Friederike. O weh!

König.
„Kann ich des Glückes Fülle kaum ertragen." —
Mademoiselle, diese Verse sind nicht von Ihnen! Aber laß
doch sehen (liest weiter).
„Wenn ich verstumme, wähnst du oft mich kalt: —
O glaub' es nicht! Es steht mein Herz in Flammen:
Doch fürcht' ich diese neue Glut=Gewalt
Und schamhaft falt' ich sie in mir zusammen." —
Vermessene, (sehr heftig) Sie täuschten mich! Gestehen Sie,
(drohend) bei meinem Zorn! (die Rechte erhebend).

Friederike (ruhig und mutig). Sire, es bedarf der Drohung
nicht, die ich nicht fürchte.

König (heftig auf sie zutretend). Von wem sind diese Verse?

Friederike (mit tiefer Verbeugung). Von Ihrer Majestät der
Königin Maria von Frankreich! —

König (überrascht, entwaffnet). Ah — wirklich! Das ist ja
entzückend, berauschend! Von ihr! Von Maria, die ich
für so fühllos gehalten! (für sich) Die ich soeben verraten
wollte — in Gedanken bereits verraten hatte. (laut) O wie
beglückend! — Um dieser Freude willen könnte ich Ihnen
fast vergeben das sehr kühne Spiel, das Sie mit dem
König gewagt. Sie kommen also von ihr, als ihre
Liebesbotin?

Friederike. Nur mittelbar. Die Königin wagte nicht,
Ihnen die Verse mitzuteilen, aber sie vertraute sie einer
Freundin . . . —

König (einfallend). Der Marquise von Briançon! Wie
dank' ich ihr für diese liebenswürdige Indiskretion. Aber
weshalb gab mir die Marquise nicht selbst . . . —?

Friederike (für sich). Jetzt gilt's. (laut) Sire, weil ich
eine Bitte an Sie habe.

König. Eine Bitte? Jede ist gewährt.

Friederike (zieht den Brief aus dem Busen). Lesen Sie diesen Brief.

König (nimmt und erbricht ihn). Von Ihnen?

Friederike (rasch). Lesen Sie nur, lesen Sie!

König. Was sehe ich — vom König von Preußen!

Friederike (für sich. Jetzt, mein Fritz, zu Hilfe! (Eilt an die Mittelthür, laut rufend) Herbei, Herr Kamerad! (Sie reißt die Mittelthüre auf: auf der Schwelle steht, die Arme über der Brust verschränkt, der Herzog.)

Fünfter Auftritt.

Vorige. Herzog —: bald darauf Chevalier.

Herzog (ruhig auf der Schwelle stehen bleibend). Ihr Herr Kamerad sitzt hinter Schloß und Riegel.

Friederike (fährt entsetzt zurück). O Himmel, der Herzog!

König (sieht vom Brief auf, wendet sich, erblickt den Herzog, sehr unwillig). Der Minister! — Sehr ungelegen! Wie immer! — Und was lese ich hier? (Blickt wieder in den Brief.)

Herzog (sehr boshaft zu Friederike). Verzeihung, störe ich vielleicht?

König (heftig). Ja: Sie stören.

Herzog (fortfahrend). Aber dies galante tête-à-tête . . . —

König (heftig. für sich). Der Freche! Ich werde ihm den König von Frankreich zeigen — der Zorn giebt mir Mut. (laut) Sie irren, Herr Herzog, dies Fräulein . . . —

Herzog (spöttisch). Ah, Fräulein!

König. Hüten Sie sich, diese Dame zu beleidigen!

Herzog (wie oben). Diese Dame!

König. Diese Edeldame reist nicht in galanten Abenteuern: sie reist in Politik. (Drohend den Brief emporhaltend) Sie gab mir ein Schriftstück, Herr Minister, — das sehr merkwürdig.

Herzog. Wer?

König. Dies wackere junge Mädchen.

Herzog (jetzt erst vortretend). Sire, ich kann Sie nicht mehr schonen! Sie sind das Opfer eines frechen Betrugs. Nicht eine Dame steht vor Ihnen.

König. Was? wer sonst? (Tritt betroffen zurück.)

Friederike (sich vergessend, unbefangen). Ja wirklich, was sonst?

Herzog. Ein deutscher Offizier.

Friederike. Ja so! ⎫
König. Wär's möglich? ⎭ (zugleich)

Herzog. Bei meiner Ehre (erhebt die Finger zum Schwur). Ich traf diesen preußischen Agenten gestern Abend in Husarenuniform.

König. Wo?

Herzog. Bei der Marquise von Briançon. (Chevalier tritt auf die Schwelle.)

König (wütend). Ha! ein Komplott! Sie wagten es, mit meinen zartesten Gefühlen zu spielen! Sie sind — ein Mann!

Herzog (zieht ein Papier aus der Tasche). Ja, kein Fräulein von Friesen, ihr Passierschein ist falsch.

Chevalier (tritt unbemerkt vor, löst den Haarbeutel Friederikens: ihre Haare wallen reich und lang über Schultern und Nacken). Nein, er ist echt: dies ist das Fräulein von Friesen!

Friederike und **Herzog** (zusammen). Der Chevalier!

König (sehr freudig überrascht). Ah! mein lieber Chevalier! (leise zu ihm) Sie befreien mich aus tiefer Beschämung. (laut, wieder zweifelnd) Aber ist es auch wahr?

Chevalier (lächelnd an Friederikens Haaren ziehend, diese zuckt zusammen). Sire, können Sie zweifeln? — Sie sehen: dies Haar ist echt.

Friederike. Chevalier, Sie wußten? ⎫
Chevalier. Schon lange. ⎬ (sehr rasch
Friederike. Dank! ⎭ und leise)

König. Und die Verse sind . . . —?

Friederike. Wirklich von der Königin.

König (wieder drohend den Brief erhebend). Und dieser Brief? Herr Minister, er ist von . . . —

Herzog (ruhig, verächtlich). Von dieser verliebten Abenteurerin!

König. Nein, Herr Herzog! Vom König von Preußen!

Herzog (fährt zusammen).

König. Ein preußischer Vertrag mit Österreich: — Bourbon, Sie haben mich betrogen!

Herzog (hat sich gefaßt). Sire, ich werde mich vor dem Staatsrate rechtfertigen, aber, steckt auch wirklich ein Weib in diesem Rock, — es bestand doch ein politisches Komplott. (Weist auf die Mittelthür) Hier, vor dieser Thür, stand auf Wache, in französischer Uniform, — ein preußischer Offizier.

König. Also doch?

Herzog. Ich, überraschend zurückgekehrt von einer notwendigen Reise . . . —

Chevalier (einfallend). Von einem verunglückten Rendezvous mit meiner Tante im Wald von Fontainebleau. Nachdem sie ihn weit genug in den Schnee gelockt hatte, ließ sie den Schlitten wenden und — fuhr mit einer graziösen Verbeugung an seinem Wagen vorbei zurück nach Paris.

König. Herzog! Welche Sitten! An meinem Hof! Sie sind verheiratet.

Herzog (mit einem Blick auf Friederike). Wie Euer Majestät! — — Aber die Frau Marquise wußte nicht, daß ich Relais gelegt hatte. So kam ich rasch genug hierher zurück, den verkappten Preußen im Schloßgarten im Zweikampf mit Maillac zu finden.

König (mißtrauisch). Also doch ein Komplott! —

Friederike (leise zum König). Sire, ein Komplott der Liebe, der Königin ihren Gemahl zurückzuführen.

Chevalier. Und ein Komplott von Patrioten, Frankreich zu retten, dem König die Augen zu öffnen.

König. Sie sind mir geöffnet. Dank, Chevalier!

Herzog. Steht es so? — (Eilt an die Thür, öffnet sie und ruft hinaus) Maillac, Sie verhaften diesen Verschwörer und seine Gehilfin.

Chevalier (mit spöttischer Verneigung). Pardon, Herr Herzog: der Herr Vetter ist diesmal nicht in der Lage, Ihnen zu gehorchen.

Herzog. Warum?

Chevalier (macht die Bewegung des Schlüsselumdrehens). Weil er selbst eingesperrt ist; ich traf ihn, wie Sie, im Schloßgarten auf frischer That des Zweikampfs: darauf steht Schloß-arrest: ich bin zweitkommandierender Offizier — der Herr Herzog befahl, nur den e i n e n Duellanten zu verhaften, aber, (pathetisch zum König) Sire, das Gesetz kennt keine Aus-nahme: — ich verhaftete beide.

König (klopft ihm auf die Schulter). Ausgezeichnet, Herr Chevalier! Solche Gesetzestreue muß belohnt werden! Sie sind, an Maillacs Statt, Schloßhauptmann von Versailles.

Herzog. Gleichviel, — noch bin ich Minister von Frankreich! Ich selbst verhafte Sie, Herr Schloßhauptmann, samt dieser Spionin!

König. Halt, Herr Herzog! Ich suspendiere Sie vom Amt bis zur Entscheidung des Staatsrats, dem ich morgen den Brief meines königlichen Bruders von Preußen vorlege.

Herzog (für sich). Ich bin verloren! Aber Rache! (laut) Es sei! Jedoch ich verlange die Verhaftung dieser Ver-schwörerin, bis zur Entscheidung meiner Sache. Ich ver-

lange das als mein Recht, das Gesetz gebeut es! Sie
darf nicht frei in Paris mit allen meinen Feinden kon-
spirieren. Gerechtigkeit vor allem.

König (hat durch stummes Spiel einen reifenden Gedanken ausgedrückt
der ihm sichtlich viel Vergnügen macht, kopfnickend). Jawohl, Gerechtigkeit vor allem! — (lächelnd für sich) Auch gegen mich: die
reizende, aber kecke Kleine ist mir noch Buße schuldig. (laut)
Herr Schloßhauptmann, Sie verhaften dies Fräulein!

Friederike (ruhig, lachend, für sich). Das thut er ja nicht!

König (zu Friederike). Ihr eigenes Interesse, Ihre eigene
Ehre verlangt strengste Untersuchung. Ich selbst werde die
Verhöre führen. (leise zum Chevalier) Sie bringen mir die
Schlüssel der Schloßgefängnisse.

Herzog (für sich). Mein Plan gelingt. Der galante
König hilft dazu. —

Chevalier (drückt durch stummes Spiel aus, daß er die Absichten des
Königs durchschaut: tritt vor, legt feierlich die Hand auf Friederikens Schulter,
streng, drohend). Freifräulein von Friesen — im Namen des
Königs — ich verhafte Sie.

Friederike. Ha der Verräter! — Er opfert mich seinen
Intriguen. Ich bin verloren! —

Chevalier (sehr laut). Ja, aber Frankreich ist gerettet!

König (für sich, im Abgehen). Ja, Frankreich — und mein
Plan.

(Während der König in sein Kabinett eilt, der Chevalier Friederike am Arm zu
der Mittelthür fuhrt und der Herzog, mit erhobenem Zeigefinger drohend, folgt
fällt der Vorhang).

V. Aufzug.

Schloßgefängnis zu Versailles. — Die Bühne ist durch eine Wand, welche vom Hintergrund nach den Rampen läuft, gespalten: ungefähr ³/₄ der Bühnenbreite, rechts von der Wand, bilden das Gefängnis Friederikens, ungefähr ¹/₄, links von der Wand, das Friedrichs: in der Zwischenwand eine Thür: jedes der beiden Gefängnisse hat auch eine Thür im Mittelgrund: im Gefängnis Friederikens vor dem Kamin ein großer Ofenschirm: in Friedrichs Gefängnis ganz hinten ein Feldbett, auf welchem Friedrich, völlig vom Mantel zugedeckt, schläft: er wird dem Publikum erst sichtbar, oder doch erkennbar, als er aufspringt; in jedem der beiden Gefängnisse verbreitet je eine Ampel nur mattes Licht.

Erster Auftritt.

Chevalier. Friederike.

Chevalier (schließt die Mittelgrundthüre von Friederikens Gefängnis auf und führt diese herein). Sie haben also endlich eingesehen, mein ungnädiges Fräulein, ich mußte dem König gehorchen. Ihre Haft wird nicht lange währen.

Friederike. Ich bin kein Kind, das sich fürchtet, wenn man es nachts allein einsperrt. Aber wie abscheulich, mich sobald zu erkennen!

Chevalier. Was kann ich für mein scharfes Auge und für Ihre Schönheit!

Friederike. Und bis zu dieser Stunde mich noch keinen Augenblick zu Fritz zu lassen! Das macht mich mißtrauisch. Meinen Sie's auch ehrlich?

Chevalier. Wer weiß! Vielleicht, — vielleicht auch

nicht! Aber er hätte Sie jedenfalls sofort erkannt und Ihren, ja auch meinen Plan zerstört: niemals hätte er selbst Audienz erlangt und auch niemals Ihr tête-à-tête mit dem König verstattet, das für Frankreich notwendig war. — Und nun wissen Sie auch, daß Ihre Eifersucht, — Pardon, Ihre Besorgnis um seine Tugend — unbegründet war.

Friederike (scherzhaft drohend). Ja, Ihnen verdankt er jenen bösen Ruf und die zwanzig Amouren! Aber ich danke Ihnen auch dafür: ohne diese — Sorge säße ich noch in der dreien Grefte und verzweifelte.

Chevalier. Sein letzter Brief an mich, den ich Ihnen gab, hat Ihnen gesagt, daß er nie aufgehört hat, Sie zu lieben. —

Friederike. Ja, Gott sei Dank!

Chevalier (ernst). Und Ihr Herz — ich weiß es, es ist . . . —

Friederike. Sein für immer! — Nicht seufzen! Denn Ihnen, liebster, ritterlichster aller Freunde, gebe ich als besten Dank für all' Ihre Treue —

Chevalier (sehr liebenswürdig und fein, er weiß, daß sie nein sagt): Einen Kuß?

Friederike. Nein: nur einen Befehl.

Chevalier. Das ist streng und wenig.

Friederike. Wollen Sie glücklich sein?

Chevalier (zuckt die Achseln). So gut es angeht.

Friederike. Glücklich machen?

Chevalier (bewegt). Das heißt allerdings schon ein wenig glücklich sein.

Friederike. So halten Sie morgen um die Hand Ihrer reizenden Cousine an.

Chevalier. Dieser Befehl ist ein Korb.

Friederike. Aber gefüllt mit Rosen.

Chevalier (heiter, liebenswürdig). Ja! — Und wenn es je dergleichen gab — mit Rosen ohne Dornen.

Friederike. Aber nun, nachdem ich Ihnen zum wahren Glück Ihres Lebens verholfen, ... —

Chevalier. Indem Sie mich ausschlugen?

Friederike. Nun helfen Sie mir zu dem meinigen: — mein Fritz — wo mag er nur sein?

Chevalier. Nicht sehr weit von hier.

Friederike (ungeduldig). Wo?

Chevalier (drollig, auf die Seitenthüre deutend). Da drinnen sitzt er.

Friederike (stürmisch an die Thür eilend). Zu ihm! zu ihm.

Chevalier (hält sie fest). Halt! Pardon! Diese Thüre ist fest, sehr fest verschlossen. Glauben Sie, man richtet in den Gefängnissen Passagen ein, zum Zweck der Konversation der Verbrecher? Sie können doch wirklich nur einen Salon hier beanspruchen. Die Nachfrage nach Gefängnissen ist, wie Sie sehen, ziemlich lebhaft bei uns: und wir haben nur drei solcher Boudoirs: in Nr. 1 brütet Maillac Rache, in Nr. 2 träumt Fritz von Friederike, und hier, in Nr. 3 — —, muß sich Friederike eine Weile gedulden. — Treten Sie so vor ihn, verderben Sie ja Ihren Plan: er erkennt Sie sofort!

Friederike. Ach was Plan! Ich habe keinen mehr.

Chevalier. Aber Sie vergessen ganz: er ist noch nicht aufgeklärt, noch nicht versöhnt. Schroff würde er Sie abweisen.

Friederike (bestürzt). Sie haben recht!

Chevalier. Versuchen Sie also, bevor er Sie sieht, durch diese verschlossene Thür hindurch ihn — wieder zu gewinnen.

Friederike. Ich werde mir alle Mühe geben.

Chevalier. Aber beeilen Sie sich! Sie haben vielleicht nicht lange Zeit.

Friederike. Wieso?

Chevalier. Sie bleiben wohl nicht lang ungestört. — Sie werden Besuch erhalten.

Friederike (erstaunt). Welchen Besuch?

Chevalier. Ziemlich hohen.

Friederike. Von wem?

Chevalier. Ahnungslose Unschuld! — Natürlich vom König!

Friederike (sehr erstaunt). Was kann der hier wollen?

Chevalier. Sonderbare Frage! Sagen wir: nach dem Gebot der Bibel: — Gefangene trösten: — aber nicht die männlichen.

Friederike (erschrocken). Bleiben Sie!

Chevalier. Ich darf nicht. Der Schloßhauptmann hat dem Schloßherrn zu gehorchen. Ich muß ihm den Schlüssel sogar selbst bringen.

Friederike. Aber du mein Gott! Er schien ja zu seiner Königin zurückzukehren.

Chevalier (achselzuckend). Nicht so ganz, fürcht' ich, nicht auf die Dauer! Bedenken Sie: er ist viel näher Ludwig dem Vierzehnten als Ludwig dem Heiligen verwandt! Klagen Sie also wieder die eigene Schönheit an: allzu= sehr haben Sie ihm gefallen. Er will sich offenbar: — belohnen.

Friederike. Wofür?

Chevalier. Für seine große Tugendhaftigkeit.

Friederike (lächelnd und kopfschüttelnd). Sie war nicht ganz freiwillig!

Chevalier. Belohnen durch einen Abschied, — der — nun — der recht zärtlich ausfallen wird.

Friederike. O warum trag' ich jetzt nicht meine Uniform!

Chevalier. Weshalb?

Friederike. Wegen meines Degens!

Chevalier. Sie würden doch den König von Frankreich nicht mit Degenstichen traktieren?

Friederike. Ohne Zweifel, — käm' er mir zu nah!

Chevalier. Dann gut, daß Sie keinen Degen haben.

Friederike. Sie müssen bleiben — Sie sind mein natürlicher Beschützer!

Chevalier (ausweichend). Leider nein! Das ist ja — Fritz.

Friederike (lebhaft). Der ist ja aber eingesperrt!

Chevalier. Allerdings!

Friederike (dringend). Befreien Sie ihn!

Chevalier. Nimmermehr!

Friederike. Sie sind sein Freund!

Chevalier. Ich bin des Königs Offizier.

Friederike. Er ist unschuldig. Er hat ein Recht, frei zu werden.

Chevalier. Nur der König kann das entscheiden.

Friederike. Sie opfern uns auf!

Chevalier. Ich diene Frankreich!

Friederike. Himmel, sollte ich mich doch in Ihnen getäuscht haben?

Chevalier (kühl lächelnd). Vielleicht! — Ich bin vor allem: Diplomat. Auch den besten Turm, ja selbst die Dame muß ich opfern, mein Spiel zu gewinnen.

Friederike (erstaunt). Sie haben noch ein Spiel? Gegen wen? Gegen den König?

Chevalier. Ja, oder für ihn: oder doch für Frankreich: — wie Sie wollen. Wir sind noch nicht fertig mit diesem Herzog! — Mir ahnt allerlei. — Man will den König,

— man will vor allem Sie, Ihren Ruf zu Grunde richten fürs Leben.

Friederike (tief erschrocken). O Himmel! Auf welchen Boden hab' ich mich gewagt!

Chevalier. Ja, ja! Die Schlüpfrigkeit der Parketts von Versailles haben Sie wohl nicht geahnt in Ihrer beißen Grefte.

Friederike. Und Sie — mein einziger Halt, meine einzige Stütze — Sie verlassen mich nun? Sie bringen mich in eine Lage ... —

Chevalier. Pardon, kühne Friederike, nicht ich habe Sie in diese Lage gebracht: Sie sich selbst! Und nicht für mich, nicht aus Liebe zu mir wahrlich haben Sie's gethan! — Wenn nun meine Eifersucht, meine verschmähte Liebe sich rächen wollte?

Friederike. Chevalier! es ist nicht möglich!

Chevalier. Vielleicht doch!

Friederike. Abscheulicher! Sie könnten? Rechtfertigen Sie dies rätselhafte Handeln.

Chevalier. Wenn ich mich nun aber nicht rechtfertigen, sondern rächen will? Sie haben mich verschmäht und Sie haben mich überlisten wollen: — Strafe muß sein. Ich räche mich! Hier vor Ihren Augen lege ich meine Rache — in dies Portefeuille.

Friederike. Einen Brief? An den König?

Chevalier (legt ein kleines Kouvert in die Brieftasche). Nein, an Sie!

Friederike. Von wem?

Chevalier. Von mir: meine Revanche — aber ein Talisman, der, geschickt gebraucht, Sie retten kann.

Friederike. Ich verstehe nicht, wie ... —

Chevalier. Ist auch noch gar nicht nötig! — Aber Geduld! Mut! Was unsere Feinde gegen uns spinnen, soll für uns der Ariadnefaden der Rettung, für jene die Schlinge des Verderbens werden! — Doch alles hängt davon ab, — hören Sie wohl, alles — daß Sie nicht zu früh zu diesem Talisman greifen: sein Zauber würde versagen. Sie geben mir Ihr Wort, diesen Brief erst zu öffnen, wenn — wenn Sie auf das äußerste bedrängt sind.

Friederike. Ich gelobe es. Ich baue auf Sie!

Chevalier (drohend). Das thun Sie ja nicht. Ich warne Sie. Ich bin ja nur ein schnöder, treuloser Welscher, zu „germanischer Treue" nicht verpflichtet. Ich bin vor allem Franzose — dann Diplomat und — wie Sie sehen werden — sehr rachsüchtig. Eilen Sie deshalb, rechtzeitig mit Ihrem deutschen Alliierten Fühlung zu gewinnen (wieder auf die Thür deutend). Bald naht der Feind und die Entscheidung!

(Chevalier ab: sie giebt ihm das Geleit bis an die Mittelthür: man hört von draußen zweimal zuschließen.)

Zweiter Auftritt.

Friederike. Drüben Friedrich.

Friederike. Hu! Er dreht wirklich den Schlüssel um! — Das Geräusch bringt schauernd durch Mark und Seele. Eingesperrt, zum erstenmal wieder — seit der Zeit der Schulstrafen! In bitterbösem Ernst eingesperrt. (Zieht die Brieftasche hervor.) Was mag nur in dem Brief geschrieben stehn? Nochmals Verse? Unmöglich! Ein Staatsgeheimnis? — Ich bin sehr, sehr gespannt. Wie wär' es, wenn ich da am Rande nur ein ganz klein wenig hineinguckte? — nicht gleich ganz läse, nur so ein bischen —: Pfui, schäme dich Fritze, soll denn wirklich nie ein Frauenzimmer die Probe der Neugier bestehen? (Steckt sie wieder fort.) Aber nun fange ich doch an, mich zu fürchten. Der Chevalier sprach so drohend — von seiner Rache! (Läuft an die Seitenthür, klopft) Herr Kamerad — alles bleibt still! — Um Gottes willen! — Wenn sich der Chevalier geirrt hat! Die Zellen verwechselt! Oder wenn er mich doch verraten hat! — Wenn am Ende — statt Friedrichs — Maillac da drüben sitzt! Gleichviel, ich muß es wissen (klopft stärker, ruft lauter:) Heda, Herr Kamerad!

Friedrich (erwachend, richtet sich auf, wirft den Mantel ab). Man pocht! Nein, ich täuschte mich. — Es ist nichts. — Ich war fest eingeschlafen. War's ein Traum? —

Friederike (klopft). Herr Kamerad!

Friedrich. Also doch! (geht an die Zwischenthür.) Wer ba?

Friederike. Ich bin's.

Friedrich. Ein sehr dünnes Ich, nach der Stimme.

Friederike (für sich). Ja so! (nun mit verstellter, tieferer Stimme) Ich! Lieutenant von Franken.

Friedrich. Auch eingesperrt?

Friederike. Wie Sie sehen! Vielmehr hören.

Friedrich. Wie steht unsere Sache?

Friederike. Gut! Der König hat unseres Königs Brief. Der Herzog ist entlarvt.

Friedrich. Gott sei Dank. Aber wer hat das fertig gebracht?

Friederike. Ja: Sie freilich nicht, Sie großer Diplomat! Warum, ums Himmels willen, blieben Sie denn nicht auf Ihrem verabredeten Posten? —

Friedrich. Ich? — — Ja, — ich mußte mich schlagen!

Friederike. Das scheint die Hauptbeschäftigung Ihres ganzen Lebens zu sein.

Friedrich (grob, laut). Das schert Sie den Teufel, Herr Lieutenant! Verstehen Sie mich!

Friederike (für sich). Ist der grob! Ja, das ist mein Fritzl (laut) Bin nicht taub.

Friedrich. Haben Sie mir sonst noch was zu sagen?

Friederike. Ja: noch allerlei.

Friedrich. Was zum Exempel?

Friederike. Ihre Gedanken.

Friedrich. Nicht nötig. Weiß sie selber.

Friederike. Sie sollen sie aber los werden, diese Gedanken: denn sie quälen Sie.

Friedrich (erstaunt). Das ist richtig. Woher wissen Sie —?

Friederike. Meine Sache! — Ihre Gedanken — nachdem die Politik erledigt — sind· „wo mag meine Cousine Friederike stecken?"

Friedrich (heftig aufbrausend). Herr Lieutenant! Sie unterstehen sich!

Friederike. Möchten Sie mich nicht vielleicht durchs Schlüsselloch hindurch fordern?

Friedrich. Habe große Lust dazu.

Friederike. Ja! dies Vergnügen bleibt Ihnen versagt — also: Friederike ist gefunden.

Friedrich. Gottlob! In Sicherheit?

Friederike. Ja; sie — — sie ist sogar an einem s e h r sichern Ort aufgehoben. Ich soll Sie von ihr grüßen.

Friedrich. Wer bürgt mir, daß Sie wirklich ihr Bote?

Friederike (nach einer Pause). Herr Kapitän — können Sie singen?

Friedrich (zornig). Ha! Mordelement! Ich verbitte mir schlechte Witze! Sie sind ein . . . —

Friederike. Sie wissen viel, was ich bin! — Wenn Sie noch singen können, wie im Garten zur beipen Grefte —, so singen Sie mal gefälligst mit.

Friedrich (schlägt mit der Faust gegen die Thür, drohend). Ich werde Ihnen ben Takt dazu schlagen!

Friederike. Erst rauskommen! — Nun hören Sie mal hübsch artig zu: (fingt)

„Es giebt nichts Schön'res auf der Welt" —

Friedrich. Was hör' ich? Diese Stimme —!

Friederike.

„Als wie zwei junge Herzen" —
Wie eigen klingt doch das alte deutsche Lied im Schloßgefängnis zu Versailles! (fährt fort)

„Die sich in Lieb' und Treu gesellt" —
nun, fahren Sie doch fort, Herr Kamerad!

Friedrich (tief ergriffen).

„Zu tragen Lust und Schmerzen."

Friederike. Seh'n Sie, — Sie wissen's ja noch!

Friedrich. Wer sind Sie? Wäre es denn möglich . . . —?

Friederike. Ach Gott, ich höre Schritte — man kommt — jetzt den Brief der Cousine (zieht ihn aus der Tasche) Herr Kamerad, einen schönen Gruß von Ihrer Fritze und sie bittet Sie demütig um Verzeihung. Und sie sei sehr, sehr thöricht gewesen, aber Sie, Herr Kamerad, Sie auch ein wenig. — Da! Lesen Sie rasch (schiebt den Brief zwischen Thür und Schwelle durch, Friedrich hebt ihn auf und liest).

Friedrich. Mir schwindeln die Sinne! Ist das Hexerei? (Man hört den Schlüssel der Mittelthür zweimal umdrehen.)

Friederike. O Himmel! Der König? Ja! Da ist er schon.

Dritter Auftritt.
Vorige. König.

König. Mein schönes Fräulein, ich komme, Ihnen zu danken.

Friederike. Gewiß im Namen Ihrer Frau? Pardon: Ihrer Majestät der Königin.

König. Nicht doch! Lassen Sie ausnahmsweise einmal meine Frau auf ein paar Minuten im Hintergrund. — Ich komme, Ihnen zu danken . . . —

Friederike. Wofür?

König. Für den Dienst, welchen Sie Frankreich erwiesen haben.

Friederike. O bitte! Nicht Ursache! Ist gern geschehn! Das hätte Zeit gehabt bis morgen. Dann: — — meinetwegen. Aber am hellen Tage — und vor allen Leuten.

Friedrich (hat den Brief gelesen, steckt ihn ein). Friederike! Engel! Wie unrecht hab' ich dir gethan! Herr Kamerad, wer sind Sie? Mir ahnt — ist sie's selbst? (Er klopft.)

König. Was ist das?

Friederike. Wohl ein Gefangener nebenan, Majestät.

König. Ich persönlich, der Mann will Ihnen, muß Ihnen danken — nicht vor den Leuten — für all die Anmut, welche Sie vor mir entfaltet haben.

Friederike (retirierend). Noch viel weniger Ursach'! Ist nicht gern geschehn! —

König. Wir wurden häßlich gestört. Ich kann es nicht ertragen, so unharmonisch von Ihnen zu scheiden. Unsere Begegnung ist ein kaum begonnenes, schrill unterbrochenes Gedicht, dem die letzte, schönste Strophe fehlt! — eine Melodie ohne Schlußaccord.

Friederike (für sich). Diese Melodie kann ich nicht mitsingen. — (Laut) Ich weiß nicht, was Sie meinen, Sire!

König (heftiger). Wohlan, ich meine: der König, der, statt Sie für Ihr ziemlich dreistes Komplott zu strafen, Ihre Hand geküßt, hat wohl ein Recht auf mehr.

Friedrich (horcht). Ich höre nichts mehr. Ich rufe sie herbei! (singt)

> „Und wissen möcht' ich, welche Macht
> Wohl trennen kann die beiden.“

König. Horch! Ei! Meinen Gefangenen geht es gut! Sie singen. — Fräulein, antworten Sie mir.

Friederike. Herr König: ein Recht?

König (näher dringend). Jawohl: ein Recht: wenigstens auf: einen Kuß!

Friederike (zurückweichend). Niemals!

König (ihr folgend). Ein Recht, das man einem König weigert, weiß er sich zu nehmen. Vergessen Sie nicht: Sie sind meine Gefangene!

Friederike (will nach der Hinterthür). Gewesen!

König (vertritt ihr den Weg mit ausgebreiteten Armen). Halt! schönes Vögelein. Der Käfig ist gesperrt! Sie sind in meiner Hand.

Friederike. Gott! Jetzt den Brief! (reißt ihn auf).

König. Ein Brief? Gleichviel! — (geht auf sie zu) Ein Stück Papier: das ist kein Schild!

Friederike. Leer? — nur ein Schlüssel! Ha, Dank, Chevalier. — Hier ist mein Schild! mein Ritter! (schließt rasch auf — Friedrich tritt. ein).

Friedrich. Friederike! Sie ist es! — Und der König! —

König (zurückfahrend). Ha, wer ist das?

Friederike. Mein Vetter!

König (erzürnt). Bah, Vetter, das kann man erfinden.

Friedrich (tritt vor, schließt Friederike, wie schützend, an seine Brust, sehr kraftvoll). Meine Braut, Sire: — das kann man nicht erfinden! — Und wehe jedem, der . . . — (Geräusch vor der Hinterthür.)

König (erschrocken). Ein Überfall! Weh mir! —

Friederike (zu Fritz). Rasch fort! (eilt mit ihm durch die Seitenthüre in sein Gefängnis: sie lauschen durch die handbreit geöffnet bleibende Thür und unterhalten sich leise miteinander).

———

Vierter Auftritt.

(Die Mittelthür wird geräuschvoll aufgerissen, Herzog und vier Hofherren, voran zwei Pagen mit Fackeln, werden in der Thür sichtbar, bald darauf Chevalier, zuletzt die Marquise.)

Herzog (für sich, im Eintreten). Triumph! Es ist, wie ich geahnt! Wo ist sie? Hinter jenem Schirm!

König (für sich). Der Herzog! Ein Eklat! Ich bin verloren.

Herzog. Majestät sehn mich auf das äußerste erstaunt! Ich suchte Sie mit diesen Herren, den Räten meines Ministeriums, im ganzen Palais, — mich noch heute völlig zu rechtfertigen. — Umsonst — der Kammerdiener wies mich aus Ihrem Kabinett in die Gemächer der Königin, wohin sich Seine Majestät begeben hätten. Die Königin war in der peinlichen Lage, den Kammerdiener des Königs Lügen zu strafen. Sie schien lebhaft bestürzt über das nächtliche Verschwinden ihres königlichen Gemahls, nicht wahr, meine Herren? — (die Hofherren verneigen sich) Ich suche — mit Fackeln — durch das ganze Palais und finde Sie, Sire! endlich hier ((leise zum König, mit der Hand auf den Kaminschirm deutend) bei Ihrer deutschen: — — Verehrerin. — Mein Prozeß wird sofort niedergeschlagen oder morgen erfährt die Königin, der Hof, Paris, ganz Frankreich, das Abenteuer dieser Nacht! Soll ich's erzählen?

(König schwankt, zögert.)

Chevalier (ist unbemerkt von ihm eingetreten und hat, hinter ihm stehend, seine Worte gehört). Erzählen Sie, Herr Herzog! Der König war bei Fräulein von Friesen — (triumphierende Miene des Herzogs und der Hofleute) und ihrem Bräutigam!

(Er öffnet die Zwischenthür, Friederike und Friedrich treten, Hand in Hand, ein).

Herzog. Was? Bräutigam? } (zugleich)
König (zum Chevalier). Ich bin gerettet! Dank! }

Chevalier. Wie Sie sehen. Der alles durchdringende Scharfblick unseres Monarchen hat die Unschuld des Fräuleins alsbald durchschaut. Er erfuhr durch mich von der Liebe, aber auch von einem Zerwürfnis dieses Paares. Er selbst hat, ich schwör' es bei meiner Ehre! — durch sein Erscheinen hier die Getrennten viel rascher wieder zusammengebracht, als ohne ihn zu hoffen war.

König (nickt lächelnd mit dem Kopf).

Chevalier. Mit gutem Bedacht wurden die Liebenden nebeneinander einquartiert und — auf des Königs Befehl! — (leise zu diesem) ich las ihn in seinen Augen — dem Fräulein der Schlüssel dieser Thür (auf die Seitenthür deutend) vertraut.

König (für sich). Von ihm kam der Schlüssel! Er hat mich überlistet, — aber um mich zu retten!

Chevalier. Und Seine Majestät hat sich von mir den Gangschlüssel dieser Zelle geben lassen, um selbst. — bitte, nun vollenden Sie, Majestät!

(Die Marquise erscheint an der Schwelle. Chevalier erklärt ihr, daß alles gewonnen sei. sie erkennt mit Staunen Friederike als Mädchen.)

König (auf das Paar zuschreitend, ihre Hände ineinander legend). Um selbst die Ehre zu haben, noch heute, in Vertretung ihrer Familie, die Hand dieser Edeldame in die des beneidenswerten Bräutigams zu legen.

Marquise (für sich). Jetzt gilt es, sich aus der Affaire ziehen.

Herzog (für sich). Komödie, aber unwiderlegbar!

Marquise (tritt mit Verbeugung gegen den König vor).

König. Ah, unsre schöne und kluge Verbündete! Ich stehe tief in Ihrer Schuld, Marquise.

Marquise (umarmt Friederike). Sire — ich habe von Anbeginn in diesem Husaren die Dame geahnt und — geliebt. Nicht wahr, Bayard — nicht wahr, Kleine! Wie diskret hab' ich Ihre Maske geschont? Ja, wie kam ich Ihnen entgegen, wie eifrig ging ich selbst ein auf Ihr Spiel!

Friederike. Ja, mit wahrhaft blindem Eifer!

Chevalier (klopft ihr auf die Schulter). Tante, du bist hier der größte Diplomat.

Friederike (für sich). Dies warme Eisen muß man schmieden! (Schalkhaft, mutig, vorher dem König leise drohend) Majestät äußerten vorhin das ziemlich starke Bedürfnis, mir zu danken. (leise) Eine kleine Satisfaktion, Sire, verdiene ich für diesen Besuch.

König (laut). Gewiß, Sie haben hohe Verdienste um den Staat. Welchen Dank erbitten Sie?

Friederike. Ein Belobigungsschreiben für die glänzenden diplomatischen Leistungen meines Bräutigams.

König (lachend für sich). Hab' ihn im Leben nie gesehn bis jetzt! (laut) Chevalier be Briançon, die Politik des Krieges ist aus. Sie gehn als mein Gesandter nach Berlin!

(Herzog fährt zürnend zusammen.)

König (schlägt dem Chevalier auf die Schulter, lächelnd und leise mit dem Finger drohend). Sie haben mich heute — mehr als einmal! — von Ihrer diplomatischen Überlegenheit überzeugt. In Berlin aber werden Sie dem Könige von Preußen sagen: Frankreich, Deutschland, Europa dankt den Frieden (auf Friedrich deutend — kleine Pause:) — — diesem Mann. (leise) Wie heißt er?

Chevalier (laut). Der Freiherr von der beipen Greste wird mich nach Berlin begleiten.

König. Ich gehe, Herr Herzog, der Königin noch vor Ihnen das Abenteuer dieser Nacht zu erzählen.

Herzog. Sire, vergönnen Sie mir, die hohe Frau zu beruhigen. Ich eile fort . . . —

König. Nein, Herr Herzog, Sie eilen nicht! Zur

Genüge habe ich erkannt, wie gefährlich es ist, Sie während Ihres Prozesses nächtlich im Palast frei herumstreifen zu lassen. Sie gehen: — — dahinein! (auf die Seitenthür deutend).

Herzog (macht eine abwehrende Bewegung).

König. Jawohl, jawohl, bitte, bitte, gerade dahinein! und bleiben da, bis Ihr Urteil gefällt ist. (Mahnend zum Chevalier) Herr Schloßhauptmann, thun Sie Ihre Pflicht!

Chevalier. Herr Herzog, darf ich bitten: — Ihren Degen! (nimmt ihm den Degen ab und führt ihn sehr höflich durch die Seitenthür hinein) Da drüben links sitzt der Vetter Maillac!

Marquise (geht ihm bis in die Thüre nach, ruft ihm nach). Und sein Sie gewiß: Ihnen droht hier keine Störung der Nachtruhe.

Chevalier (dreht den Schlüssel um und steckt ihn ein).

König (zur Marquise). Ich gehe zur Königin: begleiten Sie mich zu meiner Frau — vor Maria werd' ich Ihnen danken. (Sich zum Abgang wendend, zu den Hofherren) Folgen Sie, meine Herren!

Chevalier. Und ich? — Ich gehe zu Blanchemain! Tante: morgen halte ich feierlich um ihre Hand an. (Friedrich und Friederike geben ihm die Hände. Chevalier wendet sich zur Thür.)

Friedrich. Du trägst unsern Dank mit dir.

Friederike. Den Dank meines ganzen Lebens! (zu Friedrich sich wendend) Und wir?

Friedrich (sie an die Brust ziehend). Wir gehn in die Heimat —:

Friederike (an seiner Brust). An unsern deutschen Herd!

(Vorhang fällt.)

Armin.

Operndichtung in vier Aufzügen

von

Felix Dahn.

Musik von Heinrich Hofmann.

Erstmalig erschienen 1880.

Leipzig
Druck und Verlag von Breitkopf und Härtel
1899.

Meinem lieben Freund

Heinrich Hofmann.

Caniturque adhuc barbaras apud gentes.

Tacitus, annal. II. 88.

Personen.

***

Quinctilius Varus, Feldherr und Statthalter der Römer in
       Germanien. (Baß)

Fulvia, seine Tochter. (Sopran)

Numonius Vala,   ⎫   seine Legaten.   ⎧ (Tenor)
Lucius Cäcidius,   ⎭   ⎩ (Baß)

Armin. (Tenor)

Segest. (Baß)

Thusnelda, Segest's Tochter. (Sopran)

Katwald, ein Skalde, Armins Freund. (Baryton)

Arpo, Fürst der Marsen. (I. Baß)

Brinno, Fürst der Tubanten. (I. Tenor)

Mälvend, Fürst der Brukterer. (II. Tenor)

Bangio, Fürst der Hermunduren. (II. Baß)

Albrun, eine junge Priesterin. (Sopran)

    Römische und germanische Heerführer und Krieger.

    Römische Liktoren, Sklaven und Sklavinnen.

    Germanische Mädchen und Frauen.

    Zeit der Handlung: Im Jahre 9 nach Christus.

    Ort der Handlung:

  I. Aufzug: Lager der Römer um ihr Kastell Aliso.

  II.   „   Die Burg des Segest.

  III.   „   Kastell Aliso, dann germanischer Opferhain in der
              Nähe.

  IV.   „   a. Waldverhau: Waffenplatz Armins, dann:
             b. Schlachtfeld im Teutoburger Wald.

***

I. Aufzug.

Im Lager der Römer vor ihrem Kastell Aliso. Links (links und rechts stets von der Bühne aus gedacht) an der ersten Coulisse vorn das Prätorium, das Feldherrnzelt des Varus, mit dem auf mehreren Stufen erhöhten Tribunal. Auf dessen Höhe aufgesteckt die drei Legionsadler und zahlreiche Vexilla, Fähnlein und Standarten der Kohorten und der Reitergeschwader: reichste Entfaltung kriegerischer Pracht des Römertums. — Auch im Mittelgrund römische Zelte. — Im Hintergrund das hochragende Kastell mit zwei Rundtürmen, einem starken Thor, einem Wall mit Zinnen, auf welchem römische Wachen auf und nieder gehen und abgelöst werden: Eindruck starker, das Land beherrschender Zwingburg. — In dem offnen Zelt des Feldherrn eine reich mit Gold- und Silbergeräten (wobei der Hildesheimer Silberfund als Muster dient) besetzte Tafel: um dieselbe auf Polstern malerisch gelagert **Varus**, **Fulvia**, **Armin**, **Segest**, **Lucius**, **Vala**, römische und einzelne germanische Heerführer. — Gegenüber rechts vorn an einem Marmortisch trinkend (sitzend, nicht nach römischer Sitte liegend), **Arpo**, **Brinno**, **Malvend**, **Bangio**; bei ihnen steht, die Harfe im Arm, **Katwald**. — Die ganze Bühne ist von römischen Kriegern und wenig zahlreichen Germanen, den Gefolgen der Fürsten, erfüllt, — reich gekleidete römische Sklaven und Sklavinnen gehen bedienend in dem Feldherrnzelt ein und aus. Liktoren mit Rutenbündeln und Beilen umstehen das Tribunal.

———

Erſte Scene.

Chor der römiſchen Krieger (ſie halten flache Trinkſchalen in den Händen, welche ſie erheben und leeren. Sklaven und Sklavinnen ſchenken ihnen wieder ein).

Ewige Götter!
Römiſche Götter!
Lob euch und Dank:
Völlig den Erdkreis
Habt ihr der Macht des
Cäſars gebeugt.
Weh den Beſiegten!
Weh den Barbaren!
Mars und Triumph!
Selbſt die Germanen
Haſt du gebändigt,
Ewiges Rom!

(Sie ſchließen mit übermütigen Gebärden wider die deutſchen Fürſten.)

Arpo. Sollen die Schmach wir noch länger ertragen?
Freiheit und Rache, wann werdet ihr tagen?

Katwald. Harrt noch, ihr Freunde! Vertrauet Armin!

Arpo. Sieh' in dem Netze dort Fulvias ihn!
Sieh' ihn, das Haupt wie ein Römer bekränzt!
Sieh', wie in römiſchen Waffen er glänzt!

Die Fürſten und Chor.
Trägt er den Ring doch der römiſchen Ritter!
Sieh', wie er gleißet in römiſchem Flitter!

Katwald. Kennt ihr die Art nicht der Donar-Gewitter?
Raſch aus dem Himmel, der jüngſt noch gelacht,
Krachen ſie nieder mit malmender Macht!

Arpo (nach der Couliſſe links im Hintergrund ſehend).
Welch' neue Scharen! Seht! Wird's nie zu Ende gehn?

Katwald (in die Harfe greifend).

Kennt ihr das Trostwort nicht
German'schen Heldentums?
„Je dichter steht das Gras,
Je dichter steht der Feind, —
Je besser lohnt — das Mäh'n!"

Zweite Scene.

Aufmarsch römischer Legionen, geführt von je zwei Centurionen; sie marschieren
in der Diagonale von links hinten nach rechts vorn bis dicht an den Tisch der
Fürsten und umstellen dann die ganze Bühne in einem gegen das Publikum
offenen Rechteck.

Chor der römischen Legionen.

Durch Alpen-Schnee, durch Parther-Sand
Mit immer stetem Schritte
Wir tragen mit das Vaterland
Und Römer-Recht und -Sitte.

Und wo der Feldherr Lager schlug,
Da mag uns Heimat werden, —
Wir folgen unsrer Adler Flug
Und unser ist die Erden.

Und nach dem Sieg, das Schwert gesenkt
Und Pflug geführt und Spaten:
Das Land, das römisch Blut getränkt,
Wird römischer Penaten.

Am Euphrat und am Donaustrom
Blüht schon der Dienst der Laren,
Und rings erwächst ein kleines Rom
Zum Schrecken der Barbaren.

Wir bauen Straßen von Granit,
Die noch in fernsten Tagen
Den eh'rnen Schritt, den Siegesschritt
Der Schlacht-Kohorten tragen.

Denn uns ist aus Orakel Mund
Das Schicksalswort verkündet:
„So ewig steht im Erdenrund
Das Römerreich gegründet —

So ewig ziehn von Pol zu Pol
Sieg-jauchzend die Legionen,
Als auf betürmtem Kapitol
Die ew'gen Götter thronen!"

(Varus und die mit ihm Tafelnden erheben sich von ihren Sitzen und treten aus
dem Zelt ins Freie.)

Segest. Ja, fest gegründet steht der Römer Macht.
Doch oft bricht Feuer aus des Abgrunds Tiefen,
Die Erde thut sich auf und ungedulbig
Schlingt sie der Menschen stärksten Bau hinab.
(leise, zu Varus allein)
Trau' nicht dem Jüngling mit dem Flammenblick,
O Varus, sieh dich vor: trau nicht Armin!
In seiner Brust schläft tief verhalt'ne Glut: —
Weh dir, bricht lobernd aus dies Feuermeer.
Varus. Du bangest stets! — Nie bangen Rom und Varus!
(leiser, zu Segest allein)
Doch bald stell' ich ein Netz den Fürsten allen,
Blind werden sich die Unvorsicht'gen fangen,
(auf die vier Fürsten deutend)
Die Trotz und Groll und plumpe Kraft dahinreißt,
Dann schick' ich sie nach Rom und in den Tod:
Geht auch Armin mit ihnen in die Falle,
Bei Jupiter, — ihr Schicksal soll er teilen.

(auf Fulvia deutend)

Doch sieh, ihn halten and're Netze schon
Und nur dein Haß ist deines Argwohns Grund. —

(zu Armin sich wendend, den Pokal erhebend)

Heb' den Pokal, Armin, Cheruskerheld:
Dem Genius des Augustus! Thu' Bescheid! —

Armin (thut Bescheid in hoher innerer Erregung).

Dem Genius des Augustus! Sieg mit ihm!

(leiser, tief leidenschaftlich)

Der Genius des Augustus, — der bin ich!
Sein böser Genius! — Sieg trink ich mir selbst!

Fulvia (für sich). O Venus, Venus — gieb mir endlich Sieg.

(zu Armin leise)

Hört, Fürst Armin, oft habt Ihr ausgeschlagen
Vertraute Zwiesprach, die ich leis' Euch bot:
Doch diesmal lad' ich Euch aus tief'rem Ernst
Zur Sonnwendnacht, die festlich Ihr begeht,
Geheim in dies Kastell, in mein Gemach:
Dort sollt Ihr hören, was nicht Fulvia,
Was Euch und Eures Volkes Schicksal gilt.

Armin (für sich). Ernst spricht aus ihr! Tief birgst du
dich, o Varus:
Doch was du planst, — dein Kind soll mir's enthüllen.

(zu Fulvia)

Zur Sonnwend komm' ich, brennt das erste Feuer.

Varus. Hört mein Gebot, ihr Fürsten der Germanen,
Daran ich eure Treu' erproben will:
Schwer seid ihr bei Augustus all' verklagt:
Empörung, Abfall sännet ihr von Rom.
Ich weiß, ihr seid uns treu. — Doch schlimmen Argwohn
Nährt stets die alte Sitte eures Volks,
Zur Nacht in Waffen euch an Walbaltären

Gleichwie zu Krieg und Aufruhr zu versammeln. —
Deshalb verbiet' ich euch bei Todesstrafe,
— Liktoren, hebt die Bündel mit dem Beil! —
(es geschieht feierlich und malerisch)
Zur Nacht in Waffen euch im Wald zu scharen:
Beim Zorne Roms! Wer's wagt, den trifft das Beil!
(Allgemeiner Unwille unter den Germanen, außer Armin.)

Segest (leise zu Varus). Was thut Ihr, Herr? Das Sonn=
wendfest ist nah!

Varus (leise zu Segest). Ich weiß, sie lassen schwer vom alten
Brauch!
Ich kenne sie: — dann wehe den Empörern:
Für viele wendet blutig sich die Sonne.
(laut)
Lebt wohl, ihr Fürsten! Fulvia, deine Hand!
Varus mit Fulvia (welche noch Armin einen Blick zuwirft, den dieser erwidert).
Segest, den beiden Legaten und den Römern zieht feierlich ab in die Burg.

Dritte Scene.

Vorige ohne die Römer und Segest.

(Der mit Mühe zurückgehaltene Zorn der Germanen bricht nun aus.)

Die vier Fürsten. Wie? Unsrer Götter geheiligte Nächte
Sollen wir nicht mehr feiern im Hain?
Wehrlos, entwaffnet soll unsre Rechte,
Das Eisen darin nur die Fessel mehr sein?

Die Fürsten und Chor (zu Armin).
Willst du noch länger zögern und träumen?
Willst du noch länger sinnen und säumen?

Katwald (in die Harfe greifend).
Wahrlich, mir selber währt es zu lang.
Springe die Fessel, — die Saite sprang!
(Er zerreißt eine Saite.)

Alle (außer Armin). Führ' uns, Armin! In den Kampf!
In die Schlacht!
Sollen wir länger die Schmach noch ertragen?
Laß uns das Joch, das verhaßte, zerschlagen!

Armin (weist auf das Kastell, auf dessen Zinnen eine starke Schar Römer, welche dem Varus das Geleit gegeben, mit Segest und den beiden Legaten wieder sichtbar wird).

Seht um euch! Wir sind in der Feinde Macht!
Wollt ihr an diesen granit'nen Wällen
In thörichtem Anprall die Häupter zerschellen?
Das wünschte ja Varus! willfahrt ihm nicht!
Nur tiefere List ihre Tücken bricht
Und des Volkszorns tief verhaltene Kraft,
Die endlich sie alle danieder rafft:
Wie wenn allverderblich plötzlich daher
Über die Dämme donnert das Meer.
Still betet zu Wodan, dem Gotte des Sieges,
Dem unergründlichen Planer des Krieges:
Ist die Stunde gereist, die Entscheidung genaht,
Reißt Donar euch vorwärts zu stürmender That!

Chor.
Ist die Stunde gereist, die Entscheidung genaht,
Reißt Donar euch vorwärts zu stürmender That!

Vierte Scene.
Segest mit Gefolge aus dem Kastell zurückkehrend. Vorige.

Armin. Zum letztenmal, Segest, leg' ab den alten Groll!
Segest. Dann legt' ich ab mich selbst: Groll macht den
Mann erst voll.
Armin. Solang' Cherusker sind . . . —
Segest. Der Kühne will mein Kind!
Armin. Grollt dein und mein Geschlecht . . . —

Segest. Das ist der Fürsten Recht!

Armin. Dabei verdirbt das Ganze.

Segest. Das dient nur Fürstenglanze!

Armin. Ich biete dir Versöhnung.

Segest. Ist süßeste Gewöhnung
Vererbter Haß doch Helden.

Armin. Gieb mir dein Kind Thusnelden,
Sie liebt mich! Sie werde mein!

Segest. Bei Helas Schrecken: Nein!
Lieber dem Abgrund, den Göttern der Nacht!

Armin. Hüte dich denn vor der Liebe Macht!

Segest. Hüte dich du vor des Römers Waffen!
Ehe die Sonne des Sommers sich wendet,
Wird sie — ihm hab' ich mein Wort verpfändet —
Wird sie zu eigen Numonius Vala.

(Segest ab.)

Armin. Ha, Flammen und Schwert! — Doch ich muß
schweigen:
Muß den Glutstrom im Busen dämpfen:
Denn für mein Volk nur darf ich kämpfen:
Sei Glück und Liebe drum verloren, —
Germania frei! — ich hab's geschworen.

———

Fünfte Scene.

Beide Legaten kommen mit zahlreichen Römern aus dem Kastell; —
die Vorigen.

Vala. Zu Ende geht das Fest, — es sinkt der Tag,
Doch schweigt noch der Germanen Harfenschlag.

(höhnisch)

Man rühmt euch hoch, ihr freiheitstolzen Sänger:
Ich sing' euch vor: — wohlan, singt nach! Nicht säumet
länger.

Über all Germanenland
Spannen wir das eh'rne Band,
Turm, Kastell und Mauern:
Wohl in ihren Wäldern bang,
Schwer gedrückt von Kettenzwang,
Mag Germania trauern!

Schwingt die Ruten, schwingt das Beil,
All zu der Germanen Heil,
Schwingt sie hoch, Liktoren:
Färbet eures Purpurs Glut,
Dunkler in Germanenblut,
Roms Triumphatoren!

Blonde Zöpfe, goldnes Haar,
Weiße Glieder, Augen klar
Preis' ich an Thusnelden:
Aber für Barbaren nicht
Leuchtet solcher Schöne Licht: —
Nur für Römerhelden.

Armin (ans Schwert fahrend).
Dein Blut, Verruchter! — Halt, Armin, halt ein,
Dein Volk! Dein Volk! — Es muß getragen sein.
Katwald. Kannst du den Schändlichen atmen lassen?
Armin. Rom, nicht Römer nur gilt es zu hassen,
Bald soll sie all' das Verderben erfassen!
Vala (zu Lucius). Sind sie denn gar nicht zum Schlagen
                     zu bringen?
Lucius (zu Vala). Lieben es sonst doch vor allen Dingen.
Vala. Schlagen sie los, so sind sie verloren.
Lucius. Scheint mir, ein Kluger mäßigt die Thoren.
Vala. Aber die Sänger sind nicht zu bänd'gen,
Die Thörichtsten sind sie aller Lebend'gen!

Vala (zu Katwald in höchstem Hohn).

Sag', du Sänger, bang und zag,
Warum schweigt dein Harfenschlag?
Wohin schwand dein Liebesruhm?
Ei, hat Rom dein Sängertum
Auch in Furcht geschüchtert?

Katwald (in lebhaftem Zorn). Dir sing' ich Antwort, Rö-
merheld:
Gieb acht, ob dir mein Sang gefällt! (Er greift in die Saiten)

Thor stand am Mitternacht-Ende der Welt,
Die Streitaxt warf er, die schwere:
„Soweit der sausende Hammer fällt,
Ist mein das Land und die Meere!" —
Und es flog der Hammer aus seiner Hand,
Flog über die ganze Erde,
Fiel nieder am fernsten Südens Rand,
Daß alles sein eigen werde.
Seitdem ist's freudig Germanenrecht,
Mit dem Hammer Land zu erwerben:
Wir sind von des Hammergottes Geschlecht
Und wollen sein Weltreich erben.
Und was den brausenden Waldstrom hemmt,
Und was den Germanen entgegen sich stemmt
Das goldene, eiserne, römische Joch, —
Wir tragen es noch: — bald brechen wir's doch!

(Schon während des Liedes hat kriegerische Begeisterung die Germanen ergriffen,
mit Mühe hat Armin sie nach den ersten Strophen noch hin und hereilend beschwichtigt, jetzt aber brechen sie los:)

Chor.
Wir tragen es noch: — bald brechen wir's doch!
Auf! schwingt die Waffen! in den Feind gefahren!

(Sie ziehen die Schwerter, schwingen die Äxte und Speere und dringen auf die
Römer ein.)

Bala, Lucius und Chor der Römer.

Ha! haben wir euch? nun weh den Barbaren!

(Der Kampf beginnt auszubrechen.)

Armin (springt zwischen die Kämpfenden, schlägt mit dem Schwert dem Arpo den Speer, dem Lucius das Schwert aus der Hand und trennt die Streitenden).

Halt! Nieder mit den Waffen! Aus der Streit!

(zu den Römern)

Hoch des Augustus Herrlichkeit!

(zu den Germanen, leise)

Geduld ihr Genossen! bald kommt die Zeit!

Chor der Römer.

  Ewige Götter!
  Römische Götter!
    Lob euch und Dank.
  Völlig den Erdkreis
  Habt ihr der Macht des
    Cäsars gebeugt.

  Weh' den Besiegten!
  Weh' den Barbaren!
    Mars und Triumph!
  Selbst die Germanen
  Hast du gebändigt,
    Ewiges Rom!

Chor der Germanen.

  Geduld, ihr Genossen; bald kommt die Zeit!
  Ist die Stunde gereift, die Entscheidung genaht,
  Reißt Donar euch vorwärts zu stürmender That!

Gruppe.

Die Fürsten.   Die Legaten.

          Armin.

Die Germanen.   Die Römer.

Der Vorhang fällt.

II. Aufzug.

Thusneldas Gemach in Segests Burg. Einfacher, sehr schwerer
Holzbau. Bemalte Holzpfeiler. Querbalken des Daches roh geschnitzt, Tiergestalten, Drachen, Blumen. Schwere Truhen. Niedrige
geschweifte Holzschemel, darüber Teppiche. Spindel und Flachs,
anderes Arbeit- und Schmuckgeräte der Frauen an der Wand in
offenen Verschlägen. In der hinteren Seitencoulisse rechts ein
breites erkerähnliches Fenster ohne Glas mit halb zurückgeschlagenem
Vorhang. Geradeüber links und vorn rechts eine Thür. Volles
Mondlicht steht über dem draußen sichtbaren Eichwald. An dem
Mittelpfeiler brennt eine Fackel in eiserner Öse.

Erste Scene.

Thusnelda allein.
(Sie lehnt träumerisch hinausblickend an dem offenen Fenster.)
(Der Vorhang erhebt sich, während das Orchester noch spielt; träumerisch sehn-
suchtvolle Mondnacht.)

Thusnelda.　　Über des Eichwalds
　　　　　　　Wogende Wipfel
　　　　　　　Hin und wieder
　　　　　　　Flutet das Mondlicht,
　　　　　　　Flutet die Sehnsucht!

　　　　　　　Grüße, du bleiche,
　　　　　　　Schweigende Gottheit,
　　　　　　　Sehnender Liebe,
　　　　　　　Treue Vertraute,
　　　　　　　Grüße den Fernen,
　　　　　　　Grüße den Freund.
　　　　　　　Werd' ich ihn jemals

Wieder erschauen?
Trägt ihn der Liebe
Mutige Schwungkraft
Über den Haß der
Beiden Geschlechter
  Sieghaft zu mir?

Oder verwelkt in
Zehrender Sehnsucht
Öde mein Leben?

Komm, o Geliebter!
Der du dein Volk zu
Retten gelobt hast,
Willst du die Geliebte
Lassen verzagen?

Komm, o Geliebter!

Wehe, Thusnelda! Wie wagst du zu wünschen?
Sehnst du dir selbst den Entführer herbei?
Über des Hauses geheiligte Schwelle,
Über der Jungfrau bebende Scheu,
  Willst du hinweg mit verwegenem Schritt?

O, wie verwirrst du doch mächtig den Mädchen,
Freia, den sehnenden, sehnenden Sinn! — —
  (Geräusch vor der Thüre rechts.)
Wer naht so spät noch meinem Frau'ngemach?

———

Zweite Scene.

Thusnelda. Segest. Numonius Vala.

Segest. Nicht längern Aufschub duld' ich mehr, Thus-
nelda!
Du wolltest nicht versteh'n des Vaters Winke, —
Gehorchen wirst du seinem Machtgebot:
Vala Numonius, dieser edle Römer,
Warb lang um dich: — ihm gab ich deine Hand.

Thusnelda. Niemals werd' ich des ungeliebten Mannes,
Des Römers Weib, der unsres Volkes Feind!

Vala (für sich). Mein Weib soll sie nicht werden, die
Barbarin!
Hab' ich sie erst am Tiberstrom daheim, —
Der Kaiserin schenk' ich ihr gelbes Haar.
(laut)
Kein Römer ist der schönen Frauen Feind!
Reicht mir die Hand: — (sich ihr nähernd) bald werd' ich euch
bekehren.

Thusnelda (macht eine trotzige abweisende Bewegung).
Hinweg von mir!

Segest. Das ist der Trotz, den sie Armin gelehrt.
Der Thor! Er wagte, ihre Hand zu fordern.

Vala. Ihm die Geliebte rauben: — doppelt süß!

Thusnelda. O Vater, längst sein eigen ist mein Herz!

Segest. Das soll dir eh' zerspringen in der Brust,
Als unsers Hauses Erbfeind dich gewinnt.

Thusnelda. Es sei! Versage mich dem größten Helden,
Der je Germaniens Waldeskraft entsproß, —
Doch gieb mich dem verhaßten Feinde nicht.

Segest. Du wirst sein Weib!

Thusnelda. Erbarmen, Vater!

Segest.   Schweig', mein Wort bleibt steh'n:
Schon morgen rüst' ich dir das Hochzeitfest.

Vala (im Abgehen).   Bald, schöne Beute, führ' ich dich
nach Rom.

Thusnelda. O Vater, Vater! Höre mich! Erbarmen!

(Segest weist sie an der Thüre zurück. Beide Männer ab. Thusnelda bricht an
der Thürschwelle zusammen und bleibt geraume Zeit liegen.)

Dritte Scene.

Thusnelda allein.

(Nach einiger Zeit hört man von außen vor dem offnen Fenster den Lockruf des
wilden Schwanes.)

Thusnelda (erhebt sich lauschend).

Horch! was war das? Des wilden Schwanes Ruf!

(wiederholter Schwanenruf von außen)

Ach, unsrer Liebe leis' vertrauter Gruß!

(wiederholter Schwanenruf)

Sein Gruß! Sein Ruf! Er ist's! Er naht! Armin!

(Eilt an das Fenster.)

Armin (singt von außen unterhalb des Fensters, anfangs noch fern, dann
rasch näher kommend).

Gefangen von Menschen. die Schwänin lag,
      Die Schwingen zusammengebunden.
In Trauer verrann ihr Tag um Tag,
      Sie hoffte nicht mehr zu gesunden.

Thusnelda. Ja, seine Stimme! Unser süßes Lied!

(sie antwortet, zum Fenster hinaussingend:)

Da hörte sie's draußen durchs Dunkel der Nacht,
      Wie Schwanenfittiche rauschen: —

Armin.

Der Wildschwan lockte mit Macht, mit Macht... —

Thusnelda.

Sie harrte mit sehnendem Lauschen.

Armin (jetzt viel näher und kräftiger).

Und näher und näher drang sein Ton, —

Thusnelda.

Da regte sie mutig die Schwingen;

Armin und Thusnelda.

Da fielen die Bande: — sie sind entflohn
Durch die Nacht mit Rauschen und Klingen.

Vierte Scene.

Es wird von außen eine Leiter, über die Fensterbrüstung ragend, angelehnt: Armin und Katwald steigen herein. Katwald verläßt bald darauf, nachdem er an der Thür links gelauscht, durch die Thür rechts die Bühne, kommt jedoch bald zurück.

Thusnelda. Armin. Katwald.

Thusnelda. Geliebter, du! welch' töblich Wagnis: — flieh!

Armin. Ich fliehe nur mit dir; o komm, Thusnelda!

Thusnelda. Entfliehn? Mit dir? Des Hauses Götter
zürnen.

Armin. Du bist verloren, wenn du zögerst! Flieh!

Katwald. O säume nicht! Entflieh mit uns, Thusnelda!

Armin. Willst du des Römers Siegesbeute werden?
Mein Roß harrt unten in dem Eichenbusch: —
Es trägt uns schnell hinweg . . . —

Thusnelda.   O Herd des Hauses!
Soll ich verstohlen, nächtlich dir entfliehn?

Armin (verzweiflungsvoll). So liebst du mich nicht mehr?

Thusnelda.   Armin! Geliebter!
Kennst du Thusneldens ew'ge Liebe nicht?
Und ob die Sterne ließen ihren Glanz, —
Thusnelda läßt von ihrer Liebe nicht!
Sie bräche leuchtend noch durch Helas Nacht.

Armin. So folge mir! Soll frech des Römers Mund
Mit übermüt'gen Küssen dich entweihn?

Willst du in seinem Arm dich zitternd winden,
Armins gedenken und vor Scham vergehn?

Katwald (an der linken Thür lauschend).

Ich höre Schritte? Fort! Wir sind entdeckt!

Armin (durch die Thür rechts rufend). Freunde, herbei!

Thusnelda (sich an Armins Brust werfend).

Ich folge dir! Dein! Dein auf Tod und Leben!

(Zwei Germanen erscheinen an der Thür; Armin führt ihnen Thusnelda zu, diese und die Germanen ab.)

Katwald. Fort, fort! Verlöscht das Licht!

(Er verlöscht das an dem Mittelpfeiler in eine Öse gesteckte Fackellicht. Es wird dunkel.)

Alle drei. Rasch fort! Hinaus! Hinweg!
Beschirmt nun unsre Wege
Der Nacht, der List, der Liebe,
Gewalt'ge Götter ihr!

Fünfte Scene.

Armin, Katwald (an der Thür rechts). Segest, Bala und zwei Römer stürmen von links herein.

Segest. Räuber! Entführer! Mädchenbethörer!

Bala (Armin erblickend). Nieder mit dir, verhaßter Barbar!

(Segest und Katwald, Bala und Armin werden handgemein: gleich darauf fallen Segest und Bala schwer getroffen ihren Leuten in die Arme).

Katwald (bei dem Streich, der Segest niederwirft).

Da! Nimm den Brautschatz, Vater Segestes!

Armin (bei dem Streich, der Bala verwundet).

Da! Nimm Thusneldens Abschiedsgruß!

(Während die Römer mit den beiden Verwundeten beschäftigt sind, entweichen Armin und Katwald.)

Vorhang fällt.

16*

III. Aufzug.

Gemach Fulvias in dem Römerkastell Aliso. Steinbau: reiche römische Ausrüstung; nur in der Mitte eine Thür. Links in der 1. Coulisse ein praktikables Fenster mit breitem niedern Steinsims, ohne Glas, durch Vorhang geschlossen. Rechts vorn ein mit Purpurteppichen und Polstern reich geschmücktes Lager; davor ein niedrer Marmortisch mit Gold- und Silberpokalen und Mischkrügen.

Vier Kandelaber mit bunten Flammen. Dreifüße. Opferschalen. Rings Marmor, Gold und Elfenbein. Mosaiken auf dem Fußboden. Fresken — pompejanische Wandmalereien. Der ganze Luxus der römischen Kultur im Gegensatz zu der Schlichtheit im Gemach Thusnelbens. Fulvia, reich geschmückt, in üppiger Tracht, allein, steht am Fenster und späht hinaus.

Erste Scene.

Fulvia. Entglommen schon sind auf den Bergen die Feuer,

Rings zu dem Lichtgott fleh'n die Germanen.

(den Vorhang fallen lassend, leidenschaftlich von dem Fenster hinweg, in die Mitte nach vorn eilend)

Ich auch flehe zu jenem Gott,
Den ich allein von den Himmlischen ehre:
Höre mich, Amor, bogengewalt'ger,
Lächelnd die Männer bezwingender Gott!
Beuge dem stolzen Cherusker den Nacken,
Welcher bisher dein Scepter verschmäht:
Laß ihn an Fulvias Busen erglühen!
Laß ihn von diesen schimmernden Armen,

Eng, den Bezwungnen, umschlungen werden!
Laß ihn in seligem Rausche vergessen,
Mund an Mund in brennendem Kuß,
Laß ihn vergessen Freiheit und Freunde
Und sein barbarisches Vaterland.

(sie zieht ein Bernsteinfläschchen aus dem Busen)

Segnet mir, Himeros, Eros und Anteros,
Segnet den magischen Liebestrank; —
Daß ihm die Sinne, wonneversunken,
Unter Fulvias Küssen vergeh'n.

Zweite Scene.

Fulvia. Eine Sklavin. Gleich darauf Armin.

Sklavin erscheint an der Thür im Mittelgrund, stumm meldend.

Fulvia. Ist er's? (Sklavin nickt.) Führ' ihn herein und schließe
Von außen leise das Gemach.

(Sie schüttet den Liebestrank aus der Bernsteinphiole in einen Goldbecher.)
(Sklavin ab, Armin tritt ein.)

Armin (auf der Schwelle, für sich, leise).
Vergieb, Thusnelbas reiner Schutzgeist, mir:
Du weißt, was ihren Gatten führt hieher:
Entreißen muß ich ihr des Varus Plan!

(zu Fulvia)

Gegrüßt, o Herrin! Schönste Tochter Roms!
Ich kam auf deinen Ruf: sobald am Berghang
Entglomm das erste Feuer, eilt' ich her:
Nun sprich: was wollt'st du heimlich mir vertrau'n?

Fulvia (für sich). Schweigt noch, im wogenden Busen,
ihr Stürme!
Halte zurück noch, du lobernde Glut!

Armin (für sich). Wär' ich zurück aus dem schwülen Ge-
                                        mache!
Walbesluft! Himmelsluft! Wär' ich zurück!

Fulvia (für sich). Bald wird der Spröde, von Liebe ge-
                                        bändigt,
Werbend mir, bittend, umklammern die Knie.

Armin (für sich). Friedlich schon schlummert daheim nun
                                        Thusnelba!
Hört' ich der Träumenden Atem doch wehn!

Fulvia (zu Armin, ihm nach vorn winkend).
Ahnt nicht Armin, des Waldes rauher Sohn,
Welch' süß Geheimnis schweigend seiner harrt?
Verehrt nicht Ihr der Liebe Göttin auch?
Kalt ist sie wohl, die Venus Eures Landes,
Den kalten blonden Frau'n der Weser gleich.
Was wißt Ihr von der golb'nen Aphrodite?

Armin. Der Liebe Göttin ist uns wohl bekannt:
Zugleich der Treue Göttin ist sie uns.

Fulvia. Der Schönheit süßen Reiz, — kennt Ihr ihn
                                        nicht?

Armin. Wie sollten wir das Herrlichste nicht kennen!
Warb Freia niemals dir genannt?
Hoch preisen Frauenschönheit unsre Lieder,
Doch höher noch der Frauen Züchtigkeit. —
Verzeiht mir: nicht zu müß'ger Zwiesprach kam ich:
Ihr wolltet wicht'ge Kunde mir vertrau'n
Von meines Volks Geschick: — Ihr habt gescherzt,
Ich seh's, — drum laßt sogleich mich wieder scheiden:
Die Freunde missen mich beim Sonnwendfest!

Fulvia (in schreckhafter Erregung).
Bleib, bleib! Armin! Geh' nicht zum Sonnwendfest!

Armin (für sich). Ha, diese Angst! Dort, dorther droht
                                        Gefahr!

Nein, ich versprach's, ich eile zu den Freunden.

(Wendet sich nach der Thür. Fulvia hält ihn angstvoll fest.)

Fulvia. Bleib, bleib! Armin! Geh' nicht zum Sonnwendfest!

Armin. So sprich, weshalb? Zielt dahin dein Geheimnis?

Fulvia (mischt Wein und Wasser in dem Goldbecher des Liebestranks).
Erst diesen Becher leere, teurer Gast,
Dann will ich mein Geheimnis dir verkünden.

Armin (für sich, überlegend).
Gift? Nein! Sie selbst ja zittert für mein Leben!
Ein Liebestrank? Des lacht Thusneldens Gatte!

(erhebt den Pokal und trinkt)
Des schönsten Weibes, das ich kenne, Heil!

Fulvia (für sich). Schon muß der Liebestrank sein Herz
berauschen!

(zu Armin, diesen allmählich zu sich auf das Ruhebett niederziehend)
Willst du mir wohl des Weibes Namen nennen?

Armin (ihr allmählich, scheinbar nachgebend, auf das Ruhebett folgend).
Das will ich! Aber dein Geheimnis erst!

Fulvia (für sich). Er liebt mich! Fulvias Namen wird
er nennen!

(zieht ihn ganz zu sich nieder)
Hör' mein Geheimnis denn, du stolzer Mann:
Ich liebe dich! Drum hab' ich dich geladen
Heut Nacht zu mir und fern vom Sonnwendfest.
Nenn' mir den Namen nun des schönsten Weibes!

Armin. Sogleich, nur sag': weshalb just heute Nacht,
Weshalb zur Sonnwend hast du mich geladen?

Fulvia. Weshalb, du Trauter? Weil mein Vater
schrecklich
Heut' Nacht sein Netz zusammenzieht um euch.

Armin (auffpringend). Am Sonnwendfest! Ich ahne!
Meine Freunde!

Fulvia. Ja, eure Fürsten alle, die heut' Nacht
In ihren Waffen, nach der alten Sitte,
Trotz dem Verbot, zum Feste sich versammeln,
— Umstellt von zwölf Kohorten ist der Hain! —
In Ketten schickt sie Varus all nach Rom,
Nach Rom, zum Tod,
Und dich mit ihnen, kamst du mit zum Fest!

Armin (an die Thür eilend und daran rüttelnd).
Hinweg! Hinaus! Nun gilt's, mein Volk erretten!

Fulvia (hält ihn). Umsonst! Ich laß' dich nicht! Du bist
gefangen!
Die Thür ist fest verschlossen: — du bist mein!

Armin (vergeblich bemüht sich loszureißen).
Laß mich, unselig Weib! Ich muß hinweg!

Fulvia. In meinen Armen halt' ich dich gefangen,
Ich habe dich gerettet: — dich allein —
Doch auch für mich sollst du gerettet sein:
Sag' mir des schönsten Weibes Namen nun!

Armin (hat im Ringen mit ihr das Fenster entdeckt: er schleudert nun
Fulvia von sich, welche auf die Knie zusammenbricht, springt auf die Brüstung
und reißt den Vorhang zurück).
Das schönste Weib? Du fragst noch, Römerin?
Das schönste Weib? Das ist mein Weib, Thusnelda!
Empfang' mich heil'ge Nacht, auf weichen Schwingen!
Hoch ist der Sprung: — hilf, Wodan, durch die Luft!
Ich muß: — und wird's mein Tod — es gilt mein Volk!

(Fulvia finkt vollends zu Boden. Armin springt in hohem Schwung hinaus.)

Zwischenvorhang. Verwandlung.

Dritte Scene.

Germanischer Opferhain in dem Waldgebirg der Weser. Die ungeheuren Eichen verschlingen ihre Wipfel zu einem undurchdringlichen Laubdach. In der Mitte im Hintergrund unter einer riesigen Eiche, in deren Zweigen Fahnen (Tierhäupter, Drachen- und Wolfsköpfe auf langen Stangen) stecken, ein aus großen Feldblöcken roh gefügter Altar: darauf ein großer eherner Opferkessel, unter welchem ein Feuer brennt. An den beiden zweiten Coulissen links und rechts werden später kleinere Feuer entzündet.

Die ganze Bühne ist von germanischen Priestern, Priesterinnen, Kriegern. Frauen gefüllt, auch die vier Fürsten und Katwald —: alle Männer bewaffnet. Links im Vordergrund ein Gebüsch, in dem später Lucius lauscht, rechts vorn ebenfalls Gebüsch, hinter welchem später Armin, von den Germanen ungesehen, auftritt.

Alle. Hört uns, heil'ge Heimatgötter,
Hoch im hehren Eichenhain.
Sonne, sende unsern Saaten
Deinen süßen Segenschein.

Chor der Männer. Weihet unsre Wehr und Waffen!

Chor der Frauen. Weiht der Weiber Webewerk!

Chor der Männer. Schenkt uns Sieg im Schwerter-
schwingen!

Chor der Frauen. Hegt des Herdes Heiligkeit!

Chor der Männer. Wodan und Donar,
Freir und Frô!

Chor der Frauen. Baldur und Nanna!
Freia und Frigg!

Männer und Frauen. Asen und Elben,
Hört uns und helft.

Albrun (ganz weiß gekleidet, Mistelkranz im offnen Haar, Goldgürtel und Armringe: schreitet mit langer Fackel vor und entzündet zuerst den Holzstoß neben dem Hauptaltar, auf welchem Baldur, aus Holz geschnitzt, mit Blumen überdeckt, liegt: dann wandelt sie nach rechts und links vor und entzündet die beiden kleinen Feuer, über welche sodann die Paare springen; sie singt unter diesen feierlichen Handlungen folgende Arie).

Trauer und Trübsal
Nahen nun nächtig
Männern und Maiden!

Siehe, des Sommers
Sonne, sie sank!
Blühender Baldur,
Ach, wie so balde
Bist du erblaßt.

Chor.   Blühender Baldur,
Ach, wie so balde
Bist du erblaßt!

Albrun.   Hoch doch in Hoffnung
Hebet die Herzen:
Nahm ja die Nacht nicht
Auf immer ihn uns.
Freudig im Frühling
Kehret der König
Des Lichtes lebendig,
Sonnig und siegreich,
Den Seinen zurück.

Chor.   Kehret der König
Des Lichtes lebendig,
Sonnig und siegreich,
Den Seinen zurück.

Albrun.   Und endlich auf ewig
Schwinden die Schatten
Der Not und der Nacht:
Einst ist das Alter,
Da einzig im All
Leuchtend wird leben
Das labende Licht.

Chor.   Einst ist das Alter,
Da einzig im All
Leuchtend wird leben
Das labende Licht.

(Nachdem die Feuer von Abrun entzündet, treten zwanzig Paare Jünglinge und Mädchen zu dem in rhythmischem Reigentanz auszuführenden Sprung über und durch das Sonnwendfeuer an beiden Coulissen zusammen.)

Katwald (in die Saiten greifend).

Über das Feuer und durch die Flammen
 Waget sich echter Liebe Mut:
Schwingt euch über die Lohe zusammen:
 Eia, die Glut wächst in der Glut.

   (Tanz und Sprung der Paare.)

Chor.

Eia, die Glut wächst in der Glut!

Katwald.

Nimmer sich lassen, die echt sich teuer,
 Halten verschlungen sich Hand in Hand:
Springen durch Feinde, Schwerter und Feuer:
 Heil dir, Liebes- und Opferbrand.

   (Tanz und Sprung der Paare.)

Chor.

Heil dir, Liebes- und Opferbrand.

Katwald.

Über das Feuer und durch die Flammen
 Waget sich echter Liebe Mut:
Schwingt euch über die Lohe zusammen;
 Eia, die Glut wächst in der Glut.

   (Tanz und Sprung der Paare.)

(Die Paare verlassen, durch die hintersten Coulissen rechts und links abtanzend, die Bühne. Alle Anwesenden folgen ihnen, außer Katwald, den vier Fürsten und wenigen germanischen Kriegern; letztere bleiben aber vorläufig im Hintergrunde.)

Arpo (vortretend). Genug der Lust, des Festes und des
               Spiels!
Gedenkt des Ernst's! Gedenkt des hohen Ziels!

Die vier Fürsten. Nicht länger tragen wir der Römer Joch!
Wir schlagen los! Nur Feigheit trägt es noch!

Katwald. Harrt auf Armin!

Arpo. Wo bleibt er? Sprich! Sag' an!

Die Fürsten. Er läßt von uns, der ungetreue Mann.

Arpo. Die Römerin hat ihm den Sinn genommen.

Die Fürsten. Er schwur, zum heilgen Götterfest zu
kommen.

Arpo. Beraten wollt' er mit uns heute Nacht,
Wie man bezwänge Varus' Übermacht.

(Lucius und zwei Römer werden unbemerkt sichtbar im Gebüsch links; — man
muß annehmen, sie haben hinter sich die Kohorten; sie winken nach hinten
Schweigen und Vorsicht.)

Arpo. Wo bleibt er nun? Katwald, bethörter Sänger, —
Wie lang' willst du ihm trau'n? Wir trau'n nicht länger!

Katwald. Fest bau' ich auf Armin! Er kommt gewiß.

Lucius (hat den nahenden Armin erblickt, leise zu den Römern).
Ja seht! Dort kommt er! Wehe dem Verräter!
Nun ging der stärkste, klügste Vogel auch
In Varus' Garn: — jetzt zieh' das Netz ich zu.

Vierte Scene.

Vorige. Armin (tritt atemlos von rechts vorn auf, er bemerkt Lucius).
Germanische Männer und Frauen (auch Albrun) betreten nach und nach wieder
die Bühne.

Armin (für sich). Ich ritt zu Tod mein Roß: — noch
kam ich recht!
In jenem Busche blinkt ein Römerhelm.
Jetzt gilt es List! Gilt, Freunden weh zu thun:
Soll ich sie retten, muß ich schwer sie kränken.
(Armins starkes Gefolge tritt auf)
(laut)
Jawohl, Armin, der Römer treuster Freund!
Verräter und Empörer, hab' ich euch?
So tretet ihr des Varus Wort mit Füßen?

Zur Nacht, in Waffen, habt ihr wieder euch
Geschart, geheim den Aufstand zu beraten!
Gefangen nehm' ich all' euch, ihr Empörer,
In Ketten führ' ich euch dem Varus zu.

    Alle. Armin!

    Arpo.   Verrat! Da siehst du nun, o Katwald,
Den Römling, den Verräter!

    Lucius (für sich).   Ist's sein Ernst?

    Katwald. Armin! Es kann nicht sein! Nie werd' ich's
                              glauben!

    Arpo (zieht. und bringt auf Armin ein).
Noch blitzt mein Schwert!

    Armin (verwundet ihn am linken Arm und entwaffnet ihn).
               Gieb dich! Du bist gefangen.

    Albrun (kniet vor Armin).
Laß nur den Sänger, aller Götter Liebling,
Ach, unser aller Liebling, laß entkommen, —
Nur Katwald, deinen Freund . . . —

    Lucius (für sich).   Nun gilt's die Probe!

    Armin (nach innerem Kampf).
Nein! Nichts von Schonung! Alle müssen sterben!
Auch nicht den liebsten Herzensfreund zu retten,
Üb' ich an Varus und August Verrat!
Ergreift auch Katwald und führt ihn zum Tod!

(Alle Fürsten und Katwald werden von Armins Gefolgen umringt und gefesselt.)

    Lucius (und die Römer treten aus dem Gebüsch, — auf ihren Wink ein
starker Zug Römer von links).
Dies Wort, Armin, hat erst dich selbst gerettet;
Ich melde Varus: treu erfand ich dich!

(Allgemeines Erstaunen der Germanen. scheinbar auch Armins, über der Römer
Anwesenheit.)

    Armin. Du hier, Legat? —
Gieb mir noch Römer mit, gieb zwei Kohorten,
Auf daß ich sicher der Gefangnen sei:

Leicht auf dem Weg würd' sie das Volk befrei'n.
Ich führe sie sofort von hier zum Tod.

    Lucius. Wohin?

    Armin. Ganz in der Nähe liegt
Ein sichrer Waldverhau, mein Waffenplatz —:
Dort töt' ich sie.

    Lucius.   Augustus wird dir lohnen.

    Lucius und die Römer.
Heil Armin, dem Freund der Römer,
Der da Varus die Empörer,
Selbst des Freundes nicht verschonend,
Hat zur Rache zugeführt.

    Albrun, die Fürsten und Chor der Germanen.
Weh Armin, dem Volksverräter!
Fluch soll folgen seinem Namen,
Weil Germaniens Wälder rauschen,
Weil Germaniens Zunge tönt!

Während die Römer mit Lucius nach rechts, Armin mit den gefangenen Fürsten, den Cheruskern und einigen Römern nach links abziehen (stummes Spiel der Fürsten, Katwalds, Albruns) und der Rest der Germanen auf der Bühne sein Entsetzen ausdrückt, —

fällt der Vorhang.

IV. Aufzug.

Erste Scene.

Wachen Armins an allen Eingängen. Hornrufe von außen. Armin führt von rechts durch einen schmalen Eingang seine Gefangenen mit zahlreicher cheruskischer Bedeckung und einzelnen römischen Heerführern in den Waffenplatz. Viele Cherusker tragen brennende Fackeln. Während die Gefangenen nach vorn schreiten, wendet sich Armin in den Hintergrund, seinen bei den Waffen aufgestellten Wachen leise Aufträge gebend.

Arpo. Welch traurig Los!

Brinno. Im Augenblick der That . . . —

Arpo. Der Freiheit Hoffnung!

Brinno. Rafft uns hin der Tod.

Arpo. Und nicht der Wodan-Tod!

Chor. Und nicht der Tod der Schlacht!

Brinno. Der Tod durch Henkerbeil!

Arpo. Und nicht durch Römerhand!

Brinno. Durch des Cheruskers schändlichen Verrat!

Alle vier Fürsten. Fluch sei dem Neiding! Fluch dem
Verräter!

Katwald. Schrecklicher als des Todes Schrecken
Wäre des Freundes That zu ertragen!
Aber ich werde sie niemals glauben!

Alle. Wie? Du vermagst noch, sie zu bezweifeln?

Katwald. Bis mir im Tode stocket das Herz,
Werd' ich nicht zweifeln an Armin!

Tiefer als andre in Menschengemüt
Schauet der Sänger, der Götterliebling:
   Ja, und ich sag' euch:
Ist Armin ein Verräter der Seinen,
Dann zerreißt die Saiten, die Harfen zerschlagt,
Dann lüget die Liebe, dann lüget das Lied
   Und es fallen vom Himmel die ewigen Sterne!

Armin (hat seine Weisungen im Hintergrund beendet und diese Worte,
nachdem er sich leise genähert, gehört.)

Das war ein Freundes- und ein Sängerwort,
Das that mir wohl, o Katwald, habe Dank.
Laß dir zuerst mich selbst die Bande lösen,

       (er nimmt ihm die Ketten ab)

Da, nimm dein Schwert und nimm dein Saitenspiel,

       (er reicht ihm beide)

Ja, — du sprachst wahr:
Verraten nicht, gerettet hab' ich euch.
Nehmt eure Waffen, Brüder: — ihr seid frei.

(Die Ketten werden den vier Fürsten von den Cheruskern abgenommen und ihnen
die Waffen wiedergegeben. Die [wenigen] römischen Centurionen machen eine
drohende Bewegung.)

Armin (zu seinen Cheruskern).

Ergreift die Römer dort! Nehmt sie gefangen!

       (Die Römer werden abgeführt.)

Arpo. Armin! Wär's möglich!

Die vier Fürsten.   Unrecht that ich dir.
Verzeih' uns allen! Sieh uns vor dir knien!

       (Armin erhebt sie)

Arpo. Noch faß' ich's nicht, das Wie: — doch ahn'
                  ich viel.

Katwald (jauchzend). Heil mir! ich habe nie an dir gezweifelt!
Nicht atmen könnt' ich mehr, hätt' ich gewankt.
Armin, mein Freund, mein Stolz — an deine Brust!

       (Umarmung.)

Armin. Verloren wart ihr, rettungslos verloren,
Nachdem ihr fielet in des Varus Garn,
Wenn Er euch, nicht Armin, gefangen nahm.
Weit von den Feinden mußt' ich fort euch führen!
Vergieb mir, Arpo, deines Armes Wunde:
Ich schlug die Linke nur: denn jetzt ist Zeit,
Daß wir des tapfren Marsen Rechte brauchen.

    Alle. So willst du jetzt zum Kampf, zum Sieg uns
                         führen?

    Armin. Ja, Freunde, ja! Jetzt kam der Tag der Rache!
Hört meinen Plan und Varus Untergang.
Euch 'wähnt er tot, — Armin sich blind ergeben.
Ein Aufstand tief im Bergwald lockt ihn fort
Von seinen festen Lagern und Kastellen.
Ihr wißt, wo unwegsam in Urwald-Schrecken
Aus Sümpfen steigt der Wald von Teutoburg?
Dorthin muß Varus mit den Legionen!
Ihr Totgeglaubten überfallt ihn vorn.
Er ruft nach mir, — der seinen Rücken deckt;
Er ruft Armin, — Armin soll ihn befrein:
Doch schrecklich von den wald'gen Bergen
Bricht unser Heer auf ihn herein,
Bricht auf ihn ein Armin und das Verderben
Und bis ans Heft tauch' ich in Römerblut
Dies Schwert! —

    Katwald (hochbegeistert in die Harfe greifend).
Heil dir Armin! Du wirst Germanien retten!
In fernsten Tagen preist dich noch dein Volk: —
Dein Name wird im Lied der Sänger leben:
Unsterblich wie ein Halbgott wirst du sein!

    Armin (die Vorhänge seiner Waffenhalle öffnend).
Seht hin! Seit Jahren sorglich aufgehäuft
Hab' ich hier Waffen, Waffen ohne Zahl:

Nehmt Römerwaffen, besser als die unsern,
Nehmt Römerwaffen, Römer zu verderben.

(Alle eilen tumultarisch nach hinten, wählen sich Waffen, und stürmen, dieselben
schwingend, wieder nach vorn. Gruppe: Waffen erhoben; Armin in der Mitte.)

Armin. Schwört auf dies Schwert! Kein Friede mehr
         mit Rom.
Nicht eher nieder legen wir das Eisen,
Bis daß Germania frei vom Römerjoch!

Katwald, die Fürsten und Chor.
Kein Friede mehr mit Rom.
Nicht eher nieder legen wir das Eisen,
Bis daß Germania frei vom Römerjoch!

Armin. Der sei verflucht, den Schrecken Hels geweiht,
Der Schonung oder Friede rät für Rom.
Denkt, wie sie unsere Rechte zertreten, —
Wie sie die freien Männer gegeißelt,
Wie sie den heiligen Herd uns besudelt,
Wie sie die heiligen Haine verbrannt!

Alle. Rache! Freiheit! Führ' uns Wodan,
      Gott des Sieges! Gott der List!
    Weh dir, Cäsar, weh dir, Varus,
      Weh Legionen über euch!

Ein Bote meldet leise Katwald eine Nachricht: dieser eilt zu Armin.

Katwald. Auf, auf, Armin, nicht nur Germania,
Dein Weib, Thusnelda, gilt es zu befrein.
Dein Haus ward überfallen heute Nacht,
Thusnelda ward als Geisel fortgeführt
Von Römern: Julvia, sagt man, sandte sie.

Armin. Da sagt man recht, ich fühl's! Wohlauf, ihr
         Freunde,
Zwingt Varus nieder, nieder die Legionen, —
So wird Thusnelda mit Germania frei.

Chor (wiederholt).

> Rache! Freiheit! Führ' uns, Woban!
> Weh Legionen über euch!

(Vorhang fällt.)

Verwandlung:

Das Schlachtfeld im Teutoburger Wald. — Born links Zelt des Varus. Im Mittelgrund Gebüsch und ein hoher praktikabler Hügel, der sich quer über die Bühne zieht. Im Hintergrund die finstern dichtbelaubten Höhen des Teutoburger Waldes.

Zweite Scene.

Varus. Lucius. Römische Krieger, lagernd, stehend, auf ihre Sperre gestützt, viele Verwundete darunter: man sieht, der Kampf hat schon mehrere Tage gewährt. Varus schläft. Die Musik deutet den Inhalt seines gleich zu erzählenden Traumes an. — Nach geraumer Zeit fährt Varus erwachend aus dem Schlaf.

Varus. Welch furchtbar schwerer Traum!
Ihr Götter Roms, o wendet ab das Omen!

(zu Lucius)

Entschlafen war ich, müd' von Weg und Kampf.
Da sah ich Roms hochragend Kapitol
Im Sonnenglanz des Sieges vor mir strahlen;
Doch plötzlich stieg schwarz Nordgewölk empor:
Wie Sturmgeheul durch Eichenurwald rauscht,
Scholl's um mich her: es sank das Kapitol;
Ein ungeheurer Sumpf von rotem Blut
Verschlang die Adler und die Zinnen Roms.
Und aus den Wäldern der Germanen brach
In Waffenglanz ein unbezwingbar Heer.
Ein Jüngling, herrlich wie der Kriegsgott selbst,
Führt' ihren Ansturm: „Weh' bir Varus!" scholl's,
„Schau dein Verderben! tot sind die Legionen!"
Er schlug den Helm zurück: — es war Armin!
Aufschreiend sprang ich auf! — — Wo ist Armin?

Lucius. Armin ist dir getreu. Er deckt die Nachhut
Mit der Cherusker Heer.

———

Dritte Scene.
Bala mit Kriegern von links.

Bala.   Auf, Varus, hilf!
Sie greifen wieder unsre Vorhut an.
Und weißt du, wer der Feinde Führer sind?
Die Fürsten, die Armin gefangen nahm.

Varus. Das kann nicht sein. Lang tot sind die Empörer;
Führ' ich als Geisel doch mit mir sein Weib,
Und unsern Rücken decken die Cherusker.
Auf, meine Römer: Varus führt euch selbst:
Oft schlugt ihr sie: — schlagt nochmals die Barbaren.

(Varus, Lucius, viele Römer ab nach links.)

———

Vierte Scene.
Fulvia (mit Sklavinnen von rechts). Bala. Römer.

Bala. Ihr habt Euch, Fulvia, kühn ins Feld gewagt.

Fulvia. Nicht litt es mich daheim in öder Burg:
Den sichren Sieg des Vaters wollt' ich schau'n,
Denn niemals kam er sieglos noch vom Kampf.
(für sich)
In des Geliebten Nähe zog es mich.
Mag er mich hassen: — ich — ich lieb' ihn doch.
Und haß' ihn zwischen durch — geteilten Herzens.

Bala. Kaum ward der Arm mir heil vom Schwert Armins.
Segest liegt schwer getroffen noch im Haus.
Könnt' ich dem Brautentführer doch vergelten!

———

Fünfte Scene.

*Varus, schwer verwundet, stürzt in wilder Verzweiflung auf die Bühne.
Einige seiner Römer. Vorige.*

Varus. Wahr ist es, wahr! Die Fürsten sind nicht tot.
Schwer traf mich Arpos Schwert. Die Meinen weichen.
Soll doch Armin . . . — ? Auf, sendet nach Armin!
Ruft ihn, zu helfen! Sonst sind wir umzingelt.
Wo ist Armin?

Sechste Scene.

Vorige. Armin mit einigen Cheruskern auf dem Hügel im Mittelgrund.

Armin. Hier ist Armin, o Varus!
Schau dein Verderben! Schon sanken zwei Legionen.
Die dritte fällt von der Cherusker Schwert!
Germania frei! Weh Varus! Wehe Rom!
Varus. Verräter, sprich, ist das Germanentreue?
Armin. Nein, Römertreu' ist das, Quinctilius Varus!
Wie? Rom und Römer zählen noch auf Treue?
Wer hat Verrat geübt an allen Völkern,
Treubruch und List, Meineid und Heuchelkunst?
Rom und Verrat, — treulos und Rom sind eins!
Nun kam, nachdem ihr List gefrevelt lang,
Ein größrer Überlister über euch,
Der Geist, den Wodan den Germanen gab!
Schau dein Verderben! Zwei Adler sind schon unser,
Den dritten, letzten nehm' ich jetzt!

*Dringt auf den links sichtbaren Adlerträger der Römer ein und tötet ihn, Lucius
nimmt ihn dem Sterbenden ab, Armin drängt Lucius fechtend links hinaus.)*
(Armin, Cherusker, Lucius, Römer ab.)

Siebente Scene.

Vorige ohne Armin und Lucius.

Varus. Cäsar Augustus!
Drei Legionen hab' ich dir verloren:
Den Feldherrn straf' ich, der so schwer gefehlt.
Nicht fall' ich lebend in Barbarenhand.
Komm, Fulvia, Römerin — thu' du mir gleich.
(Stürzt sich in sein Schwert und wankt in die Coulisse links vorn ab.)

Vala. Wir sind verloren.

Fulvia. Ja, wir wollen sterben:
Doch mit uns stirbt des Schlangenfalschen Weib.
Sie soll den Sieger lachend nicht begrüßen!
Im Frauenzelt als Geisel weilt sie: rasch,
— Auch du hast Grund zur Rache! — töte sie.

Vala. Ja, du sprichst wahr! Der Sieg sei ihm vergällt.
(ab nach rechts)

Fulvia. Göttin der Liebe: — dir hab' ich geliebt:
Göttin der Liebe: — dir will ich sterben!
Nimm dies Herzblut, nimm mein Leben
Als ein herrlich Opfer hin!
(Ersticht sich wie Varus, ab.)

Achte Scene.

Römer flüchten von links nach rechts, dann von rechts hinten über die Bühne
nach links vorn. — Eindruck des Umschlossenseins von allen Seiten. — Als die
Bühne leer. zerrt Vala mit einigen Römern die gefesselte Thusnelda an den
Händen aus der Coulisse rechts vorn den Hügel hinauf.

Vala. Warte, Thusnelda, treulose Braut!
Fall' ich hier elend durch List des Barbaren,
Sollst du mir teilen das blutige Bett!

Thusnelda (mit ihm ringend).

Helfet, ihr Götter! Hilf mir Armin!

(Bala zückt das Schwert gegen sie, da erscheinen zugleich

Neunte Scene.

Katwald von rechts, Armin, einen Adler in der Linken, von links, dringen
durch die Römer und erschlagen zugleich mit zwei Streichen Bala.)

Katwald. Nieder, du Bube!

Armin.   Gerettet, Thusnelda.

Thusnelda. Mein Held! mein Armin!

(Umarmung.)

Zehnte Scene.

Vorige. Die vier Fürsten, Germanenkrieger, auch Frauen, von allen
Seiten hereinstürmend, gefangene Römer vor sich her stoßend, auch Beutestücke
schleppend, zwei Adler, Kohortenfahnen.

Arpo (mit dem zweiten Adler). Sieg! Armin!

Brinno (mit dem dritten Adler).   Sieg! Sieg! und Freiheit

Chor. Hier die Adler!

Arpo.   Tot liegt Varus!

Brinno.   Tot, gefangen

Liegt der Römer ganzes Heer!

Chor. Drei Legionen!

Arpo. Die Hilfskohorten!

Brinno.   Die Reitergeschwader!

Chor. Das Lager! Die Schätze!

Alles ist unser!

Katwald. Dank den Göttern, Heil dem Helden,
Dessen Geist den Sieg ersann.

Chor (wiederholt). Dank den Göttern! Heil dem Helden!
Dessen Schwert den Sieg gewann.

Armin.

> Die Schlacht ist geschlagen,
>   Zermalmt ist der Feind:
> Sieg krönt die Germanen,
>   Die Treue geeint!

> Die Hände zu Bunde,
>   Reicht freudig sie dar:
> Und danket der Stunde
>   All immerdar,

> Da der Stolz der Legionen
>   Germanischem Schlag,
> Dem Bunde der Völker
>   Und Fürsten erlag:

> Wie wir alle entstammen
>   Germanengeschlecht,
> So stehen wir zusammen
>   Für Freiheit und Recht:

Chor wiederholt.

Katwald (tritt ganz vor und singt begeistert zur Harfe, welche ihm ein
Cherusker reicht: zahlreiche Harfenschläger, 6—12, treten vor und begleiten seinen Gesang:)

> Auf, Siegesgesang!
> Fleuch wolkenentlang,
>   Wie rauschendes Adlergefieder,
> Daß hoch in Walhall
> Die Einheriar all
>   Auflauschend schauen hernieder!

Seid bedanket zuvor,
Ihr Wodan und Thor,
  Ihr fochtet für eure Söhne:
Im Eichengebraus,
Im Sturmesgesaus,
  Wir erkannten die göttlichen Töne.

In der Wolken Gebild,
Mit Speer und Schild,
  Die Walküren sahen wir jagen:
Wie der Schnitter das Korn
Hat der Himmlischen Zorn
  Die Fremdlinge niedergeschlagen.

Nicht Lager und Wall,
Nicht die Kriegskunst all',
  Nicht sollte den Stolzen sie frommen:
Ha, die Pforten erzwängt,
Die Kohorten zersprengt
  Und die Adler, die Adler genommen.

Auf der Götter Altar,
Bringt die Fahnen dar,
  Deren Rauschen die Wälder entehrte:
Die Legionen sind tot,
Und vom Herzblut rot
  Liegt Varus im eigenen Schwerte.

Heil dem Helden Armin!
Auf den Schild hebet ihn!

(es geschieht feierlich; Gruppe)

Zeigt ihn den unsterblichen Ahnen:

Solche Führer, wie er,
Gieb uns, Wodan, mehr, —
Und die Welt, sie gehört den Germanen!

Armin auf dem Schild erhebt das Schwert: (Bild des Hermannsdenkmals).
Allgemeine Erhebung der Waffen. Gruppe.

Vorhang fällt.

————————◦×◦————————

Der Fremdling.

Operndichtung in vier Aufzügen

von

Felix Dahn.

Musik von Heinrich Vogl.

Erstmalig erschienen 1880.

Leipzig

Druck und Verlag von Breitkopf und Härtel

1899.

Richard Wagner

verehrungsvoll

zugeeignet.

Perſonen.

Odhin.

Thor.

Baldur.

Loki.

Freia.

Hardrun, verwitwe Königin von Gautland.

Halo, ihr Sohn erſter Ehe.

Nanna, ihre Stieftochter zweiter Ehe.

Götter und Göttinnen. Lichtalfen beider Geſchlechter.

Walküren. Einheriar. Krieger, Prieſter und Prie-
      ſterinnen, Jungfrauen und Volk von Gautland.

Ort der Handlung: Asgardh und Gautland.

Erſter Aufzug: Asgardh auf Bergeshöhn oberhalb Gautland.

Asgardhs goldener Saal: hinten offen, ſo daß der Himmel
voll ſichtbar iſt. Morgendämmerung, welche ſich bis zu Baldurs
Erſcheinen zu ſtrahlendem Sonnenaufgang ſteigert.

I. Aufzug.

Erste Scene.

Erster Halbchor: Männer und Frauen.
Grüßt mit ehrendem Angesicht,
    Grüßt mit Singen und Harfenschlag,
Grüßt das steigende Morgenlicht,
    Grüßt den heiligen, jungen Tag.

Zweiter Halbchor.
Herrlicher weiß ich auf Erden nichts,
    Herrlicher nichts in der Himmel Höh'n,
Als den goldenen Strahl des Lichts,
    Stark wie Helden, wie Frauen schön!

Gesamtchor.
Licht! Du silberner Siegespfeil,
    Wirf die Nacht dir zu Füßen,
Asen-, Alfen- und Menschenheil: —
    (starke Steigerung) Baldur: — Laß dich begrüßen!
Schimmernde, selige Segenssaat,
    Leuchtender Baldur, verstreue:
Segne du Männern die Heldenthat,
    Weibern Dulden und Treue! —

(Linken, einen langen Goldstab in der Rechten, langsam und über den Himmel hin empor fährt: Phöbos ähnlich: von ihm und seinem Wagen scheint alles Licht auszugehen.)

Baldur.

> Leben und Liebe
> Und labendes Licht
> Wünsch' ich und wirk' ich
> Allem was atmet.

(Er steigt ab: das Gespann wird abgeführt von zwei Lichtalfen nach rechts: rechts und links stets von der Bühne aus gedacht.)

Thor (tritt auf von links).

> Heil dir und Hoffnung,
> Freudiger Freund! —
> Es gebot der Gebieter
> Odhin uns allen,
> Zu tagen im Ding:
> Dein Geschick zu bescheiden
> Und des Weibes Wahl.

Loki (tritt rasch auf von rechts).

> Nicht weiter zu wählen
> Braucht der Bräutigam:
> Meine Schwester, die schimmernd-schöne,
> Raten ihm redlich
> Vettern und Freunde

> (für sich)

> Fällen den Feind,
> Den heiß Gehaßten,
> Muß ich mit Mord:
> Verraten zur Rache
> Soll mir den süßen
> Schwager die Schwester.

Freia (tritt auf von links).

> Freue dich, Freund!
> Nun wird Wonne dir werden!

Denn glänzendstem Gott,
Wie mühseligstem Manne
Wird im Weibe nur Wonne.

Chor. Lieber mit Liebe
    In sterblichem Staube
  Leben und leiden,
    Als, ledig der Liebe,
  Herrlich herrschen
    Und walten in Walhall.

————

Zweite Scene.

Vorige. Odhin mit Gefolge aus der Mitte, er hängt den Schild an einen
Pfeiler.

Odhin (feierlich an den Schild mit dem Speer schlagend).

  Allen Asen
  Und Alfen in Asgardh
  Gebiet' ich Gebot:
  Hier tagt das Ding
    Der guten Götter.
    (Setzt sich auf den Hochsitz im Mittelgrund.)
  Vermählen muß sich
    Der blühende Baldur:
  So will es das Wohl
    Der guten Gewalten:
  So beschloß es das Schicksal:
    Neidlose Nornen
  Woben es weise:
    Daß ein Sprößling ersprieße,
    Ein Edelerbe,
  Dem leuchtenden Liebling
    Der Asen und Alfen

Und der Atmenden all': — —
Wohl: — wähle das Weib!

Chor. Wohl: — wähle das Weib!
Wir wollen dir's wahrlich
Mit Waffen gewinnen:
Und müßt' ich zermalmen
Das Reich aller Riesen, —
Das Weib, das er wählte,
Brächte ich Baldur,
Dem besten der Brüder.

Loki. Hemme den Hammer,
Thor, und den Trotz!
Nicht nach Riesenheim reisen
Braucht der blühende Baldur:
Dem Gott genügt nur die Göttin.
Meine Schwester, die schöne,
Schenk' ich dem Schimmerer
Und verzichte, bezahlt
Zu schauen den Brautschatz.

Thor. Freia. Alle außer Odhin, Loki und Baldur.
Ein wonnig Weib!
Wohl wird er sie wählen!

Baldur. Nicht weiter zu wählen
Braucht Baldur die Braut:
Gewählt ist sein Weib.

Chor (alle in hoher Erregung einfallend).
Was sagt er? Was sinnt er?
Wen wählt er zum Weibe,
Der glänzende Gott?
Erkor er aus allen
Die Würdigste wohl?

Loki (für sich).
Wehe dem Weib, das er wählte!

Freia.	Glückliche Göttin,
	Welche des wonnigen
	Baldur Braut! —
	Rede, du Rascher,
	Welche gewannst du?
Thor.	Keine gekorene
	Wird sich dir weigern.
Baldur.	Keine erkor ich
	Der edeln Asinnen.
Freia.	Also der Alfinnen,
	Welche wohl wähltest du?
Thor.	Licht sind sie und lieblich!
	Ich selber, ich sehe
	Die klugen, die kleinen,
	Die glänzenden gern.
Baldur.	Auch der Alfinnen
	Keine erkor ich.
Loki.	Ausschlugst du der schönen Schwester
	Hand mit Hohn,
(höhnisch)	Reizte dich — rede — der Riesinnen Reiz?
	Oder zottiger Zwergin?
Alle: Chor (lebhaft bewegt).	
	Nenne den Namen!
	Bringe die Braut!
	Wohnt sie Walhall?
	Oder in Asgardh?
	Oder in Alfheim?
	Wo wohnt das Weib?
Baldur (feierlich).	
	In Asgardh nicht und nicht in Alfheim, —
	Auf Erden atmet sie:
	Ein Menschenmädchen
	Hol' ich heim.

Alle: Chor (gesteigerte Bewegung).

Ein Menschenmädchen!
Sterblich! Von Staub!
Unerhört! Unerhört in dem Himmel!

Baldur (stark). Ein Menschenmädchen
Wird mein Weib:
Sie kür' ich — oder — keine!

Odhin. Sag' an, mein Sohn,
Wo sahst du sie?

Baldur. In Gotlands Gau'n, als Kind des Königs
Erwuchs die Weiße, früh verwaist!
Stiefmutter streng, — Stiefbruder stolz,
Mit heißem Haß, mit lästiger Liebe
Verfolgen viel die schweigend Scheue.
Sie litt viel Leid, sie trug viel Trauer.
(kraftvoll, Nannas Motiv) Doch stolz und still erstarkte
Ihr herrlich hohes Herz: — —
Nur der Frühling ihr Freund
Und die stillen Sterne
Die treuen Vertrauten!
Gewinn' ich Gewährung vom Herzen der Holden, —

heroisch:
Trompeten

So weigern dies Weib mir vergeblich die
Götter:
Die Erkorne erkämpf ich, ob in Waffen das
Weltall
Mir die Wonnige wehre: ja, es sollen mir
selber
Neidische Nornen Nanna nicht nehmen!

Alle (außer Odhin und Loti).

Welch wildes Wort vermeßnen Mutes!
Vernehmt es nicht, ihr Nornen!
Er fordert frevelnd heraus die hehren
Schicksals-Schwestern.

Odhin. Wohl war das Wort kämpflich und kühn:
Doch, so denkt, so droht
Lautre, lobernde Liebe!
Wer das Schicksal scheut
Und grollende Götter, —
Nicht nahte dem noch
Lebendiger Liebe
   Wahre Gewalt!

   Loki (scharf einfallend). Halt, hört mich, ihr Hohen!
Ich verweigre, verwehre dem Weibe den Weg!
Ihr wißt es wohl: so gebeut das Gebot:
   „Nicht nehmen wir neue
   Glieder, wir glänzenden Götter,
Auf unter Asgardhs Edelerben,
   Wehrt widersprechend
Ein einziger Ase?"
(zu Odhin) Ist es nicht also,
   Vater, gefestigt?

   Odhin. Wahr ist das Wort:
So ist der Eid,
So beschworen der Schwur.

        (Erst Odhin allein, dann Chor wiederholend.)

   Loki (kraftvoll). Wohl denn: ich weige dem Weibe den
                            Weg!
Niemals nahe, nimmermehr
Menschenmaid den Wohnungen Walhalls!
Herb verhaßt mir im Herzen
Ist der Menschen meisterlos maßloser Mut!
Haben und halten die Herrischen doch
Des freien Feuers geflügelte Flamme
Schmählich geschmiedet zu freudlosem Fron:
Dienen in Demut soll ihnen die sengende,
Göttliche Glut: geknechtet, geknebelt,

Gefangen, gefeffelt im hemmenden Herde,
Zu schaffen in Scharwerf,
Was sie launisch belieben.
Ermutigt nicht mehr noch,
    Ihr gütigen Götter,
Den Meister Mensch:
    Es könnten die Kecken so hoch sich erheben,
Daß sie gefährlicher würden den Göttern
    Als Riesenreich.
Ich wehr' ihnen Walhall!

Thor. Ich aber, — ich ehre ihre Art!

Freia. Ich liebe sie, ich lobe sie.

Odhin (großartig). Und ich? — Allvater auf Erden,
Heiß' ich wie hier im Himmel!

Baldur. Das wonnige Weib, das ich wählte,
Weiß ich gewiß: hochherzig, herrlich und hehr,
Tapfer, vertrausam: — und zum Tode getreu!

Loki. Hö hö hö hö! Halt an!
Prächtiger Prahler! Welch' Wort des Wahns!
Wechselnd und wandelbar weiß ich das Weib!
Der Göttinnen sogar kenn' ich keine,
Welche da wirklich sich würde wahren
Dem göttlichen Gatten treu bis zum Tod!

Alle (zornig empört). Lästernder Loki, laß ab!

Freia. Von Weibes Würde weißt du wenig,
Weil du des Weibes selbst nicht wert!

Thor. Nicht traust du der Treue,
Listiger Loki,
Trügender, weil du selber Treue nicht trägst.

Alle (drohend auf ihn eindringend). Lästernder Loki!
Bereue die Rede!
Widerrufe das Wort!

Loki (lachend ausweichend). Hähä! Haltet, ihr Hitzigen!
Faßt euch, ihr Frauen,
Und ihr Götter, vergönnt noch
Loki zu leben!
Wahr bleibt mein Wort:
Doch erproben unmöglich.
Keiner der klugen Götter wird geben
Zur prüfenden Probe wagend sein Weib!

Baldur (rasch einfallend). Sterblicher Staub
Ist Nanna nur,
Die Menschenmaid!
Doch wohlan: ich wette und wage das Wort:
Nicht scheut Schande, Schmerz und Schmach
Für den Freund zu erfahren
Ihr herrliches Herz!
Seiner Treue vertraut,
Seinem Wert, seinem Wort
Blindlings die blonde, die blühende Braut.
Ja, ins Grab, in die Gruft
Steigt die Sterbliche stolz
Dem geliebten Gemahl,
Bis zum Tode getreu!

Loki (immer mit überlegener List: er hat Schritt für Schritt Baldur
zu dieser Wette gesteigert, jetzt auch zum Einsatz seines Hauptes).
Kühne und kecke, — aber nicht kluge —!
Worte zu wagen, lehrt die leidige Liebe!
Was wettest du wohl? Was bietest du,
                Baldur? } in diese Zeilen alle dämonische Arglist.

Chor
wiederholt { Erprobt mit Prüfungen werde das Weib:
Besteht sie die Starke — nicht { will ich / will er } weiter
Walhall ihr weigern.

(Allgemeine Bewegung.)

Loki (listig fortfahrend). Was wettest du wohl? Was bietest
du, Baldur?
Unweise wär' ich, thöricht und täppisch,
Wagte in der Wette den Einsatz nur Ich.
Wert um Wert: — so heischt es der Handel!
Was wettest wohl du? Was bietet wohl Baldur?
Erliegt die Liebliche der probenden Prüfung,
Was bietest du, Baldur, sprich, in dem Spiele?
Doch Gold nicht begehr' ich: rote Ringe,
Schimmernde Schätze besitz' ich selber:
Wenn wirklich des Weibes Treue du traust, —
Ehre die Edle mit edelstem Einsatz:
Was wettest du wohl, was bietest du, Baldur?

Baldur (den Sonnenhelm abnehmend, vor Odhin knieend).
Sieh her — hier —: mein Haupt!
(Allgemeine Bewegung.)

Chor. Wehe! Was wagst du! Welcher Wahn,
Baldur, bethört dich!
Loki, laß ab! Dürsten nicht darfst du
Nach des Bruders Blut.

Loki (gleichzeitig). Ha, das Haupt des Verhaßten,
Ich halt' es in Händen!
Nimmer wird Nanna
In Stärke bestehn!
Dann heisch' ich das Haupt des Verhaßten!

Baldur (Odhins Hände auf sein Haupt legend, knieend).
Hier, in die heiligen Hände
Odhins, des Edelsten aller,
Leg' ich mein Leben!
Und ich schwöre den schweren Schwur:
Erliegt in der Liebe prüfenden Proben
Nanna, so nehme Loki mein Leben,

Von der schimmernden Schulter mir hau' er das Haupt,
Breit in die Brust mir stoß' er den Stahl!

Loki. Ich auch schwöre den schweren Schwur:
Besteht die Starke die prüfenden Proben, —
Nicht mehr weigr' ich den Weg der Erwählten:
Walhalls Wonne werde dem Weib,
Selig sei sie im Göttersaal!

(Beide erheben sich und eilen links und rechts ab.)

Thor. Freia. Viele Asen.

Odhin! Allvater!
Wie durftest du dulden
Dieser Wette verwegenes Wahnwort?
Weh, wenn im Magnis
Baldur erblaßt!

Odhin (sehr großartig). Allwissend ist Allvater nicht:
Aber ahnungsvoll!
Traurige Täuschung trügt
Zuweilen auch Weise:
Aber ich ahne im hoffenden Herzen:
Nicht wird die Nacht um Nanna uns nehmen
     Den blühenden Baldur!

(heroisch: Trompeten)

Sieghaft und selig trägt sie in Treue
     Die Lasten der Liebe!
Und herrlich nach Walhall,
     Gekrönet vom Kranze,
Bringt Baldur die Braut. —

(Pause)

     Ob endlich uns allen einst
     Nahet die Nacht, —

(triumphierend)

Noch nachtet es nicht:*
Solange Liebe lebt, wie in Baldurs Brust,*

Solang Treue vertraut wie im herrlichen Herzen*
Des Königskindes, das er erkor,*
— Lang schon liebend belausch' ich die Stille, Stolze —!
Solang lebt auch der Götter Geschlecht*
Und der mutigen Menschen.*

(Pause)

Liegt einst Liebe verlodert und Treue in Trümmern —

(ahnungsvoll)

Dann dämmert das dunkle Verderben
    Dumpf und drohend
Über Asgardh auf und die Erde.
    (Doch:) noch nachtet es nicht:*
Denn noch lebt lautere Liebe:*
    Drum ließ ich den Liebling
    Wagend gewähren:
Denn Weibes Wert — er wird sich erwahren.*

(Großes Finale.)

Odhin und Chor (wiederholt beliebige Zeilen aus Odhins Solo,
vorschlagsweise die mit * bezeichneten).

(Niederwallende Wolken verhüllen Asgardh und die Götter, nur unten die Erde
sichtbar lassend.)

———

Dritte Scene.

Auf Erden.

Wald mit Gebüsch. Erdbank vorn rechts. Der Wald noch ziemlich winterlich;
erst Ahnung von Frühling. Jungfrauen, ziehen (von rechts) festlich geschmückt
in den Wald. — Gleich darauf die Jünglinge.

Chor der Jungfrauen (tritt singend auf).
Zum Walde laßt uns fröhlich wallen,
    Das Fest des Vor-Lenz zu begehn!
Kein Blatt noch! Nur die Wolken wallen
Schon lichter durch die blauen Hallen
    Und ferner Frühlingslüfte wehn.

Chor der Jünglinge (tritt singend auf).

Zum Walde laßt uns fröhlich wallen,
   Den holden Mädchen nachzuspähn!
Die lauten Hörner laßt erschallen!

(Hornrufe)

Im Reigentanz, in Waldeshallen
   Laßt uns die schlanken Kinde drehn.

Gesamtchor der Jünglinge und Jungfrauen.

Ja, laßt den Reigentanz uns schlingen
   Bald wird hier Baldurs Atem wehn:
Dann blühn die Blumen, Vöglein singen,
Die Götter nah'n auf leisen Schwingen:
   Und jedes Wunder kann geschehn! —

Ballet.

Die Paare tanzen links ab oder verlieren sich in den Wald. — Die Bühne bleibt
eine Zeit lang leer. — Die Musik verkündet Nannas Erscheinen.

Vierte Scene.

Nanna (von rechts, den Verschwundenen sinnend nachblickend).

Da flattern sie im Reigen hin!
   Beglückt — beglückend — ohne Fragen! — — —
In diesen ersten Frühlingstagen,
Wann sich ans Licht die Knospen wagen, — —
   Verlangt nach Glück so heiß der Sinn! — — —

(Pause)

Warum bin ich zu Wald gegangen?
   Mich lockt doch nicht der Reigentanz! —
Ach, glühend schießt mir's in die Wangen!
Dich sucht mein Sehnen und Verlangen: —
   O Fremdling mit dem Veilchenkranz!

Hier traf ich ihn, den Wunderbaren!
  Hier grüßte mich sein zaubrisch Wort:
O seinen Blick, den sonnig=klaren,
Im Herzen werb' ich ihn bewahren
  Und leuchten sehen fort und fort!

Ach, einmal nur ihn wieder schauen
  Und hören seinen weichen Ton!
Mir unglückseligsten der Frauen, —
Trost würde tief ins Herz mir tauen
  Ein Lächeln seines Mundes schon.
                    (Pause)
Helft, all' ihr Götter, mich bezwingen!
Er ist's! Er naht! Das Herz will mir zerspringen.

————

Fünfte Scene.

Nanna. Baldur (als Fremdling, einen Veilchenkranz auf dem Helm, weißes Gewand, Reisetracht) von links vorn.

Nanna. Sei mir gegrüßt!
Fremdling.   Sei mir gesegnet!
Beide. Mich zieht es stets hierher zurück:
Die Stätte, wo ich dir begegnet,
Sie birgt geheimnisvolles Glück.
Fremdling. Froh, in des Reigentanzes Wogen,
Sind alle Mädchen fortgezogen:
Nur du, die aller Jungfrau'n Zier,
Du, Königskind, träumst einsam hier?
Nanna. Mich lockt der laute Reigen nicht!
Ich lieb' es, unterm Buchendicht,
In diesen ahnungsvollen Räumen,
In Einsamkeit zu träumen.
Fremdling. Zu träumen! — Und, was ist dein Traum?

Nanna. Ich weiß es, lieber Frembling, kaum! —
Von meiner Mutter, die ich nie gekannt!
Vom Vater, der mit weicher Hand
Manchmal gekost — das weiß ich noch! — mein Haar: —
Bis er auch — plötzlich — verschwunden war.
Sie haben ihn so bald begraben!
Deß' werd' ich ewig Trauer haben!

Fremdling. Träumst du denn nicht von Freuden auch?

Nanna. Kaum jemals fühlt' ich ihren Hauch!
Wie kann ich träumen, was ich nie gekannt?
Und doch! — In tiefer Brust entbrannt
Fühl' ich ein Sehnen ohnegleichen
Nach nie geschauten sel'gen Reichen!

Fremdling (für sich). Das höchste Glück — es soll dir
werden!
(laut)
Hast du denn keinen Freund auf Erden?

Nanna (schüttelt das Haupt, traurig).
Ach, einsam wuchs ich und verlassen
Heran, ich armes Königskind!
Mein pflegte statt der Liebe — Hassen!
Für Waisen weht nur rauher Wind. —
Wann hart Stiefmutter mich gescholten,
Sucht' ich der Eltern Hügelstein
Und meine bittern Thränen rollten
Auf ihre Gruft im Sternenschein.
Ich kann nicht schmeicheln, kann nicht lügen,
Mir gab ein Gott ein schweigsam Herz:
Still in mich selbst in durst'gen Zügen
Saug' ich die Freuden und den Schmerz.
Sie schelten mich: nicht könn' ich lieben!
Und doch, wie Knospe Sonnenkuß,

So such' ich, sehnsucht-umgetrieben,
   Was ich unendlich lieben muß!
    Fremdling. Und was du suchst: — du wirst es finden!
    Nanna. O nein! Schon morgen soll mich binden
Des ungeliebten Mannes Zwang!
Frau Harbruns Sohn bestürmt mich lang:
Nach Volksrecht ist an meine Hand
Geknüpft die Krone hier im Land
Und morgen soll — wie sie mich quälen! —
Den Gatten ich und König wählen.
    Fremdling. Jarl Hako[1]) ist ein kühner Mann,
Ein tapfrer Held an Seel' und Leib.
    Nanna (leidenschaftlich). Doch nie, niemals werd' ich sein
                          Weib!
           (zart, schüchtern, verwirrt)
O sieh' mich nicht so fragend an!
Warum? — Warum? — Ich lieb' ihn nicht!
    Fremdling. So weißt du denn, was lieben ist?
    Nanna. O wende deiner Augen Licht!
Ich wußt' es nicht — jedoch — mir ist — —
    Fremdling (feurig ausbrechend). O Nanna, wie du lieblich bist!
           (sie umschlingend)
O nein! O wende schämig nicht
Dein glutdurchstrahltes Angesicht!
Du weißt es jetzt, was Lieben heißt:
Die Liebe, die kein Feind zerreißt,
Die Liebe, die Gefahr und Not,
Die allem trotzt, treu bis zum Tod!
Du weißt es, weil dies scheue Herz,
So rein wie Gold, so stark wie Erz,
Weil dieses Herz so stolz und tief,

---

[1]) Hako hier und überall = Hâko, zu sprechen tief wie o.

Das still und stark nach Liebe rief,
Weil dieses Herz nun ganz sich giebt,
Weil Nanna, meine Braut, mich liebt!

Nanna (selig, erschrocken). Ich! — deine Braut! — Welch
selig Wort!
Und du — mein Herr, mein Heil, mein Hort!
Du kannst m i c h lieben? — Ich bin nicht schön! —

Fremdling (begeistert). Du bist schöner als Freia in Asgardhs Höhn!

Nanna. Ich kann nicht sprechen, — nicht loben, — nicht
werben! —

Fremdling. Doch du kannst für deine Liebe sterben!

Nanna. Das kann ich, ja! — Gott Baldur soll es hören!

Fremdling (ihre aufgehobene Hand herabziehend und an seine Brust
drückend).
Gott Baldur weiß —! Du brauchst es nicht zu schwören.

Nanna. O Mann voll Hoheit, Kraft und Glanz —
So nimm mich hin — dein bin ich ganz!
(an seiner Brust)

Fremdling. Du giebst dich mir — und kennst mich nicht?
Nicht meinen Namen, Stamm und Stand?

Nanna. Schau' ich dein leuchtend Antlitz nicht?
Darf ich nicht fassen deine Hand?
Ich liebe dich, mein Augenlicht!
So bist du mir genug bekannt!

Fremdling. Ich bin kein König, kein Edelmann!

Nanna. Du bist der Mann, der mein Herz gewann!

Fremdling. Ich bin ein Fremdling deinem Reich!

Nanna. So bist dem Morgenstern du gleich!

Fremdling. Wirst du in Schrecken, in Todesgefahren
Solches Vertrauen der Liebe bewahren?

Nanna (sehr ideal und groß).
Ich liebe dich! — — Freund· das ist Ewigkeit!

Fremdling (begeistert einfallend).

Dies Wort hat göttlich dich geweiht!
Dies Wort soll unter Sternen schweben,
Solange Götter und Menschen leben.

(steckt ihr einen Ring an den Finger)

Mit diesem Ringe, goldigklar,
Mach' ich dich mein auf immerdar! }
    Nanna. Mit diesem Ringe, goldigklar, } Duett
Werd' ich dein Weib auf immerdar! }

    Fremdling. Vertraue Seele mir und Leib!
Ich nenne dich mein ewig Weib!
Vertraue mir: — du sollst es nie bereuen!
Vertraue mir: — dein harrt ein ewig Freuen!
Doch erst wird Schmach und Schmerz dich hart bedräuen!
    Nanna. Ich liebe dich! Stets werd' ich an dich glauben:
Und du liebst mich: — das kann kein Feind uns rauben.
    Fremdling. Weh, wenn dich nun bedroht
Verfolgung, Schmach und Not,
Ja, Schrecken bis zum Tod!
Ich aber, gebannt durch Eidesketten,
Ich kann dich nicht schützen, darf dich nicht retten.
Ja: — — kannst du's fassen? —
Ich muß — dich verlassen! —
    Nanna (tief erschrocken, schmerzlich).

Du mußt mich verlassen?! — — —
O das ist hart!
    Fremdling. Weh, ich seh' dich erblassen!
    Nanna. Das Antlitz erbleicht: — die Liebe nicht!
    Fremdling. Nicht darf ich dir das Rätsel lösen,
Nicht dir als Retter nahe sein!
Ach, schutzlos muß ich allem Bösen
Dich überlassen . . . —
    Nanna (großartig, an seine Brust sich werfend).. Ich bin dein!

Und muß ich Todesschmerzen leiden: —
Der Tod soll nicht von dir mich scheiden.

Fremdling. Hast du bestanden, wird zum Lohne
Dir niegeahnten Glückes Krone.

Nanna. Ich h a b e schon den Lohn empfangen!
An deinem Herzen durft ich hangen:
Was nun noch kommt, — der Schmerz ist klein —
Unendlich das Glück —: denn ich bin dein!

Duett.

O welch seliges Umfangen!
An deinem Herzen darf ich hangen.
Ich weiß: in aller Kämpfe Pein
Wird sieghaft unsre Liebe sein.

(Nach stürmischer Umarmung Fremdling ab nach links: Nanna sinkt auf die in
Gebüsch vorn rechts versteckte Rasenbank.)

Sechste Scene.

Nanna. — Bald darauf Hardrun, Halo, Jägerchor und Frauen von
hinten rechts. Die Bühne bleibt geraume Zeit leer. — (Während des Abschiedes
kam allmählich die Abenddämmerung — nun wird es dunkel.) Die Musik drückt
Nannas Liebeserinnerung aus: geht allmählich in die Hörner der Jäger über.

Chor der Jäger und Frauen (hinter der Scene allmählich näher
kommend: Hörnerrufe).
Nànnä! Nànnä! Nànna! Wo bist du?

(Hörner)

Nanna, du Königskind! Wo bist du? Verschwunden?
Sucht durch die Büsche dort! Sucht an der See!

(Hörner)

Dämmerung dunkelt schon! Nacht wird's im Walde!
Baldur, der Sonnengott, ist schon gesunken!
Nanna, du Königskind, wo bist du? Verschwunden?

19*

Hardrun (tritt auf, gefolgt von Hako und Jägern und Frauen mit Fackeln).

Zurück zur Burg vom Reigentanz
Zog längst die Schar im Festesglanz.
Mein Stiefkind nur weilt noch im Hain
Wie immer störrig, — stolz, — allein!

Hako. Wohl, wenn allein sie hier geweilt!
(dem Fremdling nachspähend)

Ein Mann dort durch Gebüsch enteilt.
Weh, wenn dies Herz, für mich so kalt,
Genoß der heimlichen Liebe Frucht.
Noch heißer als des Verlangens Gewalt
Durchlodert — ich fühl' es — die Eifersucht!

Alle: Chor. Nanna! Nanna! Wo schwandest du hin?
(Langsam beginnender Mondaufgang mit entsprechender Musik.)

Nanna (vortretend). In die Einsamkeit, — wo ich selig bin!

Hako. Welch' neuer Schimmer sie umschwebt!
Nie sah ich sie so warm belebt!
Ihr Auge strahlt, — sie erglühet leis,
Wie im Morgenrot jungfräulich Eis.
O Nanna, — wenn du lieben kannst, —
(wild)

Dem Buhlen weh, den du gewannst!

Nanna. Was stört ihr mich in meinen Träumen?

Hardrun. Du sollst im Wald nicht länger säumen,
— Allein — was wenig ziemen mag
Der Braut vor ihrem Hochzeittag.

Nanna (wiederholt träumerisch).
Der Braut — vor ihrem Hochzeittag!

Hako. Jawohl, vor deinem Hochzeittag!
Denn morgen sollst du wählen,
Sollst alle überzählen,   } Chor wiederholt.
Der Freier große Zahl.

Hako. Doch wiſſe wohl: den du erkoren,
Iſt er unſterblich nicht geboren, —

(Trompeten)

Er fällt vor Nacht von dieſem Schwert!
Ich prahle nicht von meinem Wert: —
Jedoch du weißt: — in allen Reichen
Kann Hako ſich kein Held vergleichen.

Nanna (ſtolz). Ich weiß! — Und doch will ich
drauf zählen:

Der Mann, den Nanna würde wählen:
Er würde keinem Feind erliegen,
Auch Hako — würde er beſiegen!

(Trompeten)

Duett

(Nanna ſtolz, Hako beſorgt und drohend wiederholend).

— Das iſt der Liebesſtolz der Frau'n,
Das iſt des Herzens Siegvertrau'n —.

Schlußchor.

Zurück zur Burg! — Es klopft in Sorgen,
Es pocht mein Herz in bangen Schlägen:
Ein groß Verhängnis naht uns morgen:
Dem Schickſal ſchreiten wir entgegen!

(Während der Zug ſich maleriſch in Bewegung ſetzt — vollendeter Mondaufgang
— nach rechts — fällt langſam der Vorhang.)

II. Aufzug.

Freier Platz vor der Königshalle (links) und dem Baldur-Tempel (rechts) im Hintergrund: zu beiden führen mehrere Stufen empor: die ersten zwei bis drei Coulissen hochragende Eichen: vorn rechts eine Statue Baldurs.

――――

Erste Scene.

Volk. (Sie schmücken die Pfeiler der Königshalle mit grünen Laubgewinden.)

Chor. Nun kam sie, die Entscheidungsstunde,
　　Für dieses Volk von Gautaland:
Ihr Götter, seid mit uns im Bunde:
　　Zu weiser Wahl lenkt Nannas Hand.

Denn also ward der Eid geschworen,
　　Als König Knut im Tode schwand:
„Wen Nanna zum Gemahl gekoren,
　　Der werde Fürst von Gautaland."

Vollendet hat sie zwanzig Lenze:
　　Dies ist der schicksalsvolle Tag:
Schlingt um die Halle Festeskränze,
　　Daß sie den Herrn empfangen mag.

(Trompetenstöße)
Aufzug der Krieger (von links hinten), geführt von Halo.

Chor der Krieger. Hört, ihr Götter! All' Gautaland
Flehet euch tausendtönig:
Gebt uns heute durch Nannas Hand
　　Waffengewaltigen König.

Aufzug der Priesterinnen (von rechts hinten), geführt von Hardrun.

Götter, ein König wie Baldur klar
  Und sieghaft sei uns beschieden,
Daß wir sicher vor Feindesgefahr
  Leben in seligem Frieden.

Hardrun. Versammelt harrt das Volk schon lang.

Hako. Mein Herz verzehrt der heiße Drang.

Hardrun und Volk. Nur Nanna fehlt ... —

Hako und Volk.   Was sie nur säumt?

Hardrun. Nach ihrer Art: sie trotzt und träumt!
Ruft sie herbei!

(Hornbläser nahen der Königshalle und blasen mahnenden Hornruf: dreimal.)

    Hako.   Sie naht! Wie reizverklärt!
Ha, dieser Reiz ist mehr als Kronen wert!

———

Zweite Scene.

Vorige. Nanna, in königlichem Schmuck, gefolgt von Jungfrauen, aus der Königshalle: tritt vor in die Mitte der obersten Stufe: hier nimmt sie Platz auf einem Thronsitz.

Hardrun oder Hako (oder beide).
In dieser heil'gen Eichen Schatten,
Zur Wahl des Königs und des Gatten
  Rief, Nanna, dich der Hörner Ton:
Schau hin: die Freier nahen schon!
  Auf, Herold, nenne nun die Namen
  Der Helden, die zu werben kamen:
  Du aber reiche diesen Stab
(reicht ihr ein kurzes Scepter)
Ihm, dem dein Herz sich eigen gab.

Aufzug der Freier von links vorn: Marsch: reich geschmückte und gewaffnete Könige, Jarle, Fürsten, mit Gefolge.

Nachdem alle aufmarschiert, sich vor Hardrun und Nanna neigend, ruft der Herold.

Herold.   Der König Harald Hildetand,
Von Thrandheim und von Hadaland!

Der König tritt vor, geht an Nanna vorüber: — sie bleibt regungslos: er stellt
sich links unten auf.

Von Sialand der Königssohn:
In Lethra steht sein Ahnenthron.

(desgleichen, wie oben der König)

Herold (will fortfahren, zu melden).

Hako (vortretend, unterbricht ihn).

Halt an! Hier kann's zu Ende sein!
Von allen Freiern ganz allein
Die beiden, die du ausgeschlagen, —
Sie wollten Zweikampf mit mir wagen:
Den andern, die zu frei'n gekommen,
Hat dieses Schwert die Lust benommen.

Hardrun.   So blieb mein Sohn allein zur Wahl.

Chor (alle stark einfallend).

Held Hako werde dein Gemahl!

(drohend gegen Nanna sich bewegend)

Hardrun.   Du schweigst? — — Du schüttelst stumm
            das Haupt? — —

Du willst wohl gar nicht dich vermählen? —
Doch, dieser Trotz ist dir geraubt:
Du kennst des Vaters streng Befehlen:
Wann zwanzig Jahre du vollendet,
Sollst du und mußt den Gatten wählen:
Drum sprich: wohin dein Herz sich wendet?
Dem Reich darf nicht der König fehlen!

Chor (in drohender Bewegung, steigernd).

Dem Reich darf nicht der König fehlen:
Du sollst, du mußt den Gatten wählen!

Hako (eilt, sie schützend, die Stufen hinan).

Hinweg von ihr! — (leise) o Herrin, sprich!

Gieb Hoffnung — und ich schütze dich:
Wie heiß mich wird der Aufschub quälen:
Bedenkzeit will ich dir gewinnen.

Nanna (steht auf — — laut, feierlich).
Ich kann nicht wählen den Gemahl!

Hardrun. Hako. Chor.
Was spricht sie da? Ist sie von Sinnen?
Warum, sprich, weigerst du die Wahl?
Seht ihr den Trotz, der sie beseelt!

Nanna. Ich kann nicht wählen den Gemahl:
Weil — den Gemahl — ich — schon gewählt.

(Alle stürmen in wilder Aufregung nach vorn, Nanna schreitet königlich und stolz
die Stufen hinab.)

Hardrun. Ha! Was ist das? Wir sind betrogen!
Die Kälte hat sie nur gelogen
Und heimlich hat ihr im Gemüt
Verbot'ne Leidenschaft geglüht.

Hako. Längst ahnte das die Eifersucht!
Doch schwer soll meines Hasses Wucht
Den Nebenbuhler niederschlagen.
Wer ist dein Buhle? Wirst du's sagen?   (Chor wiederholt.)

Hako. Sprich, welcher König? Welcher Held?
Rasch, nenn' ihn, daß mein Arm ihn fällt!

Chor. Sprich! Welcher König, welcher Held,
Ist's, dem das Reich zu eigen fällt?
Den Namen! Den Namen.

Hako.   Was sie jetzt spricht!

Nanna. Den Namen nennen — kann ich nicht!

Hako. Den Namen des Frevlers, — du willst ihn nicht
nennen?

Hardrun. Du wirst doch den Namen des „Gatten"
kennen?

Nanna. Ich kenn' ihn nicht!

Hardrun. Chor. Schmach ohnegleichen!
Wir sind geschändet vor allen Reichen!
Dem Unbekannten gab sich hin,
Dem Namenlosen, die Königin!

Hako (sehr ritterlich). Wo weilt der Dieb, der dich betrogen,
Daß ich an ihm dich rächen kann!
Durch Berg und Thal, durch Land und Wogen
Such' ich den Frevler und ... —

Nanna. Halt an!
Er ist kein Frevler, — er ist rein und licht:
Doch, wo er weilt — ich weiß es nicht!

Hardrun. Ha, das ist Hohn!
Wollt ihr vor allen Nordlandssöhnen
Euch täuschen lassen und verhöhnen
Durch dieses trotzgemute Kind?
Was sie da sprach, ist nur erfunden,
Daß sie, der Gattenwahl entbunden,
Fort lebe frei und starrgesinnt.

Hako. Wer Nanna kennt, der weiß, daß sie nicht lügt!
Doch sage, wie das Rätsel sich gefügt,
Das dich umstrickt?

Nanna (innig). Ein Gott hat mir es zugeschickt.
Im Wald sich unsre Herzen fanden:
Ein Fremdling ist er diesen Landen:
Die Lippen bindet ihm ein Eid.
Nicht darf er seinen Namen nennen:
Nicht darf ich seine Heimat kennen:
Doch sein bin ich — in Ewigkeit.

Hardrun. Hako. Chor.
Das ist der Thorheit tiefste Nacht!

Nanna (sehr ideal). Das ist der höchsten Liebe Macht!

Hardrun. Erfunden ist die ganze Mär.

Nanna. Hier diesen goldnen Ring — schaut her! —
Gab mein Gemahl als Unterpfand
Mir unsres Bundes in die Hand.

Hako. Fort mit dem Ring!

Nanna.   Mit meinem Leben
Allein will diesen Ring ich geben!
Gewählt ist meine Wahl:
Der Fremdling, mein Gemahl,
Ist nach des Vaters Eid zugleich
Der König in diesem Volk und Reich.

Chor. Ha, welche Kühnheit! welcher Hohn!

Nanna. Sein eigen ist diese goldne Kron'!
Sein ist, dem ich mich eigen gab,
Mein Land und dieser Königstab.
Ihr, die ihn frevelnd wollt beschuldgen,
Als eurem Herrn sollt ihr ihm huldgen!

Chor. Ha, welche Kühnheit! welcher Hohn!

Nanna. In eures Herrn und Königs Namen,
Als seine Gattin steh' ich hie:
Die ihren Herrn zu suchen kamen, —
In seinem Namen grüß' ich sie.

(Unwillige Bewegung aller.)

Hako. Dem Fremdling soll das Haupt ich beugen!

Nanna. Ihr trotzt? ihr fragt, ob von Sinnen ich sei?
Doch die Götter stehn der Unschuld bei.

(Auf die Baldurstatue zuschreitend, ihr das Szepter in die hohle Hand steckend.)

Gott Baldur, der das Recht du wahrst,
Der du die Wahrheit offenbarst:
    Gott Baldur, du sollst für mich zeugen!
Gott Baldur, du hüte den Königsstab,
Womit ich dies Reich dem Fremdling gab:
Die trotz'gen Empörer, beuge sie!

(Sie steht unter der Statue, alles Volk stürmt drohend auf sie an.)

(befehlend)

Vor eurem König — auf die Knie'!

(Alle stürzen wie blitzgetroffen ins Knie: Pause: Mufif.)

Hake (aufspringend). Ha, Frevel und Schmach! das war
Zauberkraft!

Hardrun. Ihr Männer auf, aus dem Staub euch gerafft!

Hake. An einen Fremdling das Reich verraten!

Hardrun (winkt ihren Kriegern, ergreift Nanna, diese wird auf ihren
Befehl gefesselt).

Buhlschaft im Walde! Zauberthaten!
Gefangen führ' ich die Frevlerin fort,
   Im Balburtempel berg' ich sie dort:
Nicht fürder zu Walde soll buhlend sie fahren,
Im Heiligtum will ich sie wahren,
Im Heiligtum, das Baldur geweiht
Und der Jungfrauen keuschester Heiligkeit:
Das Volksgericht soll ihr Los entscheiden.

   Schlußchor. Ergreift die trotzige Frevlerin!
Dem Fremden im Walde gab sie hin
Das Reich, die Ehre, sich selber zumal,
Ihren Buhlen nennet sie Ehgemahl
Und weigert dem Lande die Königswahl.
Fort führt sie gebunden in Ketten!
   Laßt sehn, ob ein Gott sie wird retten.

———

III. Aufzug.

Das Innere des Baldurtempels. In der Mitte im Hintergrund auf Stufen der Altar: auf diesem die lebensgroße Statue Baldurs. Finsteres, überall strenggeschlossenes Gewölbe. — Im Mittelgrund rechts eine Thür, links vorn, von einem Vorhang verhüllt, ein Fenster. Nacht. — Es wird erst hell, als durch die Thür eintritt der Chor der Priesterinnen mit Fackeln: dann Hardrun und Nanna, diese ganz in weiße Schleier gehüllt und gefesselt.

————

Erste Scene.

Chor der Jungfrauen. Hardrun. Nanna.

Chor der Jungfrauen.
Mich ergreift ein ahnend Schauern
    Hier in heil'ger Tempelnacht:
Denn es webt in diesen Mauern
    Still des reinsten Gottes Macht.
Weh der Frevlerin, die schuldig
    Den geweihten Ort betritt:
Doch der Reinen nahet huldig
    Baldur mit dem Segensschritt.

Hardrun. In Einsamkeit, in öder Muße,
    Verstockte, sollst du harren hier:
Bis daß, zerknirscht von Reu' und Buße,
    Dein hartes Herz zerbricht in dir.
Das ganze Volk, das dich soll richten,
    Hat tief dein Freveltrotz empört:
Sein Urteilsspruch wird dich vernichten:
    Und nur mein Haß, blindbethört,

Er will, er kann dich jetzt noch retten:
  Sei sein, — so fallen diese Ketten:
Er ist dir treu geblieben:
  Er will dir deine Schuld verzeihn.
  Nanna. Wie? Eine Schuld mein heilig Lieben?
Kein Stern am Himmel ist so rein!
  Hardrun. Verharre denn im Trotz der Schuld!
Verscherze noch die letzte Huld.
Bis daß dich ruft das Volksgericht,
Verläßt du diese Stätte nicht.
Der Keuschheit ist der Ort geweiht,
Gehütet in Jungfräulichkeit
Von edler Priesterinnen Schar:
Hier, hingestreckt am Weihaltar,
Hier seufze deinem Buhlen nach,
Der dich in Schmerz gestürzt und Schmach.
  Nanna. Er wird mich retten aus der Not.
  Chor (heftig). Wagt er sich her, trifft euch der Tod!
Ein Liebespaar in diesen Hallen!
Dem Opfertode wär's verfallen!
  Hardrun. Sorgt nicht, daß solcher Frevel droht!
Mein Sohn hält Wacht mit starken Scharen,
Dies Heiligtum vor Schmach zu wahren! —
(zu Nanna)
Der im Wald dein thöricht Herz gewann,
Laß sehn, ob er dich retten kann.
  Chor (im Abziehen).
Mich ergreift ein banges Schauern!
Welches Los wohl ihrer harrt?
Heilig webt in diesen Mauern
  Baldurs reine Gegenwart.

Zweite Scene.

Nanna allein.

Nanna. Sie zieh'n dahin! — Ihr Sang verhallt —
Schwer fiel der Eisenriegel ein —
Ich bin in der grimmen Feindin Gewalt!

(sie tastet umher)

Rings alles finster — geschlossen — kalt!
Kein Ausweg — keines Lichtes Schein! —
Ich bin allein,
    Allein in diesen ahnungsvollen Räumen! — — —
Nein — nicht allein!
Sein Bild wird überall bei mir sein!
Von seiner Liebe darf ich träumen.

(Pause)

O unaussprechlich heil'ge Macht,
    Die rasch mein ganzes Herz bezwungen!
Welch Wunder hast du an mir vollbracht?
    Mit Flammen hast du mich durchdrungen!

(Pause)

Still, einsam, trotzig, stolz, verhalten, —
    Ging ich durch all' die Menschen hin,
Bis plötzlich mir mit Glutgewalten
    Sein Blick, sein Wort bezwang den Sinn.
Ach ihn, ach ihn nur kann ich denken,
Nur in sein Wesen mich versenken:
Und soll ich niemals mehr ihn schauen,
Ich bin die seligste der Frauen!
Er hat sein Lieben mir bekannt, —
Er hat mich seine Braut genannt, —
Ha, was auf Erden fürcht' ich noch?
Ich weiß mich dein auf ewig doch!

Und soll ich einsam hier vergehen,
  Dein leuchtend Antlitz nie mehr sehen —
Ertragen will ich's ohne Wanken,
  Ich will für jeden Schmerz dir danken,
Den ich um dich ertragen darf! —
(Pause)
Doch mehr als Schmach und Schande scharf,
Und mehr als diese Ketten schwer,
Quält mich dies starke Herzbegehr, —
Dies tiefe, heil'ge, heiße Sehnen!
Zum Springen will das Herz sich dehnen!
Nicht Schmerz, — nein, Sehnsucht strömt in diesen Thränen!
Ich weiß, ich weiß, du kannst den Ruf nicht hören:
Und doch will Sehnsucht mir das Herz bethören:
Ich rufe dich aus tiefstem Seelengrunde:
Komm, o Geliebter, komm in dieser Stunde!
(Sie sinkt auf dem Altar vor der Statue zusammen.)

Dritte Scene.

Nanna. — Fremdling (tritt aus der sich öffnenden Statue), es wird ganz hell.

Fremdling (sich über sie beugend, sie erhebend).
Du riefst nach mir: — —
Ich bin bei dir!
Das ist der wahren Liebe Macht!
  Nanna. Bin ich aus Todesnacht
Im Himmel auferwacht?
Ich will nicht staunen, — nicht fragen, —
Nur glühenden Dank dir sagen.

Duett.

Nur wer der Sehnsucht Qual getragen,
In wachen Nächten, grauen Tagen,

Der Trennung herzverzehrende Pein, —
Nur der kann von der Liebe sagen!
  Mein Frühling du, mein Sonnenschein!
Du bist mein Licht, du bist mein Leben!
  Mein ganzes Sein will ich dir geben,
Will leben nur in dir allein!
  Die ganze Welt ist mir versunken,
  Ich hange bebend, wonnetrunken,
An deinen Blicken ganz allein,
O du mein Glanz, mein Sonnenschein!
  Nanna. Bist du ein Zaubrer, teurer Mann,
Der Stein und Erz durchdringen kann?
  Fremdling. Das ist der stärkste Zauber nicht!
Der Zauber, der dir mein Herz gewann,
  Der strahlend aus deinen Augen bricht,
Der Zauber in deinem heiligen Lieben —
  Er hat mich zwingend hergetrieben.
Ein Sehnen, mächtig wie das deine,
  Es zwinget Erz und Stahl und Steine.
Ein Sehnen, heilig wie das deine,
  Es kann mit seiner Kraft und Reine
Die Sterne, die am Himmel kreisen,
Herniederziehn aus ihren Gleisen.
Deß' sollst du selig inne werden:
So mächtig ist kein Ding auf Erden,
  Als echte Liebe tief und wahr.
  Nanna. Nicht forsch' ich mehr: — ich hab's versprochen!
Längst wußt ich's: du bist wunderbar.
  Fremdling. Doch, welche Schuld hast du verbrochen,
Daß Fesseln drücken deine Hände?
  Nanna (lächelnd, die Hände erhebend).
Daß ich dich liebe sonder Ende, —
  Das, teurer Freund, ist meine Schuld!

Fremdling (berührt die Fesseln — sie fallen).
Hinweg damit! Laß sie mich küssen,
Die Schmach um mich erdulden müssen.

(küßt ihre Hand, will sie an sich ziehen: — sie entzieht sich)

Wie? — Bangt dir um der Götter Huld,
Daß du dich meinem Arm entziehst, —
Daß meinen heißen Blick du fliehst?

Nanna. Nicht bang' ich für mich um der Götter Huld!
Doch wehe — wenn dich sie strafen,
Daß wir hier in Liebe uns trafen. } mit gesteigerter Angst.
Weh mir, mein selbstisch Lieben   flehend
Hat dich hieher getrieben!
Flieh, o Geliebter, flieh!
Der Tod bedroht dich hie.

Fremdling. Vor Odhin hab' ich laut geschworen,
Daß ich mir dich zum Weib erkoren,
Und sei mein Haupt darum verloren!
Du sollst mein Weib, mein eigen werden.

Nanna (an seiner Brust: vorher keine Umarmung).
Ich bin die Seligste auf Erden!

Fremdling. Du wagst dich kühn an meine Brust?
Und dennoch ist dir klar bewußt: —
Wenn hier ein Weib in Liebe loht, } Nanna nicht bejahend,
Bedroht es Blitzstrahl mit dem Tod? } selig lächelnd
Bangt nicht dir vor des Gottes Zorne,
Dem heilig dieser Weihaltar?

Nanna (begeistert). Die Liebe ist die stärkste Norne!
Und dein bin ich auf immerdar!
Wenn du dein Haupt in Todes-Wagen
Hast mir zu lieb' hieher getragen: —
Meinst du, ich werd' an Mut dir weichen?
Im Lieben — bin ich deinesgleichen.

Fremdling. Scheu'st du nicht Baldurs Weihaltar?

Nanna. Wohl stets vor allen Göttern war
Gott Baldur mir zumeist geehrt!
Doch, ob sein Blitzstrahl mich verzehrt, — — }
Mehr als die Götter lieb' ich dich. } in jubelnder
Du warbst mein Gott — und dein bin ich. } Begeisterung

(Es donnert von links her.)

Fremdling (reißt den Vorhang vom Fenster; — es blitzt und donnert).
Hörst du des Donners drohenden Ton?
Die Götter rüsten die Strafe schon.
Ich aber trotze dem Verderben.
Komm, sei mein Weib, und laß uns sterben!
Wer weiß, ob je in künft'gen Tagen
Ich kann um dich die Arme schlagen:
Jetzt halt' ich dich, — jetzt sind wir beisammen!

(starker Blitz und Donner)

Sprich, wagst du zu trotzen den rächenden Flammen?
Nanna. Dein bin ich auf ewig trotz Flammen und
Strahl,
Auf Tod und Leben, — du mein Gemahl!
Fremdling (mit immer mehr wachsender Glut).
Hinweg mit dem Schleier! Er birgt mir dicht

(Nanna widerstrebt leise)

Dein liebeleuchtendes Angesicht.
Hinweg mit dem Schleier! Komm an mein Herz!

(Er zerreißt den Schleier, der in zwei Stücken auf die Erde fällt.)

Nanna (nach kurzem Kampf).
Mich durchschauert die Liebe mit seligem Schmerz!
Und nah'n alle Götter im Flammenschein, —
Mein ewig Geliebter — ich bin dein!

(Stürmische Umarmung: Blitz und Donner.)

———

Vierte Scene.

Vorige. Hako. Gleich darauf Königin, Priesterinnen, Volk.

Hako (schwingt sich von außen auf das Fenster, späht herein).

Ich hörte Stimmen, — ich sah zwei Schatten! —

(Der Blitz schlägt hart vor dem Paar in den Boden.)

Nanna (aufschreiend).

Straft mich, ihr Götter! Schont meinen Gatten!

Hako (springt herein).

Was seh ich? Ha, ist es Zauberverblendung?
Nein! Frevel und Schmach und Tempelschändung!
Ein Mann in dem Tempel! Der Fremdling! Herbei,
Ihr Genossen mit Waffen und Waffenschrei!
Stirb, du Verhaßter, von Hakos Streichen!

(Holt mit der Streitaxt furchtbar aus.)

Fremdling (hebt die Hand gegen ihn: Hako bleibt gelähmt stehen).

Held Hako, töte deinesgleichen!

(versinkt)

(Dumpfer, fern abziehender Donner.)

Nanna. Er entkam! Dank den Göttern! Er ist gerettet!

Hako (sich aus seiner Betäubung erholend, stürmt nach dem Hintergrund, schlägt mit der Axt die Thüren entzwei: Königin und Volk strömt herein).

Herbei, herbei!   }
Hört den Waffenschrei! } wiederholt
Der entweihte Tempel soll nicht mehr stehn.
Er soll mit seiner Schmach vergehn.

Chor. Entsetzlicher Frevel! Was ist geschehen?

Hako. Ich hab' es mit meinen Augen gesehen!
Der Fremdling, ihr Buhle, er drang hier ein!
Seht ihre Hände der Fesseln entkettet.
Durch Zauber hat er in Flucht sich gerettet.
Ich sah sie liegen in seinen Armen!

Chor (wütend). So muß sie sterben sonder Erbarmen!
So muß sie den Göttern geopfert sein!

Hako (erschrocken).

O weh mir! Was that ich! Nein, nein, nein!
Mich täuschte mit Blendwerk Zauberschein.

Hardrun. Ha, seht ihr zerrissen den heiligen Schleier?
(hebt ihn auf)
Dem Heiligtum nahte der frevelnde Freier,
Durch Zauber löste er ihr die Ketten ... —
(hebt sie auf)
Nein, verblendeter Sohn (Hako abwehrend), nicht sollst du sie retten.
Ich kenne sie gut: — aus eigenem Mund
Verdirbt sie ihr Trotz: — sie kann nicht lügen.
Seht, den Siegesstolz in ihren Zügen!
Ich frage dich, gieb die Wahrheit kund:
Sprich, hast du hier den Geliebten umarmt?

Nanna. Wie in freudigem Stolz mir das Herz erwarmt!
Ich trotzte den Göttern in heiligem Wagen:
Meint ihr: ich werbe vor euch verzagen?
Meint ihr, verleugnen werb' ich, verschweigen,
Die Seligkeit, die mir ward eigen?
Ja, vernehmt es alle: — das Wort ist wahr:
Ja, ich küßte den Gatten vor diesem Altar!

Chor (alle, außer Hako). Brich, heiliger Tempel, über sie ein!
Das muß im Tode gesühnet sein!

Hako. Verfolgt den Verführer, — doch schont der Armen!

Chor. Nein, sterben soll sie sonder Erbarmen!
Die Götter, — sie müssen versöhnet sein.
Schlagt sie in dreifach lastende Ketten, —
Nicht nochmal soll sie der Frevler erretten.
Fort schleppt sie zu Schmach und Todespein.

Nanna. Ich folg' euch willig: — ich sterbe gern!
Darf ich doch sterben — um meinen Herrn!

———

IV. Aufzug.

Urwald: finster, schaurig. Winter oder doch Vorfrühling: alles
grau und lichtlos; rechts vorn in der Versenkung wird ein Grab
gegraben, mächtige Felsplatten lehnen dort, es zu schließen. —
Im Hintergrund erscheint in der letzten Scene der Götterjaal wie
in der ersten Scene des ersten Aufzugs. — Düstere, schauervolle
Musik bereitet das Lied der Totengräber vor.

Erste Scene.

Zwei Totengräber (stehen arbeitend in der Versenkung).

Erster. Bein zu Stein,
Stein zu Bein,
Fleisch zu Staub und Erde!
Zweiter. Lebensnot
Stillt der Tod:
Grab: du Ruhhaus: — werde!
Beide. Starker Arm,
Herzblut warm,
Liebliche Gebärde,
Goldnes Haar,
Augen klar: —
Alles schlingt die Erde!
Erster. Schon manches Grab hab' ich gegraben,
Gewölbt schon manchen Hügelbau.
Zweiter. Für zarte Mädchen, rasche Knaben,
Für starken Mann und blüh'nde Frau.
Erster. Und hart zerdrück' ich jede Zähre!
Der Totengräber niemals weine.

Zweiter. Auf daß die Thräne nicht versehre,
  Wie Brand, das tote Herz im Schreine.
Erster und Zweiter. In jedem Menschenleid versucht,
  Hat sich mein Herz, versteint in Stärke:
Die Schaufel aber sei verflucht,
  Die mir gedient bei diesem Werke.
Das Königskind, das mild in Gaben
  Der Armut Hütten stets gesucht,
Lebendig wollen sie's begraben:
  Ha, dieses Grab — es sei verflucht!

(Ab nach links.)

Zweite Scene.

Von hinten rechts treten auf in langem Zuge Hardrun, Nanna, stark gefesselt, mit gelöstem Haar, in grauschwarzem Gewand, Priesterinnen, Krieger,
Frauen.

Chor der Priesterinnen und Frauen.
Der Fremdling war's im grünen Mantel,
  Ums Lockenhaupt den Veilchenkranz,
Er hat bethört die Königstochter,
  Die er geführt im Reigentanz.
Er kam, man weiß es nicht, von wannen,
  Er schied und niemand weiß wohin:
Du bist betrogen, Königstochter,
  Und Schmach und Tod ist dein Gewinn.
Gesamtchor. Der Urteilsspruch, er ist gefunden
  Und furchtbar ist das Strafgericht:
Da, seht die Frevlerin gebunden
  Und immer noch bereut sie nicht.
Der heilge Tempel ist geschändet,
  Darin das Paar der Liebe pflag:

Sie sei zur Nacht hinabgesendet,
　Hinweggetilgt vom reinen Tag.

Hardrun. Schau dieses Grabes schaurig Gähnen!
　Lebendig nimmt es bald dich auf. —
Uns all' verschmähend flog dein Sehnen
　Hochmütig zu den Sternen auf.
Uns hast du still und stolz verachtet,
　Nach Ewigem hast du getrachtet,
Du strebtest nach den Himmelshallen
　Und bist in Schuld und Schmach gefallen,
So ergeh' es auf Erden allem Streben,
　Das sich einsam will über andre heben!

Nanna. So leb' denn wohl, du goldne Sonne,
　So leb' denn wohl, du Himmelsluft!
Wohl sog' ich gern in selger Wonne,
　O heilger Frühling, deinen Duft.
Wohl trank ich gern in durstgen Zügen
　Den Morgenhauch wie kühlen Tau:
Dem Auge wollte kaum genügen
　Das Meer des Lichts im Himmelsblau.
So lebt denn wohl, ihr Blumen alle,
　Ihr stillen Freundinnen im Thal:
Ihr Böglein mit dem süßen Schalle,
　So lebt denn wohl viel tausendmal.
Wohl wird es wieder Frühling werden,
　(vivace) Aufsprießen die Blumen dann alle mit Macht: —
Mich aber deckt in dunkler Erden
　Ein schwerer Stein in ew'ge Nacht.

Hardrun. So faßt um deine Schuld
　Dich endlich bittres Reuen?

Nanna. Bereuen des Geliebten Huld?
　Ich thäte jede That vom neuen!

Hardrun. Habt ihr gehört den Trotz, den Hohn?
Hinab! Nimm deiner Frevel Lohn!

(Aus dem Gebüsch zur Rechten hinter dem Grabe tönt leiser Vogelgesang.)

Nanne (lauschend).

Ich folge gleich! — Was singt so fein?

(Pause: Vogelgesang)

Ich meine, das muß Rotkehlchen sein!

Rotkehlchen,
Singe-Selchen!

Wir haben uns immer so gut vertragen!
Dir will ich die letzten Grüße sagen.
Flieg', über die Berge, landaus, landein,
Flieg', bis du gefunden den Liebsten mein.
Dann sag' ihm: „sie starb! — Sie starb für dich —
Und noch im Tode sie segnete dich!"

(Wird von den Kriegern ergriffen: Lärm vorn links.)

Hardrun. Welch Lärmen dort? Welch Drohn und
Schrein?

Ein Krieger (meldend, von links).

Hardrun. Das Volk! Das Volk will sie befrein!

(hinausblickend)

Es bringt mit Macht auf die Wächter ein.
Die Kinder sind es, die Alten, die Armen!
Den Elenden zeigte sie viel Erbarmen.
Denn also hat sie's immer gehalten:
Mit uns nicht wollte sie walten:
Zu den Kindern und Armen hat sie's getrieben!
Laß sehn, was ihr frommt der Ohnmächtigen Lieben.

(Im Stil des Volkslieds.)

———

Dritte Scene.

Vorige. Ein Haufe Volkes, Kinder voran, Greise, Arme, Kranke, auf Krücken
gestützt, bringt von links vorn durch die widerstrebenden Krieger herein.

Chor. Gebt sie heraus! Sie soll nicht sterben!
Sie soll so furchtbar nicht verderben,
Die junge Herrin gütevoll,
Der mild die Seele überquoll
Bei unsrer Not,
Die Hilfe bot
Den Kranken, den Alten, Armen,
Die mit den Kindern gespielt wie ein Kind,
In Thaten so gütig, in Worten so lind!
Gebt sie heraus! Heraus geschwind!
Habt mit der jungen Waise Erbarmen!

Hardrun (entreißt einem der Krieger das Schwert und schlägt auf die
Vorbringenden ein).

Hinweg mit euch, verächtlicher Troß!
Ihr Krieger, verscheucht sie mit Schwert und Geschoß!
    (Die Krieger drängen das Volk mit den Speeren hinaus.)
Da sieh: — das ist deiner Freunde Macht.

Nanna. Empfange mich, heilige Todesnacht!

Chor. Hinab mit ihr und ihrer Schande!
Entsühnet werden diese Lande
    Durch der Verfluchten Tod allein!

Nanna (tritt dicht an das Grab).

———

Vierte Scene.

Vorige. Hako (behelmt, voll gewaffnet, stürmt von rechts herein, sich durch
die Krieger Bahn brechend).

Hako. Halt ein! Halt ein!
Ich breche, Nanna, deine Bande!
Ich will noch jetzt dein Retter sein!
Ich will dir alle Schuld verzeihn.

Hardrun. } Mein Sohn! Was wagst du! Welche Schmach!
Chor. } (O Held!)
Hako. Nur laß von ihm, der dein Leben zerbrach!
Nur laß von dem Flüchtling, der dich verraten!
Da schaust du das Ende seiner Thaten!
Er hat dich bethört,
Hat dein Herz zerstört,
Er durfte, der Sel'ge, dich liebend umfassen
Und nun hat der Feigling dich verlassen!
Mich hast du verschmäht, mich hast du verachtet:
Ich aber, jetzt, da das Grab dich umnachtet,
Da dich furchtbar bedroht
Der grausamste Tod, —
Ich stehe zu dir in Schmach und in Not!
Durch der Krieger Schwarm
Brech' ich dir Bahn mit gewaltigem Arm!
Ich fliehe, mit dir geächtet, verbannt,
In den Wald aus unsrem Heimatland.
Ich will dich befrei'n!
Nur vergiß den Verräter und werde mein.
    Nanna. Hako, — du bist ein wackrer Held . . . —
    Hako (freudig einfallend). Du folgst mir? Gegen die ganze
                               Welt
Soll dich verteid'gen dieser Arm!
    Nanna. Dein Sinn ist kühn, dein Herz ist warm.
Doch — Weibesliebe kennst du nicht!
Bis dieses Herz in Stücke bricht,
Lebt Er allein in diesem Herzen:
Wie nur Ein Herz und Einen Leib,
Hat Eine Liebe nur das Weib.
Und jauchzend unter Todesschmerzen,
Sterb' ich für ihn, den ich geliebt!
Ja, ob in Glut die Welt zerstiebt, —

Sein bin ich über alle Zeit —
Denn Liebe: das heißt Ewigkeit!

(Motiv aus dem ersten Aufzug.)

Hako (will sie ergreifen). Ich rette dich, ob du willst, ob nicht!

Nanna (stößt ihn weg). Hinweg von mir! — Leb wohl denn,
Himmelslicht!

(springt in das Grab)

Geliebter: — ewig bin ich dein!

Fünfte Scene.

Vorige. Donnerschlag: nachdem die bisher finster unheimliche Stimmung und Beleuchtung plötzlich in glänzenden Frühlingsschein verwandelt ist, steht Baldur neben ihr im Grabe; in göttlicher Erscheinung, wie in der ersten Scene des ersten Aufzugs, nur um den Helm den Veilchenkranz: was von der im Chor geschilderten, plötzlich eintretenden Umwandlung der Natur in schönste Frühlingsstimmung scenisch dargestellt werden kann, soll dargestellt werden (die Musik drückt dies plötzliche Frühlingwerden höchst wirkungsvoll aus).

Erster Halbchor. Ha, welch' ein Rauschen in den Lüften!

Zweiter Halbchor. Es blitzt, es donnert, braust und weht!

Erster Halbchor. Ein süßer Hauch von Veilchen=
düften . . . —

Zweiter Halbchor. Berauschend durch die Wipfel geht.

Erster Halbchor. Hie Sonnenschein! Dort Regenbogen!

Zweiter Halbchor. Ein Schwalbenflug, — er zwitschert hell.

Erster Halbchor. Der Rasen grünt! Die Büsche knospen!

Zweiter Halbchor. Und aus dem Eise bricht der Quell.

Gesamtchor. Die Erde bebt! Und aus dem Grabe,
Umstrahlt von lichtem Götterglanz,
Der Fremdling steigt in Asgardhschöne
Und um den Helm den Veilchenkranz.

Baldur. Ja, Nanna, ewig bist du mein!

(Alles Volk stürzt auf die Knie: Baldur und Nanna treten aus dem Grab in die Mitte vor.)

Chor. Gott Baldur! Baldur, hab Erbarmen!

Nanna (selig). An deiner Brust! In deinen Armen!
Und ob mich verbrennt dein Götterkuß, —
Ich bin dein Weib: — ich will, — ich muß! —

Baldur. Nicht sterben! Nein, zu ew'gem Leben
Nach Asgardh sollst du mit mir schweben!
Bestanden hast du alle Proben
Der Liebe, wie kein Weib vor dir.
Doch das war kein Spiel, geplant von mir:
Ich habe nie gezweifelt an dir!
Doch, es galt zu zeigen den Göttern da oben,
Daß ein irdisch Weib des Himmels wert.

(zu Halo)

Du Held, zu deines Hochsinns Lohne,
Nimm dieses Reiches Königskrone:
Stets Sieg verleih' ich deinem Schwert.

(Halo und Volk steht auf)

Ihr andern aber: — ehrt fortan
Ein tiefes Herz, das stolz und still
Auf eignen Wegen wandeln will.
Ihr seht, daß es den Himmel gewann!
Das Sehnen, das nach dem Ewigen trachtet,
Ihr habt's verspottet und verachtet:
Doch das Höchste wird nur höchstem Sehnen.

Nanna. Ich finde nicht Worte: — nur selige Thränen.
Wie soll ich tragen ein Götterlos?

Baldur. Heil Nanna dir, unsterblich groß!
Ein Weib, das solche Liebe trug,
Ist für den Himmel reif genug.
Und weil du treu an mich geglaubt,
Hast du gerettet — mein eigen Haupt!
Schau, dort durch Gewölk her schimmert Walhall!

(Die Wolken zerteilen sich: in Asgardh werden alle Götter sichtbar, Loki kniet
beschämt vor Odhin.)

Schau, Odhin und Thor und die Himmlischen all,
Schau Loki, den Spötter, den Zweifler, beschämt!
(setzt ihr ein Sternendiadem auf, elektrisches Licht fällt auf ihr Haupt: das
schwarze Gewand gleitet ab und zeigt ein weißes goldglänzendes Götterkleid
wie Freias)

Mit der Göttinnen Kranz sei diademt!
Denn die Arme mit grüßendem Freuen
Streckt Freia und Frigg mit den Himmlischen all
Dir entgegen, der Göttin, der neuen.
Und Frühlingsgewölk, du herrliche Maid,
  Umfängt uns gleich Schwanenflügeln

        (ein Wolkenwagen senkt sich herab, beiden steigen ein)

Und ich rausche mit dir durch die Himmel weit,
Nach Asgardhs goldenen Hügeln!

        (Der Wagen fährt links ab.)

Schlußchor (der Götter und Alfen: gegen das Ende treten Baldur und
Nanna vor Odhin und knien: er legt die Hände auf ihre Häupter).

Jauchzet und jubelt, Asen und Alfen!
Liebe und Treue zum Sieg euch verhalfen!
Schaut, da kommt wie ein Adler im Bogen,
Sausend durch Wolken kommt Baldur geflogen!
Und an der Brust, mit leuchtendem Prangen,
Trägt er der Siegerin holde Gestalt.
Laßt uns die Göttin, die neue, empfangen,
Grüßt sie mit jauchzender Sangesgewalt!

Harald und Theano.

Operndichtung in vier Aufzügen

von

Felix Dahn.

Musik von Professor Lorenz.

Erstmalig erschienen 1880.

Leipzig

Druck und Verlag von Breitkopf und Härtel

1899.

Herrn Generalmusikdirektor

Franz von Lachner
in München

in hoher Verehrung

dankbar zugeeignet.

Personen.

Phalanthos, römischer Statthalter auf Kypros. (Baß)

Theano, seine Nichte und Mündel.

Glauke, deren Freundin.

Krates, ein vornehmer Kyprer. (Bariton)

Lysania, Oberpriesterin der Aphrodite.

Alra, indischer Königssohn, gefangen, Theanos Sklave, siebzehn Jahre alt. (Mädchenrolle)

Josephos, Ältester der Christengemeinde auf Kypros. (Baß)

Harald, Gefolgsherr einer Sachsenschar. (Tenor)

Halgast, sein Freund. (Tenor oder Bariton)

Kyprische und römische Große und Krieger.

Gäste des Phalanthos: Männer und Frauen.

Die Christen und Christinnen von Kypros, darunter auch Greise und Kinder.

Priesterinnen der Aphrodite.

Volk von Kypros.

Die Sachsen Haralds.

Tänzer und Tänzerinnen, Sklaven und Sklavinnen des Phalanthos.

Ort der Handlung: Amathus auf Kypros.

Zeit der Handlung: Anfang des vierten Jahrhunderts nach Christus.

I. Aufzug.

Tempel der Aphrodite auf der Akropolis von Amathus auf Kypros. Prachtvoller säulengetragener Saal. Stufenbau in vorn geöffnetem Halbkreis. Auf den Stufen, drei Reihen über einander, lagern auf Polstern Phalanthos, Lysania und ihre Gäste. Durch die obersten Säulenstellungen hindurch kann man (rechts und links stets von der Bühne aus gedacht) rechts einen praktikabeln, mit einzelnen Palmen und Oliven bestandenen Hügel sehen, über den hin ein Weg in das Innere des Landes zieht, dagegen links das blaue Meer: doch bleiben beide Ausblicke bis zur vorletzten und letzten Scene des Aufzugs gesperrt durch rote, reich mit Gold gestickte Vorhänge, die zwischen den Säulen aufgespannt sind und erst dann zurückgeschlagen werden.

An der zweiten Vordercoulisse rechts führen mehrere Stufen an eine Thür, welche, von außen mit goldnem, langen Stangenriegel und einem Vorlegeschloß gesperrt, in das Innere des Tempelbaus leitet. In der Mitte auf ebenem Boden der reich bekränzte Altar mit Marmorstatue der Aphrodite.

———

Erste Scene.

Glänzendes Fest: bacchantisch-aphroditisches Gelage des Phalanthos und der Lysania zur Feier des Taubenfestes der Aphrodite. Auf Polstern auf die Stufen gelagert Phalanthos, neben ihm Theano und Glauke in der Mitte, rechts Lysania, links Krates: zahlreiche Gäste. Kyprer und Römer, Männer und Frauen: hinter Theano Alra (ganz weiß gekleidet). — Sklaven und Sklavinnen in reichster, mannigfaltigster Tracht, auch Neger und gelbbraune Mauren, gehen umher, aus zierlichen Amphoren und Schalen Wein und Früchte reichend.

Halbchor. Auf und entzündet die Opferaltäre!
Spendet der Göttin, der goldnen Kythere,
   Myrrhen und Ambra von Amathus.

Vollchor. Kypros mit ewigem Dienste sie ehre,
Daß sie zuerst, aus dem schäumenden Meere
Tauchend, betrat mit dem glänzenden Fuß.

Phalanthos (sich erhebend). Hoch im Olymp bei ambrosischem
Mahle . . . —

Lysania (sich erhebend). Thronen die Götter in goldenem
Saale . . ., —

Krates (sich erhebend). Lächelnd der Menschen in seligem
Ruhn: —

Chor. Kränzet die Häupter und kränzt die Pokale,
Schlürfet Vergessen aus duftender Schale:
Gleich den Unsterblichen lasset uns thun!

(Lebendige Bewegung; die Becher werden von neu auftretenden Sklavinnen gefüllt: kurzer Tanz der Sklaven und Sklavinnen.)

Phalanthos. Ja, gleich den Göttern laßt uns thun!

Lysania. Nach sel'ger Lust ein sel'ges Ruhn.

Krates. Mit Lieb und Wein und Festgelag . . . —

Phalanthos. Als Inhalt füllet Tag um Tag.

Lysania. Genuß ist Leben, Leben ist Genuß.

Alle drei. Pflicht, Ernst und Arbeit in den Tartarus!

Chor. Genuß ist Leben, Leben ist Genuß:
Pflicht, Ernst und Arbeit in den Tartarus!

Phalanthos. Bald naht der Tod, bald deckt uns Nacht,

Krates. Ihn, der sich müht, wie den, der lacht:

Lysania. Da morgen schon hinab wir müssen . . .,

Alle drei. Laßt heut' uns trinken noch und küssen.

(Phalanthos umarmt Lysania.)

Theano (springt auf, in tiefer Entrüstung).

(Glauke und Alra folgen ihr.)

Hinweg von hier aus Gift und Schwüle!
Was zwangst du, Oheim, mich hieher?
Du weißt: ich hasse diese Pfühle,
Nach andrem Gott trag' ich Begehr:

Nach einem Gott, der ewig hehr.
Die Seele sehnt sich fort aus Kränzen
Zum Himmel, wo die Sterne glänzen:
    Sie will mit reinen Schwingen
    Zum Thron des Vaters bringen!

Glauke. Ich teile nicht Theanos Strenge ganz:
    Nicht darf ich ihrer Hoheit mich vergleichen:
Ich lache gern, ich liebe Sang und Tanz: — —
    Doch fern von eurem Treiben muß ich weichen.
Genuß und Lust will nicht ich schelten, —
Doch nur, wenn Tugend sie vergelten:
    Ihr aber hascht den Lohn voraus
    Und eure Thaten — — bleiben aus!

Theano. Welch andrer Sinn erhöhte Rom!

Glauke. Ihr sinkt aus Rausch in Lethes Strom!
Ihr tragt ein Schwert, Bart im Gesicht?
Ihr spielt nur Männer: — ihr seid es nicht!

Theano. Denn längst von euch wich Heldentum!

Phalanthos (spöttisch). Die Ahnen nahmen schon allen
                                 Ruhm!

Krates (ebenso). Sie schufen dieses Reiches Glanz . . . —

Lysania. Für sie das Schwert: — für uns der Kranz!
    (Schlingt einen Rosenkranz um des Phalanthos Haupt.)

Phalanthos. Für sie der Kampf: — uns das Genießen!

Krates. Laß dich ihr Schmollen nicht verdrießen!
Bald wandelt sich's, ward sie mein Weib.

Theano (hoch erregt).
          (Ara: stummes Spiel.)
Eh' treffe Blitzstrahl diesen Leib!
Mein Herz ist frei und Gottes meine Seele.

Phalanthos. Doch deine Hand gehorcht des Ohms Befehle.

Theano. Eh' soll mich Tod umnachten!

Krates. Du liebst mich nicht?

Theano. Lebt Lieben sonder achten?

(Zorn von Phalanthos und Krates.)

Krates. Das büßt du in der Ehe Ketten.

Theano. Ein Bote Gottes wird mich retten!

Alra. O dürft' ich für sie sterben!
Mit letztem Hauch noch um sie werben!
Mein Herz verzehrt dies tiefe Sehnen —
Doch Alra hat statt Waffen — Thränen.

Phalanthos. Genug der trotz'gen Mädchengrille!
Ich gab mein Wort: — fest steht mein Wille.
In wen'gen Tagen ist sie dein.

(Spiel von Theano, Glauke, Alra.)

Krates. Ein Bacchanal soll unsre Hochzeit sein!

Lysania (höhnisch). Dann, Jungfrau du, athenagleiche,
Verfallen sollst du Venus' Reiche!
Ei Krates lernte die Liebe bei mir: —
Wie ich ihn schulte, zeig' er dir!

Krates. Wohlan denn, vor den Zeugen hier
Mein Bräut'gamsrecht heisch' ich von ihr: —
Ihr Mund versagte spröd den Kuß . . . —

Phalanthos. Der Mann sein Recht erzwingen muß.

(Krates naht Theano: Glauke und Alra drängen sich schützend dazwischen.)

Lysania. Gleich ruht Athena in des Satyrs Armen!

Krates (Alra fortschleudernd, Glauke beiseite drängend).

Fort, Knabe! — — Nun sollst du erwarmen!
Eros, Eros kennt kein Erbarmen.

(Er will sie umarmen.)

(Theano erhebt voll Majestät, ohne ihn zu berühren, nur Hand und Arm: Krates bleibt, von ihrer jungfräulichen Hoheit gebannt, plötzlich stehen: er senkt gebändigt das Haupt: Gruppe: Theano statuengleich in der Mitte. Pause.)

Theano (hoheitvoll). Ihr Frevler! habt ihr nun gesehn,
Daß für das Heil'ge Wunder noch geschehn?
Nicht immer braucht der Gott den Strahl:

Er blitzt auch aus der Unschuld Augen:
Doch hütet euch: nah liegt sein Blitz bei ihm:
Und wollen Bitten nicht mehr taugen
Und ist erfüllt das Maß zumal,
   Leiht er sein Schwert den Cherubim,
   Die aus den Wolken niedersausen! — —
Ich warn' euch! — Ahnung weitet mir die Brust:
   Sinkt ihr noch mehr in Sündenlust,
   Wagt ihr, der Unschuld Recht zu brechen, — —
Weh euch! den Sturm schon hör ich brausen,
Der eure Frevel schlägt mit Grausen:
   Sei's aus dem Meer, sei's aus Gewitter,
   Der Reinheit kommt ihr Held, ihr Ritter: — —
Es lebt ein Gott, die Schuld zu rächen.

(**Theano** in heftiger Bewegung durch die Vorhänge rechts ab, **Alra** und **Glauke**
folgen ihr rasch.)

Zweite Scene.

Vorige ohne Theano, Glauke und Alra.
(Banges Staunen.)

Chor. Wie drohend traf ihr Wort!
   Wie lohend traf ihr Blick!
   Mir schwand die Freude fort:
   Die Lust ist mir zerstoben.
   Droht wirklich Strafgeschick?
   Zürnt doch ein Gott dort oben?
   Sind Götter, die da richten?
   Sind Götter, die da strafen?
Phalanthos. Ihr Freunde, bangt mitnichten!
Krates. Die Götter? — Laßt sie schlafen!
Hysania. Die Götter küssen selber gern! —
Phalanthos. Sie buhlen und zechen, die strengen Herrn,

Krates. Die Götter lügen und trügen

Lysania. Die Götter trügen und lügen,

Alle drei. Sie stehlen, morden und rauben — } (Chor
Ihr Gericht, — wer wird daran glauben? } wiederholt)

Phalanthos. Ha, wer die Götter will erreichen, —

Krates. An Wonnen muß er ihnen gleichen.

Lysania. Den Becher füllt und schlürft ihn leer! —

Alle drei. Genuß schreit laut nach mehr, nach mehr!

Phalanthos und Krates.

> Blumen, Wein und Tanz und Kuß,
>
> Ew'ger Durst und Überfluß,
>
> Taumel, Rausch und heiße Lust
>
> Schwellt uns Göttern gleich die Brust.

Lysania (winkt: Sklaven und Sklavinnen, Tänzer und Tänzerinnen in ägyptischer Tracht treten auf mit gedeckten Blumenkörben).

> Schaut her: ich hab' ein üppig Spiel
>
> Hieher verpflanzt vom heißen Nil:
>
> > Dort in der Isis süßen Nächten
>
> Wogt fessellos der wilde Tanz:
>
> > Sie sind geweiht des Eros Mächten
>
> Und Liebeswahnsinn füllt sie ganz.
>
> > Heut' ist der Göttin Taubenfest: —
>
> > Zeit ward, daß man sie fliegen läßt.

(Die Paare schreiten oder tanzen über die Bühne und stellen sich, nach Geschlechtern getrennt, auf beiden Seiten der Bühne einander gegenüber.)

Lysania (allein oder mit Frauenchor).

> Fliegt ihr weißen Tauben,
>
> Fliegt aus Myrtenlauben,
>
> > Fliegt der Göttin zu.

Andrer Frauenhalbchor.

> Singt, beschwingte Boten,
>
> Aus den Schnäblein roten:
>
> > Venus, groß bist du!

(Einzelne Männer und Mädchen öffnen den Deckel ihrer Körbe: weiße Tauben
fliegen in die Höhe und dann einem gegenüberstehenden Partner (Partnerin) zu:
Ballett: Tanz der Paare.)

Lysania (und erster Halbchor).

Traget hin und wieder

Gruß und Liebeslieder,

Holt und tragt sie zu. —

Zweiter Halbchor.

Und im Flügelschwirren

Sollt ihr gurren und girren:

Venus, — groß bist du.

(Ballett der Gesamtheit.)

Krates. Genug des Spiels! Das taugt für Kinder:

Für reife Venuspriester minder.

Ich weiß versteckt ganz andre Tauben,

(zu **Phalanthos** und den Gästen)

Viel weißre, schönre, — dürft mir's glauben:

Lysania birgt sie neidisch dort

In ihrer Cella geheimstem Ort:

Wohl hundert junge Priesterinnen: — —

Die Täubchen wollen wir gewinnen! (Männerchor wiederholt)

Krates. Aus Memphis, Gades und Tenedos

Sie geizig dort in die Cella schloß

Der schönsten Mädchen bunte Schar

Mit schwarzem, braunem und gelbem Haar:

Aus jeder Wüste, jedem Land,

Wo Liebesfeste sind bekannt,

Hat sie berufen Priesterinnen: —

Die Täubchen wollen wir gewinnen! — (Chor wiederholt)

Phalanthos und **Krates.**

Druidenweib vom Rhodanus

Den Mistelkranz im wirren Haar,

Germanin vom Danubius,

Die Locken gelb; das Auge klar,

Aſtartens Kind aus Wüſtenſand
   Und Lotosblumen vom Indusſtrand,
Vom Tagus die Ibererin,
   Von der Syrte die Numiderin,
Helleninnen wie Pheidias
   In Marmor nur ſo ſchön ſie maß,
Den ſtolzen Wuchs der Römerin,
   Die weich hin ſchmelzende Lyderin, —
Sie alle hält uns und dem Glück
   Der Riegel jener Thür zurück.
Heraus mit ihnen, wir weihen ſie ein:
Wir wollen der Neulinge Lehrer ſein.

Chor. Heraus mit ihnen! erbrecht das Thor!
   Zu Liebe, Jubel und Tanz hervor!

(Phalanthos, Krates und alle Männer in ſtürmiſcher Bewegung die Stufen hinauf gegen die Thür der Cella in der vorletzten Couliſſe rechts; Lyſania auf dem Altar der Venus in der Mitte allein erhöht, den Schlüſſel triumphierend hoch haltend: maleriſche Gruppe.)

Lyſania. Umſonſt! Nie zwingt die Pforten ihr, —
   (Vergebliche Schläge an die Thür.)

Lyſania (ſchmeichleriſch). Kauft ihr nicht ab den Schlüſſel
   mir.

Phalanthos. So nenne den Preis! Und nimm ihn
   gleich!
Und forderteſt du das römiſche Reich,
Ich würf' es dahin, hätt' ich's zu vergeben: —
Denn Luſt nur und Rauſch und Taumel iſt Leben!

Chor (wiederholt die letzten drei Zeilen: ſie toben in wilder Erregung um Lyſania).

(Plötzlich vernimmt man vom Hintergrund rechts her den klagend feierlichen, tief frommen, weltflüchtigen Kanon der Chriſten.)

Halbchor der Chriſten.
   Herr, der du am Himmelsthrone
   Herrſcheſt mit dem ew'gen Sohne,
   Aus der Tiefe rufen wir.

Vollchor. O laß uns gerettet werden
Aus den Banden dieser Erden,
Ew'ge Freiheit, auf zu dir.
(Die wild erregten Heiden stocken in plötzlicher Versteinerung.)

Phalanthos. Welch' Unkenlied stört unsre Lust?

Lysania (eilt in den Hintergrund, schlägt den ganzen Vorhang rechts zurück: man sieht in der Ferne über den Hügelweg hin die Christen ziehen (ohne Theano, Alra und Glauke). Greise geführt von Kindern. — Josephos, Männer und Frauen, malerisch ergreifende Gruppe).

Schau hin: — klar sei es dir bewußt: —
Die Christen sind's, die Gottverhaßten.

Chor (zornig, drohend). Die Christen sind's, die Gottverhaßten!

Krates. Ihr Götterdienst ist Schmerz und Fasten.

Lysania. Die Aphroditen abgeschworen,
Die Heuchler, Frevler, Thoren!
Zum Tode hat der Kaiser sie verdammt:
Nur hier für sie kein Scheiterhaufe flammt:
Hier deckt sie deiner Schwester Wahn.

Krates. Des Kaisers Wille sei gethan!
Der Christenwahn nur trägt die Schuld,
Daß mir Theano weigert Huld:
(Letzter leiser Klang des Christen-Chors.)

Lysania (zu Phalanthos).
Willst diesen Schlüssel du erwerben?
So sprich: „die Christen sollen sterben."

Chor. Auf! Sprich! Die Christen sollen sterben!

Phalanthos. Den Christen Tod! Sie sollen sterben.
(zu Krates)
Du triffst die ganze Rotte
In der Olivengrotte,
Dort greife sie! Sie sollen brennen,
Die Venus Glut nicht wollen kennen.

Krates. Nicht brennen! Vor die Gladiatoren!
Ja, ihnen zu Gegnern seien erkoren

Die wohl schon besiegt auf den blauen Bahnen,
Seeräubernde Sachsen, blonde Germanen.

(Leise von hinten links das Germanen-Motiv: Hörner.)

Krates und Phalanthos.
Ja gefangen in Bälde gewiß sind die Scharen
Der keck Barbaren:
Sie wollen im Sterben den Christen wir paaren.

Phalanthos. Auch hab ich hyrkanischer Tiger zwei,
Asiatischer Bestien mancherlei
Und Bären der Alpen und Atlas-Leun, —
Sie sollen der frommen Thoren sich freun.

Krates. Ich eile, zu greifen die düstre Gemeine.

(Krates ab im Hintergrund rechts.)

Phalanthos (zu Lysania).
Ich gab mein Wort: — nun erfülle das deine.
Den Schlüssel heraus! Und auf mit dem Thor!
Ihr Venus Geweihten, hervor, hervor!

Chor (wiederholt die letzten beiden Zeilen, in wilder Erregung Lysania
umbrängend).

Lysania. So mag denn beginnen der rasende Reigen,
Der Göttin verfallen, Kupido zu eigen!
Festkönig soll sein, wer am wildesten tobt
Wer am seligsten rast, sei als Meister gelobt:
Ich erschließe die Pforte — da schauet die Beute.

(Sie schlägt die erschlossene Thür nach innen zurück: man erblickt malerisch grup-
piert um einen kleinen Altar die jungen Priesterinnen in phantastischen Kostümen,
wie oben angedeutet: Römerinnen, Griechinnen, Germaninnen, Keltinnen, Ägyp-
terinnen, Inderinnen, gelbe Numiderinnen.)

Nun wählet und greifet und zwingt eure Bräute.

(Phalanthos und die Gäste stürmen in die Cella, führen die Widerstrebenden
heraus, wilde Bewegung: Ballett: Motiv: in immer gesteigerter Musik, in
immer rascherem Tempo Werbung um die anfangs widerstrebenden, immer mehr
von den Eindrücken des wilden Bacchanals Berauschten: Schlußgruppe: die
Priesterinnen in den Armen der Gäste.)

Phalanthos und **Lysania.**

Heil Aphrodite dir! Glühende Königin!
Völlig beherrschest du uns den berauschten Sinn!
Flatternde Locken
Wie feurige Flocken,
Herzen in Flammen
Lodern zusammen.
Rasender Wirbeltanz
Dreht uns im Kreise!
Das ist des Weltengangs   (Chor wiederholt)
Schwindelnde Weise.
Jaget das Maß und die Scheu in die Flucht!
Übermaß, Taumelrausch herrsche allein!
Reißet die Schranken ein schüchterner Zucht!
Chaos der Lüste, brich über uns ein.   (Chor wiederholt)
                (Gesteigertes kurzes Ballett.)

Phalanthos.

Hei, besser als unsere Ahnen, die Kalten,
    Kennen wir Venus und ihr Reich:
Sie flehten zu toten, verhüllten Gestalten: —
    Wir beten zum Leben heiß und weich:
Ha, marmorne Venus im Faltengewand, —
    Nicht du bist unsere Göttin mehr: —
Lysania hier dich überwand.
    Du bist nur Marmor: — doch sie . . . — schau her!

(Er hat Lysania auf den Altar im Vordergrund neben die Venusstatue gehoben,
hat ihren Mantel herabgerissen und ist im Begriff, ihr Obergewand herabzu-
zerren, als plötzlich mitten in den wildesten Wirbel dieser Orgie hinein kriegerisch,
martig, siegesstolz, heldenhaft, nordisch die Hörner der Germanen ganz nahe vom
                Hintergrund ertönen.)
(Plötzliches Erstarren der wild tanzenden, trinkenden, ringenden Paare: entsetzt
läßt Phalanthos Lysania fahren: Gruppe der beiden auf, der Gäste und
        der Priesterinnen, Sklaven und Sklavinnen vor dem Altar.)

Phalanthos.

Entsetzlich Getön! fällt der Himmel ein?

(Er eilt nach hinten links: dort stürzt ihm ein schwer verwundeter Römerfeldherr
in voller Rüstung entgegen, ihm pantomimisch seine Niederlage und der Germanen
Landung meldend: — dann sinkt der Verwundete in die Arme eines Sklaven.)

Lysania und Chor der ängstlich Gruppierten, nach hinten Schauenden.

Nahn feindliche Götter in strafendem Zorn?
War's Gigantengesang? War's ein kriegerisch Horn?

(Während **Phalanthos** verzweifelnd in den Vordergrund eilt, ziehen Sklaven
die Vorhänge links hinten zurück: man sieht das Meer, die Küste und daran
das große Drachenschiff Haralds, daneben mehrere kleinere Drachen, alle dicht
besetzt von den germanischen Kriegern in blitzenden Waffen, die Hornbläser voran.
Harald und Halgast nicht dabei.)

Phalanthos (ganz nach vorn stürzend).

Das Chaos der Schrecken brach über uns ein!
Weh mir! Uns allen weh!
Wir sind geschlagen zu Land und zur See!
Die Legionen sind tot, die Trieren verloren
Und die Germanen steh'n vor den Thoren.

(Chor wiederholt die letzten beiden Zeilen: entsetzte Gruppen; während die germanischen Hörner, wie ein Strafgericht des Himmels verkündend, herein schmettern,
fällt der Vorhang.)

II. Aufzug.

Die Christengrotte.

Nur zur vorderen Hälfte unterirdisch: in Felsgestein eine geräumige Höhle: zwei säulenähnliche Felsen stützen das Gewölbe im Mittelgrund: im Hintergrund führen Stufen rechts und links zu zwei Öffnungen der Höhle: außerhalb dieser beiden Öffnungen sieht man über einen praktikabeln Weg hinweg, der quer über die Bühne zieht, Himmel, Landschaft, Meer.

Wilde Rosen und anderes Schlinggebüsch am Eingang. An allen Wänden und an den beiden Felsenpfeilern, sowie an einem schlichten, in den Felsen gehauenen, dreistufigen Altar an der ersten Coulisse links die symbolischen Figuren des Katakombenstils in schlichten Linien: Lamm, Fisch, Taube, Kreuze.

Erste Scene.

Josephos und die ganze Christengemeinde: Männer, Weiber, Jünglinge, Mädchen, Kinder beider Geschlechter, Greise, Greisinnen.

Halbchor. Gott, der du vom Himmelsthrone
Herrschest mit dem ew'gen Sohne,
Aus der Tiefe rufen wir.

Vollchor. O laß uns gerettet werden
Aus den Banden dieser Erden,
Ew'ge Freiheit, auch zu dir.

Josephos (zu einem der Ältesten).
Mir ahnt, uns ist beschieden
Nicht länger Frieden:
Der Heiden Haß
Ohn' Unterlaß
Dringt blutig näher an:

Heil, wer gewann
Des Martyrtodes Krone,
Daß ihm vor Gottes Throne
Die ew'ge Palme lohne.

Chor (wiederholt).

Josephos. Mein Haupt steht tot-bereit:
Lang ist's dir, Herr, geweiht:
Doch, laß vorher mich nur die Eine,
Die tiefste Seele dir gewinnen:
Theano, Vater, sei die deine.
Dann will ich scheiden gern von hinnen.
Sie will uns wohl: doch hat sie noch
Nicht aufgenommen Christi Joch:
Sie schwankt, sie wankt: noch hin und her
Zieht Himmel sie und Weltbegehr:
So hold, so jung will sie nicht fassen,
Daß Welt und Freude sündig sind:
Schmerz, lehre sie die Erde hassen:
Durch Schmerz nur wird sie Gottes Kind.

(**Chor** wiederholt.)

Josephos. Ob sie zur Andacht heute kommt?
(wendet sich gegen die Stufen rechts, auf denen Theano mit Glauke und Alra sichtbar wird)
Sie naht! Sie ist's. O sei gesegnet!

Zweite Scene.
Vorige. Theano. Glauke. Alra.

Theano. Ich weiß, was meiner Seele frommt:
In dir ist mir das Heil begegnet:
Nur mancher Zweifel quält mich leise.

(Harald wird ungesehen von den Versammelten an der Mündung der Höhle links sichtbar: er verbirgt sich lauschend, dem Publikum halb sichtbar bleibend, hinter einem vorspringenden Felsstück.)

Josephos. Stimmt an aufs neu die fromme Weise.

Halbchor. Hab' Erbarmen, hab' Erbarmen,

Du der Schwachen Gott und Armen,

Der du reich und mächtig bist:

Vollchor. Deines Kreuzes heil'ge Weihe

Uns aus Erdenlust befreie

Zu dem Schmerz, der himmlisch ist.

Josephos (zu Theano, welche in stummem Spiel ihr Bedenken geäußert hat).

Theano, wie? Du sangest nicht?

Schön ist's doch, wenn der Kranz sich flicht

Des Sangs aus gleich gestimmten Seelen!

Theano (Harald tritt lauschend vor).

Ich darf dir nicht verhehlen:

Es stimmt mein Herz zum Liebe nicht!

Gern lausch' ich deinen Lehren,

Ins Innere einzukehren,

Zu üben Liebespflicht:

Doch hangt mein Herz an dieser Welt,

An ihrem Reiz, an ihrer Blüte:

Wie soll des Gottes Güte,

Der schön sie schuf und schön erhält,

Verwerfen seine eigne That?

Schau'n Unkraut in der eignen Saat?

Was gab er uns die Freude, wenn sie Schuld,

Und, sind sie Gift, was gab er uns die Rosen?

Josephos. Verachte sie, die dauerlosen,

Nur Buße bringt dir Gottes Huld.

Glauke. Ich kann es nicht glauben!

Nicht laß' ich mir rauben

Die Lust an des Lebens heiterem Spiel:

Soll Gott es behagen

Daß trüb wir entsagen

Dem Schönen, das freudig dem Herzen gefiel?
Ich lobe Musik und den gleitenden Reigen:
Dem Holden, dem Heitern fühl' ich mich eigen:
Nicht kann ich nach Schmerz, nur nach Freude mich sehnen!
Ach, es bleiben genug der notwendigen Thränen!
Mir hüpft durch die Adern das Blut der Hellenen.

Alra. Wie herrlich ist dies Götterbild!
Der Blick voll Kraft und doch so mild.
Des Leibes Bau im Rhythmus sich ergießt,
Daß wie Musik die Schönheit sie umfließt:
Ich muß sie immer und immer schauen:
Sie gleicht des Himmels weißen Frauen.
Sie bannt mich herzu, sie zwingt mich heran,
Daß ich immer „Theano“ nur denken kann:
Wie die dunkle Phaläne das strahlende Licht,
So zieht sie mich an: ich vermag es nicht,
Von der Holden die sehnenden Blicke zu trennen
Mag Herz mir und Leben darüber verbrennen.

(zu Theano)

Die Trauer, die die Christen preisen,
Tönt auch in meines Volkes Weisen:
Vernimm, o Herrin, die Trauersage,
Die sanfte Klage:

Romanze.

Traue nicht dem Gruß der Freude
Freude flieht und Trauer bleibt:
Singe Trauer, Volk der Inder,
Trauer ist des Lebens Kern.

An dem Rand des jungen Brunnquells
Schritt die Königstochter weiß:
Aus der Tiefe stieg der Quellgeist,
Liebe, Liebe nur im Sinn.

Und er warb um ihre Seele,
    Warb so zart, so rein, so treu,
Doch die stolze Königstochter, —
    Ach, sie merkte nicht sein Leid.

Und er drohte, zu versiegen,
    Hin zu sterben bang in Qual: —
Da erbarmten sich die Götter
    Seiner Treu' und seiner Pein:

In die weiße Lotosblume
    Ward das Königskind verwandelt:
Und sie muß nun ewig schwanken
    Auf des Brunnquells reger Flut.

Und er klagt um seine Liebe,
    Um ihr Leben trauert sie:
Singe Trauer, Volk der Inder,
    Trauer ist des Lebens Kern.

(Alra verschwindet langsam im Hintergrund rechts, die Stufen hinauf schreitend.)
(Chor wiederholt die letzten Zeilen.)

Josephos. Schweigt mir von nicht'ger Menschenliebe!
  Nur Gottes Liebe gilt und wärt.
O daß sein heil'ger Geist dich triebe,
  Theano, daß du, schmerzverklärt,
    Nicht mehr als Heidin, als Sünderin,
    Als seiner Lehre Verkünderin,
Mit mir durchzögest die Länder der Erde,
Die Völker zu lehren, die Heiden zu taufen,
Vom Höllenpfuhl zurück sie zu kaufen.
Theano. Ja, solche Sitten zu verbannen,
  Wie dort Lysania frech sie lehrt,
Mein Volk zur Tugend zu ermannen, —
  Wohl wär's ein Ziel, des Daseins wert.

Sprich, welch Gelübde muß ich thun,
   Soll durch die Welt das Kreuz ich tragen

Josephos (sehr feierlich).
   Der irb'schen Liebe zu entsagen,
     An keines Gatten Brust zu ruhn!

Theano (wehmütig, nachsinnend, schmerzlich kämpfend).
   Der irb'schen Liebe zu entsagen,
     An keines Gatten Brust zu ruh'n! — —

Josephos und Chor (mahnend, ernst schaurig, fast drohend rings auf
Theano eindringend).

   Willst durch die Welt das Kreuz du tragen,
     Sollst du das Eidgelübde thun,
   Der irb'schen Liebe zu entsagen,
     An keines Gatten Brust zu ruh'n.

(Gruppe: Theano ringend in der Mitte: von den Christen unheimlich
umdrängt.)

Glauke (lebhaft durch die Christen zu Theano dringend, ihre Hand fassend).
   O Freundin, Schwester! Nein! Halt ein!
   Das kann nicht Gottes Wille sein.
   Mich haben die Eltern stets gelehrt:
   Dem Weib giebt erst der Mann den Wert
   Und Hymen heißt des Weibes höchster Gott.
   Wär' jede so fromm, . . . — o welcher Graus!
   Bald stürben der Menschen Geschlechter aus.

Josephos.
   Du Weltkind, spare deinen Spott!
   Stets werden genug der Thörinnen bleiben,
   Gleich dir, die irdischen Dinge zu treiben.
   Doch diese Seele, tief und rein,
   Soll nur dem Herrn zu eigen sein.

(er reißt sie von Glauke hinweg)

   Schaum ist und Gift der Erde Blüte!
   Den Himmel nur schließ' ins Gemüte,

343

Ganz mußt du Gott die Seele geben,
Darfst dienen nicht der Welt daneben.

Chor (wiederholt schaurig, sie wieder umdrängend).

Theano (tritt von den Christen weg nach vorn — dann nach einer Pause
sinnender und ringender Betrachtung).

Soll ich dem Traum, dem Wunsch entsagen,
Den seit den früh'sten Mädchentagen
   Ich in der Seele tief gehegt?
Was mich umgab, die eitle Lust,
Die Pracht hat nie mein Herz bewegt.
   Nach edlerm Inhalt rang die Brust.
Mir war's, einst werb' ein Heil'ges kommen,
Ein Sonnenstrahl, von Glut durchglommen,
Der all' mein Wesen glanzerhellt,
Mich Gott versöhnend und der Welt,
Voll wonn'gen Ernstes, ernster Wonne! — —
Ich harrte lang auf solche Sonne:
Ich schaute ahnungsvoll ins Meer,
Ob mir's auf Wogen schwömme her?
Ich sah zum Himmel fromm empor,
Ob es entstieg dem Sternenchor? — —
Umsonst! Umsonst! Leer blieb mein Herz!
Da kamest du und lehrtest: — Schmerz!
Und lehrtest Buße, Leid und Pein!
   Ach, sollte dies mein Ahnen sein?
   Der ersehnte Hort
   Nur dein finstres Wort?
Kommt mir kein andres Wunder übers Meer?

(Pause: Harald zeigt sich.)

Wohlan, ich will nicht klagen!
Die Wahrheit, scheint's, ist todesschwer
Und Friede heißt — Entsagen.

Chor (wiederholt die letzten beiden Zeilen).

Josephos (ein grohes Holzkreuz ihr hinhaltend).

Du bliebst noch ungetauft bis heute!

Wohlan: — ich weihe dich dem Herrn!

Sprich das Gelübde seiner Bräute:

Sprich — bleibst du stets der Liebe fern?

(Theano ist im Begriff, niederknieend das Kreuz zu ergreifen: jedoch zuvor stürmt Alra die Stufen rechts herab, gleich gefolgt von Krates und den Lanzen-trägern: Harald verschwindet wieder hinter dem Fels: Theano springt auf und eilt mit Glauke von Josephos hinweg nach links vorn. Stellung: Josephos, gleich darauf Alra, Theano, Glauke.)

Dritte Scene.

Vorige. Alra, Krates und die Lanzenträger.

Alra (im Herabstürmen).

Flieh', weiße Lotos, flieh'!

Dort naht sich das Verderben!

Die Christen müssen sterben!

Die Henker nah'n: — da kommen sie.

(Krates und die Lanzenträger steigen, nachdem sie sich am Weg und Eingang in malerischer Aufstellung gezeigt, drohend die Stufen rechts herab: Harald, hervorlauschend, zeigt sich kurz links während des Herabsteigens und Vordringens der Krieger.)

Chor der Christen.

Weh' uns, es droht,

Es naht der Tod!

Wie mit des Löwen Stimme

Umbrüllt der Feind, der grimme

Der Lämmer fromme Schar, —

O schirm' uns, Kreuzaltar.

(Sie drängen sich in malerischer Gruppierung um den Altar.)

Josephos (furchtlos vor dem Altar hoch aufgerichtet, das Kreuz erhebend).

Verzaget nicht! treu wachet Gott!

Ihm sind die Waffen der Heiden ein Spott.

Habt ihr vergessen, wie er im Meer
Ersäuft den Pharao und sein Heer?
Habt ihr vergessen, wie er geschlagen
Einst die Assyrer mit Roß und mit Wagen?
Will er uns retten
Aus Tod und Ketten, —
Legionen von Engeln in weißem Gefieder
Schickt er mit flammenden Schwertern nieder.
Doch will er uns die Palme gönnen, —
Wohlan: ihr werdet sterben können
Und kaufen mit des Herzens Blut
Das ew'ge Heil, das höchste Gut.

(Drohende Bewegung der Krieger: Bangen der Christen.)

Theano (zu den Christen).

Nein, banget nicht,
Und kann ich euer Leib nicht heilen, —
Ich will es teilen.

(hoheitvoll Krates entgegentretend)

Was brecht ihr, gewappnet, Räubern gleich,
In des Friedens, in der Andacht Reich?
Wen sucht ihr hier?

Krates.   Die Christen! Die Hebräer!
Der Götter Leugner und Schmäher:
Sie sollen in tausend Qualen
Die frevle Läst'rung zahlen!
Zum Tode, zum Tode die Christen gesamt!
Wo der Tiger brüllt, wo der Holzstoß flammt!
Sie sollen fechten zu unserer Lust
Mit gefangnen Barbaren!
Laß seh'n, ob ihr Gott vor dem Tod sie kann wahren,
Der selbst an dem Kreuze sterben gemußt.

Chor der Lanzenträger.
Zum Tode die Christen, die Christen gesamt!

Theano (schützend, abwehrend).

Halt! Krates! wer hat sie verdammt?

Krates. Der Kaiser Galerius, das ewige Rom!
Die Vollstreckung gebeut Phalanth, dein Ohm.

Theano, Glauke, Alra.

O laß dich erweichen, o laß sie entrinnen.

Krates. Nein! zum Tode führt sie von hinnen.
Zu unserm Hochzeitfeste
Lad' ich die Christen als Gäste:
Doch nicht, mit uns zu schmausen:
Vor uns zu sterben mit Grausen.

(Er winkt, die Lanzenträger dringen wieder vor.)

Theano. Entsetzlich, halt! Krates: halt' ein:
Wenn du mich liebst, — so schone mein.

Krates. Dich schonen? Holde Braut, du bist
Hier nicht bedroht!

Theano. Wie lautet das Gebot?

Krates. Es stirbt, wer glaubt an Christ.

Theano (das Kreuz vom Altar reißend, ihm entgegenhaltend).

Wohl denn: an Christus glaub' auch ich:
Nun — mit den Christen — töte mich!

(Krates fährt zurück, die Lanzenträger stocken: Gruppe: malerisches Bild.)

Gesamtchor (Lanzenträger und Christen).

Welch' hohe That!
Welch' kühner Rat!
Fort riß sie die mutige Seele,
Daß bitteren Tod sie erwähle.
Theano, was hast du gethan?
Du schreitest auf des Todes Bahn!

Krates (tritt wieder vor).

Mitnichten! Mitnichten hältst du auf,
Verwegene Thörin, des Rechtes Lauf.
Dein Ohm, dein Bräutigam verbeut,

Den Schächern dort dich zu verbinden,
Die schon der Tod der Schmach bedräut.

(Er ergreift Theano, sie von den Christen hinweg auf seine Seite reißend.)

Wer will dich mir entwinden?

(Harald wird sichtbar.)

Ihr Krieger, greift die Christen dort:
Führt in die Burg zum Tod sie fort:

Krates und Chor der Lanzenträger.

Die Christen zum Tod! Vor die Löwen! die Tiger!
Die geleugneten Götter schauen's als Sieger.

(Auf Krates Befehl werden zahlreiche Christen von den Kriegern ergriffen
und von dem Altar, an welchen sie sich klammern, fortgerissen: malerische Gruppen:
zumal die Greise, Weiber, Kinder, auch widerstrebende Männer in den Händen
der Gepanzerten.)

Theano, Glauke, Alra.
O Himmel, wer rettet die Armen!

Josephos (Intend). O Vater, Vater, hab' Erbarmen
Mit dieser deiner jungen Saat!
Laß nicht der Zukunft Hoffnung sterben!
Laß mich allein die Palmen erben,
Doch diesen hilf durch Wunderthat!
Du schlugst den Pharao mit Roß und Wagen:
Du kannst auch hier die Deinen tragen
Durch Speer und Schwert auf Adlerschwingen.
Ich will mit dir im Beten ringen,
Wie Jakob einst am Jordan nächtig: —
Jetzt, Gott der Allmacht, sei allmächtig!

(Pause, er wird ergriffen.)

Theano. Vergebens! Es verklingt
Dein Wort: und näher bringt
Der Tod euch Armen! Weh!

Alra. O könnt' ich sterbend, Herrin, retten
Sie, die du liebst, aus Tod und Ketten.

Theano. Ich weiß, du gäbst für mich das Leben,
Doch dir auch fehlt, was retten kann:
Ach, diese Stunde — wie all mein Leben —
Frägt, wo ist Kraft? wo ist ein Mann? —

Harald (der langsam, ungesehen, während der letzten Vorgänge herab-
gestiegen, tritt nun rasch durch die Reihen der Krieger vor: dicht vor Theano).

Hier ist ein Mann, der retten kann!

(nachdem sich beide eine Weile staunend betrachtet)

Duett.

Harald. Die Göttin stieg aus Asgardh nieder!
Ja, Freias Blick und Friggas Glieder
Schau hier ich wundersam geeint:
Es rauscht um sie die hohe Schöne
Voll Wohlklangs, gleich wie Harfentöne.
Ein Wunder ist mir hier geschehn: —
Im Traum hab' ich sie längst geseh'n! —
Theano. Stieg vom Olymp ein Gott hernieder?
Apollons Blick und Ares' Glieder
Schau' hier ich wundersam geeint:
Sein Haupt, umwallt von goldnen Locken
Glänzt wie Gewölk von Feuerflocken,
Draus leuchtend Helios erscheint.
Mir ist ein Wunder hier gescheh'n!
Im Traum hab' ich ihn längst geseh'n.
Chor der Lanzenträger.
Ein Gott stieg vom Olympos nieder,
Der Augen Glanz, der Stolz der Glieder
Ist übermenschlich anzuschau'n.
Ist's Ares? Oder ist's Apoll?
Nicht trotzen möcht' ich seinem Groll
Und meine Seele bändigt Grau'n.

Chor der Christen.

> Ein Engel stieg vom Himmel nieder,
> Der Augen Glanz, der Stolz der Glieder
> Ist übermenschlich anzuschau'n.
> Ist's Gabriel? ist's Michael?
> Heil diesem Jüngling ohne Fehl!
> Dem Boten Gottes will ich trau'n.

Harald (heiter, siegfriedhaft).

Du riefst nach einem Mann: — und nun erschrickt
Dein Herz, da ihn ein Gott dir schickt?
Wie ich hieher kam? — Ei, ich zog dahin,
Auf Abenteuer stand mein Sinn.
Der Tag ward heiß: — der Fels bot Rast
Und ich verschlief des Mittags Last
Von Schatten bedeckt. —

(ernst)

Da hat mich euer Sang geweckt:
Ich lauschte gern der tiefen Weise:
Daheim im Nordland haben leise
Die Buchen oft mir so geklungen
Von Baldurs Tod in Flüsterungen,
Im Sommerabendwinde
Dem traumgewiegten Kinde:
Wär' ich noch Kind und wär' ich alt
Und läg' ich siech an Wundenschmerz, —
Es schlänge wohl sich mir ums Herz
Mit zaubernder Gewalt
Das fromme, sanfte Klagen,
Das Schmerzlied vom Entsagen: —

(markig)

Doch noch bin ich jung und heil und stark,
Nicht schwächt der Sang mir Mut und Mark:
Euch sing' ich, Wodan und Donar, allein,

Und Hammerschlag soll der Taktschlag sein. —
Doch jenen soll kein Leid gescheh'n,
Für welche deine Augen fleh'n:
Denn niemals sah ich beinesgleichen: —
Gesteh', du stammst aus Himmels Reichen!

Theano (sehr edel, verhalten, weiblich: mit gesenkten Wimpern).

Ich bin ein Weib nur, bang und zag,
Das staunend huldigt deiner Kraft:
Doch sagt mir leis des Herzens Schlag: — —
Du hilfst: — denn du bist heldenhaft.

Harald (zu Krates, Josephos befreiend, zwei Lanzenträger mit der Hand fortdrängend).

Laß diese frei!

Krates. Hinweg die Hand!
Hier herrscht Phalanth'
Und kennt nicht Widerstand.

Harald (heiter). Du irrst! Er herrschte, da er dich entsandt:
Doch unterdes hat sich das Reich gewandt:
Der Sachsen Herzog stieg ans Land,
Sein Wort kennt keinen Widerstand.

(Er eilt die Stufen hinan, setzt das Hifthorn an, bläst dreimal darein und singt:)

Herbei, ihr Genossen, hört Haralds Horn,
Herbei in freudigem Heldenzorn!

——————

Vierte Scene.

Vorige. Halgast und die Sachsen.

Chor der Sachsen (von Halgast geführt). (Anfangs hinter der Scene, dann wogen sie in kriegerischer Bewegung, die Helme mit frischen Zweigen von Eichen und Lorbeern geschmückt, die Stufen rechts und links herab.)

Wir kommen, Herr Herzog, wir hören dein Horn!
Wir kommen, wir kommen mit Speer und mit Sporn.

Und hielte der Feind dich in Helas Haus, . . . —
Wir kämen und hülfen dem Helden heraus.

Krates und Chor der Lanzenträger.
> Krachte hier Donnerschall?
> Brauste hier Wasserfall?
> Wurden lebendig des Bergwalds Eichen?
> Diesen Gewaltigen,
> Riesengestaltigen,
> Lasset uns weichen.

*(Sie geben auf einen Wink Haralds die Christen frei und weichen mit Krates
scheu auf die rechte Seite.)*

Harald. Ich führe diese Frommen dort
> An meines Drachenschiffes Bord:
> Das deckt so sicher sie wie Wodans Schild:
> Doch du, der Liebesgöttin Bild,
> Frei mit den Kriegern zieh' von hinnen.

Halgast. Mein Freund, bist du von Sinnen?
> Läßt du das schönste Weib entrinnen,
> Das dieses Südlands Sonne schaut?
> Das ist die echte Herzogsbraut!

Harald. Nein, Freund: in diesen Augen lebt ein Leben, —
Das, soll es mein sein, muß sich selbst mir geben.

Halgast (im Scherz nach Glauke haschend).
Mir möcht' ich die Kleine, die Schelmin erlesen:
Ich dächte, mir taugte das neckische Wesen.

Glauke (ihm scherzhaft ausweichend).
Noch hat mich im Leben kein Mann so betrachtet: —
Nun strafet mich Eros, den stets ich verachtet.

Harald. Wo sind einstweilen sie besser geborgen,
Als dort in der Stadt, die wir stürmen morgen!

Theano. O Fremdling, nimm zum Danke meine Hand:
Es ist von dir viel Gutes mir gescheh'n.

Harald (ihr einen goldnen Armring abstreifend).

Hier diesen Ring nehm' ich zum teuren Pfand,
Du Göttliche, daß wir uns wiedersehn.

Harald und Theano.

Duett.

Wunderbar hat hier gewaltet
    Himmel, deiner Fügung Rat:
Und mir ahnt, daß, Gott gestaltet,
    Uns ein groß Verhängnis naht.

Finale.

Gesamtchor. Wunderbar hat hier gewaltet,
    Eine hohe Himmelsmacht:
Welch' Geschick wird wohl gestaltet,
    Wann versunken diese Nacht?
Kampf und Sieg wird vorbereitet,
    Schlummernd reifet manche That:
Und ich fühl's, daß, Gott geleitet,
    Hier ein groß Verhängnis naht.

(Während Theano, Glauke, Alxa, Krates, die Lanzenträger nach rechts,
Harald mit den Seinen und den Christen nach links zum Abgang sich wenden
in malerischem Zuge, fällt langsam der Vorhang.)

III. Aufzug.

Großer freier Platz in der von den Sachsen erstürmten Stadt Amathus. Im Mittelgrund ein Ares-Tempel mit Peristyl: eine Statue des Ares mit erhobenem Schwert. Rechts ein Badgebäude, Säulengänge (Stufen) mit Gartenumgebung: Palmen, Rosen, Lorbeer, Myrten: links eine offene Halle. Fern im Hintergrund sieht man hoch emporsteigen die noch von den Römern und Griechen behauptete Akropolis: starke Marmorburg. — Abenddämmerung: prachtvoller, rotglühender Sonnenuntergang.

———

Erste Scene.

Halgast und die Sachsen. Bürger und Bürgerinnen von Amathus, darunter Glauke. Sklaven und Sklavinnen. Die Sachsen sitzen und liegen (auf ihren Bärenhäuten) auf den Stufen des Tempels, des Bades und der offenen Halle, sowie auf Bänken des Badegartens: sie schmausen und trinken, den Sieg, die Eroberung der unteren Stadt feiernd. — Das Volk von Amathus, anfangs zag und um Leben und Sicherheit besorgt, wird allmählich zutraulicher, da es erkennt, daß die gutmütigen Germanen — sie spielen und scherzen mit den Kindern — ihnen nichts zu Leibe thun. — Goldene und silberne Geschirre und Geräte aller Art, auch Kleider, zumal aber reiche, römische Waffen, liegen in den drei Gebäuden gehäuft als Beute der Sieger. — Sklaven und Sklavinnen gehen umher, den Zechenden einschenkend in griechische Becher, sächsische Hörner, und in die Helme, aus welchen die Sachsen, sie mit zwei Händen zu Munde führend, gierig trinken: — ein Sachse stößt den kleinen Becher, in den der Sklave gießen will, weg, und hält seinen tiefen Helm hin: — darauf fordern alle das Gleiche.

Chor der Sachsen.

Freut euch, ihr Freunde,
Des fröhlichen Festes.
Erstürmt ist die Stadt,
Geflohen der Feind.

Hebet, ihr Helden,
Hoch nun die Hörner!

Aus schäumenden Schalen,
Aus breiten Bechern,
Aus hohlen Helmen,
Schöpfet und schlürfet,
Der würzig euch winket,
Den wonnigen Wein.

Halgast. Wie lachet doch lieblich dies Land
Des sonnigen Südens so selig!
Wie hegt es, herrlich gehäuft,
Wonnen und Wunder!
Wohl wütet der Winter
Noch hart in der Heimat: —
Hier leuchtet das Lenzlicht!
Stolz steigt das Gestein
Mächtigen Marmors
In getürmter Tempel
Säulengesimsen
Und aus Mitte der Myrten,
Aus lauschigem Lorbeer,
Schauen schimmernd schöne
Göttergebilde.

(zu Glaute)

Doch schöner noch scheinen
Die wirklichen Weiber,
Die wonnigen Wichtlein,
Die als bräutliche Beute
Die Schlacht uns geschenkt.

(ermunternd zu dem Volk)

Nicht banget, ihr Bürger!
Kein Weh wird euch weiter!
Wir hegen nicht Hunger
Nach Mark der Männer,
Noch fressen wir Frauen.

Gönnt uns, ihr Guten,
Das bißchen Beute,
Das uns Waffen gewonnen.
Bald segeln wir siegreich
Wieder nach Westen
In der Heimat Hafen:
Bewirtet einstweilen
Uns gütlich als Gäste: (Chor wiederholt).
Spendet uns Speise,
Wälzet den Wein her
Und teilt mit uns traulich
Den Tisch und den Tanz.

(Darauf hin vertrauliche Annäherung des Volkes, sie bringen Wein und Früchte
und teilen den Schmaus mit den Sachsen, welche die Mädchen zu sich heran
ziehen, anmutige Gruppen.)

Halgast (Glauke umschlingend).

Sprich, allerschönstes Griechenkind,
    Klagst du, daß du gefangen bist?
Ich nahm dich auf den Arm gelind,
    Als ich dich fand im Buschgenist:
Die Freundin floh zur Burg empor: —
    (neckisch)
    Doch du kamst nicht mehr in das Thor.

Glauke (schelmisch). Ich mußte so fürchterlich schnaufen!
    Ich konnte so hurtig nicht laufen,
    Nicht folgen dem flüchtigen Haufen.

Halgast (neckisch). Du liefst ganz langsam — das ist wahr!

Glauke (zärtlich).

Mich mahnte das Herzlein immerdar:
    „Schau um, schau um,
    Sei nicht so dumm.
    Lauf nicht davon vor deinem Glück.

23*

Schon vor der verfolgenden Schar
Naht dir der verwegne Barbar,
Der Schalk mit dem rötlichen Haar."
So hielt das Herz den Fuß zurück.
Ich versteckte mich unter den wilden Rosen
Und ließ das Getümmel vorübertosen.

Halgast. So harrt wohl das Blümlein auf die Hand,
Die sie pflücke. Heil, daß ich mein Röslein fand.

Glauke. Doch mir bangt um Theano, die Freundin, sehr:
Auf der ragenden Burg dort (auf die Akropolis deutend) leidet
sie schwer:
Den verhaßten Bräutigam soll sie frei'n.

Halgast. Dort wird zu Hochzeit nicht Muße sein!
Bald brechen im Sturm
Wir den trotzigen Turm:
Schon späht der Herzog den Zugang aus.

Glauke. Doch stark ist und fest das Marmorhaus!
Aufs neue wird toben verderblich Gefecht.
Und stirbst du, wein' ich die Augen mir aus!

Halgast. Wir sind von des Siegesgottes Geschlecht:
Nicht bange für uns: — was uns trotzt, das fällt:
Denn uns, den Germanen, gehört die Welt.

Chor der Sachsen. Ja, was uns trotzen will, das fällt.
Uns, den Germanen, gehört die Welt.

Einige Sachsen. Der du hell die Harfe zu schlagen
weißt, —
Auf, singe den Sang, der uns Sieg verheißt.

Halgast (ergreift die Harfe).
Siegvater schickte den Adler aus,
Der Germanen Gebiet zu umfliegen:
Doch flugmatt kehrte der Stürmer nach Haus:
„Weiß nicht, wo die Marken liegen —
Sie verrücken sie immer durch Siegen."

Siegvater sandte den Nordwind aus,
    Der Germanen Gebiet zu umfahren:
Doch atemlos kam der Brauser nach Haus:
    „Ich konnte die Mark nicht erfahren,
    Weil sie immer voraus mir waren."
Da fuhr Siegvater selber hinaus,
    Daß er ganz ihr Gebiet durchbahne:
Doch lächelnd kehrt er nach Asgardhs Haus:
    „Wo ich hinkam, flog ihre Fahne: —
    Denn ich bin ja selbst ein Germane."
Und so pflanzt über die ganze Welt,
    Soweit Adler und Nordwind streichen,
Soweit der Himmel die Erde hält,
    Siegvater in allen Reichen
    Der Germanen Siegeszeichen!

(Chor der Sachsen wiederholt nach jeder Strophe die letzten beiden Zeilen und
die letzte Strophe ganz.)

Halgast. Zu diesem stolzen Sang
    Stimmt Schwert- und Schilderklang:
Nun sollt, ihr Griechlein, mit Staunen ihr seh'n,
Wie zierlich Germanen im Tanze sich drehn:
    Doch tanzen wir nicht mit Maiden,
    Wir tanzen mit blitzenden Schneiden,
Ja, den Reigen der Waffen wir tanzen
Mit den klirrenden Schwertern und Lanzen.

(Ballett: Schwerttanz der Sachsen. Jünglinge und Knaben schwingen
sich, in immer rascherem Tempo mit Scheingefecht an die Schilde schlagend, durch
Schwerter und Lanzen.)

(Während der Tanz zu Ende geht, drängen sich aus der Coulisse rechts streitend
durch die Paare zwei Sachsen: sie haben ein großes Mosaikbild, oder Haut-
Relief-Skulptur, Eros und Psyche darstellend, erbeutet und schleppen es, indem
jeder es an einem Ende gefaßt hält, hin und her zerrend, plump und ungefüg in
die Mitte vor.)

Erster Sachse. Mein ist der Stein!

Zweiter Sachse.   Der Stein ist mein!

Erſter Sachſe. Ich zuerſt ihn ſah!

Zweiter Sachſe. Ich zuerſt war nah!

Erſter Sachſe. Mit dem Blick ich ihn fand!

Zweiter Sachſe. Mit der Hand
Aus der Wand
Ich den harten entwand.

Erſter Sachſe. So entſcheide das Schwert.

Zweiter Sachſe. Ja, das Eiſen ſoll richten.

(Sie laſſen den Stein fallen und wollen kämpfen.)

Halgaſt (zwiſchen ſie ſpringend, ſie trennend).

Mitnichten, mitnichten!
Das will ich weiſe ſchlichten!
Nicht ſoll um dieſen kalten Stein
Warm Sachſenblut vergoſſen ſein.

Glauke (bewundernd hinzutretend).

Beim Zeus, mein Freund, wie ſchön, wie zart: —
Eros und Pſyche, hold gepaart.

Halgaſt (lachend). Mir einerlei!

Entzwei! Entzwei!

(ſchlägt mit der Streitaxt den Stein mitten durch)

Da! nehme jeder ſein Teil nach Haus.

Die beiden Sachſen (die Stücke vergleichend).

Gleich groß iſt jedes: — der Streit iſt aus.

(zufrieden, plump ſich bedankend)

Herr Halgaſt, Dank und Heil,
Nun hab' ich doch mein Teil.

(Chor der Chriſten hinter den Couliſſen links.)

Halgaſt. Horch auf! welch' Singen ernſt und leiſe?

Glauke. Das iſt der Chriſten fromme Weiſe!

Halgaſt. Fürwahr ein Glaube, den ich preiſe.

Sie trugen mitten aus der Schlacht,
Vom Pfeil umziſcht, vom Beil umkracht,
Den Sachſen hier, den Römer dort,

Der jüngst sie weihte grausem Mord.

Sie pflegen sonder Unterschied

Die Wunden treu mit frommem Lied.

Da kommen sie.

Chor der Christen (dieselben treten aus dem Hintergrund links auf, geführt von Josephos: in malerischen Gruppen stützen, führen, tragen sie auf niederer Bahre verwundete Sachsen und Römer quer in langsamem Zug über die Bühne. Kinder führen einen Römer, dem wegen einer Gesichtswunde die Augen verbunden sind. Frauen verbinden einem alten Sachsen den nackten Arm: inzwischen Gesang: die Verwundeten werden in das Bad rechts abgeführt).

Bald in Asche muß vergehen,

   Was wir stark und blühend sehen,

      Aller Stolz und Schmuck der Zeit:

Gott allein ist ohne Wanken,

   Gottes Liebe, sonder Schranken,

      Waltet fort in Ewigkeit.

Halgast. Ich sah noch nie

   Solch seltsam Thun.

        (zu Josephos)

   Du frommer Mann,

   Sag an, sag an

   Um wessen Willen thut ihr das?

Josephos (sehr großartig. ideal).

   Um Gottes Willen thun wir das!

Chor (wiederholt).

Halgast. Ihr liebt den eignen Feind?

Josephos.   Mein Sohn,

Nicht Freund noch Feind kennt Gottes Thron.

Den Nächsten liebe ganz wie dich.

Chor (wiederholt).

Halgast. Ich liebe Harald mehr als mich!

Josephos. Doch deinen Feind?

Halgast (lachend, die Streitaxt schwingend).

                 Den schlag' ich tot!

Josephos. Verzeih'n heißt Gottes erst Gebot.

Chor (wiederholt).

Halgast. Das klingt viel schön! — (Pause.) Ist aber
schwer. —

(Pause.)

Ich fürcht', ich faß' es nimmermehr.

(Josephos mit den Christen und den Verwundeten ziehen ab nach rechts in
das Bad, ihren Chor wiederholend.)

Zweite Scene.

Vorige (ohne die Christen), Harald (vom Hintergrunde links, der Richtung
der Akropolis, her).

Halgast und Sachsen (eilen ihm entgegen).

Der Herzog! Der Herzog!

Halgast. Kommst du endlich zurück?

Ich fand indessen der Liebe Glück.

Halgast und Glauke.

Ja, ja, in raschen Stunden	Ja, ja, in raschen Stunden
Hat Herz das Herz gefunden,	Hat Herz das Herz gefunden,
Die Liebe siegt geschwind,	Die bange Scheu zerbrach:
Hinweg aus diesen Auen,	Hinweg aus diesen Auen,
Nach unsren Heimat-Gauen	In seiner Heimat-Gauen
Führ' ich dies holde Kind.	Folg' ich dem Liebsten nach.

Harald. Ihr Glücklichen! ich hege fast euch Neid.

Mir ist entrückt die wunderbare Maid,

Die all mein Herz gefangen nahm.

Halgast. Deß' trage nicht Gram:

Und birgt dir auch des Glückes Hort

Die trotzig dräuende Feste dort: —

Befiehl und gebeut

Und vor Nacht noch heut'

Ist der Kampf erneut

Stoßt nur ins Horn: —
Und in freudigem Zorn
Wir erbrechen das Thor, wir ersteigen den Turm
Mit jauchzendem Sturm

(Chor
wiederholt)

Harald. Und dann?! — Und dann?
Ob ich gewann
Den Wall und das Weib, —
Was frommt ihr Leib?
Ich weiß ja doch nicht, ob die Hohe
Für Harald Liebesglut durchlohe:
Der Götterjungfrau himmelsklar,

(auf eine Statue der Artemis oder Pallas deutend)

Wie dort sie trägt der Weihaltar,
Was kann ihr wert sein — der Barbar?

(Es wird allmählich Nacht: die Sachsen und das Volk verlassen gruppenweise die Bühne: nur Halgast, Glauke und deren Sklavin bleiben.)

Halgast. Ei, Herzog Harald ist voll wert
Der Weiber gesamt in Himmel und Erd'.

Harald. So dacht' auch ich: — ich will's gesteh'n: —
Bis ich Theanos Auge gesehn.
Nun aber möcht' ich, ihr zu Füßen,
Die Kön'gin meiner Seele grüßen.

Glauke (zu Halgast).
Schon sinkt die Nacht: — leb' wohl einstweilen.

Halgast (mit einem Abschiedskuß).
Bald sollst du Nacht wie Tag mir teilen.

(Glauke und Sklavin ab nach links vorn.)

Halgast. Schlaf nun, mein Freund! — Dort steht dein
Haus —

(auf den Arestempel deutend)

Den Kriegsgott dort, den schaff' ich aus!

Fort, machtlos Schwert: — dies sei dein Teil!

(er nimmt Haralds Streitart, welche auf einer Bank lag, geht nach hinten und schlägt dem Ares in dem Tempel das (thönerne) Schwert aus der Faust, das zerbricht, und steckt Haralds Axtstiel hinein)

Hier herrscht des Sachsenherzogs Beil.

(Ab nach rechts.)

———

Dritte Scene.

Harald allein. — Bald darauf Theano. — Später Afra. — Es wird ganz dunkel: der Mond tritt allmählich (während Haralds Lied, vor Theanos Auftreten) über den Arestempel vor: magischer Lichteffekt auf den Säulen, den Marmorstatuen, die aus den dunkeln Gebüschen hell beleuchtet sich heben.

Chor der Christen (ganz leise verhallend aus der Ferne).

Harald (der die Waffen ablegte, um sich im Eingang des Tempels schlafen zu legen: — er spreitet seinen Mantel als Decke auf den Boden: — lauscht und tritt wieder auf die Stufen heraus).

Die Christen! Horch! — Wie fromm! wie leise!
Ach, es beschleicht bei dieser Weise
   Das Herz ein selig süßer Schmerz.
Mich treibt's, daß ich Allvater preise
   Und hoffend schaue himmelwärts:
Du Gott, zu dem die Menschen flehen,
   So weit die Sterne niedersehen,
   Laß meiner Seele Wunsch geschehen! —

(Pause; er legt sich nieder, sich mit dem Mantel bedeckend, auf der obersten Stufe)

Ihr Bild vor Augen schlaf ich ein: — —

(Pause; piano, einschlummernd)

Ihr Bild wird all mein Träumen sein.

(schläft ein)

(Große Pause. Die Musik schildert Harald's Liebesträume und den Zauber der südlichen Mondnacht.)

(Nach geraumer Zeit sieht man Theano in ganz weißem Gewand den Hügel der Akropolis herab nach vorn kommen.)

Theano (im Vorschreiten).

    Ambrosische Nacht! Dein Hauch weht leis!
      Aus Lorbeer und Oliven schallen
      Die Töne rings der Nachtigallen:
    Mein Herz schlägt selig, bang und heiß
      Vor Scheu und Scham,
      Daß ich ihn zu suchen kam,
      Die Jungfrau ich, den fremden Mann,
    Der schnell mein ganzes Herz gewann. —
             (Pause.)

Doch nein! Nicht liebekrankes Sehnen,
    Das furchtsam flieht des Teuren Blick,
Hat mich auf nächt'gen Pfad getrieben. —
Ein rettend Wunder ist mein Lieben: —
    Ein gottgeschenktes Huldgeschick. —
    Drum, Friedensbotin, fort die Thränen! —
      (wendet sich, erblickt Harald, geht die Stufen hinauf)

Er ruht: — er schläft: — mein Harald, o wach auf!

Harald (noch halb im Traum).

    Theano rief: — das war ihr Ton!
    Ach nur ein Traum: — und schon entflohn!

Theano.

    Kein Traum, o Harald! Schau' mich hier: —
    Theano selber steht vor dir.

Harald (springt auf und eilt stürmisch mit ihr die Stufen hinab).

    Ja, ja, du bist es, Reizverklärte,
    Ein Wunder führt dich mir zurück.

Theano.   Ein Wunder, ja, das Gott gewährte
Für uns und unsrer Völker Glück.
Phalanth, mein Ohm, verlangt nach Frieden,
Er sieht, er kann nicht widerstreben:
Und jeder Preis sei dir beschieden,
Den er — mein (scheu, verschämt) Vormund — dir kann geben. —

Harald (lachend). Ei, keinen Preis hat er zu spenden,
 Den ich nicht nehmen kann mit Sturm:
Bei Tagesgrau'n, das Schwert in Händen,
 Brech' ich die Burg mit Thor und Turm.

 Theano. Den blut'gen Kampf zu wehren sandte
Er mich als Friedensbotin dir,
Ob nicht ein Gott das Herz dir wandte —:
O flehend schau' Theano hier. —
Nein, laß die Wahrheit voll dir sagen:
Ich habe selbst mich angetragen
 Zu diesem heil'gen Botenamt:
 Ob Scham mir auf die Wange flammt, —
Erfahren sollst aus meinem Munde,
O Harald, du die heil'ge Kunde:
Was dir kein Schwertsieg kann gewinnen
Und stürmtest du des Himmels Zinnen, —
 Ich biete, schonest du mein Land,
 Ich biete selbst dir Herz und Hand.

 Harald. Theano, Geliebte! Wie soll ich es fassen?
Du liebst mich? Du willst mich nimmer verlassen?

 Theano. Ja Harald, du hoher, gewaltiger Held,
 Dein bin ich! auf ewig dir liebend gesellt.
Mein Oheim verzagte: — wirr wogte sein Rat: —
Ich aber, ich wagte kühn liebende That:
Er liebt mich, so dacht' ich, klar sprach es sein Blick,
Ich lieb' ihn — 's ist rettendes Gottesgeschick.
Ich erbot mich dem Ohm, durch die Nacht, durch die
         Schrecken
Zu wandeln, den schlummernden Sieger zu wecken,
Ihn um Gnade zu flehn für die bebenden Meinen
Und das selige Herz ihm auf ewig zu einen:
So trat ich verzagt vor dein Angesicht.
O verschmähe die flehende Botin nicht,

O schone die Meinen und nimm dahin
Mein Herz als deines Sieges Gewinn.

    Harald. Theano, Geliebte, du mein, du mein:

    Theano. O Harald, Geliebter, auf ewig dein.

    Beide. Wie ließ so reich ein Gott geschehn

Den Scheidewunsch: „auf Wiedersehn!"

O laß dich schauen, laß dich preisen

In sel'gen Herzens trunknen Weisen.

                                        } Duett.

    Harald. Du bist der Waldfrau gleich! Mit Klingen

   Zieht sie dahin im gold'nen Wagen:

Und wer sie schaut, von Schwanenschwingen

   In Glanz getragen,

Vergißt die Welt und ihren Schimmer,

Beglückt, entzückt zu folgen immer,

   Wohin ihn lockt berauschend ganz

   Der nie geahnten Schöne Glanz.

              (mit Theano ins Freie hervortretend)

Schaut uns, ihr Augen Wodans all,

Ihr Sterne, leuchtend aus Walhall:

Mit diesem Ring, den ich ihr nahm,

Um wieder ihn zu geben,

Verlob' die Maid hier wundersam

   Ich mir zum Weib fürs Leben.

Wie nur Ein Herz mir schlägt im Leib,

Lieb' ewig ich dies Eine Weib:

   Ich will sie ehren, schirmen, pflegen,

   Mehr als des Auges Stern sie hegen.

Du aber sprich, ob du willst geben

Gleich mir ein ganzes Herz und Leben?

    Theano. Ich will! Ich muß,

       Nach Himmelsschluß,

       Ich bin geboren deine Braut!

       Auf meiner Seele Fragen stille

Ward mir dein heldenstarker Wille
Zur ew'gen Antwort stolz und laut.

Harald. Es ist auch mir, als hätt' ich dich geträumt!
Oft, kam ich jagdmüd heim vom Walde
Und lag in Dämmerduft die Halde,
Da zog mein Herz der Sonne nach,
Die fern ins Meer sank, goldumsäumt,
Und leise Sehnsucht in mir sprach:
„Dort, fern im Meer, im schönen Süd
Für dich ein selig Wunder blüht:
Das, Harald, sollst du suchen geh'n."
Und als ich dich nun, dich ersehn,
Im Herzen klang mir's jauchzend da:
Hier ist sie! ist die Sonne nah,
Die Sonne, die nicht untergeht,
Der Harfenton, der nie verweht.

Theano. O bleib' nun hier in unsrer Mitte,
Im Land der Sonnen und der Sitte!
Laß zeigen dir die Lorbeerbäume,
Die mich gewiegt in holde Träume,
Die Blumen an vertrauten Stellen:
Ich warf sie sinnend in die Wellen,
Ziellose Grüße zu bestellen:
Narcissen, Krokus, Asphodill,
Sie schwammen in die Meerflut still
Und luden dich aus fernen Landen: —
O bleibe nun, da wir uns fanden.

Harald. Nein, in die Heimat festgewachsen
Bin ich, wie in den Wald der Baum,
Nicht wurzl' ich ein in fremdem Raum,
Kann nur gedeih'n im Land der Sachsen.
Du sollst mein herrlich Nordland seh'n: —
Nicht wirst du dann die Heimat schmäh'n.

Zwar blasser sind der Himmel und die Sterne,
Doch laß ich all' die Pracht euch gerne
Für uns'rer Eichen Rauschen,
Wann Zwiegespräch sie tauschen.
Und wie der Heimat Lenz ich liebe!
An Busch und Dorn die jungen Triebe,
Wann aus des langen Winters Nacht
Gott Baldur jugendschön erwacht:
Die Lerche in Lüften, der Fink in dem Baum,
Die zwitschernden Schwalben an Daches Saum!
Und hart am Meer, an Urwalds Borden,
Da ragt der Väter eichbraun Haus,
Schaut in die wogende Brandung aus.
Ja, folge mir zum teuren Norden!
Nach Norden ahnend der Winde Flug,
Nach Norden mahnend der Seele Zug!
Den Drachen hau' ich von Schiffes Bug:
Du sollst als Haralds Schiffsbild glänzen:
Ich schmücke Rah und Mast mit Kränzen
Und, nahen wir brausend dem heimischen Strand,
Dich stell' ich vorn an des Bugspriets Rand
Und jauchzend ruf ich: „seht, sie ward mein,
Des ganzen Südlands Edelstein!
Der Griechenschönheit Götterschein,
Bringt Harald in Germanenland!"

Theano.   Ich bin besiegt: — ich folge dir,
Wo du bist, da ist Heimat mir. —

(Umarmung. Es wird allmählich Tag. Ulra tritt ungesehen auf [auf dem
Wege, den Theano genommen], drückt seinen Schmerz aus, Theanos Liebe
zu Harald zu erkennen.)

Jedoch Phalanth begehrt noch eins,
Ein Opfer . . . —

Harald.   Für dich giebt es keins!

Theano. Er läd't auf morgen dich zum Mahl:
Doch ohne deiner Waffen Stahl:
Sie mahnen frisch an Römerblut
Und wecken leicht der Rache Wut.
Er läd't nur dich, nicht auch die Deinen.

Harald (lachend).
Bangt ihm in seinen Marmorsteinen?

Theano. Er selbst will dir mich übergeben.
Du sinnst? Du säumst? Du traust nicht ganz?

Harald. Bei Wodan und bei Walhalls Glanz!
Harald wird nicht vor Griechen beben.
Doch warnet mich ein altes Wort:
„Nie lege der Mann die Waffe fort,
Sie ist angewachsen, wie der Arm:
Stets trifft den Waffenlosen Harm!"

Theano. Jedoch du kömmst? Ich hab's versprochen.
Zum Zeichen, daß der Haß gebrochen,
Zum Zeichen, daß du willst den Frieden?

Harald. Du hast's gelobt? So ist's entschieden!

Theano. Doch nun leb' wohl: — es bleichen schon
                    die Sterne: —
Der Frühwind weht vom Strande her.

Harald. Du scheidest schon?

Theano.   Ich bliebe gerne.

Beide. Wie wird mir doch das Scheiden schwer!
Von morgen ab, — kein Scheiden mehr.

(Morgenrot)

Harald. Wer führt zur Burg dich fort?

Alra (tritt aus dem Gebüsch, darin er gelauscht, tiefernst, ergreifend
wehmütig). Ich führe dich von diesem Ort, —
Ich führe dich von deinem Glück, —
O Herrin nach der Burg zurück.

Harald. Hast du gelauscht? Du sollst nicht leben!

Theano. Laß ihn: er ist mir treu ergeben.

Alra. Ja, treu im Leben — und im Sterben.

(für sich)

Ich trank in dieser Stunde
Des bittern Wehs, des herben,
Genug mit neidischem Munde.
Ach, siech an dieser Wunde,
Will ich um Eins nur werben:
Für sie, — für sie zu sterben!

(Die Sonne steigt, es wird heller.)

Harald. Nein, bess'res als des Knaben Geleit
Halt' ich für meine Braut bereit. (Alra ab.)

(Er winkt: er stößt ins Horn.)

Herbei ihr Genossen! Hört das Horn!
Wacht auf! Schon quillt des Lichtes Born!

(Nochmal Hornrufe.)

Dritte Scene.

Vorige. Halgast und die Sachsen (auch Volk, Frauen, darunter Glauke.
Theano und Glauke begrüßen sich freudig) strömen von allen Seiten herbei.

Chor. Wir kommen! Wir kommen mit Speer und mit
Sporn!
Sprich, rüfst du zum Kampfe den freudigen Zorn?
Sprich, sollen wir jagen in klirrendem Lauf,
Die Feinde zu schlagen, den Hügel hinauf,
Geschart zu Hauf,
Und die drohende Zwingburg brechen zusammen
Mit Eisen und Flammen?
Gebeut und wir schwingen die Hämmer, die Speere:
Den Mannen die Beute, dem Herzog die Ehre!

Harald. Nein! höret mich! — Beschieden
Ist ohne Kampf uns Frieden.

Man zahlt euch Lösgeld überreich
An Wein und an Gold,
Was immer ihr wollt:
Und diese Jungfrau, Freia-gleich,
Von Ohm Phalanthos selbst vertraut,
Ward Haralds Siegespreis und Braut!

    Chor. Heil dir und Glück der Herzogsbraut!

    Harald. Wir schiffen uns morgen zur Heimfahrt ein.
Und heute soll ich im Schloß allein
Des edeln Fürsten Festgast sein.

    Halgast. Allein? Allein? Harald, hab' acht!
Geh' nicht allein zu Übermacht.

    Harald (lachend). Bangt dir um mich?

    Halgast (zweifelnd).   In vollen Waffen
Werden sie schwerlich dich niederraffen.

    Harald. Ich gehe waffenlos.

    Halgast.   Das darfst du nicht!

    Harald (zornig). Dein Mut ist groß!
Willst du mich lehren?
Willst du mir wehren?

    Halgast. Ja, ich will dich lehren,
Altweisheit zu ehren,
Ja, ich will dir wehren,
Schwert zu entbehren.

    Harald. Genug, mein Wort hab' ich gegeben!

    Halgast (für sich). Ich aber wache für dein Leben!

                 (zu Glauke)

Du, Glauke, folgst der Freundin gern?
Doch ich! bleib' ich solang dir fern?

                 (leise)

Laß heimlich in die Burg mich ein.

    Glauke (leise).
Du Ungeduld, wohl sollt' es nicht sein!

Doch, — wo ein Palmbaum den Wall überragt,
Ein kühner Seilwurf sei gewagt.
Du kletterst gut?

  Halgast. Wie das Eichhorn, Kind.

  Harald (der bisher mit Theano im Hintergrund gesprochen, tritt vor).
Wohlauf, schon weht der Morgenwind,
    (die Sonne beleuchtet nun hell die Bühne)
Führt eures Herzogs Braut geschwind
Zurück auf meinem eignen Roß
Im Jubelzug zum Hochzeitsschloß.

(Haralds weißes und Halgasts rotes Roß werden herausgeführt; Mähnen
und Schweif mit Bändern, Goldquasten und Blumen geschmückt. Theano und
Glauke werden auf die Rosse gehoben und von Harald und Halgast werden
die Pferde am Zügel gefaßt.)

  Harald. Leb' wohl, mein Lieb', auf kurze Zeit.

  Halgast (zu Glauke).
Leb wohl (leise) und halte das Seil bereit! —

  Chor. Wohlauf, schon weht der Morgenwind,
    Wir führen, als ihr Hofgesind',
    Die schöne Herzogsbraut geschwind
    Zurück auf Haralds weißem Roß,
    Im Jubelzug zum Hochzeitsschloß.

(Während der Zug sich malerisch in Bewegung setzt, fällt der Vorhang.)

IV. Aufzug.

Geschlossener Vorhof in der Akropolis von Amathus. Im Hintergrund eine praktikable Mauer quer über die Scene. In deren
Mitte eine Thüre, die in das Innere der Burg führt: diese steigt
ragend hinter der Mauer empor, eine Treppe führt von außen zu
einem Thor im ersten Stockwerk dieses Innenbaus. Die Mauer
des Vorhofs hat rechts ein massives Thor, das ins Freie in die
Stadt hinunter führt: gerade gegenüber eine kleine Thür, welche
in die Seitenräume der Burg führt. — Eine Tafel, reich mit Ge-
schirr, Becken bedeckt, umgeben von Polstern, links hinten: ein
kleiner Altar, rechts hinten an der Mittelthür: an diesem Altar·
oder an einem Pfeiler der Mauer eine (nicht angezündete) Fackel.

Erste Scene.
Phalanthos. Krates. Lysania.

Krates und **Lysania** (sehr eifrig fragend zu Phalanthos).
Sie kam zurück? Er willigt ein?
Und wehrlos kommt er? kommt allein?

Phalanthos. Sie kam zurück: er willigt ein,
Und wehrlos kommt er, kommt allein.
Und auch die Christen hat sie geladen
Herauf in die Burg.

Lysania.   Du willst sie begnaden?
Krates. Du kannst den Verhaßten verzeihn?
Phalanthos. Geduld, bald sollt ihr alles erfahren:
Den Christen Tod und Tod den Barbaren!
Doch still: — sie nah'n.

Chor der Christen (wird vor dem Thore rechts hörbar. Krates öffnet auf
einen Wink Phalanthos das Thor. — Josephos und die Christen, grüne
Zweige tragend, in feierlichem Zug: während sie hereinziehen, Theano jubelnd
aus der Mitte Josephos entgegen.)

Ewig waltet Gottes Gnade:
Wunderbar sind seine Pfade:
Unsern Blick umnachtet Schuld:

Doch, läßt er sein Licht entbrennen,
Müssen staunend wir erkennen
   Auch in Trübsal seine Huld.
Hilflos klagte seine Herde:
Nirgends auf der weiten Erde
   Schien ein Retter unf'rer Schar:
Aber Gott, zu unsrer Wehre,
Rief herbei, aus fernstem Meere,
   Eine blonde Heldenschar.

Theano (im Hochzeitsgewand: zu Josephos).
Mein Vater, mein Lehrer sei willkommen!
Nun ist uns vom Haupte die Trauer genommen.
Mein Ohm ist versöhnt, und sein Sinn ist gewendet:
Die Liebe hat glorreich alles vollendet:
Vorüber der Kampf und der blutige Streit,
Die Liebe hat alles zum Frieden geweiht.

   Josephos.
Dem Tod stand ich bereit!
Schon winkte nah' die Palme,
Daß ich mit heil'gem Psalme
In Ewigkeit
Dem Herrn lobsingen sollte:
Jedoch, der Himmel wollte
Erretten die Gemeine.

   Theano. Ja, durch den Mann, gleich Frühlingsscheine.
Ich rief aus eurer sichern Hut
Euch her, daß aus Phalanthos' Munde
Ihr höret die Versöhnungskunde.

   Phalanthos.
Geht in die Burg: — ich folge bald,
Sowie ich meinen Gast empfangen.

(Josephos und Christen, den Chor wiederholend, ab in die Mittelthür.)
Vorige ohne Josephos und die Christen.

Theano (in jubelndes Entzücken ausbrechend).
Wie hoch mein Herz in Wonne wallt!
Ein Himmel ist mir aufgegangen!
Was furchtbar feindlich mich bedroht,
Des Oheims Groll, der Christen Not, —
Sowie mein hoher Held genaht,
Der herrliche von Herz und Hand,
Zerronnen all' dies Leiden schwand,
Wie Nebel auf der Sonne Pfad.

(zu Phalanthos)
Laß danken dir, du, den ich schalt,
Den grausam ich genannt und kalt,
  Wie unrecht hab' ich dir gethan:
  Du führst mich selbst des Glückes Bahn.
Wie pocht mir das Herz doch in mächtigen Schlägen,
Wie wogt es dem sehnend Geliebten entgegen,
Bald werd' ich ihn schauen, ihn halten und fassen
Und nimmer von ihm bis zum Tode lassen.
O Himmel, vernimm mein jauchzendes Danken,
Du schenktest mir Seligkeit ohne Schranken:
    Sein eigen zu sein!
    Dein, Harald, dein!

(Ein Zug von Knaben und Mädchen geht, brennende Fackeln tragend, aus der Thüre links in die Mittelthür, mit folgendem)

Chor. Stimmet nun an mit den Harfen und Flöten,
  Stimmt Hymenäen, die festlichen, an:
Bald, auf den Wangen ein holdes Erröten,
  Grüßet das bräutliche Mädchen den Mann.
Segnet die Jungfrau, segnet den Freier,
Segnet den Gürtel und segnet den Schleier.
Goldene Königin, Aphrodite,
Hymen und Hera, segnet sie.

Theano. Schon hüllet das Haupt mir der bräutliche
Schleier,
Schon flammen die Fackeln zur seligsten Feier.
Wo säumet er noch? Was mag ihn verweilen?
Ich selber, die Braut, will entgegen ihm eilen.

(Sie will in hoher, begeisterter Erregung das Thor rechts öffnen.)

Phalanthos (sie auffangend, den Schlüssel im Thore umdrehend und
Krates überreichend).

Halt ein, du Thörin! — (sie reißt sich los) Nochmal: Halt!
Du wirst ihn niemals wiedersehn!

Theano (entsetzt). Weh', mich durchzuckt Entsetzen kalt,
Seit ich den schrecklichen Blick gesehn,
Tödlich und giftig und falsch wie die Schlange:
Weh'! das Herz mir zerdrückst du mit eherner Zange!
Was wartet sein hier?

Phalanthos. Krates. Lysania. Tod und Verderben!
Theano (aufschreiend). Allgnädiger Himmel!

(Alra erscheint in der Mittelthür.)

Phalanthos. Krates.
Und wär' er unsterblich, — heut' soll er sterben!
Ha, wähntest du wirklich, wir würden vergeben?

Lysania. Der gerettet der Christen verfallenes Leben!
Krates. Phalanthos.
Dem stolzen Barbaren, der furchtbar uns schlug,
Der deinen Trotz zu den Wolken trug?

Lysania. Der Barbar, der verhaßte Germane soll sterben!
Phalanthos (Lysania ein kleines Fläschchen reichend).
Lysania, du wirfst ihm dies Gift in den Wein.
Krates. Ja, entriß ihn ein Wunder dem Waffen-
verderben, . . . —

Lysania (das Fläschchen erhebend).
Unrettbar doch soll verloren er sein!
Phalanthos. Erheb' ich zu seinem Heil den Pokal, —

Lysania. Und trank er das Gift, so beginnt das Mahl
Alle drei. Und ihn treffen fünfzig Schwerter zumal.
Theano. Entsetzlich! O Harald, Harald flieh'!
(Rüttelt an dem Burgthor.)

Phalanthos (reißt sie fort).

Umsonst! Dein Ruf erreicht ihn nie!
Und vernimm, du entartete Römerin,
Die ihr Herz gab dem Barbaren dahin,
Vernimm, was ihn grausamer soll durchbohren,
Als unserer Schwerter zerfleischender Stahl:

Terzett.

Wann nun er sich windet in Sterbensqual,
Dann tönt ihm als letztes Wort in die Ohren:
„Das hat dir Theano gethan, die Braut:
Was hast du Barbar auch der List'gen getraut?"

Theano. O teuflischer Frevel! Halt ein! Halt ein!

Phalanthos und Krates.
Und fiel hier der Führer, dann brechen wir aus
Und erschlagen die Seinen bei Trunk und bei Schmaus.

Theanos Worte parodierend Doch umsonst nicht schmückt dich der bräutliche
Schleier,
Schon laden die Fackeln zur seligsten Feier:
Vor Nacht noch bist du des Krates Weib.

Krates. Vor Nacht noch wirst du mein Eheweib,
Und die Christen, die selber herauf du gerufen,
Du schauest sie von der Arena Stufen
Verbrannt mit des toten Barbaren Leib.

Theano (knieend vor Phalanth).

Erbarmen! Erbarmen! auf meinen Knie'n ... — —
(umsinkend)
Ich kann nicht mehr: die Gedanken fliehen.
(Sinkt ohnmächtig an der Mittelthür um: zwei Lanzenträger, vier Sklavinnen erscheinen in der Thür.)

Wechselgesang der drei je eine Zeile.

Phalanthos (winkt den Sklavinnen und den Lanzenträgern).
Verschließt sie droben im Turmgemache.

(**Theano** wird von den Sklavinnen durch die Mittelthür hinausgetragen, die
Lanzenträger folgen: **Lysania** schüttet das Gift in den Ehrenbecher Haralds,
Wein aus einem Mischkrug dazu gießend: nachdem **Alra** dies noch gesehen
und mit stummem Spiel begleitet, folgt er den Lanzenträgern.)

Krates und **Lysania.**
Phalanthos, du bist ein Meister der Rache.

Terzett.

Ja, nun sieget der abgrundtiefe Haß!
Auf die schwankende Liebe ist kein Verlaß.
Doch der Haß ist treu:
Er kennt nicht Reu:
Noch der grimme, der heimlich lauernde Groll,
Der endlich in Rachethat überschwoll.
Ja, der Haß ist süßer und heißer zugleich,
Als die laue Liebe, matt und weich:
Und genoß die Liebe ersehnte Lust,
So flieht sie die müde, verödete Brust:
Doch der Dämon des Hasses hat nimmer genug,
Und ob er den Feind in den Herzgrund schlug:
Den Ermordeten möcht' er erwecken wieder:
Unzählige Rachen, gleich der Hyder,
Reckt der Haß, der gewaltige Gott:
Erbarmen und Gnade sind ihm Spott:
Haß, hier sollst du in schrecklichem Walten
Hoch triumphierend dein Banner entfalten,
Haß, wir bekränzen dir den Altar
Und Hekatomben bringen wir dar.

(Ab in leidenschaftlicher Bewegung durch die Mitte.)

Zweite Scene.

Die Bühne bleibt geraume Zeit leer. — Dann Glauke von links; bald Halgast auf der Mauer rechts; die Musik vermittelt den Übergang von der dämonischen Stimmung des Terzetts zu dem heitern Liebesscherz dieses Paares.

Glauke. Die Stunde naht, die er bestimmt!
Die Fackel Hymens bald erglimmt.
Theano schmückt sich wohl zum Fest:
Ob mein Barbar mich warten läßt?

Halgast (vor dem Burgthor rechts).
Rose blüht auf Bergesgrat,
Wohin führt kein Menschenpfad,
Sprießt auf höchstem Felsenjoch, —
Aber Liebe pflückt sie doch:
  Liebe, mit wagenden Schwingen,
  Kann zu der Rose dringen.

Glauke (antwortend). Perle liegt in Meeresnacht,
  Wo manch' dräuend Untier wacht:
Aber aus des Abgrunds Schoß
Ringt sie doch die Liebe los:
Der Liebe muß es gelingen
Durch Schrecken und Nacht zu dringen.

Halgast (wirft eine Strickleiter herauf, welche sich an einem ehernen Knauf der Mauer festschlingt: steigt herauf, und singt oben auf der Mauerzinne).

Halgast und Glauke. Hoch am Himmel, ewig fern,
Glänzt der schöne Morgenstern,
  Haß und Groll bringt nicht hinauf:
Aber die Liebe mit siegendem Lauf,
Liebe mit niemals ermattenden Schwingen,
Liebe kann zu den Sternen dringen.

(Halgast [Schwert in der Scheide], hat außer seinen eigenen Waffen Haralds Horn umgehängt und Haralds Streitaxt mitgebracht.)

Glauke. Mein Liebling, du fandest?

Halgast (die Strickleiter nun in der Innenseite herablassend, daran herab-
gleitend und sie herabreißend).

Das Seil, das du bandest
In das Palmengeäst:
So erklomm' ich das Nest!

(sich umschauend)

In der That, ein Fest?
Doch nicht trau' ich dem Feind,
Bis ich schaue geeint
Das bräutliche Paar:
Ich ahne Gefahr:
Weil der Freund nicht litt,
Daß ich mit ihm schritt,
So stahl ich voraus
Mich geheim in dies Haus
Und das Horn, das errettende, nahm ich mit!

   Glauke (naiv abergläubisch). Ist's ein Zauberhorn?

   Halgast (lachend). Jawohl! Wie ein Born
Aus der Töne Gebraus
Strömt Krieger es aus:
Es zaubert sie her
In Waffen und Wehr —

(schalkhaft)

Verbarg man vorher
In den Felsen klug
Sie nahe genug.
Doch, nun laß uns verborgen lauschen
Und Blick und Wort und Kuß uns tauschen.

(Arm in Arm mit Glauke ab nach links.)

———

Dritte Scene.

Alra allein.

Alra (aus der Mitte mit verzweifelter Gebärde an das Burgthor rechts):
Rasch! Eh' sie ihn umgarnen,
Ihn retten, ihn warnen!

(er rüttelt vergeblich daran)

Umsonst! Dies Thor ist unbezwingbar!
Und undurchdringbar
Sperrt jeden Ausgang sonst der Wächter Schar!
Verloren denn auf immerdar
Der Herrin Glück, der Herrin Leben!
Auf ihrer Schwelle lauscht' ich lang:
Ich rief, doch keine Antwort klang,
Noch liegt sie in der Ohnmacht Zwang.
Wär' mir's zu retten sie gegeben!
Doch schon naht Krates diesem Thor:
Er duldet mich nicht hier:
Doch rasch: — zuvor
Das Gift, das Gift im Ehrenbecher!

(ergreift den Pokal)

Das trink', ein todes-durst'ger Becher,
Theano, hör's, das trink ich dir!
Und kann ich dir den Freund nicht retten: —
Im Tod will ich zu ihm mich betten.

(Trinkt den Becher aus, stürzt ihn um, füllt ihn aufs neue aus dem Mischkrug
und setzt ihn auf die frühere Stelle.)

Schöne Heimat, wo ein sanftres
  Volk in schönern Zungen spricht,
Wo durch Palmenwipfel rieselt
  Sonniger ein hell'res Licht:

Lebe wohl, du ferne Heimat,
　　Heil'ger Ganges, lebe wohl,
Nieder in das Reich der Schatten
　　Ruft mich ein Geflüster hohl.

Lebe wohl, du Lebenssonne,
　　Herrin du voll Glanz und Huld:
Ach, in Alras Seele bebte
　　Leise Liebe, scheu wie Schuld.

Nimm mich auf nun, Reich der Schatten,
　　Stumme, dunkle, heil'ge Macht:
Lösche, lösche dieser Sehnsucht
　　Flammen aus in ew'ger Nacht.

Harald pocht: Alra eilt an das Thor.

Vierte Scene.

Harald. Krates. Die Lanzenträger. Dann Phalanthos, vornehme
Römer und Kyprer, auch Sklaven, aus der Mitte.

Harald (schlägt dreimal mit der Faust ans Thor).

Krates (mit den Lanzenträgern aus der Mitte, er läßt den widerstrebenden
Alra durch zwei Lanzenträger von dem Thor fortreißen und in das Mittel-
thor abführen, verteilt die Lanzenträger an allen drei Thoren, und auf der
Quermauer: öffnet das Thor mit dem ihm von Phalanthos gegebenen
Schlüssel, schließt gleich hinter Harald wieder und steckt den Schlüssel ein:
nach kurzer, stummer Begrüßung geht er, Phalanthos zu holen).

Harald (ganz ohne Waffen).
Empfangt mich denn, ihr stolzen Räume,
Darin die Liebste hold erblüht:
Der Jungfrau erste, süße Träume,
　　Sie schwebten hier durch ihr Gemüt.
Von hier war's wo sie leuchtend nah
Das schöne Meer der Griechen sah,

Und herrlich wuchs ins Himmelsblau,
Gleich einer weißen Marmorfrau.
Geweiht ist der Geliebten Wiege,
Geheiligt ist mir dieser Ort:
O daß der Götter Segen liege
Auf dieser Stätte fort und fort.

(Phalanthos. Krates und Gefolge aus der Mitte.)

Phalanthos. Willkommen hier zu Fest und Rast,
Phalanthos' Gast (leise): des Todes Gast!

Harald (reicht ihm die Hand).

Gegrüßt auch du! — Was fehltest du im Feld,
Die Deinen führend als ein Held?
Dann hätten wir uns rasch gefunden.
Im Kampfe würdigt Mann den Mann:
Oft schon ich mir zum Freund gewann
Den tapfern Feind.

Phalanthos. In Tod und Wunden
Begiebt bei uns der Fürst sich nicht.

Harald. Das ist uns Fürsten Ehrenpflicht!
Der Fürst ist der erste bei Mahl und bei Rat,
Doch der vorderste auch bei der stürmenden That. —
Wo säumt Theano? Nicht schau ich sie hier!

Phalanthos. Das Weib nicht laden zu Mahle wir,
Sonst fehlet die Freiheit dem Wort, dem Gelag.

Harald. Was man vor Frauen nicht sprechen mag,
Bleibt besser ungesprochen: wir
Erschau'n im Weib des Festes Zier.
Im Kranz der Heldeneichen grün,
Soll hold das Weib als Rose glüh'n.
O rufe die Braut mir!

Phalanthos. Sogleich! — Doch gewähre
Dem Wirt erst des Gastrechts geheiligte Ehre:

(reicht ihm den Ehrenpokal)

Den Zeus des Gastrechts ruf' ich an:
Wie dieser Trunk dir wird bekommen,
Soll Hochzeit dir und Eh'bund frommen.

Terzett.

Harald, Phalanthos, Krates wiederholen die letzten drei Zeilen:

(Harald: Den Gott des Gastrechts ruf' ich an.)
(Harald trinkt.)

Phalanthos. Krates. Er trinkt? Er trank! Er ist
verloren!

Harald (den Becher erhebend).

Höre mich, Donar, Schirmer der Herde!
Wie den Trank wir teilen, ihr Oheim und ich:
So treulich wir teilen in allen Tagen
Feindschaft und Fehde, Freundschaft und Frieden,
(ihm den Becher hinhaltend, dicht an ihn herantretend)
Nun trinke den Rest, zu bekräft'gen die Rede.

Phalanthos (entsetzt zurückweichend).

Den Rest? — Nein! — Nein! —

Harald (folgt ihm). Ja, das muß sein!
So will es der Sitte geheiligter Brauch:
Ich trank in Treuen — und du trinkst auch.
(folgt dem immer ängstlicher weichenden)

Phalanthos. Nein! — Nein!

Harald (zornig). Ich will's: — du sollst!

Phalanthos (weichend). Nein! — Nein!

Harald. Du mußt! Was soll dies Zagen?

(Alra wird in der Mittelthür sichtbar: er reißt sich von den Lanzenträgern los
und bringt durch die Reihen.)

Phalanthos. Krates.

Nicht sollst, Barbar, du länger fragen!
Hier der Pokal, für dich gemischt, . . . —

Alra (vorstürzend). Barg Gift! Doch ich trank es für dich.
(Sinkt sterbend nieder.)

Phalanthos. Krates. Chor. Weh' dem Barbaren!

(Dringen auf ihn ein.)

Harald. Verrat? So stirb! —

(Schlägt Phalanthos mit schwerem ehernen Mischkrug tot, ergreift einen kleinen runden Tisch mit Einem schmalen Fuß, stürzt die darauf stehenden Kannen ꝛc. klirrend zur Erde und deckt sich damit als Schild.)

Halgast *(aus der Thüre links hervorstürmend, stößt Krates, welcher eben Harald von hinten erstechen wollte, nieder).*

Nieder, du Mörder!

(Allgemeines Entsetzen der Römer über den unerwarteten Helfer.)

Hier, Harald, dein Hammer!

(Reicht Harald den Hammer, der sofort zwei Lanzenträger erschlägt: die andern weichen zurück.)

Lysania *(hat in der Mittelthür den Fall ihrer beiden Freunde gesehen, sie reißt eine brennende Fackel aus den Thorpfeilern).*

Und brach der Rache Bau zusammen, —

So helft zum Haß, ihr Hymens Flammen.

Nicht soll Theano triumphieren!

(Sie schließt von hinten die Mittelpforte, gleich darauf sieht man sie die Fackel schwingend auf der Mauer: sie verschwindet: alsbald brechen Flammen aus dem Mittelturm.)

Halgast *(der einstweilen Harald beigestanden).*

Und Harald, horch!

Dein hilfreich Horn!

(Er bläst hart am Thor.)

Herbei, ihr Genossen, hört Haralds Horn!

Und helft in rettendem Heldenzorn.

Chor der Sachsen *(von außen).*

Wir kommen, Herr Herzog, wir hören dein Horn,

Wir kommen mit rächendem Heldenzorn,

Und hielte der Feind dich in Helas Haus,

Wir kämen und hieben den Herzog heraus.

(Das Thor wird krachend von außen eingeschlagen, in hellen Haufen dringen die Sachsen ein, andere steigen über die Mauer und drängen ohne weiteren Kampf die Lanzenträger in die Thüre der Mitte und links. — Starker Flammenschein aus dem Turm.)

Harald. Gerettet, mein Halgast! Dir dank' ich das Leben!

Glauke (stürzt aus der Mittelthür).

Zu Hilfe Theano! Sonst muß sie verderben
Im Turm, den die Flammen dort züngelnd umwerben.
Vom Fenster drang ihr Ruf zu mir.

Harald. Geliebte, Rettung dir zu bringen,
Durch Weltbrands Flammen würd' ich dringen!
Walküren, leiht mir eure Schwingen.

(Stürmisch ab durch die Mitte, gleich hinter ihm stürzt die Quermauer und die niederen Teile des Innenschlosses zusammen, so daß der Ausblick auf den Hintergrund frei wird: man sieht das blaue Meer und vorn die Schiffe der Germanen wie am Schluß des ersten Akts: auf der Freitreppe, welche zu dem allein noch stehenden brennenden Turm führt, steht Harald, Theano aus dem Fenster hebend und auf dem Arm herunter tragend, Lysania sinkt hinter ihnen in die Flammen: sowie Harald mit Theano unten vorn angelangt, stürzt auch der obere brennende Turm zusammen: einstweilen sind Josephos und die Christen mit gefesselten Händen aus dem Hintergrunde vorgeeilt: Halgast und die Sachsen lösen ihre Ketten.)

Chor der Christen. Muß in Flammen auch vergehen,
Was wir stark und lieblich sehen,
    Aller Schmuck und Stolz der Zeit.
Gottes Gnade sonder Schranken,
Gottes Liebe sonder Wanken
    Waltet fort in Ewigkeit.

Harald. Theano, Geliebte! du lebst! du bist frei,
Die Treue bezwang die Verräterei.

Theano. Hast du an mir gezweifelt, sprich?

Harald. Nein, niemals! denn ich liebe dich! —
Nun führ' ich, ewig mir gesellt,
Dich fort aus dieser falschen Welt,
Aus dieser Fäulnis, hoch entrafft,
Ins Land der Treue, Land der Kraft,
Ins Land, wo Wodans Wälder rauschen
Und freie Männer Handschlag tauschen.

Halgast (Glaukes Hand erfassend).

Des Griechenlandes höchste Zier,

Die Schönheit, tragen freudig wir
Auf unsrer Drachenschiffe Bord
Als Siegesbeute mit uns fort.

    Theano. Vergönnt, daß diese fromme Schar,
Die ihr entrissen der Gefahr,
Mit euch forttrage durch die Meere
Des Christengottes heil'ge Lehre.

    Harald (winkt Gewährung, reicht Josephos und Theano die Hände).
Der Griechenschöne Götterbild
Und Christenglauben fromm und mild
Birgt machtvoll der Germanen-Schild
Und frei vom Römerjoch die Erd',
Frei kämpft sie das Germanen-Schwert.

    Harald. Halgast. Chor der Sachsen.
Zu Schiffe! Zu Schiff! Ihr Genossen an Bord!
Zurück in die Heimat! Zurück in den Nord!
Rasch führen die schaukelnden Wellen uns fort.

    Wir tragen mit uns in des Eichwalds Nacht
    Der hellenischen Schöne. leuchtende Pracht.
    Denn bei uns ist der Mut und das Schwert und die
                     Macht.
Es rauscht uns der Sieg in den flatternden Fahnen,
Zu weiterm Wagen uns brausend zu mahnen,
Denn die Herrschaft der Erde gehört den Germanen!

              Gruppe. Vorhang fällt.

Der
Schmied von Gretna-Green.

Operndichtung in drei Aufzügen

von

Felix Dahn.

Erstmalig erschienen 1880.

Leipzig
Druck und Verlag von Breitkopf und Härtel
1899.

Theodor Fontane,

dem Meiſter der engliſchen Ballade,

zugeeignet.

Personen.

Lady Ellen Douglas. (Sopran)

Lord Robert Douglas, schottischer Grenzgraf, ihr Vetter und
Vormund. (Baß oder Bariton)

Lord Talbot Percy, englischer Grenzgraf. (Tenor)

John Harb, der Schmied von Gretna-Green. (Bariton oder
Baß)

Anna Busy, seine Schwester (ca. 50 Jahre). (Alt)

Mary, seine Tochter. (Sopran)

Robin Bold, sein erster Geselle. (Tenor oder Bariton)

Reisige des Lord Douglas. Zofen der Lady. Gesellen,
Nachbarn und Nachbarinnen des Schmieds. Bauern
der Umgegend.

Zeit der Handlung: XV. Jahrhundert.

Ort der Handlung: erster und dritter Akt in der Schmiede zu
Gretna-Green, zweiter in dem nahen Schloß des
Lord Douglas, an der englisch-schottischen Grenze.

I. Aufzug.

Die große altertümliche Schmiedehalle zu Gretna-Green: hinten rechts (rechts und links stets von der Bühne aus) das ganze Schmiedegerät: Esse, Blasebalg, Amboß. Auch in der Mitte vorn ein Amboß. Der Raum ist aber zugleich Wohnstube: vorn links ein Tisch mit Bänken, vorn rechts die zwei Spinnräder der Frauen: im Hintergrund ein Wandschrank. — Eine Thür rechts vorn führt in das Hausinnere; eine Thür gerade gegenüber links führt ins Freie (ins Dorf). — Links ist der Hintergrund durch ein großes Fenster gefüllt, das den Blick auf einen Waldweg gewährt: zwischen dem großen Fenster und der hintern Schmiedehalle eine Thür, die ins Freie (in den Wald) führt. — In der Schmiedehalle hinten und an den Wänden vorn viele Waffen.

Erste Scene.

Die Schmiedegesellen. Robin. Alle in voller Schmiedearbeit. Die Esse lohl: sie schmieden und hämmern und hantieren: die andern hinten in der Schmiede, Robin an dem vordern Amboß. — Die Musik vor Aufzug des Vorhangs drückt die Schmiedearbeit aus, man hört von der Bühne heraus das Hämmern.

Chor der Schmiedegesellen: im Takt der Hammerschläge.

Erster Halbchor.
Hebt den Hammer, hebt die Hand,
   Hebt auch frohe Weisen:
Kraft und Mut und Kunstverstand,
   Zwingen Not und Eisen!

Zweiter Halbchor.

Kluger Sinn und starker Arm,
  Brechen bald, bald biegen,
Augen hell und Herzen warm
  Müssen endlich siegen.

Beide Chöre.

Faßt das Leben klug und kühn,
  Wie das Erz im Feuer:
Schläge dröhnen: — Funken sprühn: — —
  Und der Sieg ist euer!

―――――

Zweite Scene.

Vorige. Anna und Mary (aus der Thüre rechts): sie tragen einen Krug und
Becher und bringen Robin und den andern Gesellen den Feierabendtrunk; auch
Kränze und Blumengewinde, mit welchen sie die Thürpfosten schmücken.

Anna. Halt ein, ihr Fleiß'gen! Endet nun!
Nach wackrem Werk ein fröhlich Ruhn.

Mary. Genug der heißen Müh für heute!
Die Sterne stehn am Himmel schon.

(Pause: Die Abendglocke aus dem Dorf, durch die offne Thür links, fällt lieblich,
friedevoll, hellklingend ein.)

wiederholt { Hört ihr das liebliche Geläute?
           { Der Abendglocke Silberton?

(Anna, Robin, Chor wiederholen die letzten beiden Zeilen.)

Mary. Sie mahnt mit leisem, holdem Klang:
„Genug von Arbeit, Last und Zwang!"
Die Lerche trillert zum letztenmal:
Sie grüßt der scheidenden Sonne Strahl.

wiederholt { Die Dämmerung naht mit duft'gem Hauch:
           {   (an Robins Brust eilend)
           { Das Herz hat seine Rechte auch.

Anna. Ja, geht und laßt uns Frauen schalten:
Denn Freude soll hier morgen walten:
An Blumen brachen wir das Beste:
Die Halle sei geschmückt zum Feste.

Anna und Mary. Denn morgen ist der Jahrestag,
Den hoch dies Haus begehen mag,

Da meinem $\begin{Bmatrix} \text{Bruder} \\ \text{Vater} \end{Bmatrix}$ ward verliehn

Als seiner Treue Dank und Ruhm
Sein stolzes Privilegium:
Das Trauungsrecht von Gretna-Green.

Chor (wiederholt die letzten zwei oder vier Zeilen.
(Da „unserm Meister" ward verliehn)
dann die Becher leer trinkend. grüßend und dankend ab durch die Thüre links).

Dritte Scene

Anna. Mary. Robin.

Robin (während die Frauen die Kränze aufhängen).
In Schottland und in Engelland
Hält keiner deinem Vater stand:
Kein Kopf so klug, so kühn kein Mut,
Kein Arm so stark, kein Herz so gut,
Ein Mann von bester Mannesart
Ist unser Meister, Jonny Hard:
Er wagte hundertmal das Leben,
Ein Zicklein aus Gefahr zu heben:
Nur gegen mich, ja mich allein,
Ist er so hart wie Kieselstein.

Anna (unter der Arbeit).
Undankbar Wort! Wer hat den Knaben,
Nachdem die Eltern du begraben,
Wie einen Sohn ins Haus genommen?

Mary. Dich auferzogen mild und gütig?

Robin. Was soll mir all' die Güte frommen!
Hier, unterm Wams, pocht feuerblütig
Mein Herz für dich: — ich muß verbrennen,
Darf ich mein Weib nicht bald dich nennen!

Mary (schelmisch neckend).
Ein Schmied soll Furcht vor Glut nicht kennen!

Robin. Er will und will dich mir nicht geben:
Und ohne dich kann ich nicht leben.
Was hab' ich, Armer, ihm gethan?

Anna. Du selber nichts: — jedoch dein Ahn!

Robin (komisch unwillig).
Was gehn mich meine Ahnen an!

Anna. In Feindschaft lebt seit alten Tagen,
Du weißt es, dein und sein Geschlecht!

Robin. Oft hör' ich doch den Meister sagen:
Solch Hassen sei höchst ungerecht!

Mary. Bei andern schilt er doch und wehrt,
So weit er kann, vererbten Haß.

Robin und Mary.
Was er bei andern nennt verkehrt, —
Hier thut er's selbst! Wie reimt sich das?

Anna. Ihr Kinder, seht: es lebt kein Mann,
Den man vollkommen rühmen kann.
Mein Bruder wär' sonst gleich den Engeln:
Das klebt ihm an von Menschenmängeln.
Sein einz'ger Fehler: — es ist der!

Robin und Mary (lebhaft).
Ach, wenn es doch ein andrer wär'!

Anna (volkstümliche, schlichte Weise).
Geduld, Geduld, du junges Paar:
Gut wird noch alles werden:

Der Weg der echten Liebe war
   Noch niemals glatt auf Erden!
Bald Väterhaß, bald Geldesnot,
   Bald will sie Mißgunst binden:
Doch, liebt ihr treu bis in den Tod, —
   Ihr werdet überwinden.
{ Wenn euch die Liebe Dornen flicht
    So denkt: „das ist das Rechte:"
  Es wäre echte Liebe nicht,
    Die nicht auch Leiden brächte.

      (Alle drei wiederholen die letzte Strophe.)

Robin. Das klingt wohl alles schön und gut:
Löscht aber nicht der Liebe Glut!
  Marn. Die Myrten in meinem Garten,
Wie lange noch sollen sie warten?
Wann kommt der frohe Tag,
Da ich sie pflücken mag?
  Anna. Geduld, ihr Ungeduldigen!

      (geheimnisvoll, beide an sich heranziehend)

Doch, soll's euch wohlergehn,
   So müßt ihr zu den Huldigen
Geheim und gläubig flehn!
  Robin und Marn.
Die Huldigen? So glaubst du fest an sie?
  Anna. Fest wie an Gott und an Marie!

      (geheimnisvoll)

In diesem alten Sachsen=Haus
Von je gehn Geister ein und aus.

     (auf diese Geräte deutend)

{ Sie spinnen am Rade den Wocken zu Ende,
{ Sie rühren am Amboß die emsigen Hände,
Sie kehren die Kammern, sie fegen die Stuben,
Sie strafen die faulen Dirnen und Buben,

Sie helfen den Fleißigen allerwegen,
Doch muß man sie scheuen und ehren und pflegen.

Mary. Ja, ja! Wie sagt die alte Weise?
Großmutter sang sie oft uns leise!

Anna (Volkslied). „Wollt glücklich ihr durchs Leben gehen,
Sollt ihr die guten Holdchen scheu'n,
Die letzten Ähren lassen stehen
Und Mehl am Herd für sie verstreu'n."

Mary (fällt ein). „Zertretet nicht am Weg den Käfer,
Der eilig in Geschäften reist:
Stört in der Rose nicht den Schläfer, —
Er ist ein wandermüder Geist."

Robin (fällt ein). „Der Vöglein Nester sein euch heilig:
Beschwingte Holdchen sind sie all:
Zumal Rotkehlchen streuet eilig
Brot bei der ersten Flocken Fall."

Anna. „Jedoch zumeist aus Kinderaugen
Tilgt eifrig jede Thräne fort:
Denn Geister, die zu rächen taugen,
Gewalt'ge Geister wohnen dort."

Mary. „Und hört ihr's nachts im Hause weben,
Bekreuzt euch nicht und seid nicht bang:
Die braunen Wichtelmännchen schweben
Nur Segen raunend durch den Gang."

Alle drei. „Von keinem Feinde wird bezwungen
Ein Herz in Kämpfen noch so heiß,
Das sich umflüstert und umschlungen
Vom Bund der guten Geister weiß."

(Alle drei ab nach rechts ins Haus). Die Bühne bleibt einige Zeit leer. Die Abendglocke nochmal leise von außen. Die Musik führt das Geisterweben aus. Es wird dunkel.)

Vierte Scene.

Lord Percy (brauner Hut und Mantel über dem reichen Wams mit dem Wappen der Percy, einem fliegenden Pfeil, auf der Brust) stürmt verzweiflungsvoll — die Musik drückt den schroffen Gegensatz der Stimmung vorbereitend aus — durch die Mittelthür herein. — Gleich darauf, unbemerkt von ihm, tritt der Schmied aus der Thure links auf, zieht sich in den Hintergrund und hört dem Monolog aufmerksam zu.

Percy (einen kleinen Brief in der Hand, höchst leidenschaftlich, verzweifelt).

Verloren die Liebe! Gestorben das Hoffen!
Kein Mittel, die glühend Geliebte zu retten
Vor verhaßter Vermählung töblichen Ketten!
Ach, die Blume des Lebens zum Tode getroffen!

(wirft sich auf die Bank, blickt in den Brief)

Sie schreibt: sie wird sterben! Nie wird sie des andern!
Ah, nicht einsam soll zu den Schatten sie wandern!
Und konnt' ich die Teure im Leben nicht retten,
Soll der Tod, ja der Tod uns zusammen betten.
Und kann ich ihr Schicksal nicht wenden, nicht heilen:
So will ich es teilen! — —
Geliebte, willkommen im stillen Haus:
Ich bereite die Stätte: — — ich schreite voraus!

(Zieht den Dolch, holt aus, sich zu erstechen.)

Schmied (fällt ihm rasch in den Arm).

Gemach, mein Freund, und bleibe leben!
So lang du lebst, kannst du dich heben.
Erst wenn du gestorben,
Ist alles verdorben.

(für sich)

Dem ist so ernst um seine Liebe,
Daß sie ihn bis zum Tode triebe.
Drum ist er meiner Hilfe wert.

Percy. Wer ist's, der meinem Schmerz gewehrt?

Schmied. Ein Mann, der deinen Schmerz will wenden,
Ein Mann, der treue Liebe schützt.

Percy. Umsonst! Mein Leid kann niemals enden!

Schmied. Laß sehn, ob dir mein Rat nicht nützt? —

(Percys Mantel hat sich vorn geöffnet)

Ich ahne, wem dein Sehnen gilt:
Den Percy zeigt dein Wappenbild:
Nun ist bekannt
Im ganzen Land
Der Douglas und der Percy Haß
Und wie in finstrem Burggelaß
Lord Douglas seine Base hütet, —
Im Zorn gen alle Percys wütet, —
Sprich: — Lady Ellen liebst du? Nicht?

Percy. Dir muß vertraun, wer schaut dein Angesicht!
Ja, Lady Ellen ist die Dame!

Schmied (nimmt den Hut ab). Gesegnet sei ihr edler Name!
Des ganzen Grenzlands Schutzgeist sie!
Der Kranken Trost, das Heil der Armen!
Ihr sanftes Walten fehlte nie,
Wo Not begehrte nach Erbarmen,
Bis in die Burg der Lord sie schloß! —
Sag, liebt sie dich?

Percy.   Treu bis zum Sterben!

Schmied. Hier meine Hand denn, Bundsgenoß!
Vertraue meiner klugen Kraft:
Schon schwerer Werk hab' ich beschafft.

Percy. Dank! Heißen Dank! — Doch, saget mir:
Weshalb dem Fremdling helfet Ihr?

Schmied. Weshalb? — Erst Lady Ellens willen:
Die soviel Thränen pflag zu stillen,
Soll nicht in Thränen untergehn. —
Dann, weil ich Eueren Schmerz gesehn!

Wer liebt getreu bis in den Tod, —
Kann Klugheit wenden seine Not,
Kann Menschen Kraft erretten ihn,
Dem hilft — der Schmied von Gretna=Green!

Percy. Umsonst! In diesem Blatt schreibt sie,
Das sie vom Turm herab mir warf:
„Verloren alles! Teurer, flieh!
Gehütet bin ich grimm und scharf.
Schon morgen schließt der Burgkaplan
Den tief verhaßten Ehebund:
Jedoch des Todes dunkle Bahn
Wähl' ich zur selben Stund.
Nie werd' ich eines andern Weib:
Dein, dein ist ewig Seel' und Leib."

Schmied. Schon morgen? Da thut Eile not!

Percy. Umsonst zum Zweikampf ich entbot
Den grimmen Lord: er ließ mir sagen:
„Erst Hochzeit machen: — dann sich schlagen!"

Schmied. So stürmt das Schloß in kühnem Wagen.

Percy. In Frankreich fern, wo Englands Banner wallen,
Stehn meine Reis'gen und Vasallen.

Schmied. Entführt sie denn auf raschem Roß.

Percy. Bewacht ist jede Thür im Schloß! —
Und wär' sie auch der Burg entronnen:
Nicht Rettung wäre doch gewonnen:
Den Douglas scheu'n die Priester all im Land:
Kein Priester schließet unser Eheband.

Schmied (lacht). Wenn's das nur wär'! Nicht sorge dich:
Traut euch kein Pfaff — so trau' euch: — — ich!

Percy. Ihr scherzt! Ein Laie! Ihr! Ein Schmidt!

Schmied (stolz, triegerisch).
So kennt Ihr denn nicht meine Rechte?
Die ich mit meinem Blut erstritt,

Für die ich sieben Wunden litt,
Erstritt in rühmlichstem Gefechte?
Wenn ich Euch Hand in Hand verflechte,
Vollgült'ger noch ist Eure Ehe
Als ob sie durch den Papst geschähe.

Percy. Im Krieg, in Frankreich war solang' ich ferne.
O redet, daß ich dieses Rätsel lerne!

Schmied. Ich müßt mich rühmen dabei zu sehr.
(Anna, Mary, Robin mit Licht von rechts)
Die mögen künden Euch die Mär.
Man singt davon im Volk bereits ein Lied.

Fünfte Scene.
Vorige. Anna. Mary. Robin.

Robin (auf Percy zueilend).
Was seh ich, Herr! Von dem die Schlacht mich schied!

Percy. Mein Knapp, durch dessen Treue nur
Ich mied den Tod bei Acincourt!
Mit seinem Blute hat er mich befreit,
Dank schuld' ich ihm in Ewigkeit!

Schmied. Er ist ein guter Junge, ja!
(komisch drohend)
Doch komm' mir Mary nicht zu nah.

Percy. Sie scheinen sich herzlich gut zu sein.
Weshalb soll er das Kind nicht frein?
Alle (außer dem Schmied) komisch wiederholend.
Weshalb soll er das Kind nicht frein?

Robin Weshalb soll ich das Kind nicht frein?

Mary. Weshalb soll Robin mich nicht frein?

Schmied. Nein! Dreimal nein!
(Die andern wiederholen)
Weshalb soll er das Kind nicht frein?

Schmied. Weil ich nicht will!
Und damit — still!

(zu Percy)

Stets haßten sich mein und sein Haus.

Anna. Mary. Ihr aber löschtet den Haß ja aus.

Schmied. Doch soll er nicht mein Eidam sein!
Nein! Dreimal nein!

Robin (komisch neckend).

Habt acht! — Ich sag's Euch ins Gesicht:
Gebt Ihr mir denn das Mädel nicht,
Thu' ich, was Euch an andern gefällt:
Ich laufe mit ihr in die weite Welt:
Wir werden schon den Priester finden,
Uns zu verbinden.

Alle. Wir werden schon den Priester finden,

Sie }
       } zu verbinden:
Uns }

Und Meister, das geschäh' Euch recht!

Schmied (lacht vergnüglich, holt die Urkunde aus dem Wandschrank, dessen
Schlüssel er bei sich trägt).

Ha, ha, ha, ha! Ihr klug Geschlecht!
So meint ihr, damit fangt ihr ihn,
Den alten Fuchs von Gretna=Green?
Da hab' ich lang schon vorgebaut!
Kommt her und schaut:
Was auf des Freibriefs letztem Blatt
Der König mir verliehen hat:
— „Auch soll des Schmiedes Töchterlein
Rechtsgültig trau'n — nur Er allein:
Ein Ehbund, den ein andrer flicht, —
Er gilt für seine Tochter nicht!"
Hier steht des Königs Schrift und Siegel
Und mit dem Durchgehn ist es aus.

Robin (kratzt sich hinter dem Ohr).

Das ist ein ganz verfluchter Riegel,
Den uns der Alte schob vors Haus!
(Alle wiederholen die letzten beiden Zeilen des Schmieds.)

Anna. Ich aber sag euch, liebe Kinder:
Vertraut nicht minder!
Ich hab's gesehn in gegoss'nem Blei,
Ich hab's gesehn in zerschlagenem Ei,
Ich hab's gelesen im Weihnachtsspiegel:
Trotz Königsbrief und Königssiegel: —
Euch beiden steht die Hochzeit nah'!

Percy. Doch sagt mir nur, wie das geschah,
Daß Ihr, ein Schmied, dürft trau'n gleich Pfaffen?

Schmied (stolz den Hammer erhebend).

Das dankt der Waffenschmied — den Waffen!

Robin[1]). „Der König von Schottland, die Zügel verhängt,
Kam nachts nach Gretna=Green gesprengt.

Mary. Er trug vor sich in dem Sattel ein Weib,
Das war ihm viel teurer als Seel' und Leib.

Anna. Ein Priester folgte dem flüchtigen Paar,
Der sollte sie trauen auch ohne Altar.

Robin. Und der König rief: ,Nun zu Ende der Ritt!
Rasch öffne die Pforte, mein treuer Schmidt,

Mary. Und während der Priester mich eint der Braut,
Sei deinem Hammer das Thor vertraut.

Anna. Denn hinter uns jagt der Verfolger Troß,
Und ich blute von manchem scharfen Geschoß.

Robin. Doch bevor ich sterbe sei die Maid
Als meine Königin mir angefreit.'

---

[1]) Die Strophen der nun folgenden Ballade können beliebig an Anna, Mary, Robin einzeln (oder je zwei oder alle drei) verteilt, auch die ganze Ballade von einem gesungen werden: die angegebenen Namen bis Zeile 15 sind nur Vorschläge.

Mary. Und der Priester begann den frommen Gesang.

Schmied (fortgerissen von kriegerischer Begeisterung, fällt hier ein).

Und der Schmied mit dem Hammer zur Thüre sprang.

Anna. Die Verfolger zerschlugen das eichene Thor,

Schmied. Da stand der Schmied als Riegel davor.

Robin. Und während der Priester versah sein Amt —

Schmied. Abwehrte der Schmied die Feinde gesamt.

Mary. Da traf ein Geschoß den Priester, er schrie,

Anna. Und brach verstummend in die Knie,

Robin. Noch ehe das Amen gesprochen war,

Mary. Und ehe die Ringe gewechselt das Paar.

Anna. Und er er winkte den Schmied von der Thüre
herbei,

Robin. Daß dieser des Amtes Vollender sei.

Schmied. Und der Schmied erschlug den letzten Feind
Und hat mit den Ringen das Paar vereint.

Mary. Dann fiel er vor seinen Herrn wie tot.

Anna. Von sieben blutenden Wunden rot.

Mary. Und es hielt die junge Königsfrau . . .

Anna. Schmied, König und Priester die Wundenschau.

Robin. Und sie blieben am Leben alle drei,
Und der König von Schottland, der Feinde frei,

Schmied (stolz, kräftig).

Hat mir, dem Schmied von Gretna-Green,
Zum Dank das stolze Recht verliehn,
Daß ich mag trauen ein treues Paar,
Des innige Liebe mir ward klar,
Hier an meinem Herd, wo die Esse flammt,
So gültig, wie Priester im Kirchenamt.
Beim Sausen der Bälge, bei Hammerschlag,
Ich die Herzen zusammenschmieden mag.

Alle. Beim Sausen der Bälge, bei Hammerschlag,
Er die Herzen zusammenschmieden mag.

Percy. Du könntest retten, wenn je ein Mann,
Wenn nur bis zu dir die Braut entrann.

(Von dem Hintergrunde her aus dem Wald das Totenglöcklein fern von der Burg)

Welch traurig Klingen hebt hier an?

Die vier übrigen. Welche Seele auch geschieden,
Großer Gott, gieb ihr den Frieden!
Ja, dein Frieden unermessen
Läßt sie Erdenleid vergessen.

Percy (dringender). Was soll der Ton, ihr guten Leute?

Schmied (zögernd). Wenn recht ich dieses Klingen deute: —
Von Douglas-Schloß, das Totengeläute!

Percy (will zur Mittelthür hinaus).
Die Geliebte starb! Fort! Fort zu ihr!

(Man pocht dreimal stark an die Mittelthür. — Der Schmied wirft Percy einen
langen, faltigen Weibermantel mit Kapuze um, der ihn ganz verhüllt. — Dann
geht er an die Thür und öffnet.)

Sechste Scene.

Vorige. Lord Douglas im schwarzen Mantel, ganz schwarz, steht unheimlich
drohend in der Thür: hinter ihm werden sechs Reisige sichtbar.

Schmied. Lord Robert Douglas — was sucht Ihr hier?

Douglas. Dich such' ich, Schmied von Gretna-Green,
Gedenk des Rechts, das dir verliehn:
Oft schien gefährlich mir's und schlecht,
Nun aber kommt mir's grade recht:
Habt ihr gehört die Totenglocke?

(alle bejahen bang, besorgt)

Urplötzlich starb mein Burgkaplan ... —

(Alle atmen froh auf.)

Robin und der Schmied.
Er hat stets viel im Trunk gethan!

Robin. Ja, giebt der Herrgott ihm Gelaß, —

Schmied. So sorg' er für ein großes Faß!

Douglas. Nun sollst du mich in Eile trau'n!

(Alle geben der Hoffnung Ausdruck, daß hierdurch die Lady zu retten sei.)
(mißtrauisch)

Wer steckt in diesem Weiberrocke?

Schmied. Ein Weib, — das — nie genug zu hau'n!

(schlägt auf Percy los)

Anna. Ei, du feile Magd!

Mary. Gott sei's geklagt!

(Beide Frauen schlagen bei jeder Zeile auf Percy und treiben ihn zur Thüre rechts hinaus.)

Anna. Die zu nichts zu verwenden!

Mary. Stets müßig an Händen!

Anna. Hat das Brot mir verbrannt!

Mary. Weil sie wieder gerannt ... —

Anna. In die Stub' nach dem Laffen,

Mary. Dem Robin zu gaffen.

Anna. Hinaus, rasch mit dir!

Mary. Man braucht dich nicht hier.

Anna und Mary.

In die Küche hinaus! Mit Schlägen verjagt!
In die Küche gehört die Magd.

(Percy ab nach rechts, er kommt gleich wieder mit den andern Gesellen in den Kleidern eines Schmiedegesellen. Schurzfell.)

Douglas. Sprecht, saht Ihr nicht den lecken Knaben,
Den Percy, der das Land durchstreicht?

Schmied. Ihr saht, wen wir im Hause haben.

Douglas. Er stirbt, wenn ihn mein Arm erreicht.

(winkt seinen Reisigen)

Auf, Knappen, rasch durchsucht das Haus!

Schmied (drohend mit dem Hammer entgegen).

Lord Douglas, halt! Da wird nichts draus!

(Die Knappen weichen zurück.)

Ein freier Mann, wohn' ich in freiem Haus.
Mein Haus ist meine Burg und meine Wehre:
Und gleich des Edelmannes Ehre
Acht' ich Freisassen Stolz und Recht.

  Douglas (für sich). Was prahlt er da, der freche Knecht.
     (Winkt den Knappen, diese bringen vor.)

  Schmied. Ihr wollt's, Mylord? So seht Euch vor!
(schlägt mit dem Hammer ein Alarmzeichen auf dem Amboß oder einer Eisenstange)

Gesellen, schirmt des Meisters Thor!
Gesellen, schirmt des Hauses Ehre.
Zur Wehre! Zur Wehre! Waffenschrei!
Hört mich! Herbei! Herbei!

(Aus beiden Vorderthüren strömen die Gesellen, Percy unter ihnen, eilfertig herbei, ergreifen die häufig umherliegenden Schwerter und dringen drohend gegen die Reisigen vor.)

  Schmied (kriegerisch, kräftig).

Die Hand, die Schwerter schmiedet, mag
Auch stolz die Schwerter schwingen:
Erprobt sofort mit Stich und Schlag
Die Gretna-Greener Klingen.

  Douglas (winkt den Reisigen, diese ab).
Laßt ab! — In Frieden kam ich her!

  Percy (will auf Douglas eindringen. Schmied hält ihn ab).
     (leise)

Laß mich ihn töten und die Not ist aus!

  Schmied (leise).
Und wer schafft die Lady aus Douglas-Haus?
Wir brauchen ihn noch: drum muß er leben:
Erst muß er heraus uns schön Ellen geben.

     (Er bedeutet ihm, daß er einen Plan gefaßt habe.)

  Douglas (für sich). Ich brauche seinen guten Willen,
Nicht trag' ich längern Aufschub mehr.
     (laut)

Erfüllt Ihr morgen mein Begehr,
Mit meiner Base mich zu trauen?
Ich lohn' es Euch mit Golde schwer.

    Schmied. Ich traue nicht um Goldes willen!
Jedoch der edelsten der Frauen
Will ich gar gern zu Diensten sein.

    Douglas. Nehmt diesen Ring, man läßt Euch ein
Nur gegen dieses Pfand allein:
Denn scharf bewacht
Ist Tag und Nacht
Die Burg vor dieses Percys Trachten.

       (Alle, außer Douglas, geben ihre Freude und Hoffnung zu erkennen.)

    Alle. Nun steigt empor nach langem Nachten
Der Hoffnung heller Morgenstern:
Nun ist die Stunde nicht mehr fern,
Da treuer Liebe wird der Preis.

    Douglas. Da meiner Liebe wird der Preis.
Zwar schlägt mein Herz noch bang und heiß:
Doch, hoff ich, endet all mein Sorgen
Schon morgen.

       (Douglas wendet sich zum Gehen. Vorhang fällt.)

II. Aufzug.

Garten im Schloß Douglas. — Derselbe ist auf allen drei Seiten von hohen Mauern umgeben. Im Hintergrund sieht man über die Mauer hinweg einen praktikabeln Höhenzug, auf welchem am Schluß des Aufzugs die Belagerer sichtbar werden. In der Mitte der Mauer des Hintergrundes ein vergitterter Erkerturm. Ne´en diesem rechts eine durch einen Vorhang verhüllte Mauernische, in welcher ein zur Trauung festlich geschmückter Altar verborgen ist. Links von dem Erker erhebt sich das eigentliche Schloßgebäude mit hohem Turm, aus welchem eine Thür in den Garten führt. In der rechten Seitenmauer vorn eine Pforte, die ins Freie führt, mit einem kleinen Schubfenster. Gebüsch im Garten verteilt: namentlich hinter der Versenkung vorn rechts.

––––––

Erste Scene.

Lady Ellen allein.

Lady Ellen (sitzt trauervoll in dem Erker und singt zur Harfe folgendes Lied):

Hoch ob meinen Gitterstäben
Seh ich rasche Vögel schweben,
   Meergewohnte Möwenbrut,
Und sie schlingen ihre Ringe,
Fessellos, mit freier Schwinge,
   Sieghaft über Land und Flut.
Rasche Vögel, auf von hinnen,
Sucht mit hohen Erkerzinnen
   Ein betürmtes Edelhaus.
An den Mann voll Kraft und Süße
Richtet, ach, die letzten Grüße
   Der Gefangnen treulich aus.

Sagt: „sie wollte lieber sterben,
Eh' sie folgte fremden Werben,
 Liebe zwingt kein Machtgebot:
Oben, wo die Sterne stehen,
Wirst du einst sie wiedersehen:
 Sie war treu bis in den Tod."

(Stellt die Harfe fort, schreitet von dem Erker die Stufen herab, kommt
nach vorn.)

Die Zeit entfliegt — das Schreckliche tritt nah!
Und vom Geliebten keine Kunde:
Vergebens späht' ich in die Runde!
Doch, eh' das Gräßliche geschah,
Rein, unberührt von fremdem Munde,
Löst mich aus aller Schmach und Not
 Der Liebe freier Heldentod.
Ja, darf ich dir nicht, Teurer, leben,
 Dem heiß das Herz in Liebe schlug,
In ew'ge Freiheit will ich schweben
 Mit dunklen Fittichs leisem Flug.
Unsterblich schwebt auf Siegesschwingen
 Der Phönix aus der Glut erneut:
Es kann kein Zwang die Liebe zwingen,
Die Liebe, die den Tod nicht scheut.

(Hier kann auf Wunsch des Komponisten ein Hochzeitmarsch und Hochzeitchor ein-
geschoben werden von Rittern und Damen, welche die Braut begrüßen und wieder
in das Schloß abziehen. Ohne oder nach diesem Marsch und Chor.)

———

Zweite Scene.

Ellen. Douglas (aus dem Schloß).

Douglas (in stürmischer Glut auf Ellen eindringend, die stets zurück-
weicht: seine Leidenschaft steigert sich immer mehr, bis er endlich Hand an sie legt).
Geliebtes Weib, — dich such ich allerwegen!
Die Stunde naht: — all dieser Reiz wird mein.

Ellen. Stoß in die Brust, Verhaßter, mir den Degen
Und töte mich, so will ich dankbar sein!

Douglas. Vom Vater ward mir deine Hand gegeben.

Ellen. Doch nicht mein Herz: Ihr wißt, wem das
gehört.

Douglas. Dem Percy! Ah, ich tilg' ihn aus dem
Leben!

Ellen. Bist du beglückt, wenn unser Glück zerstört?

Douglas. Des Hauses Feind, — nie soll er dich erwerben.

Ellen. Wohlan, laß mich im Kloster sterben.

Douglas. Nein, nein! Ich muß dich, süß Geschöpf, gewinnen.

Ellen. Eh soll mein Blut von diesen Felsen rinnen.

Douglas. Bereit steht der Altar!

Ellen.   Als Opfer bring mich dar.
Dein Weib, — ich werd' es niemals sein.

Douglas (wild). Weib oder nicht — mein sollst du sein.
(Dringt auf sie ein: — sie birgt sich hinter dem Gebüsch.)
Ja, zittre nur vor Zorn und Scham!
Du sollst es doch erdulden!
Ich bin kein blöder Bräutigam,
Der fleht von Mägdleins Hulden.
In heißen Strömen wallt mein Blut,
Von deinem Reiz entzündet,

Mein sollst du sein, verbrannt in Glut,
  Sei's heilig, sei's gesündet.
Mit heißen Küssen will ich dir
  Den Trotz des Mundes brechen:
Berauscht von Schrecken sollst du mir
  Dein schämig Jawort sprechen.
Und sprichst du's nicht,
  So soll dein Schmerz
Die Wonne mir versüßen,
  Und bist du Eis und bist du Erz, —
In Flammen sollst du's büßen.

(Er hat sie eingeholt und trotz ihres Sträubens umfaßt. Sie reißt sich in heftigem Ringen los und schwingt sich auf die Mauer.)

Ellen. Hinweg von mir! Noch einen Schritt,
So werf ich mich vom Walle.

Douglas (springt rasch wie ein Raubtier zu, faßt sie und trägt sie nach vorn).

Der Geier trägt die Taube mit,
Er fing sie mit der Kralle!
Und willst mein Weib du werden nicht, —
Meine Buhle sollst du werden!

(Neues heftiges Ringen: Ellen reißt sich los, eilt in das Gebüsch rechts vorn, zieht aus dem Busen einen kleinen Dolch und droht, sich zu erstechen.)

Ellen. Nimm du mich auf denn, ew'ges Licht,
Zur Hölle ward die Erden.

(Es pocht dreimal an der Pforte rechts.)

Ellen. Ha, was war das?

Douglas. Es pocht am Thor.

Reisiger.

(Ein Reisiger aus dem Turm eilt an die Pforte und öffnet den Schieber.

Wer steht davor?

Schmied (von außen). Der Schmied von Gretna-Green!
Es hat beschieden ihn
Mit diesem Ring der Lord.

Reisiger (nimmt den Ring durch das Schiebfenster in Empfang).

Es ist dein Ring. — (öffnet) Herein, sofort!

(Reisiger schließt die Thür, giebt Douglas den Schlüssel, dann ab in den Turm.)

Douglas. Den führt der Teufel an den Ort.

Ellen (ihm entgegeneilend).

Mein Freund, mein Retter und mein Hort!

Dritte Scene.

Schmied. Douglas. Ellen.

Schmied (leise zu Ellen).

Lord Percy naht! Faßt Mut! — (laut) Ich kam,
Herr, Euren Wünschen folgesam!

Douglas (geht ärgerlich auf und nieder).

Schmied (für sich). So wär' ich glücklich denn im Haus
Doch wie bring' die Lady ich heraus?
(überall umherspähend)
Hier frommen nicht Gewalt, noch Waffen: —
Er selber muß hinaus sie schaffen.
(laut)
Ihr seid, ich weiß, der Bräutigam:
Und dies ist wohl die frohe Braut?

Douglas (reißt den Vorhang von der Nische: der Altar wird sichtbar).
Und am Altar hier wird getraut.
Sie sträubt sich: doch der Vater hat
Als Vormund mir, an Vaters Statt,
Die Wahl des Gatten überlassen —
Ich wähle mich: — könnt Ihr das fassen?

Schmied. Ich fasse ganz der Rede Sinn,
Ob ich ein plumper Schmied nur bin.

Douglas. Wohlan, so traut uns allsogleich.
Sonst — dies ist meiner Macht Bereich:
Ihr wagtet thöricht Euch herein,

Könnt hier lang nach Euren Gesellen schrein —
Sonst werf' ich Euch in so tiefen Ort: —
Nicht Mond noch Sonne bescheint Euch dort.

    Schmied (für sich). Ein angenehmer Edelmann!
Wart' nur, du kleiner Landtyrann!
Lang' trag' ich dir gerechten Groll
Und heute machst das Maß du voll.
Hie Rittertrotz, hie List des Bauern: —
Wer mag den andern überdauern?

(laut)

Von Herzen gern bin ich bereit.

    Ellen (leise). Ihr? Der Ihr mein Beschützer seid?

    Douglas. So traut uns am Altare dort.

    Schmied. Gern! Doch das hilft Euch nicht, Mylord.

    Douglas. Warum?

    Schmied. Ich darf nur trau'n, Mylord,
In aller Welt an Einem Ort:
Vor meinem Amboß in der Schmiede:
So steht's im Brief, so heißt's im Liede:
Null ist an jedem sonst'gen Ort,
Wie andrer Lai'n, mein Trauungswort.

    Douglas. Verfluchte Distelei des Rechts!

    Schmied. So steht's im Brief, so heißt's im Liede.

    Douglas. Wohlan — so gehn wir in die Schmiede.

(Schmied und Ellen atmen auf. Douglas wendet sich zur Pforte rechts. — Kriegerische Hörner aus dem Mittelgrund. — Percy und bewaffnete Schmiedegesellen und Bauern werden auf dem Höhenzug vor der Mauer sichtbar.)

    Douglas. Horch auf! Die Hörner des Gefechts!

    Alle drei. Horch auf! Die Hörner des Gefechts!

    Douglas. Was seh' ich! Waffen rings umher!

    Reisiger (atemlos aus dem Turm).
Umlagert ist das Schloß, Mylord!

Vom nahen Walde drang ein Heer
Von Bauern an in voller Wehr,
Frei blieb nicht Eine Pforte mehr.
Ein Herold naht.

———

Vierte Scene.

Vorige. Josen Ellens angstvoll aus dem Turm: Vasallen und Reisige des
Douglas desgleichen: Robin als Herold (Edelknecht) verkleidet, mit großem
Bart, verstellter tiefer Stimme.

Robin (den Heroldstab in die Seite stemmend).
                    Ich führ' das Wort
Für Talbot Percy, meinen Herrn,
Der Helden Stolz, der Ritter Stern,
Der also spricht durch meinen Mund:
„Weil zu verhaßtem Ehebund
Ihr zwingt die edelste der Damen,
Zum Zweikampf rief ich Euch ins Feld,
Ihr aber habt Euch nicht gestellt.
So hab' auf Lady Ellens Namen
Das Landvolk rings ich aufgerufen:
Das tapfre Volk der Grenzmarkhufen.
Zu retten dieses Engelsbild,
Nahm gern der Bauer Schwert und Schild."
Seht, wie die Flut der Stürmer floß
Schon dräuend rings um Euer Schloß:
Ich ende meine Rede
Und künde Kampf und Fehde.

Percy und die Seinen von draußen.
Ja Fehde, Fehde, Fehde:

(Sie bringen rasch vor, die Waffen schwingend, gegen das Schloß. —
Robin ab.)

Schmied (dem abgehenden Robin nachschauend).

Ei, dieses Herolds Angesicht
Gemahnt mich . . . doch — . . . er ist es nicht.

   Douglas. Reicht mir die Waffen, Helm und Schild
               (Knappen waffnen ihn.)

   Reisiger (an der Burg).

O Herr, die Flut der Feinde schwillt
Schon über Wall und Graben.
             (Man sieht Sturmleitern an den Turm stellen.)

   Douglas (will fort).

Rasch nun entgegen, dem Percy, dem Knaben!
             (plötzlich umkehrend)

Doch, gewinnt er den Sieg und gewinnt den Platz, —
Nicht soll er gewinnen den Herzensschatz.
Soll Lady Ellen nicht haben!
             (befehlend zu beiden)

In die Schmiede voraus!

   Schmied. Herr, umstellt ist das Haus,
Wir geraten dem Feind in die Hände.

   Douglas. Ist dein Witz nun, du Witz'ger, zu Ende?
          (reißt die Versenkung rechts vorn auf)

Hier hinaus! Durch diesen finstern Gang!
Er führt den Wald entlang
Und schließt mit eisernem Gitter.
Hier den Schlüssel.
          (ihn aus dem Wams nehmend)

   Schmied (eifrig den Schlüssel nehmend).

        Verstanden, Herr Ritter!

   Douglas. So findet der Sieger ein leeres Haus!
Du führst in die Schmiede die Braut voraus,
Ich folge, wann nimmer ich wehren kann
Der Übermacht der Bauern,
Ich eile dann

Durch diesen Gang
Den Wald entlang.
Du läßt den Schlüssel im Gitter .. —
    Schmied. Verstanden, verstanden, Herr Ritter
    Douglas. Und du traust uns rasch in der Schmiede.
Das darfst du nach Brief ja und Liebe.
    Schmied. Ja, das darf ich nach Brief und nach Liebe.
    Ellen (leise). Was willst du, mein Retter, beginnen?
    Schmied. Vor allem mit Euch ihm entrinnen.
    Ellen. Jedoch der Schlüssel: — was planest du?
    Schmied (leise). Ein Schlüssel, Mylady, schließt auf —
              — — und zu!
Und seid Ihr erst glücklich heraus —:
Zu schließ' ich den Gang und das Haus.
        (Mit Ellen und einer Zofe, welche diese herbeiwinkt, ab.)
    Douglas. Nun rasch, mein Schwert, zum Kampf heraus.
Nun wahrt der Edelmann sein Haus.
    Chor der Reisigen (wiederholt).
    Percy. Voran, du freie Bauernschar,
Nun brich dem Recht die Wege klar.
    Chor der Bauern (wiederholt).
    Douglas. Gesenkt den Speer und das Visier
Und hoch der Douglas stolz Panier!
    Chor der Reisigen (wiederholt).
    Percy. Auf, vorwärts! Brecht des Zwingherrn Bau!
Und frei die engelschöne Frau!
    Chor der Bauern (wiederholt).
    (Während beide auf dem Wall handgemein werden, fällt der Vorhang.)

III. Aufzug.

Die Schmiede.

Erste Scene.

Anna. — Gleich darauf Mary und Robin aus der Mitte.

Anna (aus der Mittelthür spähend: man hört von fern die Hörner des Kampfes).

Noch tobt der Kampf — die Hörner hallen fern —
O Himmel — gieb den Sieg dem Recht! —

(Mary führt Robin herein, der den linken Arm in der Binde trägt.)

Was bringst du, Kind, für einen schmucken Herrn?
Ei, ist's ein Ritter, ist's ein Edelknecht?

Mary.   Verwundet fand ich in dem Walde
Hier diesen jungen, hübschen Herrn.

Robin (nimmt Helm und falschen Bart ab).

Ei, Mary, schau, wie bald, wie balde
Vergißt du Robin, wenn er fern

Beide Frauen.

Wie hast du dich so fremd gemacht!

Robin.   Der Meister auch in dieser Tracht
Erkannte mich mitnichten.
Ein Plan, den ich mir ausgedacht,
Den woll'n wir drauf errichten:
Mein Herr, Lord Percy, hilft dazu,
Nun, Muhme Anna, hilf auch du:
Der Lord kriegt sie, die Lady ihn,
So hoff' ich, jetzt geschwinde:

27*

Ei nun, der Schmied von Gretna-Green —
Er helf' auch seinem Kinde.

(Duett oder Terzett wiederholt die letzten vier Zeilen: Robin und Mary
ab ins Haus.)

———

Zweite Scene.
Anna allein.

Anna. Ja! Doch, auf daß der Schmied muß helfen,
Täuscht ihr ihn, Kobolde und Elfen,
Der lieben Holb'chen güt'ge Schar.
Wenn je ich euch ergeben war,
Wenn je ich Milch und Brot, wie heute,

(sie thut es)

Euch frommen Sinn's am Herd verstreute,
Wenn je ich euch mit Salz gesetzt, —

(streut Salz auf den Herd)

So hört und kommt und helft uns jetzt.
Herbei, herbei,
Zum leckern Brei!

(sie schüttet Brei aus der Schüssel in kleine Näpfchen und setzt sie auf den Herd)

Herbei aus dem Versteck,
Aus Keller, Speicher, Kücheneck!
Kommt, ihr Zierlichen, ihr Kleinen,
Kommt, ihr Klugen, Flinken, Feinen,
Hervor, hervor,
Du wimmelnder Chor,
Herab, empor!
Mit gold'nen Sternlein auf den Köpfchen,
Lichtelben, liebliche Geschöpfchen,
Ihr, silbern und golden,
Ihr reizenden Holden,

Und ihr schwarzen und braunen
Erdgeister, Alraunen,
Nachtelben mit der roten Kapp',
Trepp auf, Trepp ab!
Husch, husch, klipp, klapp!
In bunter Reih,
Herbei, herbei!
Dem Hausherrn Aug' und Ohr verwirrt,
Daß er, zum eig'nen Heil, sich irrt.
Lichtelben leicht,
Nachtelben schwer,
Nun hört und schaffet mein Begehr!
Hieher, hieher!
Zu Hauf'! Zu Hauf'!
Herbei! Herab! Empor! Herauf!

(Ab ins Haus mit dem Licht.)

***

Dritte Scene.

Dunkel auf der Bühne. — Elbenmusik: sie charakterisiert das leichte Herabschweben
der Lichtelben von oben, das plumpe Emporklimmen der Nachtelben von unten.
Endlich erscheinen beide: jene von oben herabschwebend, diese aus den Versenkungen
und aus altem Gelöfel und Geräten der Schmiede: jene als Blumen, Käfer,
Schmetterlinge, in phantastischer Kopfbedeckung und Tracht; jene einen Goldstern
auf dem Haupt (Kinder und ganz junge Mädchen), diese in braunen und schwarzen
Kutten mit roten Mützchen, langen Bärten.
Großes Ballet. — Erst verzehren sie eifrig die gespendeten Speisen. Dann fegen
und kehren sie die Stube, spinnen an beiden Rädern, schmieden, Feuer machend,
Waffen fertig, hantieren mit allem andern Gerät, öffnen den Wandschrank, lesen
die Urkunde bei zuvor angezündetem Licht, legen sie kopfschüttelnd, dem Schmiede
neckisch drohend, wieder hinein, tanzen im Ringelreihen, drücken pantomimisch
aus, daß sie dem Schmied Aug' und Ohr verblenden wollen, tanzen immer wilder,
bis des Schmiedes Fackel und Stimme sie verscheucht und sie urplötzlich verschwinden.

Vierte Scene.

Schmied. Gleich darauf Ellen und Percy (alle aus der Mitte).

Schmied (von fern rufend, er trägt eine Fackel).

Hieher! Nun sind wir gleich zu Haus!
Holla, macht Licht, macht Licht!
Hört ihr denn nicht?

(Robin als Schmiedegesell, Anna und Mary mit Licht an der Thür rechts.)

Schmied (tritt jetzt ein, hinter ihm die Zofe im Mantel und Schleier).

Rob, sieh' im Wald nach den Feinden aus!

(Percy und Ellen auf weißem Roß langsam am Fenster vorbeireitend: er hält sie
vor sich im Sattel: schönes Bild)

Zwar hemmt den Lord der versperrte Gang,
Doch schwerlich lang!
Bald folgt der Zürnende hinterdrein,

(Robin ab durch die Mitte; auf das eintretende Paar zeigend)

Die beiden sind wohl gern allein.

(Mit der Zofe, Anna und Mary ab ins Haus.)

Fünfte Scene.

Ellen. Percy.

Ellen. Hab' ich dich wieder, teures Leben?
Nun trennt mich nur der Tod von dir!
Percy. Wie fühl ich bang dein Herz erbeben,
O fürchte nichts: — du bist bei mir.
Ellen. Wie hast du meine Spur gefunden?
Percy. Ich drang ins Thor durch Blut und Wunden.
Doch fruchtlos im erstürmten Schloß

Durchsucht' ich Turm und Erdgeschoß:
Nicht fand ich dich und nicht den Lord:
Da sprengte ich nach dem Walde fort,
Dich mit dem Meister fand ich dort.

Duett.

Percy. Ellen.

Nun sollst du rasch mein eigen werden,
   Der kluge Meister soll uns trau'n
Und nirgend ist im Rund der Erden,
   Ein wonnesel'ger Paar zu schaun.
In tausend Schmerzen du errungen,
   Du abgekämpft der ganzen Welt:
Für ewig halt ich dich umschlungen,
   Der Liebe Gott hat uns gesellt.
Ein Paar, das nie im Sturm getrieben,
   Kennt nicht des Landens Seligkeit:
Ja, nur ein kampferprobtes Lieben
   Weiß sich auf immerdar gefeit.

———

Sechste Scene.

Vorige. Schmied. Anna. Mary. Zofe, letztere Krug und Becher tragend. von rechts.

Percy (leise zu Ellen). Jetzt hilf, daß ich den Freund berücke,
Zu seinem eignen Glücke:
Denn bessern Gatten für Marie
Als meinen Robin trifft er nie.

(Flüstert mit Ellen, dann diese mit Anna, Mary und der Zofe.)

Percy (laut). Viel teurer Meister, habet Dank!
Rasch nun vor Eurer Schmiedebank,
In Eurer Esse heißen Flammen,
Fürs Leben schmiedet uns zusammen.

Und nicht nur uns: — ein zweites Paar,
Das Eures Schutzes wahrlich wert:
Mein Knappe Rolf, ein tapfres Schwert,
Und Ellens Zofe (diese wird vorgestellt), die Gefahr
Und Flucht mit ihr getreu geteilt.

Schmied (zögernd). Muß das getraut sein unverweilt?

Percy. **Ellen.** Es muß: — ein harter Vater droht:
Merkt der den Plan, — dann Weh' und Not.

Schmied. Was hat der Mann denn einzuwenden?

Percy. Nichts! Nur der Haß soll niemals enden,
Der die Geschlechter trennt.

Schmied. Beim heißen Element!
Deshalb will er sie scheiden?
Nun, tröstet nur die beiden!
Darum ward ja sein Recht verliehn
Dem Meister Schmied zu Gretna-Green,
Daß gegen solch vertrotzt Gebahren
Er echte Liebe möge wahren:
Denn also fass' ich auf mein Amt,
Das falsches Vorurteil verdammt
Und echte Liebe froh und frei
Durch mich zum Sieg geleitet sei.

Alle. Denn also faßt er auf sein Amt,
Das falsches Vorurteil verdammt
Und echte Liebe froh und frei
Durch ihn zum Sieg geleitet sei.

Schmied. So schreitet, schmerzerprobtes Paar,
Zur Schmiede denn, statt zum Altar!

(Geht in die hintere Halle, beginnt zu schmieden.)

Anna (hat indessen ihren altmodischen Brautschleier mit Goldkrone, welcher die ganze Gestalt verhüllt, herbeigeholt).

Jedoch: — kein Bräutchen ohne Schleier!
Darf ich zu dieser hohen Feier

Den Schleier, den ich selbst getragen,
Euch anzubieten wagen?

Ellen nimmt dankend den Schleier, der sie ganz verbirgt.

Schmied (schmiedet auf dem vordern Amboß einen eisernen Ring, nachdem er auf dem hinteren ihn vorbereitet, während der Hammerschläge singt er):

Kraft meines Rechts, — in hohem Amt, —
Weil Amboß loht — und Esse flammt,
Bei Feuersglut, — bei Hammerschlag, —
Für ewig und — noch Einen Tag —:
So geb ich euch zusammen:
Kein Priester darf's verdammen!

(zu Percy)

Du sollst sie lieben, ehren, schützen,

(zu Ellen)

Du sollst ihn lieben, ehren, stützen,

(zu Percy)

Du sollst ihr Meister sein,

(zu Ellen)

Du seine Zierde sein:
Du sollst ihm dienen,
Er dich wahren,
Und so für Freuden und Gefahren
Und so für Weinen und für Scherzen
Und so für Wonnen und für Schmerzen

(mit letztem Hammerschlag ihre Hände zusammenlegend)

Vermähl' ich euch mit Seel' und Leib
Und nenn' euch beide — Mann und Weib!

———

Siebente Scene.

Vorige. Robin als Edelknecht vom Walde her: ebendaher hört man des
Douglas Horn.

Robin (hereinstürmend, das Visier gesenkt, den linken Arm verbunden, das
Schwert in der Rechten mit verstellter, tieferer Stimme).

Zum Kampf, o Herr! Zum Schwerterschwang!
  Nun zeigt, daß Ihr ein Ritter!
Der Douglas durch geheimen Gang
  Und durch gesprengtes Gitter
Naht grimmig mit der Knappen Troß,
  — Fern Eure Bauern noch im Schloß! —
Ich focht allein, sie aufzuhalten,
  Ich kann nicht mehr: — wund ist mein Arm. —
Schon stehn sie an des Dorfes Zaun!

Percy. Ellen. Anna. Mary.
O lieber Meister, habt Erbarm!
Rasch, lieber Meister, sie zu traun!

Anna. Mary. Robin.
Nun helft, ihr elbischen Gewalten!

(Man hört die Musik der Elben.)

Schmied. Das ist der Knapp? Und dies die Maid!

(Die Zofe hat einstweilen Marys Mantel und Kappe, Mary den Brautschleier
angelegt. Robin und Mary vor dem Amboß.)

(Hörner näher.)

Schmied. Bei Gott! Ganz nah! Da drängt die Zeit!

(Hammerschläge auf den Amboß)

Kraft meines Rechts in hohem Amt,
Wo Amboß sprüht und Esse flammt,
Vermähl' ich euch an Seel' und Leib —:
Und nenn' euch beide Mann und Weib.

(Hörner ganz nah vor der Thür)

So, Hammer! Mußtest erst du trau'n, —
Jetzt sollst du wieder Eisen hau'n.

Achte Scene.

Vorige. Douglas und Reisige werden in der aufgerissenen Thür sichtbar.

Douglas. Verräter! Hab' ich euch gefunden?
Gebt sie heraus, die ihr geraubt!
Schmied. Percy. Robin.
Auf immerdar sind sie (wir) verbunden,
Verhaßter, wahre nun dein Haupt.

(Gefecht: Douglas und die Reisigen werden hinausgedrängt und verfolgt: man hört das Schwertergeklirr.)

Neunte Scene.

Die Frauen.

Ellen. Mary. O weh, wenn sie erliegen.
Anna (begeistert). Gewiß, sie werden siegen!
Denn wißt: mein Bruder ist entstammt
Von sieghaft hohen Ahnen,
Der rote Bart, der ihn umflammt,
Soll euch an Donar mahnen:
Wieland der Schmied, der Göttersohn,
War uns'rer Sippe Vater:
Woban, für uns'rer Treue Lohn,
Uns Schützer und Berater.
Der Hammer, den mein Bruder schwingt,
Gleicht Donars Wunderhammer,
Der schmetternd bald durch Helme dringt,

Bald bräutlich weiht die Kammer.
Und klirrt das Schwert und ruft das Horn,
Dann faßt ihn Donars Götterzorn.
Hört ihr des Sieges Jubelton?
Ja, Donar half dem Enkelsohn!

———

Zehnte Scene.

Vorige. Die drei Männer zurück.

Die drei Männer. Die Feinde sind besiegt, entflohn!

Ellen. Der grimme Douglas?

Schmied.   Bis der wieder
Von seinen Wunden mag erstehn,
Bis dahin singt Ihr Wiegenlieder,
Mylady Percy, Eurem Sohn.

Ellen. Wird er den Ehbund nicht bestreiten?

Schmied. Nein, das kann nimmermehr geschehn!
Mein Brief! Mylady, höret ihn.

(holt ihn aus dem Wandschrank und liest)

„Und gültig bleibt für alle Zeiten
Ein Ehebund von Gretna-Green."

Percy. Jedoch als Vormund —?

Schmied.   Ohne Sorgen!
Vorm Vater selbst wär't Ihr geborgen.

Mary. Robin *(knieend, er wirft den Helm und Bart ab)*.
So wolle denn, du großes Herz,
Verzeih'n auch unsrer Liebe List:
Vergieb den Ernst, vergieb den Scherz,
Der treuer Liebe Hort du bist.
Du selbst vereintest unsre Hände: ——
So laß uns denn beisammen auch.

Schmied. Wie?. Was? Hier hat der Spaß ein Ende!

Alle. Ich wüßte nicht, wie man das wende.

Schmied. Doch Vaterwort ... — nach Recht und Brauch —

Alle (feierlich komisch auf ihn eindringend, wiederholen).

„Den Bund gefügt zu Gretna=Green,
Kein Einspruch soll mehr lösen ihn
Von Vormund oder Brautberater,
Ja selbst nicht von dem eignen Vater."

Schmied. Ich schloß den Bund — ich lös' ihn wieder!

Ellen. Davon steht nichts in Eurem Brief.

Percy. Gevatter Schmied, das seht Ihr schief.

Anna. Nur daß Ihr traut, ist Euch vergönnt.

Mary und Robin.
Nichts steht hier, daß Ihr scheiden könnt.

Schmied (gutmütig schalkhaft; ihre Hände zusammenlegend).

Sei's drum! Doch das verkünd' ich hier: (zu beiden Paaren)
Flieh'n eure Kinder einst zu mir, —
Ich trau' sie gegen euren Willen
Und lache herzlich drob im stillen.

Percy. Robin.
Sei's! Jene Ehe will ich loben,
Nicht der die meisten zugestimmt ... —

Ellen. Mary. Anna.
Nein, deren Altar nie verglimmt,
Die immer selig flammt nach oben.

(Nachbarn und Nachbarinnen kommen von links vorn mit Blumen und Kränzen, dem Schmied zum Jahrestag Glück zu wünschen.)

Anna. Wie konnten schöner wir begehen
Die Feier dieses Jahrestags?
Sieh hier beglückt die Paare stehen
Im Segen deines Hammerschlags!

Finale:

Alle. Ja Liebe baut das Glück aus Schmerzen,
Sie hat auch dieses Glück verliehn:
Drum Heil dem echten Bund der Herzen,
  Und Heil dem Schmied von Gretna-Green.

(Vorhang fällt.)

Ratbold.

Operndichtung in einem Aufzug

von

Felix Dahn.

Die Musik von Reinhold Becker
ist im Verlag von J. Schuberth & Co. (Felix Siegel)
in Leipzig erschienen.

Personen.

Frau Wiarda, Schifferswitwe.

Ratbold
Uwe } ihre Söhne.

Atta, Uwes Braut.

Der Strandwart.

Schiffer und Schifferinnen; Strandbevölkerung.

Ort der Handlung: Friesische Nordseeküste.
Zeit: Gegenwart.

———

Die Bühne stellt die Nordseeküste dar: Rechts (links und rechts stets von der Bühne aus) erblickt man einen Streifen des Meeres; von der Mitte gegen links hin zieht sich eine hohe schmale Düne, nach rechts abfallend und den Blick auf das offene Meer freilassend. Rechts in der zweiten Vordercoulisse die Hütte Wiardas, davor Tisch und Bank; rechts im Hintergrund liegen mehrere angekettete Boote.

———

Erster Auftritt.

Frau Wiarda und Atta sitzen spinnend und Netze flickend auf der Bank. Auf der Düne sieht man Frauen, Mädchen, Kinder und einige Männer, die in großer Erregung nach dem offenen Meer hinausblicken von wo ein größeres bemanntes Schiff einfährt.

Volk.

Sie nah'n! Sie sind's!
Sie nah'n! Heil!

(Das Schiff fährt nach links vorüber, vom Volke jubelnd begrüßt und landet links hinter der Scene. Das Volk eilt den Ankommenden hinter die Scene entgegen und kommt mit ihnen auf die Bühne zurück.)

Chor der zurückgekehrten Seeleute.

Seemannslos
Ist schön und groß,
Dräu'n auch rings Gefahren:
Segel gerafft,
Voll stolzer Kraft
In den Sturm gefahren!
Hoioho!

Täglich droht
Der feuchte Tod,
Seemann, nicht verzage.
Wunder thut
Der frohe Mut:
Hoffe, ringe, wage!
Hoioho!

28*

Frauenchor.

> Wieder auf der Heimat Erde,
> Wieder in dem Vaterhaus,
> Ruhet nun am trauten Herde,
> Ruhet Leib und Seele aus!

Allgemeiner Chor.

> Schönes viel ist euch (uns) beschieden
> Auf dem blauen Ocean,
> Doch mit wahrem Seelenfrieden
> Kann nur die Heimat euch (uns) umfah'n.
> Hoioho!

(Alle ab außer Wiarda und Atta.)

Zweiter Auftritt.

Wiarda und Atta.

Wiarda. Nach schwerer Fahrt kehren sie zurück,
Zur Heimat, zu des Herdes Glück. —
O singe mir das alte Lied,
Mit dem mein Liebling von uns schied,
Das Lied, das stets mein Herz bewegt
Und tiefes Sehnen ihm erregt.

Atta. Ja, Mutter!

(Saß bisher zu den Füßen der Mutter, erhebt sich nun.)

Volkslied.

> O, wann kehrst du zurück,
> Mein treuer Johnie?
> O, wann kehrst du zurück? —
> „Wann das Korn ist eingebracht
> Und verwelkt der Blätter Pracht,
> Dann kehr' ich zurück,

Mein süßes Liebchen,
Dann kehr' ich zurück."

Dann bläst der kalte Nord,
Mein treuer Johnie,
Dann bläst der kalte Nord.
„Rast auch Sturm um meinen Weg,
Und verfinstert Pfad und Steg,
Komm' ich doch zu dir,
Mein süßes Liebchen,
Komm' ich doch zu dir!"

Wiarda. „Komm' ich doch zu dir!"
(Erhebt sich nun.)

Weh mir! Nun wieder naht die Zeit,
In der mich traf mein schweres Leid,
Der Herbstesstürme schwarze Tage.
O Gott, o Gott, ich klage, klage!
Um diese Zeit ist es gescheh'n: —
Mit eig'nen Augen mußt' ich seh'n
Den Gatten, ach! versinken,
Dem Ufer nah ertrinken.
Das war vor vielen Jahren,
Ich ging in braunen Haaren.
Und jetzt — bald wird's der Jahre vier! —
Seitdem er ist verschwunden mir,
Der Liebling meinem Herzen,
Mein Uwe, mein geliebter Sohn!

Alta. O Mutter, deines Jammers Ton,
Wie schärft er meine Schmerzen!
Hier war's, — dort ist die Stelle,
Da sprang mein Trautgeselle
Mit letztem Gruße in sein Boot.
Ist er verschollen, untreu, tot?

Beide. { Untreu! Ich kann's nicht glauben!
{ Untreu! Du sollst's nicht glauben!

Wiarda. Ja, du bist gut und brav und treu.
Wohl drängen täglich dich aufs neu'
Die ungestümen Freier . . .

Atta. Doch nie den bräutlichen Schleier
Hüll' ich um dieses Haupt,
Bleibt der Geliebte mir geraubt.
Sehnsucht um ihn verzehrt mein Leben,
Auf ewig sein! Nur ihm ergeben!

Wiarda. Von jedem Schiff nun seit vier Jahren,
Das an die Küste kommt gefahren,
Erfrag' ich ängstlich, gramverstört,
Ob man denn nichts von ihm gehört,
Nichts von dem Kutter, der „Hoffnung" hieß,
Der froh einst hier vom Strande stieß
Und, ach, für immer uns verließ.

(Ab ins Haus.)

Dritter Auftritt.
Atta allein.

Atta. Wie weilet, ach, so fern der Liebste mein,
Fern von der Heimat trautem Herd,
Ich aber bin verlassen und allein,
Ob er mir niemals wiederkehrt?
Da oben ziehen weiße Wolken auf:
Ihr leichtbeschwingten, fernen ihr,
Erschaut ihr ihn auf euerm Himmelslauf, —
O grüßet ihn viel tausendmal von mir!

Vierter Auftritt.

Atta. Ratbold.

Ratbold (von rechts; Atta schrickt zusammen).

Sieh', Atta — treff' ich dich einmal hier?
Verweile: — nicht entfliehe mir.

(für sich)

Aufs neu um ihn in Thränen,
Um ihn in stetem Sehnen.

(laut)

Du ahnst nicht, welche Gluten
Mein armes Herz durchfluten.

Atta. Ich glaub's: — auch dir war der Verscholl'ne
teuer.

Ratbold. Nein, Atta, nein! — Brich aus denn, glühend
Feuer,
Vernimm denn endlich, was mich quält,
Was mich mit Lust und Pein beseelt
All diese Jahre her: — nicht länger trag' ich's mehr.

Atta. Weh' mir — was werd' ich hören?

Ratbold (nähert sich ihr).

Ich liebe dich — mag's dich empören —
Mein sollst du sein und mir gehören!
Vergiß den Toten: — ihn deckt das Meer,
Mich foltert nach dir glühend Begehr!

Atta (zurückweichend). Zurück von mir! Ah, nimmermehr!

Ratbold. Mein sollst du werden, du süßes Weib,
Mein deine Seele und mein dein Leib.
Erglühen sollst du an dieser Brust
In heißer Liebe höchster Lust! —

Atta (kraftvoll). Was willst du, unglücksel'ger Mann,
Dem nie ich angehören kann!

Kehrt Uwe nimmer mir zurück,
So ist dahin mein Erbenglück!
(Mit großem Ausbruck.)
Ihm, dem mein Leben ich geweiht,
Treu bleib' ich ihm in Ewigkeit. —

Ratbold. Mag ich auf ewig denn verloren sein,
(bringt auf sie ein)
Mein mußt du werden, Atta, mein!
Ich fasse dich, ich lasse dich nicht!

Atta (ihn zurückstoßend). Hinweg aus meinem Angesicht!

Ratbold. O bitt're Qualen dieser Stunde,
Im Herzen brennt die heiße Wunde,
Ach, niemals wird sie mir vergeben: —
Zerstört sind Hoffen mir und Leben.

Atta. O bitt're Qualen dieser Stunde,
Welch' frevles Wort aus seinem Munde!
Ach, niemals kann ich ihm vergeben,
Des Treugeliebten ist mein Leben.

(Atta ab ins Haus.)

Fünfter Auftritt.

Ratbold allein.

Ratbold. Verschmäht, für immer verschmäht!
Um eines Schatten, — eines Toten willen
Verblutet mir das Herz im stillen.
Von allen Qualen, die da brennen,
Ist dies die tödlichste zu nennen:
Ach, Eifersucht um der Mutter Huld,
Ach, Eifersucht um der Liebsten Seele!
Ist denn Groll auf den Bruder so schwere Schuld?
Ist's ein Verbrechen, das ich hehle?

Ist's Unrecht, daß vom sichern Ort
Den Schwachen ich vor Jahren
Gedrängt, hinauszufahren
Auf diese Reise, gefahrenschwer,
Wo ungewiß die Wiederkehr?
Er folgte vertrauend meinem Wort. —
In harter Arbeit und Gefahr
Bekämpf' ich nun schon manches Jahr
Mein tiefes Weh. —
Komm, wilde See,
Komm, wie so oft mit mir zu ringen,
Im Kampf mit dir will ich den Schmerz bezwingen
Bis einst die Wogen mich verschlingen.

(Ab nach rechts in die dritte Coulisse.)

(Während der vorigen Scene sind am Himmel dunkle Wolken aufgezogen, die
sich immer mehr zu einem heftigen Gewitter gestalten.)

Sechster Auftritt.

Der Strandwart von rechts hinten aus der vierten Coulisse mit Horn,
Stange und Seil kommt eilig auf die Düne gelaufen, hält Umschau und stößt
in sein Horn.

Strandwart. Der Strandwart hält viel schwere Wacht
Am Felsgeklipp bei Tag und Nacht,
Bei Winterschnee, bei Sonnenglut,
Bei Deichbruch, bei Orkanes Wut.
Hat er die Hut.

(Einzelne Dorfbewohner eilen vorüber.)

Er spähet durch der Brandung Graus
Nach Notgefahr der Menschen aus.
Sein Leben wagt er allezeit: —
Auch jetzt, ihr Nachbarn, seid bereit!

Sturm giebt's vor Nacht,

(Kommt die Düne herab nach dem Vordergrunde zu.)

Sturmmöwe lacht,
Seeadler kreischend flog zu Land,
Schon stäubt und weht der Düne Sand
Und fern im Norden kommen die Wogen,
Die schäumenden, stürzenden, angezogen.

Nachbarn, habt acht,
Sturm naht mit Macht,
Haltet bereit Segel und Boot,
Zu retten aus Not
Und dräuendem Tod.

(Ab nach links, zweite Coulisse.)

(Auf der See bricht ein heftiges Gewitter aus; Blitz und Donner. Die Bühne
bleibt eine Zeitlang leer, dann kommen allmählich von beiden Seiten zuerst
einzeln, dann immer mehr Männer und Weiber gelaufen und eilen in leidenschaftlicher Erregung auf die Düne.)

———

Siebenter Auftritt.

Boll, später Strandwart und Ratbold.

Einzelne Stimmen.

1. O seht, wie furchtbar schwillt das Meer!
2. Ha, Wasserberge wälzt es her!
3. Es heult der Sturm.
4. Rings wird es Nacht.
5. Der Donner kracht.
6. Hei, Blitz auf Blitz herniederschlägt!
7. Wie der Wind den Schaum von den Wellen fegt!
8. Es tobt der wüt'ge Nord!
9. Ha, was hebt und senkt sich dort?

Strandwart (von links vorn, wo er abgegangen, auf die Düne eilend.
Hornruf). Ein Schiff in Not! Ein Schiff!

Dort klebt es an dem Möwenriff!
O weh, das ist die Unglücksstelle,
Dort schäumt der Brandung höchste Welle.
Schon spült die Woge, — ah Todesschreck! —
Die letzten Männer von dem Deck!
    Da einer!
Einzelne Stimmen.

    1. Zwei!
    2. Drei!
    3. Und vier!
    4. O, es vergeh'n die Sinne mir!
    5. Der letzte Mann von den sieben!
        Wo ist er geblieben?

     (Beim Schein der Blitze erkennt man auf hoher See ein geschettertes Schiff.)

Strandwart. Er hat von dem Deck nach oben
Sich am Mast hinaufgehoben.
Da in dem schwanken Mastkorb, seht,
Da hängt er hilflos! Schaut, er fleht,
Hierher gewandt
Zum rettenden Strand!
Er kann in der Blitze Schein uns seh'n,
Ach, gleich ist es um ihn gescheh'n!
Nie hab' ich solchen Sturm erlebt.
  Chor.   Die ganze Küste bebt.
          Wer sich hinaus wollt' wagen, —
          Gleich wär' sein Boot zerschlagen!
Ratbald (kommt von der Düne nach vorn. — Für sich).
Kein Hoffen bleibt mir mehr offen.
So will ich denn werben um tapf'res Sterben,
Nimm mich auf, brausend Verderben!
       (Geht zu seinem Boot und macht sich daran zu schaffen.)
Strandwart (zu Ratbold). Was seh' ich? Welch Beginnen,
Was schaffst du da an deinem Boot?

Chor. Du fährst in den sichern Tod!
  Laß ab, laß ab, du bist verloren,
  Laßt ihn nicht fort, den kühnen Thoren!
(Sie halten ihn auf, er macht sich frei. Einige Frauen eilen ins Haus zu Wiarda.)
  Ratbold (zu ihnen). Mich erbarmt der Mann, der im Mast-
                                    korb hängt:
Nach großer That meine Seele drängt.
Ich rett' ihn oder teile sein Los.
  Chor. Laß ab, horch der Brandung Getos!
  Ratbold. Ich fürchte sie nicht,
Ich thu' Seemannspflicht.
O Gott im Himmel, hör's,
Ich rett' ihn oder sterbe! Ich schwör's!

———

Achter Austritt.

Vorige. Wiarda. Atta.

Wiarda (aus dem Hause eilend). Mein Sohn, mein Sohn!
  Ratbold. O weh' mir! Welch' ein Ton!
  Wiarda. Um Gott, um Gott!
Mein Sohn, mein Sohn!
  Atta. O Ratbold, bleib'! Was willst du thun!
  Ratbold. Auch sie? O Herz, beharre nun!
  Wiarda. Mein Sohn, du willst dein Boot entketten?
  Ratbold. Den Mann im Mastkorb dort zu retten!
  Wiarda. Zu Gott dem Retter sollst du fleh'n!
  Atta. Doch in den sichern Tod nicht geh'n!
  Wiarda. O Ratbold, du mein letzter Sohn!
  Ratbold. O herzzerreißend dieser Ton!
  Wiarda. Den Gatten raubte mir die See
Und ach! Mein allertiefstes Weh!
Mein Liebling Uwe, mein Herzenskind . . .

Ratbold (grollend). Mir warst du nie wie ihm gesinnt!
Von allen ward er mir vorgezogen.

Wiarda. Seit ihn entführten die tückischen Wogen,
Hab' ich mein alles, mein alles verloren.

Ratbold. Laß mich, Mutter, ich hab's geschworen!

Wiarda (drohend). Und willst du der Mutter Bitte nicht
hören,
Muß ich dich Trotzigen schärfer beschwören!
Bleibe! Du bleibst! Hinweg von dem Boot,
Höre der Mutter Befehl und Gebot!
Du folgst mir nicht? So ist's mein Tod!

(Sinkt ohnmächtig in die Arme Attas.)

Ratbold (im Abstoßen). Halt' ein, Mutter!
Ich will, ich muß ihn retten!

(Fährt rechts in die nun noch höher steigende See hinaus. Blitz und Donner.)

Atta (bei Wiarda knieend). Sie wankt, sie stirbt!

Neunter Auftritt.

Vorige ohne Ratbold.

(Während des Gebetes läßt das Gewitter nach und beruhigt sich die See.)

Strandwart. Nun sinket alle auf die Kniee,
Inbrünstig fleht und heiß wie nie:
Fleht für den todeskühnen Mann,
O Gott, wir rufen laut dich an:

Chor.　　O hab' Erbarmen
　　　　Mit diesen Armen,
　　O schau von deinem Himmelsthron,
　　　Schau auf die Mutter, auf den Sohn!
　　　　Erbarmen
　　　　Mit den Armen!

(Nach und nach zerteilen sich die Wolken, es hellt sich wieder auf und bei dem
Wiedererkennen zwischen Mutter und Sohn bricht die Sonne durch.)

Erstes Mädchen. Was ist das? Ha, was seh' ich dort?

Zweites Mädchen. Es fegt der Wind die Wolken fort.

Strandwart. Ich seh' es klar, o welches Glück,
Das Boot des Kühnen kehrt zurück.

Erster Mann. Er rettete sein Leben.

Zweiter Mann. Er hat's wohl aufgegeben.

Erstes Mädchen. Der and're war ja doch verloren.

Atta. Das glaub' ich nicht, er hat's geschworen.

Strandwart. Ha seht, schon fährt sein Boot an Land,
Schon springt der Wack're auf den Sand.
Seht, was er auf dem Arme trägt,
Seht, was er warm am Herzen hegt.
Bei Gott! Es ist der gerettete Mann!
Schon steigt er mit ihm die Düne hinan.

Atta. O Mutter, wach' auf! Dein Ratbold lebt!
Doch wer ist's, den er sanft vom Arme hebt?

Wiarda. Er lebt? So sei ihm die Schuld verzieh'n!

Zehnter Auftritt.

Vorige. Ratbold und Uwe von rechts.

Ratbold (den auf dem Arm getragenen und noch halb ohnmächtigen Uwe niedersetzend). Ja, die Schuld sei mir verzieh'n!
Denn Gott hat mir Kraft verlieh'n!
Weißt du, Mutter, wer im Mastkorb schwebte?
Wer in den Schauern des Todes bebte?
Dein Uwe war's! Da nimm ihn hin!

(Uwe schlägt die Augen auf und stürzt in die Arme seiner Mutter.)
(Ausbruch allgemeiner Freude und Überraschung.)

Uwe. Mutter! Atta!

Wiarda. Mein Uwe! Mein Liebling, mir schwankt
der Sinn!

Atta. Mein Geliebter! Welch' unsagbar Glück!

Uwe (Atta umarmend) Hab' ich dich wieder — o Seligkeit,
Vergessen ist nun alles Leid! —

(Ratbold blickt finster auf die beiden.)

Chor. Ein Wunder führet ihn zurück
Zur Heimat, zu der Liebe Glück.

Wiarda. Lebend kehrst du uns zurück!
O laß, laß mich mit Hasten
Dein geliebtes Haupt betasten.
Wo bist du gewesen all die Zeit?

Uwe. O Mutter, fern von dir, gar weit:
Ich zog hinaus, wie der Bruder geraten,
In die Ferne zu kühnen, gefahrvollen Thaten,
In wilder Jagd das Gold zu erraffen,
Uns, Atta, ein trautes Heim zu schaffen.
Wie bitter sollt' ich's bereuen,
Was hab' ich erduldet, ihr Treuen!
Nach schwerem Schiffbruch im Kampfe gefangen,
Gepeinigt von Sehnsucht in liebendem Bangen ... —

Ratbold (für sich). Durch meine Schuld!

Uwe. Ward ich in harten Sklavenbanden
Geschleppt nach fernen, entlegenen Landen.
Endlich befreit nach manchem Jahr
Durch eine deutsche Heldenschar.
Freudig ging es zur Heimat traut,
Zu dir, o Mutter, zu dir, meine Braut!
Da, an Frieslands Küste, vom Sturm übermannt,
Wieder am Felsenriff aufgerannt,
Alles verloren, Mann für Mann,
Am Mast hoch oben klammr' ich mich an, —
Mutter! Mutter, verloren!
Da naht, von starker Hand geführt,
Ein Boot, ein Boot!

Vom Mast gleit' ich hinab,
Die Sinne schwinden, —
Faßt mich der Tod? —
Seh' ich dich wieder, Mutter,
Schau' ich dich, Braut!

Wiarda. Vorüber sind die Leidenstage,
Mein Arm umschließt dich, teurer Sohn!
In Freude wandelt sich die Klage,
Gott schenkte uns der Treue Lohn.

Atta. Mein klopfend Herz dir alles sage,
Was du im Aug' mir lasest schon.
Auf ewig dein, — vorbei die Klage!
Gott schenkte uns der Treue Lohn.

Uwe. Für alles Leid und alle Plage
Ist deine Liebe reichster Lohn!
Dir Bruder, heißen Dank ich sage,
Daß ich dem feuchten Grab entfloh'n.

Ratbold. Die Qual, die in der Brust ich trage,
Spricht ihrer Freude bittern Hohn;
Nicht schweigt sie, eh' ich alles sage
Und eh' der Heimat ich entfloh'n.

Strandwart. Der Seemann hat oft schwere Plage,
Doch krönt den Tapfern reicher Lohn!
In Freude wandelt er die Klage,
Der Mutter schenkt er neu den Sohn!

Chor. Vorüber sind die Leidenstage,
Gerettet ist der teure Sohn!
In Freude wandelst du die Klage,
O Gott, zu echter Treue Lohn.

Uwe. O Mutter, Geliebte, ihr Freunde alle,
Danket dem Helden mit Jubelschalle!
(Will sich Ratbold zu Füßen werfen.)

Chor. Heil dir, Ratbold, Heil!

(Sie umringen Ratbold, dieser wehrt heftig ab.)

Ratbold. Schweigt still, halt' ein, weicht alle von mir!
Kein Dank, kein Dank gebühret mir!
Mich verzehrte in all' diesen Jahren
Mit höllischer Kraft
Um Atta lodernde Leidenschaft.

Alle. Wie! Des Bruders Braut! —

Ratbold. Ich! Ich drängte den Bruder zu dieser
                              schweren Fahrt,
Und als er verschollen, verschwunden,
Nicht hab' ich's mit Trauer empfunden,
Denn mich drückten mit Wucht
Von je die Qualen der Eifersucht.
Ich hoffte, blieb Uwe tot oder fern,
Mir leuchtete doch noch der Liebe Stern.
Hört weiter: als in dem Geretteten dort
Hoch im Mast ich den Bruder erkannte,
Wie teuflisch in mir der Gedanke entbrannte,
Der Gedanke: Mord! — —

Alle. Entsetzlich Wort!

Ratbold. Statt ihn zu retten, hätt' ich den Knaben
Gern in den schäumenden Wogen begraben!

Alle. Verruchter! Weicht alle von ihm!

Ratbold. Seht ihr's nun, hört ihr's? Wehe, wehe!

Chor. Wehe!

Ratbold. Doch gemach! Ich bezwang das Gelüste,
Ich trug den Geliebten, Gehaßten zur Küste;
Da nimm ihn, Mutter! Da hab' ihn, Braut!
Jedoch mein Auge nimmer schaut
Eurer Liebe junge Seligkeit. —

Wiarda. Was willst du thun?
Gesühnt ist deine Sünde nun!
An unsern Herzen sollst du ruh'n!

Ratbold.   In ferne Welten will ich geh'n
Und werde nie euch wiederseh'n! —

(Umarmt seine Mutter.)

Leb' wohl, Mutter! Leb' wohl!

(Geht an sein Boot.)

Komm, wilde See,
Komm, wie so oft mit mir zu ringen!
Im Kampf mit dir will ich mein Leid bezwingen!

(springt in sein Boot; im Abstoßen)

Lebt wohl! Lebt wohl!

(Fährt in die See hinaus.)

(Alle — nachdem sie vergeblich versucht, ihn zurückzuhalten, — schauen ihm in
tiefster Bewegung nach. Wlarba, von Uwe gestützt, sinkt ohnmächtig in die Arme
Attas. Vorhang fällt.)